蔡骏 著

II.
金匕首

镇墓兽

四川文艺出版社

三千年来，若要保护君王的陵墓，最厉害的并非连弩机关，而是镇墓神兽。

C O N T E N T S

目录

CONTENTS

前 情 提 要

――――――――――

　　大清光绪二十六年，庚子年，八国联军打进北京城，慈禧太后逃往西安。

　　最后一个皇家造墓工匠传人秦北洋，意外降生在唐朝大墓地宫的棺椁上。背负血海深仇，成长于皇陵地宫之中，身怀天工开物之绝技。

　　从晚清到民国再到第一次世界大战……疯狂的外国列强、神秘的工匠手艺，人们掘出地下宝藏，唤醒变幻无穷的镇墓兽。在这枭雄辈出、波云诡谲的大时代里，少年秦北洋与小镇墓兽九色结为伙伴，奋起于逆境，逐一解开命运谜团。

　　从帝都到沪港，从皇陵到孤岛，破解庚子赔款案，北洋入海屠恶龙！

　　在一切平息之后，秦北洋与九色一道，踏上寻找唐代小皇子棺椁的艰险之路。

红日初升，其道大光。河出伏流，一泻汪洋。潜龙腾渊，鳞爪飞扬。乳虎啸谷，百兽震惶。鹰隼试翼，风尘翕张。奇花初胎，矞矞皇皇。干将发硎，有作其芒。天戴其苍，地履其黄。纵有千古，横有八荒。前途似海，来日方长。美哉我少年中国，与天不老！壮哉我中国少年，与国无疆！

——梁启超《少年中国说》

让子弹再飞一会儿

三国战将勇，首推赵子龙，长坂坡前逞英雄，战退千员将，杀退百万兵，怀抱阿斗得太平。还有张翼德，当阳桥前等，七啾咔嚓响连声，桥塌两三孔，河水倒流平，吓退曹营百万兵。云长武艺精，温酒斩华雄，孟德帐下显威风。五关斩六将，保嫂寻皇兄，匹马单刀千里行。翼德闭了城，后有蔡阳兵，擂鼓三通响连声。蔡阳丧了命，翼德吃一惊，从此兄弟又重逢。武侯是孔明，火烧新野城，博望坡前显奇能，草船去借箭，饮酒在船中，得箭十万有余零。择雾借东风，连环巧计成，火腾空中天地惊，满天飞火星，江水血染红，烧死曹营百万兵……

民国六年，西历1917年12月7日，黄昏。

第一次世界大战，西线康布雷战役最后一天，英军三百辆坦克如插着履带的钢铁猛兽前进。人类史上首次大规模坦克作战，在突破德军堑壕与铁丝网后，英军遭到暴风雪与炮火猛烈袭击而撤退，鲜血浸透法国的土地。

同一日，欧亚大陆另一端，太阳在八小时后西沉。万里长江入海口，同样笼罩于烽火硝烟之中。上海以北，吴淞要塞与宝山县城相对而立。旷野中不见一兵一卒，只响彻千万人高唱的军歌，赵子龙、张翼德、关云长、诸葛孔明从风中袭来……

十七岁的少年秦北洋，披着军大衣，守卫在宝山城墙之上，最后一道防线。

随着山呼海啸的军歌，战壕前冒出上万颗戴着蓝色大盖帽的人头，挺着汉阳造步枪与刺刀，唱着军歌，犹如被三国英雄们附体。寒风萧瑟的江南田野，马克沁与加特林机关枪舔着火舌，像死神收割麦田的镰刀，集体大屠杀的人间地狱……

趴在城垛的沙包后，隔着滚滚黑烟的战场，秦北洋看到两个古怪的东西——

首先是个大蛤蟆，全身金光灿灿，布满疙瘩，突出一双鼓鼓的眼睛，四条粗短的腿，蹦跶起来数丈之高。

身边的士兵们纷纷鼓噪，笑话对方抬出个大蛤蟆来打仗。有人掏出口袋里的袁大头，两相比较竟有异曲同工之妙。

同样穿着军大衣的齐远山，压低镶嵌五色星徽的帽檐说：“北洋，这不是你在太行山中，为袁世凯建造的金蟾镇墓兽吗？”

秦北洋的瞳孔收缩，肾上腺素急速分泌，心脏几乎要爆炸，预感到大难临头，高声呼喊：“危险！全都趴下！”

没人在意这个半大孩子的警告。

金蟾的肩膀突然打开，一管加特林机关枪，向城墙旋转着射出子弹。

世界安静了，只剩下怪物咕隆咕隆的咆哮。子弹打穿无数个胸膛，十秒钟前还在看热闹的人们，已化作鲜血淋漓的尸体。

只有秦北洋与齐远山及时趴下，躲过了金蟾的子弹，头顶又掠过某种金属的呼啸声。几个士兵的人头掉落，飞滚到他们的脸上，瞪大眼珠喷了秦北洋一脸黑血。来不及尖叫，隔着一堆血肉模糊的头颅，他惶恐到几近窒息。弹簧般的钢铁舌头，如同飞舞的剪子收割生命，正是自己与爹爹秦海关亲手制造的金蟾镇墓兽的武器——飞剪舌。

顷刻间，蛤蟆大开杀戒。战场上的枪林弹雨，打到它身上就像挠痒痒，城墙内外滚满人头与鲜血，守军士气已濒临崩溃……

第一个怪物开始攻击城墙，第二个怪物接踵而至。

无论《山海经》《西游记》还是《封神榜》，人们的想象力从未达到这种程度——犀牛般的庞大身躯、四条猎豹的腿、长着七个野兽的脑袋。每个脑袋都像不同物种，有猛虎，有鳄鱼，有豺狼，有羚牛，其中三个双角兽、四个独角兽，合起来恰好十个角。每个角挂着一顶小小的金冠，仿佛已加冕为中国的君王，兽头上刻着无法理解的文字。

面对前所未见的怪物，秦北洋听到自己牙齿间的碰撞声，并且嗅出镇墓兽特有的气味。

它叫十角七头。

七个兽头张开嘴巴，暴露出七挺机关枪，向着城墙疯狂扫射。

齐远山的裤裆间流出一摊尿液，毕竟是十七岁的孩子，他抱着秦北洋躲在尸体堆后头，仿佛下一秒钟就要成为尸体。人说"新兵怕炮，老兵怕枪"，但是碰上了镇墓兽，无论新兵老兵，一律抱头鼠窜，长官接连枪毙数人都挡不住。

暮色苍茫，两具来自陵墓地下的钢铁猛兽，刚从冰冷的大海上来，向着对面士兵的血肉之躯磨刀霍霍。

镇墓兽，终于成了战场上的杀人武器。

谈笑风生间，金蟾用身体撞击城墙，大地震动，不断有砖块粉碎掉落。十角七头镇墓兽，也用尖角挑破城墙，轰然坍塌数十米，露出个巨大豁口。

直系军阀的第六师眼看要全军覆没……

这时候，逃跑也是一个死！秦北洋让已经吓得尿了裤子的齐远山振作起来。

最后一抹残阳，射来赤色金光。金蟾与十角七头背后，有个穿着工匠服的男人，后背绑着一柄长刀，高声咆哮，做出各种古怪手势，正在操控两头杀人的镇墓兽。

男人一头白发，满面皱纹，貌似六十岁以上。

他叫秦海关，前清皇家工匠，镇墓兽的制造者，南苑兵工厂首席机械师，秦北洋的亲生父亲。

面对两只镇墓兽背后的男人，少年秦北洋的心脏遽然蹦跳起来。

父子俩失散半年，却在尸横遍野的战场上相遇，分别属于敌对双方阵营，竟要彼此对决厮杀，这就是他妈的命运？

霎时间，秦北洋忘却死神在耳边呼啸，孤身立于残存的城郭废墟，倚靠布满弹孔的北洋五色旗，前方是尸体堆积的金字塔……

"爹！"

十角七头镇墓兽，七个兽头之一的黑熊头转过来，对准燃烧的五色旗，打响熊嘴里的加特林机关枪。数十枚圆锥形金属子弹，飞向秦北洋的双眼。

时间放慢一百倍，十七岁少年看到一幅幅黑白图纸，画出长江口与江南原野的山川地形、吴淞要塞与宝山县城的攻防布局，也画出金蟾镇墓兽与十角七头镇墓兽从平面、侧面到剖面的各种线图。无数道线条编织的网格间，骑在子弹上的死神，狞笑着扑面而来。

让子弹再飞一会儿……

北洋之龙

夜色降临中国。

一头兽是金色的蛤蟆；另一头兽有十角七头，十个角上戴着冠冕，七个头上有亵渎的名号。

十角七头镇墓兽，打开七个头中的黑熊头大嘴，喷射加特林机关枪的火舌。

残破的五色旗下，最后一个守城者，竟是秦海关日思夜想的儿子。

"停……"

老秦疯狂地命令镇墓兽停止射击。

来不及了。

彗星一旦冲向月亮，再也不能刹车。一连串日本造的子弹，旋转出滚烫的枪口，狂欢般地尖叫飞行。它们像彗星袭月白虹贯日仓鹰击于殿上的刺客，口中衔着刀锋，射向坍塌燃烧的城墙上，最后一个守护北洋五色旗的少年。

子弹距离秦北洋只剩0.66米，死神的睫毛与体臭都已清晰可辨。

九色来了。

金光闪闪的兽，雪白鹿角、赤色鬃毛、青铜鳞甲，瞬间飞到少年面前，替他挡下几十颗子弹。

秦北洋下意识地趴倒，一只毛茸茸的爪子踩中他的肩膀。第一次从这个角度看到九色——幼麒麟镇墓兽，横刀立马，身体一侧布满冒烟的弹孔。

对面的两头镇墓兽已攻破城池，皖系军阀的精锐，高唱"三国战将勇，首推赵子龙"，席卷而入宝山县城，要将直系大军第六师一举歼灭。

天，彻底黑了，没有一丝月光。

未成年的幼兽九色，面对两头陌生而巨大的镇墓兽，体形微不足道，仿佛大卫与歌利亚的对决。

捡回一条命的秦北洋，不再畏惧，总好过身边无数断头的尸体。他翻身而起，拍打九色的后背。头顶的鹿角开始生长，一生二，二生三，三生无穷无尽的尖利分叉，仿佛几十把寒光闪闪的刀剑，分别是日本倭刀、马来克力士短剑、大马士革弯刀，还有汉唐的环首大刀，足以与十角七头相抗衡。

父亲目瞪口呆地看着城墙上士别六月的儿子，竟在操控一头幼麒麟镇墓兽。

一团琉璃火球自九色口中喷薄而出，旋转围绕战场一圈，如同阵亡者骨骸中的磷火。双方士兵都停止厮杀，秦北洋也如血液凝固般呆住，举头观望这地狱般的火焰，仿佛十二石的强弓劲弩，突然万箭齐发……

金蟾镇墓兽的钢铁外壳，被火球撞得千疮百孔，就像石头击中癞蛤蟆，轰然倒塌在城墙上。

十角七头愤怒地扬起七个兽头，正要打开七挺机关枪，让秦北洋与九色无处藏身。

"勿害我儿！"

心急如焚的秦海关下令停火。他又解下背后佩刀，扔到尸体堆里，准备向儿子投降。

突然，斜刺里杀出几个军官，将老秦捆绑着抬回吴淞要塞。十角七头镇墓兽只能一同撤退。

"别走！"

秦北洋浑身血脉偾张，奋不顾身地向爹爹冲去，分别六个月，难得重逢于战场，岂能擦肩而过。

突然，对面败退中的敌军，射来一连串子弹……

秦北洋眼看要被打成筛子，九色再次飞身挡下子弹，一堆堆弹壳砸落在倒地的主人面前。当他再次爬起来，已不见父亲与十角七头的踪影，似已退入对面的吴淞要塞。

此时此刻，宝山城墙之上，齐远山已换了条死人的裤子，刚才被两尊杀人的镇墓兽吓坏了。看到秦北洋带着九色冲锋陷阵，齐远山羞愧得想找个地缝钻下去。

为找回一丝颜面，他抓起一支步枪，瞄准五百米外的战壕，冷静地扣下扳机，穿着大氅的敌方师长竟被一枪爆头。

"我杀了敌人的统帅！"

齐远山红着脸振臂高呼，挥动五色旗，带领第六师残部，杀出宝山城墙，在隆隆炮火声中乘胜追击……

八小时前。

秦北洋与齐远山坐在长江口的渔船上，经过东海夜航船，正前方是吴淞口的杀戮战场。

十七岁的欧阳安娜，左手中指套着玉指环，琉璃色的眼眸中，倒映着一座熊熊燃烧的堡垒。

船上还有北京警察厅名侦探叶克难、日本羽田商社少东家羽田大树和十四岁孤苦伶仃的阿幽。从达摩山救下的一对童男童女，瑟瑟地缩在船舱内，还有化身为大狗的小镇墓兽九色。

渔船扬帆疾行，驶过宝山炮台湾。一个回头浪遽然拍来，齐远山失足坠入滚滚长江。

十二月，江水极寒，吴淞口三夹水有急流漩涡。秦北洋毅然奋不顾身地跳下去，险些被挣扎的齐远山拖死在江底，好不容易浮出水面，踉跄着爬上江岸的大堤。

突然，芦苇丛中冒出荷枪实弹的士兵，他们杀红了眼，刺刀上滴着血，将秦北洋与齐远山五花大绑。九色还在渔船上，白天难以变身为镇墓兽，无法飞过来拯救主人。

车辚辚，马萧萧，行人弓箭各在腰。

两个少年被送上一辆大车，送入戒备森严的宝山县城，关帝庙里有块不起眼的牌子："中华民国江苏省陆军临时军事法庭"。

经过三分钟审讯，军法官宣判："兹有奸细齐远山、秦北洋，根据《日内瓦公约》，穿着平民服装刺探军情者，不属于战俘之列。本临时军事法庭判决：认定二逆贼犯有间谍罪，判处死刑，立即执行！"

草菅人命的世道，他俩被推到城墙下的刑场。秦北洋拒绝绑上蒙眼布。行刑队的子弹上膛。齐远山的眼泪与鼻涕直流着喊："北洋陆军第六师，当年我爹就是你们的长官啊！"

有个骑马的老军人经过，肩章上三颗金星，北洋政府最高的上将军衔，现任国务总理兼陆军总长，人称"北洋之龙"的王士珍，立即下令停止处决。

原来，齐远山的父亲齐重兵，曾是晚清新军第六镇步兵协统，亦是王士珍在小站练兵时期的同袍。庚子年，齐重兵从义和团围困中救过王士珍的命，两人结拜为异姓兄弟。辛亥年，在袁世凯的寿宴上，年方十一岁的齐远山，全文背诵北洋步兵操典，当场得到夸奖——青出于蓝而胜于蓝，必将逐鹿中原，问鼎天下，为中国开疆拓土。

王士珍抽了军法官一马鞭，亲自为齐远山与秦北洋松绑，并给他俩披上军大衣御寒。

两名少年被编入直系第六师，对面的敌人是皖系第四师，正从吴淞要塞倾巢出动。

秦北洋与齐远山登上城墙，开始了人生中的第一场战役……

月亮出来了。

九色折叠收起鹿角，重新长出一身白毛，化身为大狗。秦北洋把头埋进赤色鬃毛，心疼地摸着小镇墓兽身上的弹孔，它又一次舍身救了主人的命。

野火仍在燃烧死人躯体，将原野变成巨大的火葬场。秦北洋与九色深一脚浅一脚走在其间，苟延残喘的重伤者抓住他的大腿，期待对心口来一枪结束痛苦。

他从尸体堆里发现了父亲遗弃在战场上的刀。秦北洋握住红线缠绕的鲛皮刀柄，从皮鞘中抽出三尺多长的刀刃。

刀面如镜，透出云龙般纹理，浸透古人的魂魄精气。寒光借着月色，几乎刺瞎眼睛，九色望而生畏地后退。此刀用百炼钢打制，刀身直背而狭长。刀柄多出一个铁质圆环，所谓"环首刀"。背脊沉重，单手挥舞，竟有些吃力。他改用双手握刀，划出几道白光，夹带金属啸叫的风声。秦北洋将刀收入皮鞘，跟父亲一样绑在后背，如同古时刀客。

这把环首唐刀，来自直隶省田庄唐朝大墓，一代枭雄安禄山的陪葬品，也是老秦特意留给儿子的礼物。

忽然，吴淞要塞发出一声巨响，一阵烈焰飞上天空，照得子夜犹如白昼。

待到爆炸平息，火光让月光失色。要塞上发出无数男人的欢呼，飘扬起一面烧得七零八落的五色旗，正是秦北洋在城墙上保护过的旗帜。

第一个攻克堡垒的战士，是十七岁的齐远山。

秦北洋没有参加胜利者的庆祝，而是跪倒在成千上万的尸体中，抱头痛哭……

无论敌我双方，这样荒谬的内战，没有胜利者可言。

君不见，青海头，古来白骨无人收。新鬼烦冤旧鬼哭，天阴雨湿声啾啾。

而在这片国土上，绵延三十余年的漫长战争才刚刚拉开帷幕。

黎明时分，寒露深重，新月如钩，余烬未熄。

天空飘起冰冷的雨，长江口陷落在烟雨蒙蒙中。

千疮百孔的吴淞要塞下，秦北洋疯狂地挥舞铁锹，挖出无数焦黑的钢筋与尸块。他没有找到父亲的尸体，也许已被炸成了粉末？也没发现十角七头镇墓兽的任何残骸。

雨水混合着泪水，还有死人的血水，在少年的脸上纵横交错，停留在青春痘的疙瘩上。他呼喊着父亲的名字，铁锹都被挖断，只能用双手挖掘泥土，直到挖出混浊的地下水，十指鲜血淋漓……

守卫要塞的数千敌人全被炸死，唯一的俘虏是金蟾镇墓兽，已粉身碎骨无法修复，只剩下几块钢铁碎片，还有一枚残留温度的灵石，这是老秦从太行山里挖出来的。

突然，九色犹如一头饿狼冲来，竟一口吞下了这枚灵石。

秦北洋被它吓住了，短短两天之内，这头唐朝的小镇墓兽，已然吞吃了东海恶龙与金蟾镇墓兽的两枚灵石，分别吃下了建文帝与袁世凯的灵魂……

废墟上的早餐过后，刺耳的军号声声，大军开拔北上。牺牲者来不及埋葬，只能在荒野中腐烂，成为野狗们的大餐。

齐远山骑着白马当先，威风凛凛地扈从在"北洋之龙"左右，忘了刚上战场时尿裤子的囧事。秦北洋步行在队伍最后，背着父亲送的唐刀，押送装满伤兵的车队。

吴淞要塞的废墟前，欧阳安娜前来送行，身后跟着阿幽、叶克难、羽田大树。她将一枝枯萎的菊花，塞入秦北洋的枪口。九色仰起脖子，发出呦呦鹿鸣，它与安娜有同样颜色的眼珠子，偶尔对视竟会分不清彼此。

她已在上海的瑞士私人银行为秦北洋开立了"达摩山伯爵基金"的账户。相聚短暂，分离却是长久，两人执手相看泪眼，竟无语凝噎。

"安娜，勿挂念。我要随军北上京城，寻找唐朝小皇子的棺椁，不让它落到刺客们手中，更要让九色完璧归赵。此行完成任务，我自当南下回上海找你。务必要照顾好自己。"

秦北洋心中念叨男儿有泪不轻弹，掉头牵着九色而去……

冬天的风雨，夹带雪片般的芦花，吹落安娜的泪水，滴滴答答，浸湿左手上的玉指环。阿幽塞给她一块手帕，两个少女在风中无所依靠。

叶克难抓紧长衫衣袖里的皮鞘，藏着八年前天津德租界灭门案的凶器，象牙柄上镶嵌着螺钿的彗星袭月……

一千米外，长江边，无边无际的枯黄芦苇，掩盖着三张男人的脸。

第一个右脸有蜈蚣般的疤痕，第二个胳膊受伤绑着绷带，第三个戴着一副鬼面具。

每个人的衣袖里都藏着一把象牙柄的匕首，同样目送秦北洋和九色远去。

芦苇丛中多了第四个人，是个五十多岁的老头，嘴上两抹浓黑胡子，目光如鹰隼看着北上大军。

老刺客对右脸有疤痕的年轻刺客说："阿海，有新消息吗？"

"阿幽传来消息——唐朝小皇子的棺椁在北京。"

北京！北京！

北京！北京！

三天后。

十八节军用蒸汽列车，开入北京南苑基地。天空飘落着细细密密的小雪。

秦北洋与九色跳下闷罐车厢，再次踏上北京的土地。铅灰色的天空，被兵工厂的烟囱插满，南苑航校的飞机在雪中强行起飞，花哨地超低空翻滚而过。

根据国务总理的命令，他们将要占领南苑兵工厂，却发现到处都是弹孔，地上还躺着卫兵与工人的尸体。工厂车间内空空荡荡，只剩满目狼藉的垃圾和废料。北洋政府斥巨资从英、德、奥等强国买来的机器设备，足以制造从大口径火炮到步枪子弹，全都不翼而飞。

突然，从茅房里冲出一个男人——浑身臭气熏天，头顶好几斤的大粪，摘下黄乎乎的眼镜片，露出一张西洋人的面孔。

他就是南苑兵工厂总顾问，卡尔·霍尔施泰因博士，沾满五谷轮回的污秽物，颓丧地跪倒在地。无人敢靠近这个从茅坑里出来的怪物，秦北洋只能烧了一大桶热水，让博士当场洗了个澡，再换上一身干净衣裳。

经过简短的审讯，秦北洋才知道这位西洋博士，竟是父亲在兵工厂的同僚，两人共同改造了金蟾与十角七头镇墓兽。

"博士，你有没有见过我父亲？"

尽管，霍尔施泰因的每个毛细孔里都还残留恶臭，秦北洋还是一把揪住他的衣领，就差把耳朵凑到对方的嘴唇上。

"你爹还活着！"

卡尔·霍尔施泰因会说简单的中国话，夹杂德语和英语讲述——三天前的吴淞口之战，要塞大爆炸前几分钟，秦海关被绑着紧急撤离，连同十角七头镇墓兽，乘坐军舰与火车，辗转回到南苑。

今天凌晨，一列装甲列车袭击了兵工厂，那些个家伙，戴着毛皮帽、脚蹬大马靴，军官全身貂裘，打起仗来不要命，全是关外口音，加上蝗虫似的白俄雇佣军。他们把兵工厂洗劫一空，抢走了十角七头镇墓兽，还把首席机械师秦海关一块儿塞进装甲列车开走了。

霍尔施泰因博士跑得快，躲入粪坑逃过一劫，不然也要被送去冰天雪地的西伯利亚。

秦北洋看着天上南飞的大雁："我爹被劫去了西伯利亚？"

他一拳砸中墙壁，关节流满鲜血，背着父亲送的唐刀，牵着九色，就要跳上去奉天的军用列车，却被齐远山一把拽回来："北洋，勿冲动，你追不上的，凌晨开走的装甲列车，现在已出了山海关。"

这一天，大军驻扎在南苑基地。

在齐远山的苦苦劝说下，秦北洋暂时留在兵工厂。霍尔施泰因博士带他去了老秦的宿舍，翻出许多私人物品，甚至有银行储蓄凭单，辛辛苦苦攒下的薪水，准备留给儿子买房子娶媳妇生娃……

秦北洋跟博士挺聊得来，甚至说了几句德语，九岁以前所学，牢记在脑中没忘。

"你怎么知道德语是我的母语？"

"卡尔·霍尔施泰因不是标准的德国名字嘛？"

"JA."博士用德语说了"是"，却又摇头，"但我不是德国人，我出生在瑞士的德语区，又在世界上很多国家生活过。我经常搞不清楚，自己算哪个国家的人。我在中国生活了十年，有时候，我甚至觉得自己是个中国人。"

这番话让秦北洋心生某种亲切感："博士，您能从科学的角度解释镇墓兽吗？"

"我所信奉的科学，是魔法、炼金术士，还有蒸汽机的科学，并不被欧洲主流科学界所容纳。唯其如此，我才对镇墓兽深深着迷。我相信，它们的身体里藏着可以改变世界的力量。"

兵工厂里只剩一台报废的金属切削机床。如能修复，它将改变许多金属的形状，再也不用工匠们挥汗如雨地劳作。石匠铁匠木匠们只能各自回家，下一辈人也不必来学手艺，古时候的鬼斧神工，将因这台机器的轰鸣而永久失传。

"秦，你父亲说过——他真想偷偷埋下炸药，点着引线，将这些机器送上天……过去两个月，我和老秦就在这些机器上改造镇墓兽。我们打开十角七头的外壳，发现里面有复杂的机关，甚至还有尚未腐烂的兽毛和兽骨。"

"安禄山原本是一头野兽？"

秦北洋摸着自己背后的唐刀，感受到一股野兽般的力量，又看着九色的琉璃色眼球。

"我给十角七头安装了内燃机，做了外挂的油箱，用钢板加固成装甲，以免中一颗子弹就会殉爆。七个兽头装上加特林机关枪，成为比坦克更厉害更灵活的杀人机器。我甚至想批量仿制金蟾镇墓兽，折腾无数个昼夜却无一成功。"

"博士，科学只能改造和加工镇墓兽，却不能制造真正的镇墓兽。就像再伟大的战士，也只能从女人肚子里生出来，而不能从机床上产生。任何人都无法制造镇墓兽的魂魄，必须有一个真实存在过的墓主人。"

他差点说出"制兽九宫"的第五宫"种魂"。

"你父亲也是这么说的。"

"还有镇墓兽的心脏——灵石。"

"我亲眼看到，十角七头的胸腔内部，有块硕大的石头，乌黑锃亮，叹为观止。我问哪里可以开采灵石，你父亲说——灵石可遇而不可求，几十年才能找到一块。"

只有儿子知道，老秦没有说实话，他不想暴露太行山灵石的秘密。

南苑，位于京城正南，原为永定河故道，辽金时代是草木繁盛的水乡泽国。元代是放飞海东青的皇家猎场，明清两代则为南海子行宫。清朝在此检阅八旗兵，圈养老虎与麋鹿，庚子年被八国联军猎杀殆尽。园内有座巍峨的皇家宫殿，原是团河行宫。

是夜，王士珍将齐远山与秦北洋召入行宫，看着两个少年说："吴淞口一战，你们一个在城头保卫五色旗不倒，一个指挥人马反败为胜，都立下汗马功劳，我要论功行赏。"

他送给齐远山一支比利时制造的勃朗宁手枪，送给秦北洋一副德国进口的军用望远镜。

齐远山下跪谢过："伯父，一支手枪、一副望远镜，您必有深意？"

"你是将门虎子，必是行军打仗能手，手枪帮你在战场上杀敌。"王士珍捋着胡须，又看向秦北洋说，"你有操纵武器的才能，我发觉你北上途中，留心观察山川形势，心中必有一幅地图，望远镜最配得上你。"

没想到被"北洋之龙"窥透，秦北洋心慌地下跪感激。

王士珍接着说："甲午战败，割让台湾，从朝鲜回来的袁世凯，痛定思痛，在天津小站练兵，才有了'北洋三杰'。袁世凯死后，北洋同室操戈，军阀混战，纵然最优秀的军人，放到欧洲战场，顷刻间也灰飞烟灭。"

"可若有镇墓兽，亦未可知呢？"

"你有了秘密武器，洋人就不会有？我们的败坏不是武器，而是这里。"王士珍指了指自己心口，"秦北洋，你愿留在军中，为我效力吗？"

"从军？"

"好啊。"齐远山拍拍他的肩膀，"跟我一样，骑马领兵，征战四方，岂不威风快活？"

"国务总理大人，小人天生是个工匠，无意穿上戎装，更无打仗之才能。"

堂堂的国务总理兼陆军总长，对无名小卒已给足耐心："告诉我答案——留还是走？"

齐远山扯了扯秦北洋的袖子管："快说留！"

"走。"

王士珍举起手枪，对准秦北洋的眉心。

子弹藏在枪膛之中，距离秦北洋的头盖骨五厘米。

齐远山一看不妙，立刻跪下求饶："伯父，我这兄弟性情耿直，言语多有冒犯，请您多担待。看在吴淞之战所立的大功，恳请饶他一命。"

"秦北洋，你是南苑兵工厂首席机械师、前清皇家工匠秦海关之子。我重用你，因为乃父已为皖系小徐所用，虎父无犬子，你当为我们直系所用。"

秦北洋无畏地看着枪口，固执地说："小人不会让镇墓兽为军阀而打仗的。"

王士珍的枪口晃动两下，齐远山闭上眼睛，只等待枪声响起，血溅五步……

"我不是军阀。军人以勇武智谋取胜，而不依靠邪魔外道，我也不想用你的镇墓兽为武器。人各有志，我王士珍绝不强人所难，你走吧。"

老英雄的枪口垂落，秦北洋单膝跪地道谢，转身跑出团河行宫。德国造的望远镜，孤零零地留在桌上。

走在南苑荒野的雪夜，秦北洋心有余悸。转念一想，王士珍这样传统的军人，注定要在飞机、坦克与潜艇的时代的洪流中被淘汰。

"北洋！"

身后传来齐远山的呼喊，他从南苑行宫追赶出来，颇有萧何月下追韩信的味道。

"远山，你回去吧，我没事儿。"

"你啊，真不知该如何说你！"

"你怕王士珍大人会一枪崩了我？"

"如今这狗操的世道，人命不如草芥。军官随意枪毙小兵，督军当街霸占戏子，何况是国务总理兼陆军总长？要杀人，手指头都不需动，眼珠子转一转，自有手下替他办了。"

秦北洋苦笑道："远山，你又不是第一天认识我。我是那种一条道儿走到黑，不撞南墙不回头的人。"

"你的天资超乎常人，社会智力却简直低能。西洋人的说法，智力就是用脑子，与人交往也是用脑子。"

"不是一回事吗？"

齐远山急得语无伦次："哎！此用脑非彼用脑也。你不通人情世故，不解人心之复杂。你就是个大傻子！不晓得妥协低头和口是心非，总是直来直去，害了自己也害了旁人。"

"我害了你吗？"

"对不起，我……我只是为你担心。"白花花的月光照在白花花的雪地上，齐远山钩住他的肩膀，"北洋，我劝你回去吧。在这枪杆子说了算的乱世，咱俩一块儿做军中同袍，就像刘关张，打天下，坐江山，你去做什么工匠啊？"

"工匠有啥不好？"

"劳心者治人，劳力者治于人——老祖宗的至理名言。"

"人人都想做治人之人，而不愿做治于人之人。"秦北洋一脚踢飞雪球，"人各有志，不可勉强。远山，来日还是好兄弟。"

齐远山抓起一团雪砸在秦北洋背上："你这脾气该改改了！一头犟牛！"

"我更愿做一头镇墓兽。"

子夜，秦北洋脱下军装，背着父亲给的唐刀，走出南苑基地的大红门。

九色跟在脚边，一人一兽，走在白茫茫大地，寂寥无声……

他们去找一千两百年前死去的少年。

不过，去找唐朝小皇子的棺椁之前，秦北洋先去了一个地方——京西骆驼村。

时隔两年，故地重游，秦北洋掘出父亲埋的大瓮缸，整理出许多书册、账本与破烂物件，其中一本线装书册，便是老秦唠叨过无数遍的《秦氏墓匠鉴》……

蝇头小楷的手抄本，不晓得是明朝还是清朝哪位祖先抄下来的。

秦北洋悠悠念出开头第一段话——

> 天命玄鸟，降而生商，宅殷土芒芒。古帝命武汤，正域彼四方。方命厥后，奄有九有……

《诗经·商颂·玄鸟》，帝喾的次妃简狄，在野外吞食玄鸟之卵而怀孕，诞下一子阏伯，后来成为商朝的始祖。后来，玄鸟也成为殷商的图腾。秦北洋想起父亲跟他说过，墓匠族起源于三千年前的殷商时代，难怪开篇就是这段玄鸟。

墓匠族可上溯到三千年前，镇墓兽竟比之更加古老……

躲在村头的山神庙里，秦北洋借着烛光，诚惶诚恐地看下去。看得累了，便将九色当作枕头，躺在温暖的小镇墓兽身上。这本书寥寥数千言，信息量却极大，秦北洋未全都理解。就像老子的《道德经》也不过五千字，却是包罗万象，乃至宇宙无极。

两千余年，代代传抄，绵延不绝。每一代秦氏传人，都在前人基础上有所添加，因此越抄越厚。最后的几行字，来自秦北洋的曾祖父——

> 镇墓兽，兴于商周，发展于秦汉，经三国两晋南北朝之嬗变，到盛唐已登峰造极，发展出了各种级别形制的镇墓兽，其中最高一级就是"天子"。
>
> 这天子级别的镇墓兽，亦称"镇墓天子"。

"镇墓天子"？

这一页，语焉不详，似乎被人刻意撕去，只知在女皇武则天当政年代，有过一番云遮雾绕的往事，其间的云谲波诡，惊天地，泣鬼神，远非这本小册子的篇幅所能穷尽矣……

《秦氏墓匠鉴》提到一个人物：唐高宗李治与女皇武则天的孙子，睿宗李旦的第六子，十五岁少年早夭的终南郡王李隆麒。

秦北洋下意识地抱紧九色——自己就出生于白鹿原唐朝大墓，这位小皇子的地宫棺椁上。挂在胸口的和田暖血玉坠子，是这位小皇子送给他的出生礼物。

中国历史以唐朝为转折点，此后国力衰退，人才凋零，疆土丧失，镇墓兽技艺不断退化。父亲教导秦北洋建造的光绪帝大犴、袁世凯金蟾两尊镇墓兽，跟神奇诡谲的九色相比，绝对是小巫见大巫，犹如徒子徒孙见到了祖师爷。还有安禄山的十角七头、建文帝的东海恶龙，都是他们父子闻所未闻的。若能把这些失传的古老技艺都找回来，必是普天下的工匠之王。

书里还有多处抄写错误，估计是一份副本。不知正本藏在何处？即便是这副本的《秦氏墓匠鉴》，亦被父亲当作传家宝。十八年前，秦海关背着襁褓中的秦北洋，急着赶回八国联军占领的北京，想要抢救这本书册，结果丢掉了儿子，差点让家族断绝。

天，快要亮了，又有稀稀落落的雪籽飘零。

他把《秦氏墓匠鉴》从头到尾啃下来，将密密麻麻天书般的文字，牢牢记于心底。然后，他将祖传秘籍重新埋入瓮缸，藏在骆驼村山神庙的背后。

秦北洋与九色重新出发，走向风雪弥漫的北京城墙，正对西北方向的德胜门。

名侦探叶克难说过——白鹿原唐朝小皇子的棺椁，已被卖给京城数一数二的古董商，德胜门内的陇西堂。

萧燕燕杀人记

　　北京内城九门，分别为朝阳门、崇文门、正阳门、宣武门、阜成门、德胜门、安定门、东直门、西直门。西北面的德胜门，按星宿属玄武，主刀兵，永乐大帝亲征漠北、康熙大帝平定噶尔丹，都是出师德胜门，再由安定门班师回朝，寓意旗开得胜、太平安定。

　　德胜门内大街，有对石狮子镇守的大宅门，牌匾上三个金晃晃的大字——陇西堂。

　　古董商姓李名博通，攀龙附凤自称李唐皇室后人，以陇西成纪为郡望，故名陇西堂。大宅进门是个照壁，题写"金石世家"四字，大厅悬挂刘墉与纪晓岚的字画，摆放明朝的黄花梨家具，前清恭王府流出的描金四漆屏，大明宣德年间的青花瓷。西厢房放大件，刚出土的安阳青铜鼎和大同云冈石窟的佛头像。东厢房是小物件，从乾隆年的鼻烟壶到高古玉器，御用的象牙雕到西汉的五铢钱，刚进来时大多残破污损，需要精心修复才能出手，价格往往能翻几倍。

　　秦北洋换回工匠装扮，将唐刀藏在积水潭的土地庙，改换姓名谎称李隆悌——跟武则天的孙子终南郡王李隆麒只差一字。

　　按照老规矩，管家给他一件浅绛彩绘大师程门的瓷器，检验工匠手艺。程门兼具诗书画三绝，十年前仙逝后价格飙升。这件瓷瓶是程门早年作品，名为《碧梧消暑》，画着一位蒲扇老者在树下纳凉，可惜被砸过，裂成好几道缝，收来已是残品。

　　当年在京郊骆驼村，秦北洋跟一个老匠人学过锔瓷——俗称"小炉匠"，用绳子把瓷器拼好捆牢，两侧钻孔，嵌入锔钉嵌、糯米浆和骨胶涂抹。锔钉从外壁嵌入，并不穿透内壁，碗内不见钉痕，滴水不漏。

秦北洋修得严丝合缝，锔钉本身也成了装饰。这件程门浅绛彩绘瓷器修补完，市价至少五百大洋，比进价高出不止十倍。就像有人把完整的紫砂壶弄裂，再请锔匠修补玩出花样，如打了补丁的西装别有风味。

陇西堂的主人接见了秦北洋。

"李隆悌？名字倒是不错，跟唐明皇李隆基一个辈分呢。"李博通年过五旬，瓜皮帽镶着翡翠帽正，一身绸缎大褂。他注意到秦北洋身后的九色，"这大狗好生古怪。"

"此犬与我相依为命，请容小的带在身边，还能为府上看家护院。"

九色听主人一言，立时雄赳赳气昂昂，恍如战无不胜的藏獒，众人无不退散。

李博通想想这宅子的古董招贼，便给秦北洋加了个差使，就是每晚牵狗巡逻。

秦北洋化名李隆悌，在陇西堂住下，跟几个工匠挤在厢房。九色不能进屋，住在墙角下的狗窝，这让它老大不乐意，但也只能将就。

他与工匠们喝酒聊天，听说两个月前，从陕西运来一件"大货"，像个梓宫——就是皇帝棺椁，但是夜黑风高，谁都没细看，也不晓得藏在哪里。

毫无疑问，那就是唐朝小皇子的棺椁。

但他日夜观察九色的变化，发现这只小镇墓兽并不兴奋——如果唐朝棺椁真在陇西堂的某个角落，纵然掘地三尺，九色也会把它挖出来的。

难道早已被转移了地方？

这大宅原属前清满人勋贵，前后三进，后花园新修了好几间仓库。地下室有工匠在制造赝品，仿新莽博局纹镜就做了七八件，还有西汉金缕玉衣、宋朝的青铜器、乾隆玉碗……

中国古董行作假的传统，由来已久，明朝人做的宋元书画赝品，如今也成了宝贝。怪不得陇西堂日进斗金，说不定琉璃厂流通的假货，大半出自这家作坊。

秦北洋受命修复一批新进古董——竟是一屋子的建筑模型"烫样"。好像来到小人国，圆明园、颐和园、北海、紫禁城，东陵与西陵，缩小在方寸之间。被英法联军烧毁的正大光明殿、上下天光、喜雨山房、烟雨楼等景观，凤凰涅槃，死而复生。打开模型屋顶，可见宫殿内部，梁架与内檐彩画，无不栩栩如生，犹如鼻烟壶的"内画"。西陵的各处宝顶与褛恩殿，让他犹如回到童年……

想当年，前清皇家建筑师"样式雷"家族就是先画图纸，后造微缩模型，呈现皇帝御览批准，才去破土动工。

有清一代，营造陵墓，少不了三大家族：分金点穴的风水师李淳风后人、建筑设计师"样式雷"家族，还有制造镇墓兽的墓匠族秦氏。

李氏据说已经断绝，《推背图》绝学失传，而皇家建筑师"样式雷"的技艺也不得外传。秦北洋用去七天七夜，几乎没合过眼，修复这一屋子"烫样"。他瞪大双眼，从里到外，一梁一柱，一窗一木，犹如照相机与摄像术，牢牢记于心间，搭积木般造起故宫三大殿、圆明三园的亭台楼阁、地安门与鼓楼，还有东陵与西陵的所有陵墓形制……

春节快到了。

潜伏在陇西堂的秦北洋，送走波云诡谲的民国六年，西元1917年，迎来波澜壮阔的民国七年，西元1918年。

小年，在北京是腊月二十三。陇西堂又进了一批货，秦北洋跟伙计们一起搬运。虽是数九寒天，却搬得大汗淋漓。他脱下棉袄，只留一件贴身坎肩，不慎露出胸口的和田暖血玉。

堂主李博通立即叫住他，用放大镜仔细观察玉坠子："竟是真货儿，从哪里得来的？"

秦北洋后悔不迭，装傻道："回掌柜的话，这是小的祖传，生下来就戴在脖子上了。"

陇西堂进出的所有宝贝，包括赝品与废品，都在李博通脑子里清清楚楚，绝无这样的和田暖血玉，并非小伙计在府上偷窃。

"你不是工匠后代吗？哪来这种传家宝？"

"这……人说家丑不可外扬，既然您老想听，我也竹筒倒豆子吧——"秦北洋可不能暴露了白鹿原唐朝大墓，瞬间编好剧本，"小的爷爷年轻时，在北京的王府做长工，跟侧福晋有过男女私情。那位侧福晋身患重病，红颜薄命，临死前将这枚血玉偷偷赠给小的爷爷。"

虽是一头脑筋不转弯的犟牛，但他从小擅长天马行空的想象，更爱看小说、听评话，这样的故事信手拈来。

"要是大清没亡，这偷鸡摸狗的龌龊事传出去，非得杀你全家的头不可！你可知道这血玉的来历？"

"我爷爷没多说。掌柜的，您才是古董行的大拿，给小的指点指点？"

李博通这人好面子，禁不住哄，拿腔拿调起来："知道玉沁吗？就是玉中带有颜色，又像丝又像棉絮。黄色沁称土沁，白色为水沁，绿色为铜沁，黑色为水银沁，紫红色就是血沁。又叫作血古，多是古墓里的随葬品，玉器受到尸骨、色液、颜料、石灰、红漆、木料、土壤的渗透，久而久之变成猩红色、枣皮红、绛紫斑，至少要经过七百年。"

秦北洋吊起了李博通的胃口，顺水推舟问下去："您看我这块玉有多少年呢？"

"这块血玉可不一般，我看在一千年以上。而这里头的血沁啊，乃是纯粹的童子血。"

"童子血？"

老秦说过，有的风水师或道士，喜用童子血驱邪避难。农村还有种说法，若能找到八个童男子来抬棺材下葬，那是最为吉利的。

刹那间，秦北洋脑中闪过自己的脸，不，是唐朝小皇子的容颜。

"李隆悌！我想收购这枚玉佩，你开个价吧！"

这让秦北洋始料未及，心头一凉，只能硬扛到底："掌柜的，这是小的传家宝，万万不能卖给别人，我还要拿它给我爷爷垫棺材板的。"

"呸！那可是暴殄天物！不要给脸不要脸。"

李博通拍了拍桌子，这让秦北洋联想起海上达摩山的欧阳思聪。

"小的恕难从命。"

"五百块银圆如何？你若点头，我现在就从账房取钱，一手交钱，一手交货，你可在北京城里买个四合院了。"

"掌柜的……"

秦北洋心想这地方待不下去了，李博通买不到便要硬抢，这帮家伙是没王法的。

忽然，门官通报有贵宾到访。

李博通面色铁青："李隆悌，明早给个回音。好自为之吧。"

捂着和田暖血玉，秦北洋唯唯诺诺地退出去，正好撞上客人——四十来岁的中年男人，穿着长衫马褂，一副京城里常见的破落贵族模样。

秦北洋认出了这张脸。

两年前，民国五年元旦，袁世凯刚称帝时，有人来到京郊骆驼村，带着一车棺椁，谎称是前清尚书之子，雇用秦氏父子帮他在香山碧云寺附近寻找墓穴。香山雪夜，棺材里蹦出两个刺客，差点夺去秦北洋的性命。

就是这张面孔，当时脚底抹油溜了，如今出现在陇西堂，必有蹊跷。

来访"贵宾"自称家道中落，只得变卖祖传宝贝。他打开一个木头箱子，露出美轮美奂的木雕佛像。

"器物精美，法相庄严，莫不是辽代的宝物？酷似真人实感。"

李博通对辨别真伪和断代是火眼金睛。

客人点头道："李老爷厉害。据先父说，这木雕佛像的容貌，乃是模仿辽国太后萧燕燕。"

李博通忍不住触摸佛像的嘴唇，注意到三根手指头是后来修补的。他对宝物爱不释手，当场以一千大洋成交。

秦北洋不能打草惊蛇，更不能被对方认出自己的脸，便躲藏到厅堂背后观察——这件辽代木雕佛像，正是两个月前海上达摩山失窃的文物，原本是欧阳思聪的藏品，而佛像的三根手指头，真是自己亲手修补的。

此人、此物必与刺客有关，怕是为了唐朝小皇子的棺椁而来？

不速之客收讫一千大洋现金离去。秦北洋悄悄尾随在后，想要看看他的老巢在哪里，或者瞅个机会，将他秘密擒获审讯一番。

德胜门的城门洞子里，一辆小汽车飞驰而来，突然将那人迎面撞飞。

身体在天空飞舞，商贩、行人们尖叫避让，肇事的小汽车逃得无影无踪。必是一起有预谋的杀人案，伪装成交通肇事逃逸。大街上已空无一人，只待警察来处理。秦北洋蹲下来，发现对方还有最后一口气。

他在将死之人的耳边问："是谁派你来的？"

"太……太白……"

来不及说完整句话，那人咳出几口肺里的黑血，便断气了。

秦北洋捏紧拳头，合上死者眼睛，望向德胜门的城楼。今晚，必有大事要发生。

太白？

当晚，腊月二十三，小年儿。

陇西堂为新年扫尘，办了送灶神的祭典，供上两只鸡、一对羊。灶神爷要给玉皇大帝报告人间罪恶，大罪减寿三百日，小罪减寿一百日。李博通却把自己关在书房，冷落了从八大胡同新娶的小妾。

再过七天就要过年，秦北洋就要满十八岁了，他悄声爬上书房的屋顶，掀开两块瓦片——屋里灯火通明，辽代木雕佛像置于正中，李博通跪在蒲团上磕头祈祷。

李博通用烛火照亮佛像的臂弯与腋下，又用手指触摸轻抚千年木雕的皮肤纹理，好像眼前真有个赤脚跣足的契丹贵妇人，就差把嘴唇亲上去了。

秦北洋心头惶恐，莫不是这京城大古董商，对木雕佛像的姿容入迷了？还是李博通久慕一代天后萧燕燕的艳名，竟有非分之想？一如《封神演义》开篇商纣王轻薄女娲娘娘神像？

李博通再次跪拜，焚香祷告，朗声道："大辽萧太后娘娘在上，臣萧博通敬拜。臣本契丹人萧氏，祖居松漠，世代侍奉大辽皇帝。不幸大辽为金人所灭，迁居燕京，以制造古董赝品为业。臣子不肖，为古董营生敛财，谎称陇西成纪李唐后裔。臣愿永世供奉太后娘娘，日夜相伴，不离不弃，芳龄永继。"

最后两句，用了《红楼梦》的句子。躲在屋顶上的秦北洋，听来有些恶心。

这尊秦北洋亲手修复的辽代木雕佛像，从口中吐出一团浓郁的气息，黑中夹杂黄色烟雾，弥漫在密闭的书房中。

李博通正好跪在佛像面前，大口吸入烟雾，当下神色就不对了，目光呆滞，身体僵直。

黑烟浓烈地向上飘去，竟然冲破房梁与瓦片的缝隙，秦北洋避之不及，鼻孔中吸入了一大口。

仿佛一根冰凉的手指，顺着气管捅入他的胸口，又在肺叶与心脏之间绽开一朵黑色的莲花儿，剖开底下胃囊状的莲蓬，便是鲜血淋漓的莲子……

秦北洋感到窒息，想要呕吐却又吐不出，眼前一黑差点从屋顶掉下去。但他屏着呼吸，趴着屋顶继续偷窥——屋里的佛像竟然开口说话，传出个女子的声音——

"萧博通，本宫乃大辽承天皇太后，念尔世代忠心，不追究数典忘祖之罪，本宫命尔戴罪立功——尔可知，唐朝终南郡王棺椁之下落？"

此情此景，还有这穿透力极强的女声，字正腔圆的北京话，年约三十的贵妇人音色，都让屋顶上的秦北洋目瞪口呆……

一代艳后萧燕燕的魂魄显灵了？

李博通早已昏头六冲，对着木雕佛像磕头如捣蒜，念念有词："太后娘娘，请恕臣之大不敬。两月前，臣购得唐朝终南郡王之出土棺椁。存留陇西堂不过十余日，又以五千银圆转手让与国会议员曲靖和。"

国会议员，曲靖和——秦北洋牢牢记下了这个名字。

屋顶下，"萧燕燕"又吐出一团黑黄相间的烟雾，在房间里回环缠绕，犹如一条腾云驾雾的大蛇。黑烟渐渐汇聚凝固，变作一团混沌的面孔，就像人脸上冒出无数个泡泡。

原本慈祥庄严的木雕佛像，这尊被秦北洋亲手修复的美妇人，突然抬起拈花微笑的手指头，向下触摸李博通的脸颊与嘴唇，宛如某种香艳的诱惑。

木雕佛像活了？屋顶上偷窥的秦北洋，反复揉着双眼，倍感不可思议。

"娘娘……"

李博通竟然露出亵渎的眼神，一口咬住"萧燕燕"的手指头。

瞬间，木雕佛像的面孔有了变化，眼珠子向外突出犹如铜铃，嘴唇裂开，露出獠牙，鼻尖也似乎成了地狱中的魔鬼。

佛变成了魔？

不，它变成了一代艳后萧燕燕化身的女魔头，每根头发都是一条毒蛇，又像古希腊神话中的美杜莎，张开血盆大口，几乎笼罩着李博通的头顶。

"太后娘娘，请您收了我吧，萧博通心甘情愿去天国服侍您……"

面对恶魔般的"萧燕燕"，李博通丝毫没有恐惧，反而甘之如饴。

女魔毫不客气地吞吃了陇西堂的主人。

就当秦北洋想要跳下去救人，却见到黑烟突然散尽，魔鬼也随之而消逝，木雕佛像恢复了拈花微笑的原貌。

李博通还活着。

但他似乎变了一个人，双眼成了赤色，仿佛刚吃过人肉的野兽，狂躁不安地起身，抄起藏在门板背后的斧头，凶暴地踹开大门。

忽地一阵冷风吹来，冷得能冻出霜花儿来，秦北洋恢复了清醒，好像刚做了一场噩梦。

他不知所措地趴在层层叠叠的瓦片上，眼睁睁看着李博通冲进隔壁卧室。

须臾间，屋子里传来一声凄厉的惨叫，窗户纸飞溅鲜血。正在暖被窝的小妾，已被李博通的斧头活活砍死。

与此同时，黑夜里有个影子，鬼魅般地从屋檐下闪开。

秦北洋从里到外都凉透了，重新振作精神，跳下屋顶，想要抓住那人影。

对方跑得更快，几下腾挪就到了墙边，飞身消失在小年的月光下。

九色不知从哪儿钻出来了，小镇墓兽必是感受到了杀气。陇西堂里连连惨叫，发狂的李博通已大开杀戒……

左右为难之际，秦北洋还是奔回大宅。到处横着尸体，有工匠、杂役、门房，还有厨师和老妈子，内院横尸正房太太和七个小妾，鲜血浸湿鞋面。

李博通躺在厅堂的太师椅上，咽喉被匕首割断，杀了满门上下，砍得卷刃的斧头掉在地上……

陇西堂的主人死了。

秦北洋蹿回书房，大门敞开，原本那股黑烟，早已被空气稀释，即将烟消云散。那是某种邪恶的迷药，能让人瞬间产生各种幻觉——包括木雕佛像变成萧燕燕，又变成女魔鬼，最后吞噬了李博通。就连屋顶上偷看的秦北洋，也吸入迷药而着了道儿。

他仔细检查辽代木雕佛像，原来内部已被掏空，肚子里有台微型留声机和电池。旁边有个计时器，相当于定时炸弹——人家是爆炸，它却是喷出迷药，播放留声机。

秦北洋稍微摆弄几下，果不其然，响起刚才萧燕燕的那番话。

这是一起精心策划的杀人案，不再是直来直去的白刃杀戮，而利用了现代科技，让留声机定时说话，又用神经迷药，这是所谓的化学方法，加上李博通是契丹后人的秘密——显然已做过精确调查，才能利用人性弱点，让他发了失心疯，用斧头砍死全家。

最后，才是古老的匕首割喉。

还是同一伙人，但这一轮杀人行动，用上了留声机、定时钟表、电力、化学、心理学……简直完美！

刺客的目的跟秦北洋殊途同归——唐朝小皇子棺椁在哪里？

秦北洋深度潜伏一个月一无所知，他们却在一夜之间干净利落地完成，让李博通自己乖乖地说出答案：国会议员，曲靖和。

这时候，门外响起警察的鸣笛声……

秦北洋发现自己满身是血，留着只会被当作凶手，只得带着九色踢开后门。

他沿着城墙根来到积水潭，从土地庙里取出唐刀，换了衣裳，洗去血污，逃之夭夭……

圆明园的名侦探

第五章

民国七年，1918年，腊月二十三。

小年的子夜，一人一兽，缒城逃出北京城墙，迎着刺骨的西北风狂奔。

他们来到一大片荒芜颓败的园子。月光再度清亮起来，秦北洋安抚九色，让它化身幼麒麟镇墓兽，吐出琉璃火球，幽幽地照亮一片西洋建筑般的残垣断壁。

圆明园。

满脑子还是今晚的凶案，喷出黑烟的辽代木雕佛像、幻化为魔鬼的一代艳后萧燕燕，还有杀了自己一家老小的李博通……

他不禁喘息着跪下，膝盖下残破的废墟，便是乾隆皇帝耗尽民脂民膏造起来的"西洋楼"中的大水法。

秦北洋又想起失踪的老爹说起过秦氏家族在这儿住了四代人，为皇帝雕刻这些西洋楼宇的纹饰，直到咸丰年间被英法联军一把火烧得干净。

九色帮他找到一间还算完整的小房子，补上窗户纸，堵住屋顶破洞，清理出土炕。叶落归根，睡在这儿的第一晚，秦北洋就梦见在这皇家园林里世代做工匠的爷爷，还有爷爷的爷爷……

三天后，圆明园，落了一场白茫茫的大雪。

历史在荒烟蔓草中破碎成无数石头，相依为命的一人一兽，被日头照得身影渐长。乾隆皇帝最爱的宫殿前，有个石头围棋盘，也许乾隆与和珅这对忘年交在此对弈过。

秦北洋坐在石头棋盘边跟九色下围棋。

幸好园子荒无人烟，要是被人看见他跟狗下棋，要么是他有精神病，要么就是狗被邪灵附体了。下得正起劲时，有人夹起一枚黑子，放到要害点位，吃掉白子的大龙。持白的秦北洋怒不可遏，抬头却见到一张熟悉的面孔。

"叶探长！"

名侦探叶克难，还是一身潇洒的长衫，缠着围脖，浓黑眉毛加上胡子，摘下白色礼帽，摸着九色的脑袋："你居然会下围棋！镇墓兽的秘密，无穷无尽啊。而你——秦北洋，坐拥百万白银的达摩山伯爵，落魄隐身于废弃的皇家园林，倒也符合大仲马小说的气质。"

昨儿个，秦北洋给北京警察厅的叶探长写了一封匿名信，相约在圆明园相会。

他讲述了腊月二十三晚上，陇西堂灭门案的真相，包括辽代木雕佛像里喷出的迷药，假扮萧燕燕说话，等等，听得叶克难啧啧称奇。

"国会议员，曲靖和。"

秦北洋说出唐朝小皇子棺椁下落——李博通告诉了佛像，等于告诉了窗外偷听的刺客。

"我知道这名字，出身于湖南的名门望族。曲靖和早年留学日本，乃是交通部高官，主管铁路借款，新交通系要员。小皇子的棺椁落到他的手里，可不容易拿出来呢。"

"新交通系？"

"你说当今之天下，最要紧、最有钱的产业是什么？"

"银行？实业工厂？煤炭铁矿？"

秦北洋连说几个，都被叶克难摇头否决："你忘了我们如何在京沪之间往来的？"

"铁路？"

"不仅铁路，还有轮船、邮政、电话、电报……谁掌握了交通与通信，谁就掌握了天下的流通——人的流通、货物的流通，还有消息的流通。你说到银行，也没错，交通系还掌握着交通银行、中华汇业银行、邮政储蓄汇兑。"

"俗话说，铁路一响，黄金万两。叶探长，您对北洋政府的时局，真是小葱拌豆腐，一清二楚啊。您能从曲靖和议员手里，把唐朝小皇子的棺椁救出来吗？"

听到他们谈论这个话题，九色爬到叶克难的大腿上发嗲，放射琉璃色目光。

"我可没权力去搜查。"名侦探暂时无法解决，"北洋，你还好吗？"

"一人一兽，天涯孤远，形同丧家之犬。"秦北洋文绉绉地说，身处圆明园中，不觉间受到地气感染，"叶探长，您在北洋政府神通广大，我也托您寻找俺爹的下落可好？"

"我听说他被白俄人掳走了，凶多吉少。但无论结果如何，我都会为你努力寻找老秦的。"

秦北洋皱起眉头，又想起一人："安娜怎么样？"

"她还在上海。"

"千万不要告诉她，关于我的下落。"

"怎么说？"

"叶探长，你也看到了，自从我九岁那年起，不，从我出生起，我就不断带来灾祸，先害死了亲娘，又害死养父母，我爹如今被劫持到关外生死不明。而我所过之处，不是大屠杀，就是灭门案，上海公共租界的虹口捕房、海上达摩山的欧阳思聪、陇西堂的李博通……我就是一颗扫把星，若不是我，安娜也不会没了爹。对了，九色也是灾星，两个灾星在一起，一心复仇，不愿再牵连他人。"

"小子，你有种，可你哪知女孩的心思？身在福中不知福啊。你要答应我，就藏在这圆明园中，切勿轻举妄动。"

叶克难说罢，踏雪离开了圆明园。

然而，秦北洋内心已打定主意，今晚就要去寻找唐朝小皇子的棺椁。

是否带上九色同行？思前想后，秦北洋决定不带。九色能起到绝境逢生之作用，但这次并非去大战，而是打个前站。若是今晚带上九色，一旦打草惊蛇，恐怕下次再无机会。

父亲送给他的三尺唐刀，特意在砥石上磨了半天，恢复一千二百年前安史之乱的锋利。

月色明亮，他没敢走北边的城门，怕被警察拦住，还是缒城翻越城墙。

绕过钟鼓楼，沿着屋檐下的阴影，在地安门外拐弯，便到了帽儿胡同。再过几天，便是除夕，北洋政府的许多高官都住这儿，戒备也格外森严。

国会议员曲靖和，就住在其中一栋静谧的大宅门中。

秦北洋踩着脚下的积雪，屏着呼吸攀上墙头。冰冷的空气之中，隐隐嗅到地宫般的气味儿。等到他跳入院子，心口的和田暖血玉一片滚烫，才发觉出了大事儿。

棺椁之恋

曲靖和正在卧室里照着镜子。

相比北洋政府和交通系的高官和议员们，他有一张年轻的面孔，不过三十出头，身材高挑瘦长，皮肤白皙鲜嫩，胡须刮得干干净净，放在湖南老家，就像沈从文笔下的"岳云"，白袍白甲，丹唇秀目。

他在给自己涂口红、画眉毛，还有各色的彩妆，用胭脂抹上腮红，竟变成一个娇艳欲滴的贵妇人。曲靖和用布带将头勒紧，吊起自己眼角，颇为痛苦但又很享受。接着是"贴片子"，用榆树皮胶与真人头发混合，装饰美人的鬓发……戴网子、横簪、发垫，梳大头，戴水纱，最后戴上点翠的头面。

曲靖和穿上一套流光溢彩的戏服，从六尺男儿变身为戏台上的杨贵妃。

他——不，应该用"她"，用千娇百媚的花旦声音，咿咿呀呀地唱一段："长空雁，雁儿飞，哎呀雁儿呀，雁儿并飞腾，闻奴的声音落花荫，这景色撩人欲醉，不觉来到百花亭……"

这不是梅兰芳的《贵妃醉酒》吗？

"她"端起小酒杯，一杯复一杯，直把自己灌得微醺，巧笑倩兮，美目盼兮，加上一身华贵的妆容，真个是白居易所说的"揽衣推枕起徘徊，珠箔银屏迤逦开"。

但见屋里摆设不少古物，唐三彩的侍女，《步辇图》的摹本，甚至唐朝古墓出土的明器，这家具与帷幔的装饰也是大唐风格。

"贵妃"左摇右摆地步出卧房，来到月光清冷的庭院中。若是被人撞见，必以为杨玉环香魂显灵。"她"又用钥匙打开一扇门，果然躺着一具硕大的棺椁。

　　外椁竟有一座小房子般高大，又似运河上的乌篷船，两头高高翘起，飞檐挑壁的感觉。千年的上等梓木，依然保持坚固，那层鲜艳的朱漆，只有个别的脱落斑驳，仍能看到唐朝的人物与神兽画面。而在棺椁的一头，有个被斧头劈开的洞口，已被安上两块木板，暗格窗户似的保护起来。

　　三个月前，曲靖和听说北京最大的古董商——陇西堂的李博通新进了一件唐朝的大货。他以国会议员之尊登门拜访，才得以见到来自白鹿原唐朝大墓的棺椁，并且得知墓主人的真实身份——女皇武则天与高宗李治之孙，终南郡王李隆麒。讨价还价之后，最终以五千大洋成交。新交通系控制铁路，府中自有白银万两，曲靖和当天就付了全款，秘密运走了这副稀世的棺椁。考虑到年关将近，曲靖和要回湖南老家，他将棺椁秘密运入城北的一座寺院，谎称是自家的亲戚棺材。寺院兼营义庄，临时停放棺材也属正常，没有人会怀疑。过完年，曲靖和返回北京，从寺院中将棺椁接出来，奉还到帽儿胡同自家宅邸之中。

　　此刻，装扮成杨贵妃的国会议员，触摸着唐朝小皇子的棺椁，口中念念有词："郡王爷，您是唐明皇李隆基的同父异母弟弟，奴家就是您的嫂嫂，来给您请安了。"

　　"她"又点上灯，棺椁旁有张书桌与文房四宝。"她"摊开一张宣纸，研墨提笔，在最右边写下几个大字"大周终南郡王祭"。这位"杨贵妃"写的是颜真卿体楷书，雄强圆厚，骨力遒劲，又不似女人所写。稍稍思量，"她"又落笔写下祭文……

　　这一篇，洋洋洒洒，竟有千言，显示出纯熟的文言功力。最后一段"呜呼，言有穷而情不可终，汝其知也邪？其不知也邪？呜呼哀哉！尚飨！"直接抄了韩愈的《祭十二郎文》。

　　国会议员曲靖和搁笔，来到棺椁跟前，踌躇再三，打开被劈开缺口的两扇木板。

　　"她"提着灯，往棺椁深处照去，外椁与内棺都破了洞，幽暗的光影之间，尘埃飞舞不定，依稀可见藏在罗衾下的两只高头履鞋的形状。

　　一阵冰冷的寒气，如同干冰的烟雾扑面而来。"贵妃"的嫣红嘴唇在颤抖，但"她"还是爬进了棺椁洞口。棺椁里冷得如同数九寒天，让"她"的四肢几乎冻僵。

　　如同噩梦或春梦一场，"她"已完全进入内棺，先看到五彩斑斓的鞋面，接着是躺在一床罗衾下的墓主人。

一个少年。

自幽冥黄泉三尺地下，自一千两百年时光的尘埃，自终南山与白鹿原，自长安大明宫，自洛阳太初宫穿越而来。

没有腐烂。

终南郡王李隆麒，十五岁而亡，栩栩如生，眉目如丝，发光可鉴人，犹如喝了一壶杜康酒，千年一醉，万年不醒。

曲靖和从没见过这样的少年，"她"屏住呼吸，缓缓躺在他的身边。这副棺椁足够宽敞，犹如从地面浓缩入地下的寝宫，足够他俩并排而卧。就像陪侍马嵬坡死后的贵妃，见到阴阳两隔的唐明皇。"她"深信不疑，李隆基少年郎时，也是这番英俊姿容。只是生死之间，两人调换了位置。"她"的眼角，淌下涟涟的泪水，以托千年相望的哀思……

耳边似又响起《长恨歌》："风吹仙袂飘飘举，犹似霓裳羽衣舞。玉容寂寞泪阑干，梨花一枝春带雨……"

电话铃声响了。

唐朝小皇子的棺椁之外，竟然还安装了一部电话机，这铃声如泣如诉，打断了曲靖和的春心妄想。

最后看一眼李隆麒，"她"匆忙从棺椁中爬出，关好两扇木板，就像合上墓室大门。

电话铃声响个不停，曲靖和匆忙地接起，听到个沉闷的男声："准备好了吗？"

"准备……好了。"

他恢复了男人的声音，只是细细的，还像个少年。

"好，一小时内，我派人来接。"

电话挂断，"杨贵妃"痴痴坐下，看着寂静的唐朝棺椁。"她"开始卸妆，时光放慢了一百倍，摘下所有头饰，热水洗脸，抹去油彩，换上一身长衫，重新成为二十世纪的男子，中华民国的国会议员。

他无法拒绝这个电话，无法保留自己的心爱之物，就像马嵬坡的唐明皇，只能目送杨贵妃挂上三尺白绫。

曲靖和走出三重院落，下人和保镖们都已备好，昨天约定的时辰——子夜前来取宝物。

更漏缓缓滴水，他端坐在客厅里，无言啜着茶水，等待生离死别。

人来了。

客厅里踏入两个穿着军大衣的军官，为首的不到三十岁，相貌白皙而俊朗，只可惜右脸上有条刀疤，看肩章是上校军衔；还有个更为年轻，不过身材高大，犹如蛮牛下山，佩戴少校军衔。

"曲先生，我们奉命来取宝物。"

脸上有刀疤的那个说罢，送出一封信函。曲靖和匆匆看了一眼，确认来人之身份，便吩咐小厮给客人沏茶。

两个军官各自喝了一口，便摆手说子夜时分，不宜久留，请速速交接。

"两位，请随我来。"

曲靖和将他们迎入三重院落，直到那间存放棺椁的屋子，后面还跟着议员的几个保镖。

打开房门，看到一副硕大的棺椁，右脸刀疤的军官眉头微微一挑。他轻轻触摸棺椁表面，唐朝彩绘里的鲜艳人物，犹如对他反弹琵琶而来。

他转到棺椁一头的两扇木板前，低声问："小皇子是否在其中？"

曲靖和面色相当难看，但他还是打开木板，关照只可查看一眼，免得坏了宝贝金身。

于是，右脸刀疤的军官，借着灯光看到了墓主人的双脚。

重新关好木板，再加上一把铜锁，下人们开始搬运棺椁。

这唐朝的棺木沉重万钧，必须由十来个壮汉在底下填装数十根木头，滚动着方能移出屋子。众人在月光下推动棺椁，仿佛一次房屋迁建的工程，直到院门口一辆马车旁。四匹强壮的驮马正喷着鼻息等待。好不容易，大家才把棺椁送上马车。

曲靖和却拉住两个军官说："请两位给我写个收条。"

右脸刀疤的军官有些不耐烦，稍有犹豫，但也在月光下签了个字。国会议员仔细看着名字，又与原来那封信函仔细核对，果然并无差错。

不过，曲靖和又问了一句："怎的只有你们两位？"

"主公吩咐我等低调行事，帽儿胡同多是富贵人家居住，不要大队人马惊动了左邻右舍。"

军官说罢，刚要坐上马车赶路，却又被曲靖和抓住缰绳："请问两位可是保定军校毕业？"

"嗯……正是。"

"请问是哪一期？"

"我是保定一期，他是保定三期。"

国会议员微微一笑："哦，杨祖德校长可是我家的世交。"

"是啊，杨校长对我多有提携。"

说到此处，曲靖和却冷笑两声，更加用力拽住缰绳："两位啊，你们可是冒牌货？"

"何出此言？"

"保定一期的校长乃是蒋百里先生，早已去职，杨祖德是现任校长。我对二位有所怀疑，以此来试探二位，果然……"

话音未落，曲靖和的喉咙已被割断了。

他惊恐地看着刀疤脸的军官，想要说话却说不出，气管咝啦咝啦地发出声音，颈动脉的鲜血喷溅。

国会议员就像一条狗似的死了。

保镖和下人们还未反应过来，匕首已经纷纷割断他们的喉咙，只有个保镖掏出手枪来，还未来得及扣动扳机，匕首已刺破他的心脏。

一分钟内，装载棺椁的马车四周，已躺下九具尸体，纯白的积雪被染得鲜红。

黄雀在后

第七章

一分钟后，秦北洋跳入国会议员曲靖和宅邸的院子。

他看到破败瓷盆里冰面如镜，格格不入地生着一枝枯萎的莲花，孤独到乍看竟以为是假的。静静地开放，默默地死去。

然后，他看到了满地的死人，白雪鲜红夺目……

除了一个人胸口中刀，所有人都被割开了喉咙。

杀气，随着风声在耳边飞舞，也是脖颈里喷出的血腥气。月光下，躺着个身着长衫、皮肤白皙的男子，瞪着双眼，死不瞑目。血还是温的。

刺客来了。

他抽出背后的唐刀，压低身子，躲藏到墙角边缘，向着三重院落深处摸索。

秦北洋依次打开几扇房门，却看到女人的梳妆台和镜子，还有花旦的戏服和头饰，想必属于府邸里的女眷。

他进入一间宽敞的屋子，地板上可见有些木屑，飘荡着地宫里才有的气味，这对他来说尤其熟悉。书桌上有一条长卷，写满密密麻麻的文字，居然是"大周终南郡王祭"。墨迹还未干透，分明是哀悼武则天与高宗李治的孙子，终南郡王李隆麒的。

这间屋子刚刚停放过唐朝小皇子的棺椁。

子夜，秦北洋冲出国会议员的宅邸，直达照壁外的大门口，静静的帽儿胡同。

雪地上有两条车轱辘的印子，必是刚走远没多久。沿着车轮印子追去，刚绕到地安门大街，便听到两声清脆的枪响。他从帽儿胡同探出脑袋，前头火把通明，一辆四匹马拉的大车上，装载着一具硕大无朋的棺椁，从形制与规格来看必属于皇家。

这是他第一次亲眼见到唐朝的棺椁。

在这辆马车上，还坐着两个人，全都穿着蓝色的北洋军服，看肩章和军帽都是军官。而在他俩的对面，是上百名全副武装的士兵，堵住了整条大街，排成两队举枪瞄准了马车。

士兵们的火把照亮了马车上的两张面孔。

秦北洋看到其中一人，右侧脸颊的刀疤，从嘴角到耳边——杀母仇人的脸。

真想立刻砍下这颗项上人头，但他想想对面那些枪口，暂时不要去凑热闹，免得给这两个刺客陪葬。

"什么人？"对面响起个军官的声音，"放下宝物。"

螳螂捕蝉，黄雀在后。

两个刺客，便是螳螂，他们彼此看了一眼，突然间，手里扔出炮仗样的东西，爆出浓墨般的黑烟。

马车连同棺椁，被这团平地烟雾笼罩。子夜的地安门大街，秦北洋啥都看不到了，只听到一阵急促枪响。几十发子弹在街上飞行，接着响起一片咳嗽声。这让秦北洋想起三天前的陇西堂灭门夜，让李博通产生诡异幻觉的黑烟。

又一阵风从钟鼓楼上吹来，才让黑烟渐渐消散。白雪茫茫的大街上，只剩下马车和棺椁，两个穿着军官服装的刺客，都不见了。

这不是幻觉。

没有活人，也没有死尸——除了棺椁里的那个。

士兵们包围了马车，那两人已无影无踪。用烟雾来掩盖撤退，也是江湖上常用的手法。只要拿到这件大古董就好，军官坐上马车，重新控制缰绳，前后左右都有士兵护卫，向着巍峨的鼓楼而去。

秦北洋跟踪在后面，幸好这棺椁沉重，马车跑不快。到了鼓楼大街右转，跟过几条路口，在交道口再度右转往南……在地图上绕了一个大圈，直到铁狮子胡同。

马车开进一栋中式的大门楼，灰筒瓦悬山大脊顶三间开的，两边有大石狮子把门，街对面一座悬山顶砖雕大影壁，看来气派非凡，这是谁家的公馆？门口还有一长溜士兵站岗，幸好亮着好几盏大灯笼，照亮一块匾额。

秦北洋的视力极佳，雪夜中分辨出三个字——

陆军部。

数十名士兵将棺椁搬下马车，吆喝着送入陆军部的大厅。

一个穿着大氅的北洋军人走来，年龄不到四十岁，肩章已镶着三颗金星，北洋最高的上将军衔。

他剃着近乎光头的板寸，双眼炯然有神，上下打量着棺椁，手指头轻轻触摸唐朝彩绘人物，低声问："曲靖和怎么说？"

"小……小徐将军……没……没碰到他……"

军官怯生生地说明刚才经过，小徐将军面孔一板："立即再去曲府查看，务必确保国会议员安全。"

他命令勤务兵把棺椁上新开的木板打开，凑近了提着手电筒想看一眼……

突然，棺材里飞出一道白光，彗星袭月，白虹贯日。

匕首直直地冲他咽喉而来。

幸亏小徐将军反应机敏，仰天倒在地上，躲过了这致命一击。

霎时间，陆军部一片大乱，棺材里飞出两个黑影。大伙儿第一反应是尸变，但这两人穿着北洋军官的服装——士兵们才明白，刚才在地安门大街，那团黑烟并未掩护他俩逃走，而是趁机钻入棺椁，竟跟尸体藏在一起，怪不得无缘无故消失，因为没人会检查棺椁内部。

两个刺客并不恋战，飞檐走壁地爬上陆军部大楼，跳到西侧的一条小胡同。

陆军部是什么地方？龙潭虎穴，能逃出来已是万幸。两人身轻如燕，踏雪飞行，往胡同北口逃去。

忽然，月光下多出一个人影，手中有把三尺长的刀，露出一双锐利目光，面孔分外年轻。

十八岁的秦北洋。

"我已等候你们多时了。"说完，少年摇摇头，"不，是等候九年了。"

雪夜中，刀疤脸的刺客，摘下北洋军帽，脱下蓝色军装，露出一身黑衣。更健壮的那个刺客，如法炮制。

面对杀死母亲的仇敌，秦北洋用左手滑过自己右脸，比画了那道丑陋的疤痕，这是九岁的秦北洋送给敌人的礼物。在自己愤怒之前，他先要激怒敌人。

刚才他一路跟踪军队与马车，总感觉有些异样，两个刺客怎会平白无故消失？

他在陆军部边上的胡同潜伏，看看会发生什么。果然，他听到大墙内的枪响——必有人藏于棺椁，潜入陆军部。就像两年前的元旦，香山碧云寺脚下，躲藏在棺材中的一老一少两个刺客，这是他们惯用的伎俩。

对方毫不慌张，反而平静地回答："我也等候你一晚上了。"

"你在等我？"

秦北洋心想自己藏身圆明园的秘密，恐怕早已被发现。刺客们守株待兔，只等他离开九色单独行动。

本以为，螳螂捕蝉，黄雀在后，秦北洋就是黄雀背后的捕鸟人……其实，自己才是那只最弱小的"蝉"。

刀疤脸刺客一声不吭地跳上墙头，秦北洋再也不能让他逃了，便飞身冲上四合院屋顶。

突然，一个刺客回头扔出一个东西，旋转着击中秦北洋的额头。

一块鹅卵石，借着手腕力道，打得他头破血流，天旋地转，月亮变成两半，拽着他坠入幽深的地宫金井……

一个梦

第八章

黎明前，星辰忽隐忽现。

睁开眼，烟云缭绕的天空，群峰耸峙的山顶。左边裸露黑色岩石，像冲破苍天的利剑；右边宛如森森白骨，老天爷的鬼斧神工。黑白两座山峰间，挂着一道结冰的瀑布。太阳从云海升起。仿佛无穷无尽的棉花田，长出一朵金色的咸蛋黄。

有颗小石头砸到头顶心……

他打了个滚儿，抽出背后唐刀，方觉满地奇花异草，仿佛绿地毯上缀着五彩斑斓的丝线。

有个女孩，十二三岁，那身衣衫在古墓壁画中常见。头顶扎两个发髻，像一对猫耳朵，两绺丝线垂落，晃悠在鬓发旁，俨然神仙世界的童子。就是她用小石头砸了秦北洋。

"欢迎来到天国！"

"天……国？"

"不要害怕。"汉服女孩说着一口京片子，目光里有贵胄之气，瘦长脸形，细细眉眼，苍白皮肤，像北京城里的旗人孩子。她蹦蹦跳跳地走到山顶边缘，底下是壁立万仞的悬崖，"你的所有感觉都是假的……因为，你是一个死人。"

"我是死人？那么你呢？活人还是鬼魅？"

"人耶鬼耶，是耶非耶，不过镜花水月，不如共赏云海，同观日出。"

女孩走起路来仙气盈盈，衣袂飘飘，每踩一步都让人揪心，稍有差

037

池就会摔得粉身碎骨。

"小心啊！"

他忍不住提醒一句，女孩回头嘻嘻一笑："死亡只存在于人间，这里是天国，没有生、老、病、死、怨憎会、爱别离的世界。"

"这是什么年代？唐、宋、元、明、清？"

"无所谓年代，这里与天地同寿！"

女孩盘腿坐在悬空的石梁上，犹如古代山间修行的道人，只是两团发髻有些可爱。

倏忽间，后头响起个少年的声音："芳子！"

十三四岁的男孩，嗓音像小公鸭子，身材瘦长，容貌俊美，一身汉服，头顶扎了发髻，长发从脖子两边垂到胸前，在这云雾高山之巅，宛如从吴道子的画里出来。

秦北洋看着小女孩说："原来你叫芳子？"

芳子并不多话，带着他来到一片碧蓝的湖畔，泪滴形状的高山深潭，蓝得让人心悸，那么冷的高山上，居然没有结冰。

倏忽间，水中除了自己的倒影，还多了一张面孔。

一个老婆婆。

她的皮肤苍白，布满刀刻般的皱纹。看不到满头白发，而是黑色绸缎裹头。她穿一件圆领长袍，领口很小，收紧腰身。她的衣襟开在左边。汉人习俗，人死后穿寿衣，才会把衣襟开在左边。盗墓贼打开棺材看到的尸体都是"左衽"。

"你是……"

"孟婆。"

呜呼哀哉！孟婆不就是传说中守在奈何桥头的老婆婆吗？人死以后，务必喝下一碗孟婆汤，就能彻底遗忘前世记忆，放下爱恨情仇，赤条条去往下一世轮回了。

"我不是死人！"

秦北洋一把推倒孟婆，冲着山坡狂奔而去。他想念九色了，心想必须逃下山去，回到北京圆明园。

当他穿过一条开遍山茱萸的小径，怪石嶙峋之中，惊现一组华美无比的亭台楼阁。

流光溢彩的仙境。树上长满闻所未闻的仙果，装饰着黄金、和田玉、红宝石。墙上有一排水龙头，拧开第一个，流出醇香的美酒；第二个是甘甜的鲜牛奶；第三个则是黏稠的蜂蜜……

宫殿响起叮叮咚咚的音乐声，层层纱幔之中，坐着一支完全由仙女组成的乐队，穿着古墓壁画里的衣衫，袒胸露乳，春光大泄。

琵琶、五弦、阮咸、箜篌、古琴、古筝、陶埙七种乐器，掌控在七位美少女手中，咿咿呀呀地歌唱——

丽宇芳林对高阁，新妆艳质本倾城。
映户凝娇乍不进，出帷含态笑相迎。
妖姬脸似花含露，玉树流光照后庭。
花开花落不长久，落红满地归寂中。

秦北洋不可自控走近，端详每一位少女的脸庞，惊觉她们不过十六七岁年纪，身体重要部位在披帛中忽隐忽现，小荷才露尖尖角，羞得他满面通红。

一曲终了，她们放下乐器，笑脸盈盈，毫不害臊，端出奇异的水果，就往少年的嘴里塞。他都来不及吐皮、吐核，囫囵吞枣地吃下，也无从评价什么味道。

"你们是什么人？这又是什么地方？"

"小公子，奴家都是西王母的侍女。"

七个仙女儿，依次报上名来：董双成、王子登、郭蜜香、纪维容、许飞琼、贾陵华、段安香。

"西王母？想必是昆仑山？"

七个仙女又说，今夜，他是西王母的贵客，也是她们的主人，可以任意使用——无论心还是身子。

把持不住的关头，秦北洋脑中闪过一双琉璃色眼球，那是九色，也是安娜。

他腾身而起，用力推开七个仙女，红着脸说："我要回人间去。"

听到"人间"两字，这七个沉鱼落雁、闭月羞花的仙女，纷纷皱起眉头，甚至倒地呕吐："人间？那个恶心的烂地方？有什么好啊？"

"人间确实不好，龌龊透顶，尔虞我诈，血流成河……但亦有我所中意的女子与伙伴。"

西王母的大侍女董双成娇叱一声："休要做言而无信的穆天子，始乱之，终弃之。西王母泪洒瑶池，等了那男人三千年呢。"

穆天子西游昆仑山遇西王母，秦北洋想起了这典故。

王子登牵着他的左手，郭蜜香抓着他的右手，纪维容抱住了他的左大腿，许飞琼搂紧了他的右大腿，贾陵华用手臂钩住了他的脖子，段安香将香腮紧贴着他的胸口。

"勿忘我！"

最后，大侍女董双成眼含泪珠，亲吻了他的嘴唇。

香气迷离，欲死欲仙……

脑中却浮起安娜的琉璃色双眼，秦北洋大喝一声，挣脱所有纠缠，抽出背后的唐刀。

董双成毫无畏惧地上来，把脖颈放在利刃上，含情脉脉，泪水涟涟："小公子！你可忍心杀奴家吗？"

嘴唇还残留她的香吻，秦北洋却被这眼神一激灵，唐刀不知怎的打了个滚，霎时切断董双成的脖子，鲜血喷溅了一脸。

这一刀下去，秦北洋惊骇得魂飞天外。滚落在地的人头，依然重复银铃般的声音："小公子！你可忍心杀奴家吗？"

一回头，华丽的宫殿变得破败，窗户上结着蜘蛛网，天花板和房梁坠落，地板和墙壁全是窟窿，爬满蟑螂和老鼠，蝙蝠从头顶飞过。刚才吃下的奇珍异果，竟是发馊的饭团和糟糠。秦北洋胃里翻江倒海，蹲下大口呕吐，几乎把胃液都吐出来了。

剩下的六位仙女，俱已变成老太婆般的黑臭僵尸。

秦北洋收起唐刀，踉跄地冲出宫殿，迎面却见着黑布裹头的孟婆。她的身边还有个男人，却戴着一张青面獠牙的鬼面具。

他俩异口同声道："恭喜你！北洋，你突破了最后一道魔障！"

"魔障？"

秦北洋仰天长叹，暗暗庆幸自己保住了童子身。

回到俯瞰云海的悬崖边，孟婆端出一碗热气腾腾的汤，散发浓烈呛鼻的气味。

"喝下去，你会忘记前世的一切。"

"孟婆汤？"

孟婆嘴角嫣然一笑，仿佛不是八十多岁的老太太，而是十八岁的大姑娘。

别无选择，秦北洋端起这碗汤，一饮而尽，几乎把喉管都烫破了，强撑着吞到胃里。

百般滋味，难以尽述。

"记着，你此生，必与古墓为伴。"

孟婆又在他的耳边关照一句，秦北洋点头："这是我的宿命。"

十八岁少年，纵身向后翻腾，犹如跳海自杀的鱼、跳崖自尽的鸟……

九千岁伪镇墓兽

第九章

梦醒了。

深呼吸，空气里有某种味道，潜入鼻孔与肺叶，挠得人神魂颠倒……

血液重新流动，每一寸皮肤都有了知觉。灵魂像个调皮的顽童，回到秦北洋的躯壳。

他闻到了镇墓兽独有的气味。

睁开眼，只见一团赤色鬃毛，接着是一双琉璃色眸子。

九色！

清晨的阳光，晒得人一阵眩晕。但流浪狗般的小镇墓兽，胸前的暖血玉坠子，提醒自己真真切切地活着。唐刀还插在背后，刀鞘完整。抽出来一看，完璧归赵。久别重逢的欢欣，九色亲了他的嘴。感觉身体轻了许多，秦北洋一抬腿，竟跃起五六尺，跳上断裂的石梁。

这是北京，荒芜颓败的圆明园，被英法联军烧毁的大水法废墟……

上一次意识停留在哪里？

对，天国！

烟云缭绕的高山，也许是昆仑山？那是人间天堂，抑或恰恰相反？

不，那只是一场噩梦，最终几乎变成春梦，却又被灌下孟婆汤，只剩一些模糊的片段。

想起天国花园般的死后世界，芳子和中山这些古代孩子，尤其西王母帐下的七仙女，这不是曹雪芹的《红楼梦》第五回"贾宝玉神游太虚境　警幻仙曲演红楼梦"吗？

秦北洋茫然地走出圆明园，终于找到一户农家，问清楚今天的日子——阳历5月15日，中华民国七年，公元1918年。

不错，今儿个天气温暖，艳阳高照，正是北京的暮春时节，炎夏即将到来。

但他对于昨日的记忆，尚停留在民国七年的腊月二十六，阳历大约是2月7日，除夕夜的三天前，寒冬雪夜。

那一夜，秦北洋探访国会议员曲靖和的宅邸，寻找唐朝小皇子棺椁，意外发现一场灭门惨案，刺客们再次捷足先登。他一路追踪到了铁狮子胡同的陆军部，遭遇右脸有刀疤的刺客，从屋顶上坠落昏迷。

掐指算来，至今三个多月，整整一百天……

不可思议，这在儒勒·凡尔纳的小说里都可以环游地球了。

漫长的一百天里，九色孤独地守着废弃的园子，等待主人归来，不离不弃，就像在唐朝地宫中的一千两百年。

秦北洋猛烈捶打自己的脑壳，最近的一百天，只剩一场无比奇异的梦？

奇怪啊，如果昏迷了三个多月，不是早就饿死了吗？还是在这一百天里，自己被送到一个秘密的地方，而后被抹去了全部记忆？

这可能性一掠过心头，就让他毛骨悚然，却又难以解释……

突然，秦北洋脱光衣服，精赤条条，让九色仔细检查——身上是否多了什么伤疤？或少了什么零部件？还是被人做过手脚？他相信镇墓兽具有超乎人类的五感。

谢天谢地，他完整地回来了，甚至长高了，唇上胡须茂盛坚硬，还有两块强健的胸肌。

但最有可能的是——秦北洋被刺客们绑架了一百天。

不知何故，他又被刺客们活着送回了圆明园。

这地方不能再待下去了，他带着九色狂奔出废弃的园子。

一人一兽，在艳阳下狂奔到香山。秦北洋却感觉毫不吃力，背后只出一层薄汗，反而神清气爽，体内有用不完的力量。

香山碧云寺。

天黑以后，他跟九色在山脚下溜达，想要找个落脚点，哪怕一个窝棚也好。走过金刚宝座塔北缘，秦北洋发现几个黑魆魆的身影，竟是盗墓贼在挖掘宝贝。香山是北京的风水宝地，达官贵人都喜欢葬在这儿。他抽出唐刀，仗着有九色在身边，大喝一声："呔！来者何人？"

盗墓贼吓得落荒而逃，看来尚是资历浅薄的毛贼。

秦北洋看到被打开的墓道口，石雕像是明朝的。他用泥土封住洞口，跑去碧云寺通知大和尚。毕竟这洞口在金刚宝座塔附近，万一挖坏了曼陀罗的根基可是大事。

"有人盗墓？"

一位暂住在寺庙里的居士，掀开门帘出来。这人四十多岁，身材较常人高大，穿着朴素的土布长衫，双目很有精气神，双手皆盘着檀香木念珠。

大和尚恭敬地向居士双手合十："王教授。"

"我是北京大学历史系教授王家维，带我去看看盗墓的洞口。"他看了一眼秦北洋，"是你发现了盗墓贼？"

"是我们发现的。"

"你们？"王教授饶有深意地点头，盯着九色的琉璃色眼珠子说，"有意思的大狗。"

众人来到金刚宝座塔下，被盗墓贼掘开的墓道口，王家维教授举着马灯仔细查看道："从汉白玉雕刻的规制与风格来看，这位小兄弟的判断很准，果然是明代的古墓。"

"我……我只是随口一说。"

秦北洋不想暴露自己是墓匠族的传人，便带着九色潜入墓道之中。王教授与僧人们紧随其后。

在灯光的照射下，活人的脚步带来空气流动，历史幻化成无数的烟尘，仿佛古人的魂魄翩翩起舞。王教授似乎很有考古探墓的经验，吩咐秦北洋在前头用铁镐敲打虚实，以免遭遇什么不干净的东西。碧云寺的僧人们在后头念着《金刚经》，为墓主人祈福，也要驱散前头的邪祟，保护大伙儿平安。

墓室门已经开了，一派阴森之气，地上散落零星的随葬品，比如马蹄金与珠宝首饰。王家维捡起来细细查看，确认都是明朝的古物。

"奇怪，这座大墓，有许多皇帝陵墓的规格。"

王家维指出这金刚墙、石五供、汉白玉的宝座，还有万历年间的青花瓷大缸，盛满香油用于点长明灯，都在古书上有所记载。当年，明十三陵都还没有被考古挖掘过，除了盗墓贼之外，谁都不晓得真正的明朝皇陵底下是咋样。教授随身带着纸笔，速写画出这墓里的形制，还有文物的外形，权代照相机了。

僧人们更关心金刚宝座塔，他们测量了尺寸与方位，确认地宫并不在金刚宝座塔下，不会对宝塔产生实质性的危害。

"此地也算是个龙穴，能在此点出金井的应该是个高手。"

秦北洋脱口而出，王家维回头盯着这张十八岁少年的面孔，指着地宫里前后左右几间墓室："小兄弟，你觉得墓主人的棺椁是哪一个？"

"后室！"

大家打开后室大门，发现迎面蹲伏着两头石兽。

"镇墓兽？"

教授话音刚落，秦北洋将他扑倒，呼喊大家快点逃避。

正当地宫乱作一团的时候，他却发现两头石兽一动不动。秦北洋又将火把扔到石兽身上，才确认那只是两尊石雕。

他红着脸把教授拽起来说："对不起，我是草木皆兵了，这是假冒伪劣的镇墓兽。"

王家维并未生气，小心观察两头石兽，似猪非猪，似狮非狮，就是有两扇大耳朵跟身体连接，背后还有一对大翅膀，风格相当之古朴。许多石狮子都可以看出性别，而这两头石兽很奇怪，下面光秃秃的，更像是被骟过似的。

"真正的镇墓兽，必须由皇家工匠制作，如果是一般民间的石匠，哪怕再好的手艺，做出来的只能是一堆石头或陶器，根本起不到镇守墓穴的作用，所谓'伪镇墓兽'。"秦北洋又干咳了两声，"我是个祖传的工匠，这是我爹告诉我的。"

"你是个有意思的工匠。"

王家维又往墓室里查看，发现连个棺椁都没有，只有个空空的棺床，摆放着景德镇的瓷瓶，难道是个骨灰瓶子？教授信佛，不敢轻举妄动，但他们移开棺床，发现底下的金井，果然有股地气扑面而来。他用镊子取出金井里的一堆衣服，竟然是一件明黄色的十二章龙袍，着实令人大吃一惊。但在北京埋葬的明朝皇帝，都在十三陵里躺着呢，怎么会在这香山地下？

秦北洋也绞尽脑汁，想起达摩山舍身崖底下的建文帝陵墓。

有个老和尚插嘴："贫僧的师父说过，碧云寺还葬着一位大人物，就是明朝大太监魏忠贤。"

"魏忠贤？"王家维看了一眼手里的龙袍，"九千岁？"

"明末祸害天下的阉党魏忠贤？"秦北洋啐了口唾沫，看着棺床上的瓷瓶说，"据说太监死后都想跟自己的命根子葬在一起，这样才算得个全尸可以见祖宗了。"

"嗯，他们幼年净身以后，就把东西装在石灰香油坛里。"教授对这个小工匠刮目相看，"魏忠贤权倾朝野，号称'九千九百岁'，离皇帝万岁只差一百岁。他与天启皇帝的乳母客氏'对食'，通过她控制皇帝，迫害东林党人，密探爪牙遍布全国，以至于许多谄媚的地方官给他建立'生祠'。崇祯皇帝登基后，魏忠贤就被贬出京城，畏罪自杀，并被戮尸，根本没有尸体可葬。"

"如果老和尚所言没错，这就是魏忠贤生前为自己营造的墓穴，因此有许多越制之处，比如龙形雕纹，最后能葬在这里的只能是命根子。"

"我们不是盗墓贼，也不贪图魏忠贤的财宝，这墓葬的形制，我已画出了图形。"

王家维一声令下，大家退出地宫，没人拿走哪怕一块银子。他们用泥土和石头封闭了墓道口，又砌了一堵砖墙，捡来树枝、荆棘覆盖在上面以掩人耳目。

秦北洋与九色正要去碧云寺，王教授喊住他："小兄弟，我看你深藏不露，请问能雇你做工匠活吗？"

"去哪儿干活？"

"国立北京大学。"

阿萨辛的天国花园

　　九岁那年，天津德租界海河边的黑夜，当时秦北洋还叫仇小庚。年轻的叶克难来到他家，瞎扯淡说京师大学堂少年班招收神童，邀请他去面试。有那么一瞬间，他也向往过成为中国最高学府京师大学堂的学生。

　　晚清的京师大学堂，并不在海淀的未名湖畔。戊戌变法，光绪皇帝批准梁启超奏折而建，选址在景山以东，今日沙滩后街的明代马神庙，乾隆皇帝的四公主府。五间门楹的宫门口有石狮一对，大门高悬"大学堂"竖匾。清亡后，改名国立北京大学。

　　穿着工匠服的秦北洋，正在历史系的古老屋顶上修补瓦片。他将九色留在香山碧云寺，干完活就在屋顶上跷起脚，眺望天边飘过的一朵白云，飘向近在咫尺的景山与故宫角楼。

　　心中却在念叨——唐朝小皇子的棺椁，此时正在何处呢？

　　忽然间，屋檐下传来一个清脆的女声："孛儿只斤·帖木儿同学，你看看这是谁？"

　　这名字真是古怪，却又有些耳熟，秦北洋趴在屋顶上悄悄观察——

　　只见个十八九岁的少年郎，笔挺的小西装，头发梳得锃亮，犹如刚吃完洋墨水的留学生。他的面前拦着两个姑娘，一个是相同年龄，黑布大袄，斜襟盘扣，自来卷的齐刘海，皮肤如羊脂白玉，琉璃色双眼中有南洋椰风味道。

　　欧阳安娜？

看到这张容颜，秦北洋的心脏便怦怦乱跳，脸皮都烧红起来，差点摔下屋顶。但不会有人注意一个小工匠。

安娜身边有个梳大辫子的女孩，年纪不过十五六岁，两个姑娘手牵手，貌似一对亲姐妹。

屋顶上的秦北洋看得真切——这是阿幽，她不再是小女孩了，出落成亭亭玉立的美少女，但乌幽幽的大眼睛没变，怯生生地低头，害怕又被抓住，送上骆驼押往大草原。

咋回事儿？安娜和阿幽不是在上海吗？怎会出现在国立北京大学？

"小郡王贵人多忘事啊。几年前，袁世凯称帝时，在北京地方法院，你竟把这姑娘当作奴婢带走。中华民国，朗朗乾坤，法律保护人身自由，你还当是在前清吗！"

欧阳安娜大声训斥，秦北洋才想起来，这位穿着西装的贵公子，正是当初跟自己比试过摔跤的蒙古王子——鄂尔多斯多罗小郡王。

如今小郡王长大了些，北人南相，更加斯文，他也考入了北大历史系？

"我……我错了！"堂堂的蒙古郡王，被骂成前清余孽，羞愧难当，主动向黄毛丫头认错，"欧阳同学，我承诺立即还给阿幽姑娘自由身。"

"空口无凭！把当初的卖身契还给我们。"

小郡王只得答应给王府发电报，并要当众在北大校园烧掉卖身契。

欧阳安娜牵着阿幽的手，告诉身边同学们，人与人生来平等，哪怕是主仆关系，绝不能再有人压迫人的现象。一时间，师生纷纷鼓掌。

远处有个留着八字胡、土布大褂的中年男人，鼻梁上架着圆框眼镜，颔首称赞："风起于青蘋之末。仲甫老弟，看来《新青年》卓有成效，改变中国之命运，自斯时起。"

另一个穿西装的男人，头发微秃，毕恭毕敬："校长先生，您谬赞啦！路漫漫其修远兮，吾将上下而求索。"

王家维教授得意地向校长点头，走到教室门口，招呼学生们说："上课啦。"

秦北洋躲藏到屋顶另一边，悄然掀开瓦片，偷看坐进课堂的欧阳安娜——

今天的历史课，王家维在黑板上写了一行字——

Assassins

底下同学们看着这行英文字，面面相觑，不明觉厉。

"各位，今天讲述十字军东征。法国国王腓力二世·奥古斯都，据说遭遇行刺，那伙刺客暗杀过东西方无数君主，根据地在波斯，名叫Assassins教团，又称'山中老人'，音译'阿萨辛'。"王教授讲课总爱说奇闻轶事，"同学们，有谁看过大仲马的《基督山恩仇记》？"

安娜在下面举手："我看过。"

"《基督山恩仇记》第三十一章，写到山中老人——七百年前，刺客们盘踞在人间仙境般的高山上，有美轮美奂的天国花园，四季开花的常青树，有着古老辉煌的宫殿，装饰着金银财宝，管子打开就能流出美酒、蜂蜜与牛奶，还有青春永驻的童男童女。小孩子们吃下某种草药，便相信自己早已死亡，灵魂飞升到死后天堂。他们在山上学习知识，修行刺杀与格斗的技艺。等到学成毕业，极尽享乐几日，便会被送还人间执行刺杀任务。但此时，刺客们已脱胎换骨，誓死效忠主人，毫不畏惧牺牲，坚信死后还会回到天国。"

"我记得。"安娜皱起眉头，"但这不是洗脑吗？"

"山中老人的暗杀几乎改变了世界历史。后来蒙古西征，我的祖先横扫波斯，上山剿灭了这支Assassins刺客教团，这才让天下太平了。"

鄂尔多斯多罗小郡王颇为自豪地夸耀，倒是半点没有夸张，战无不胜的蒙古铁骑面前，管他再厉害的刺客也得完蛋。

欧阳安娜却皱着眉头想起杀害了自己父亲，屠杀了秦北洋全家的那伙刺客："老师，中国现在还有这种刺客教团吗？还有阿萨辛的天国花园吗？"

"那是六七百年前的历史了……如今是中华民国，二十世纪，朗朗乾坤，哪来的这种凶残的刺客团伙呢？"

安娜却是不依不饶："二十世纪的中华民国，不是还在军阀混战、诸侯割据吗？犹如春秋战国，晚唐藩镇。"

"打住。"王教授转换了话题，"同学们，今日我们有幸请来举世闻名的大汉学家——保罗·伯希和先生。"

课堂走进一位年约四十的外国男子，戴着法国军官的高筒帽，胸前别着勋章。

"同学们好，欧洲正在进行残酷的大战。如今，我是法国驻华公使馆陆军武官次官，回到热爱的中国，继续发掘文明瑰宝。"

出乎意料，伯希和能说一口流利的北京话。

"伯希和先生，听说十年前，您将敦煌莫高窟不计其数的古代文献经卷运到巴黎，您不觉得这是对中国文物的一种盗窃行为吗？"

提问的是鄂尔多斯多罗小郡王，身为蒙古王位的继承人，并不畏惧法国公使馆武官次官。安娜悄悄竖起大拇指。

"帖木儿同学！"王家维的面子挂不住了，"提问要懂得分寸！"

"无妨。"伯希和撇着小胡子微笑道，"这位同学，可是帖木儿大帝的后裔？"

"不是，那个跛子帖木儿是乱臣贼子。我姓孛儿只斤，黄金家族成员，成吉思汗后裔。"

"七百年前，蒙古帝国所过之处，无不生灵涂炭，文明毁灭：金、西夏、南宋、花剌子模、阿拉伯哈里发、基辅大公国……'敦煌遗书'在西夏初年被埋入藏经洞才躲过劫难。我带到巴黎国立图书馆的六千多卷写本，既是中国的财富，同样属于世界。与其让这些珍宝毁于战乱与贪婪的军阀，成为野心家的陪葬品，为何不进入最好的图书馆，为历史研究与人类文明做出贡献呢？"

伯希和的这番话，有理有据，倒是让小郡王一时语塞。

突然，欧阳安娜用流利的法语问："伯希和先生，请问一句，待到将来中国富强安定，法国是否会归还这些宝物呢？"

"很高兴听到美妙的法语。"伯希和对这十八岁姑娘刮目相看，"我想，一定会归还的。"

"好啊。"终于打回圆场，王教授颇为高兴，"承伯希和先生吉言，我辈同学定当努力读书，为中国之振兴。伯希和先生，听说您正在北京参与考古挖掘，能否透露一二？"

"北京房山有座大墓，最近遭到盗掘，中法联合考古队正在进行抢救性发掘。这座大墓非富即贵，可能埋藏有重要的镇墓兽。"

"镇墓兽。"王家维向同学们普及知识，"中国古墓葬中常见之明器，保护墓主人的灵魂不受地下鬼怪侵扰。镇墓兽通常为兽的身体，上半身则有兽面、人脸、鹿角等不同形制。春秋战国，诸子百家的年代，镇墓兽盛极一时，发展出了幽冥世界的职官体系，亦如周天子创建的秩序。"

"教授，您亲眼见过镇墓兽吗？"

"我见过楚国大墓出土的镇墓兽，还有硕大无朋的鹿角，外形诡谲恐怖，别说是放在地宫，就是放在我们这间教室，都会把你们吓得股栗。"王家维得意地说，

"古人把镇墓兽做得面目狰狞，带有浓烈的巫术色彩，也是对于死后世界的想象。那个鹿角啊，我永生难忘。不过嘛，关于镇墓兽能防盗墓贼，甚至可以吃人的传说，纯属无稽之谈。"

听到王家维武断的说法，欧阳安娜忍不住说："教授，我见到过吃人的镇墓兽。"

课堂一片哗然，安娜身后的小郡王举手："报告教授，我也见过活的镇墓兽。"

更让人意想不到的是，大汉学家伯希和也一本正经地说："我有位好朋友在上海，也是大画家高更的侄子，他亲眼看到过真正的镇墓兽。"

"皮埃尔·高更。"

欧阳安娜用法语说出这个名字，伯希和微笑道："世界真小，这位小姐，我猜你是从上海来的，家中必定藏有不少古董吧。"

想起被烧光和洗劫一空的海上达摩山，安娜另开话题："伯希和先生，我们几个学生代表，能跟王教授一起去参观您的考古发掘现场吗？"

法国男人对漂亮姑娘总是有求必应："明天一早，我在房山长沟镇坟王村大墓等你们。"

下课后，欧阳安娜回到人间四月天的北大校园。

她总觉得有人在屋顶偷看她，骤然抬头，唯见瓦楞上的青草随风摆动。

安娜习惯性地抬起左手，亲了亲中指上的玉指环——半年前，波涛汹涌的长江上，秦北洋送给她的礼物。

"见此玉指环，便如见我！"

鞑靼王坟

第十一章

次日，京城，天蒙蒙亮。

欧阳安娜走出百花深处胡同，齐远山开着一辆军用敞篷汽车等在门口。他穿着蓝色军装，白底黄条肩章镶两颗星的中尉军衔。

阿幽与她同行，十五岁小姑娘，成天闷在四合院里不是滋味。安娜不敢让她一个人在北京城里乱跑，万一又碰上歹人咋办？便带上"妹妹"一同去郊外踏青。

齐远山说房山一带常有土匪出没，不放心让女孩子深入险境。安娜知道他的心思，搭搭架子也就同意了。他得意地驾着敞篷车招摇过市，从西直门开出城时，差点撞到城门洞子。

北京城外，喜鹊与乌鸦在枝头鸣叫。风沙从蒙古卷来，眯住安娜琉璃色的双眼。阿幽伸出舌头尖，吹气如兰，帮"姐姐"舔去沙子。

半年前，欧阳安娜与秦北洋在上海分别。海上达摩山已烧成废墟，世态炎凉，青帮上下都说要给欧阳思聪报仇，却没人照顾老大的女儿，还要趁机侵占遗产。她在戈登路租了一间公寓。以往能塞满两个房间的衣服鞋帽，已化为灰烬。如今的她，不再是海上达摩山的公主、欧阳家的千金小姐，而是穿着朴素衣裙、自己买米烧饭的平凡少女。

至于阿幽，无处可去，上海并无适合她的小坤班。欧阳安娜将她留在自己身边。她俩年纪虽小，但在古旧年代，也都能谈婚论嫁，像《红楼梦》里"宝黛钗"。两个姑娘互相告诫，切不能再把自己当小孩了。

不久，她收到了国立北京大学的录取通知书。

过完年，欧阳安娜从上海起程赴京，阿幽跟随在身边，异乡漂泊，两个姑娘也好照应。

齐远山到正阳门火车站来接她俩，他租住在北京内城，百花深处胡同的四合院，辟出两间屋子留给她俩。

百花深处，光听这名字，就让两个姑娘满心欢喜。她们约定以姐妹相称，一个叫欧阳安娜，一个叫欧阳安幽——阿幽很喜欢自己的新名字。

前往房山的军用敞篷车上，齐远山对后座两个少女说起北洋政府的各种龌龊事儿，又有一桩："你们知道不？两个月前，有人半夜藏身于古代棺椁之中，潜入陆军部大楼，图谋行刺小徐将军。"

"小徐？"

"皖系军阀的二号人物徐树铮。"

说到棺椁，安娜就想起了墓匠族出身的秦北洋："为啥陆军部会有一具古代棺椁？"

"鬼知道！如今的北京城，恐怕只有陆军部是唯一安全的了。小徐将军遇刺同一夜，国会议员曲靖和在帽儿胡同家中被割喉身亡，八名仆人、保镖被杀。曲靖和出身世家，政界有名的京剧票友，梅老板的密友，平常爱唱花旦，《贵妃醉酒》可谓一绝。"

"小郡王在校园跟我说过，跟你吹得一样，看来你俩还真能凑成一对呢。"

对于安娜的揶揄嘲讽，齐远山不以为意："还没说完呢。曲靖和灭门案后，连续又有三名国会议员被刺杀，全被匕首割喉而亡。报纸上吵翻天了，人心惶惶。国务总理命令警察总监务必限期破案。"

"刺客们又来了。"安娜忧心忡忡，自然想起一个人，"还没秦北洋的消息吗？"

"我已找遍了北京城，也问过叶克难探长，但他也不肯说。"

默默听着齐远山与安娜对话，阿幽的双眼越发如一双黑洞，嘴角微微一翘："姐姐，吉人自有天相，我哥不会有事的，放心吧。"

敞篷车经过周口店，到了长沟镇，坟王村。王教授与小郡王已在等候。

安娜望见一座大墓，背靠上方山，濒临拒马河，颇有王者之气。地上还残留许多石羊、石马、石虎、石翁仲……

"所谓坟王村，必是守墓人村落。"王家维指着坚硬的田野说，"当地百姓相传，这座大墓叫'鞑摩坟'，葬着鞑摩王，棺椁底下的金井，竟是渤海的海眼。谁要是敢挖鞑摩王的墓，就会发生大海啸。"

"鞑靼的鞑？"鄂尔多斯小郡王皱皱眉头，"要么蒙古人，要么满人？"

"定都北京的北方民族王朝，有金、元、清三代。清朝皇陵，不是东陵就是西陵。元朝干脆没有皇陵，那么只可能是金代。"王家维望向北方的大房山，"金陵就在房山，距此四十里地，这处陵墓又是谁的呢？有一种说法，是被废黜的荒唐君主——海陵王。"

"海陵王，完颜亮？篡位之君，性情暴虐，擅杀大臣，尤其好色。"

对于金元的历史，小郡王倒也清楚，教授点头道："海陵王上淫叔母，下乱从妹，曾发愿：尽得天下绝色而妻之。"

"真是不要脸的臭男人！"

骑在大墓前的石马上，欧阳安娜诅咒了一遍墓主人。

教授说："海陵王曾四路南征，要一举灭亡南宋，在采石矶被虞允文击败后死于政变。海陵王用李淳风的后代探查陵寝风水，开创明清帝王陵的风水制度，这套方法后来被称为江西派。我看这座大墓正处于龙脉之上。"

坟冢旁的考古工地，伯希和热情欢迎来客。安娜说了好多法语，不由得更加亲近。考古已到关键阶段，坟冢可见五层沙石、白灰、糯米汤与砖砌的保护层。

进入地宫的人不能多，齐远山和阿幽必须留在外面。

王教授、安娜与小郡王跟随伯希和进入幽深的墓道之中……

打开一道雕龙画凤的墓室门，顶门石已被盗墓贼破坏。

王家维揪心地问："不知被盗情况严重吗？"

伯希和回答："盗墓贼确实进来了，却没能出去。我们发现了三具盗墓贼的尸体，不知什么原因。"

"也许碰到了镇墓兽？"

安娜插了一嘴，王家维脸色一变："休要胡说。"

高悬的穹窿顶，让小郡王想起曲阳田庄的安禄山墓。坟墓主室有个陶制火炕，虽是明器，但说明北方使用火炕历史悠久。

棺椁在后室。考古队的几个年轻人已备好工具，黑色烟雾翻腾间，后室打开了。

光影交错间，似乎有人在抚摸安娜的头发。她直起鸡皮疙瘩，强迫自己凝神静气，眼耳口鼻都像被蒙住，仿佛清晰地听见古人的呼吸声……

众人戴上口罩，提着马灯，小心翼翼踏进去。后室躺着一副巨大的石棺。考古队用照相机记录全过程，给文物编号。安娜学过画画，自告奋勇速写。

小郡王的右手从枪套里放开，松了口气，原来没有镇墓兽。

王家维查看石棺，七尺多长的汉白玉，雕有一条巧夺天工的四爪龙。考古队员们一起用力，打开棺材盖。有人架起梯子，伯希和第一个站上去看，却是满脸诧异。接着是王教授，同样啧啧惊叹。小郡王再看一眼，发现棺材竟是空的。

空棺。

难道早已被盗墓了？可是，这后室堆满金银，盗墓贼不可能只取走骨骸，却留下财宝。

王家维提醒一句："可有证明墓主人身份的文字？"

考古队员在后室寻觅，并未发现墓志铭或玉哀册。王教授想起坟王村老百姓的传说——鞑摩坟的棺材底下有"海眼"。

大家推开沉重的石棺，露出底下的金井。

不是金井，而是黑井，似是个无底洞。小郡王扔下一块石头，等了好久，才听到扑通的落水声。

下面有水？

伯希和决定下去一探究竟。考古队准备了数十米长的粗麻绳。四个小伙子抢先顺着绳子爬下黑井，接着是伯希和与王教授。

小郡王让欧阳安娜留在后室："女孩子怎能深入险境？"

"切，你把我一个人留在这墓室，岂不更加吓人？我要跟你们下去。"

安娜并不是第一次进入古墓，她是杀人无数的海盗之女，拥有南洋爪哇人的混血，在东海达摩山长大，到哪儿都不会怯场。自从来到北大读书，她从不要求得到女生的特权，反而处处向男孩子看齐。

底下很深，三四层楼高，欧阳安娜的双脚才落地面，仿佛掉入冰窟窿。大家举起火把、手电筒，照出个宽阔空间，犹如堂皇的地下宫殿。

一半是水面，竟是个地底深潭。宁静得如同一面古镜，光束到不了更深处，难以判断水面多大，也许是条绵延不绝的地下暗河？

王家维弯腰触摸水面，手指头放到嘴里，立刻吐出来："居然是咸水！"

"咸的？海水吗？"

伯希和万分惊讶，要知道北京房山距离天津塘沽的海岸线，有一二百千米之遥。

"难道坟王村的鞑摩王传说是真的？这石棺底下的海眼，有秘道通往渤海湾？一旦触动，就会天翻地覆？"

大家疑惑讨论之际，安娜抬头尖叫起来，才见到大家的头顶，正悬挂着一副硕大的汉白玉棺椁！

真正的墓主人躺在地宫的天上。

伯希和与王教授都是第一次看到，竟有这样的坟墓形制，四条铁索在空中组成十字架，从四个方向吊住沉重的石棺，犹如欧洲宫殿的吊灯。

此墓非但在地下有双层，到了地下还有立体的棺椁吊索，匪夷所思。纵然是南方的悬棺习俗，也没有像这样的。

"怎样才能把这个棺椁拿下来呢？"

小郡王话音未落，高耸的穹窿顶上，掉下一个巨大的黑影。

狂风袭来，地下海水泛起混浊白浪。某个翅膀般的东西，切断从墓室垂落的麻绳，将所有人困在地底。

大家几乎都被这股阴风吹到，有人顽强地举起马灯与手电筒，照亮一只硕大无朋的蝙蝠。

不，蝙蝠只有两扇翅膀，而这怪物竟生着四扇同样大小的翅膀。

它的身体更像一头巨型猎犬，四翼展开有三米以上，高举一对孔武有力的爪子，面孔却是个狰狞的怪兽。

"四翼天使！"

欧阳安娜准确地叫出这只怪兽的名字，她在教会学校的宗教铜版画中看到过。

传说中房山大墓"鞑摩王"的地宫下，暗藏"海眼"的悬索石棺头顶，竟来了一只四翼天使形状的怪兽。

它在飞。

四扇翅膀交替有力地扑扇，犹如在夜空盘旋的飞鸟或蝙蝠。它的翅膀无比锋利，切断了大家逃生唯一的绳索。

长着兽脸的四翼天使，瞪着赤色的眼睛，在空中盘旋靠近。忽然，有个考古队员举起手里的铁铲。天使稍稍侧身，一只翅膀划过他的头顶。

小郡王感到鲜血喷溅到自己脸上，然后再也见不到考古队员的脑袋了，只剩下一个没有人头的身体，站在那里张牙舞爪，还在拼命地用铁铲自卫。几秒钟后，腔子里喷出更多的血，跌倒在"海眼"深潭中，卷起一层鲜红的波浪。

安娜开始尖叫。

所有人慌不择路，这是对擅自闯入者的惩罚，或者说四翼天使把他们当作盗墓贼了。

"镇墓兽！"

王家维教授狂吼，伯希和也点头，他们同时给这个怪兽命名——四翼天使镇墓兽。

第二个考古队员的脑袋被切掉。第三个逃到角落，四翼天使伸出一只爪子，从后背掏出他的心脏。第四个考古队员走投无路，跳进冰冷的深潭之中，转眼没顶淹死——这口"海眼"深不可测。

四个年轻的考古队员全死了，镇墓兽继续盘旋，面对剩下的几人，似乎在选择先干掉哪一个。

小郡王原本准备开枪射击，但想想子弹不可能杀死眼前的怪物，反而会加速自己的死亡。

这头怪兽靠近了欧阳安娜，连镇墓兽都更喜欢漂亮的少女啊。

安娜跪地画着十字，亲吻左手中指的玉指环默念："我们的天父，愿你的名受显扬，愿你的国来临，愿你的旨意奉行在人间，如同在天上。求你今天赏给我们日用的食粮，求你宽恕我们的罪过，如同我们宽恕别人一样，不要让我们陷于诱惑，但救我们免于凶恶。阿门。"

四翼天使怔住了，翅膀继续扑扇，狂风几乎把伯希和卷走。它似乎听懂了安娜的祈祷词，并为之微微点头。野兽的双眼由红转绿，又由绿转黑。

半空悬浮的镇墓兽，随时可能夺去她的性命。千钧一发的关头，头顶又响起一片风声，同时掉下两个影子……

安娜看到了秦北洋的脸。

天使与魔鬼

第十二章

我回来了！

一个是秦北洋，一个是幼麒麟镇墓兽九色。

房山坟王村大墓深处，地宫下的地宫，欧阳安娜的眼中，他俩踏着五彩祥云，从天国降落到地狱。

十八岁少年，身着简朴的工匠装束，手握三尺唐刀，寒光闪过幽暗墓穴，直向四翼天使而来——这尊镇墓兽抬起头，双目重新变红，举起一只铁翅膀，眼看要削掉秦北洋的脑袋。

"当心！"

欧阳安娜不想见他身首异处。

然而，秦北洋的唐刀砍在了四翼天使的翅膀上。

奇迹发生了，钢铁刀片般的翅膀，竟被唐刀切开一道长长的口子，瞬间折断并垂落。

他感觉自己的力量比以往增强百倍，手中似有千钧之力，从小跟父亲在地宫练习多年都不曾有过。

四翼天使镇墓兽坠地的同时，秦北洋与九色也落下来。他毫发无伤，双手握刀，舞出个金光闪闪的莲花。幼麒麟镇墓兽的鹿角，迅速生长变化，开出一棵无数枝丫的大树，如同春天里万物萌芽。

不过，四翼天使有四只翅膀，仅仅伤了其中之一，尚不能让它退缩，反而激起它的愤怒，利爪与铁翅膀同时向秦北洋袭来。

九色用巨大的鹿角抵住了四翼天使的攻击。

鹿角与天使之翼的对决。

两边都是世界上最坚硬的物质，谁都无法折断对方，发出刺耳的碰撞声，几乎要震碎伯希和与王家维的耳膜。

秦北洋脑中闪过一片神秘区域，那场梦总是不断重现，又有新的情景不断生成，宛如一格格的拼图渐渐完整。他仿佛看到一只攀爬悬崖的猴子，自己也模仿猴子的姿态，爬上九色的头顶。他伸开双臂犹如飞鸟展翅，杂耍般一跃而到四翼天使的翅膀上。

随着镇墓兽的翅膀摆动，他再度借力而上，被气流托上半空，向头顶的石棺空翻。

刹那间，秦北洋感到老虎、雄鹿、乌鸦、猴子、狗熊纷纷附身于体内。

仿佛带着五种动物的力量，他稳稳跃到被四条铁索悬吊的石棺之上。

四翼天使再度咆哮，这副高高悬挂的石棺，正是它千年守护的对象。秦北洋举起安禄山的唐刀，大燕皇帝的邪灵，用力斩断石棺上的铁索，迸发出猛烈火星。

镇墓兽已飞到眼前，最后一条铁索断裂，悬吊的石棺下坠，正好砸中四翼天使的兽头。天使陨落了。

它被自己千年守护的对象砸中，一同坠落到地底，犹如从银河坠落的星辰。

石棺粉碎的同时，四翼天使的外壳也破裂了，翅膀在身下扭曲折断，苟延残喘。

秦北洋攥紧三尺唐刀，盯着四翼天使的赤色目光，渐渐转入暗淡……

房山"鞑靡王"大墓，地宫下的地宫，"海眼"深潭之畔。

安娜无所顾忌地投入秦北洋怀中。自从去年十二月上海吴淞口一别，她已苦苦等待了半年光阴，一百八十多个日日夜夜。

他回来了。

秦北洋没说自己失踪昏迷了一百天的秘密，更没说自从那个噩梦之后，身体耐力、爆发力、柔韧性、敏捷度，甚至记忆力又提升了一个档次。否则，即便加上小镇墓兽九色，恐怕也不是四翼天使的对手。

伯希和更关心九色，打量这头幼麒麟镇墓兽，蹦出一口标准的北京话："四不相？"

"似龙非龙、似凤非凤、似麒非麒、似龟非龟。"王家维教授对上古神兽颇有研究，"四不相的头属龙，拥有一只或一对鹿角，独角麒麟与双角麒麟的区别。还有一说，独角是獬豸，双角才是麒麟。它的脖颈呈现猊相，因此生有赤色鬃毛，龙生九子的第五子。你看它的鳞甲有鱼相和蜃相，腹部却没有致命的逆鳞，四肢却像强壮的野兽，标准的四不相麒麟。"

九色不想被人当作怪物或古董评头论足，收起头顶鹿角，青铜鳞片表面生出白毛，变为一头奇形怪状的大狗。

这番过程，更让大汉学家伯希和极感兴趣，却让秦北洋隐隐担忧。

"还是再看看这四翼天使吧。"王家维教授提醒道，"伯希和先生，我承认我错了，镇墓兽确实会杀人。"

伯希和看了秦北洋一眼："难道只有这位少年，以及他的幼麒麟镇墓兽，才能降服其他镇墓兽吗？"

"非也，现代化的武器可以控制镇墓兽的。"

小郡王插了一句，这是他控制安禄山的十角七头镇墓兽的经验。

"四翼天使，最早在亚述古国守护王宫，在美索不达米亚许多考古遗址都有发现，古代巫术的产物，天使与魔鬼同体，被基督教认为非常邪恶——撒旦的同类。"

伯希和清理被摔碎的汉白玉石棺，发现一堆高大的骨骸。他随手抄起一根大腿骨，放在自己腿上比画，果然长出一大截，推测墓主人身高在两米左右。

"史书上并未记载金海陵王完颜亮的身高。"

"他不是完颜亮。"伯希和查看头盖骨，"是长颅型的高加索人种，绝非汉人或女真人。"

"西域胡人？"王家维看着伯希和的面孔，"怎会有如此气势的墓葬？"

小郡王想起安禄山大墓："难道也是安史之乱时的人物？"

又一拨年轻的考古队员顺着绳子从地宫后室爬下来，齐远山与阿幽也一起下来了。

秦北洋看到阿幽，搂了搂小女孩的肩膀："妹妹，你下来干吗？这里可不适合你啊。"

"哥哥到哪里，妹妹也要到哪里！"

阿幽目光幽怨地盯着他，安娜插过来说："没关系，妹妹，我会陪着你哥哥的。"

少男少女说话间，王教授却发现了墓志。拂去碎石与尘土，露出灿烂的彩绘浮雕。先看到一只描金的老鼠，接着是牛、虎、兔、龙、蛇……

竟是十二生肖，每个之间隔着浮雕彩绘牡丹花，秦北洋想起圆明园失窃的十二生肖铜兽首。

精通汉文的伯希和分辨出石碑上的文字，开头是阴刻篆书"唐故幽州卢龙节度副使中书令金紫光禄大夫赠太师伊斯墓志之铭"。

"唐朝？"王教授为自己之前的判断失误而羞愧，"墓主人并非金海陵王。"

法国人伯希和解读了墓志大意——

"伊斯，生于中土，其父来自西域吐火罗，原是景教白衣教士。安史之乱，太子李亨在灵武即位为唐肃宗。伊斯担任唐肃宗的翻译与幕僚，又在郭子仪麾下立功。叛乱平定后，伊斯受封为幽州卢龙节度副使，监督安禄山余部，死于幽州，葬于房山。"

王教授看着石棺里破碎的头盖骨说："西安碑林的《大秦景教流行中国碑》就是这个伊斯的儿子景净撰写，'大秦'是拜占庭帝国，记载景教教主阿罗本来华传教，受到大唐皇帝支持，以及伊斯平定安史之乱的功绩。这座大墓有地下双层墓穴，铁索悬吊石棺，其下是通往渤海的'海眼'，是否有魂魄远航出海，回归西方故乡之意呢？"

秦北洋很想接上话茬儿说：长安中少年，有胡心矣。昆仑奴，新罗婢，既然在中国定居，便是中国人一分子。唐朝海纳百川，雍容大度，辉煌盛世。可自清朝以来，故步自封，闭关锁国，自以为完美无缺，犹如禽兽聚麀，一蟹不如一蟹！

可他憋了半天，还是半个字都没说出口。

天黑前，暮色茫茫，大地被染成一片金黄。

考古队拖出四翼天使镇墓兽，运往交通银行的金库，此地才能妥善保管国宝级的文物。

齐远山驾着敞篷车，九色坐上副驾驶座。秦北洋与两个女孩挤在后排，如沐春风。

穿过宣武门，进入内城，七拐八弯，到了百花深处胡同。四合院门口下车，安娜望着天上月亮，跟秦北洋告别："看今宵，云散天青，与君重逢，满心欢喜。"

秦北洋抱着九色的赤色鬃毛，淡然一笑："风雨如晦，鸡鸣不已。既见君子，云胡不喜？"

八 大 胡 同

第十三章

北京的春天太短暂了，一个月后，酷暑将至。

安娜挽着秦北洋的胳膊在京城漫步。她穿着一条蓝裙子，自来卷的发丝垂在耳边，青春美娇娘的容颜，惹得男人们纷纷回头观望。更让人们惊叹的是，这姑娘竟然挽着一个小工匠，他那身刚劲的工匠装束，仿佛刚从屋顶或房梁爬下来。

他将安娜送到百花深处胡同，又跟十五岁的阿幽妹妹打了招呼，便出了胡同口。

齐远山与小郡王正在等他，并给秦北洋准备了一匹黑骏马。小郡王帖木儿骑着白马，有其祖铁木真弯弓射大雕的风骨。齐远山也骑着匹枣红马，三人相约今日一起玩耍，并且还不能告诉女生。

三个未及弱冠的少年，骑着三匹上等的蒙古马，在夕阳下并辔而行。

秦北洋还是颇感别扭："多谢小郡王的好意，但我不习惯宴饮笙歌，你们两个玩得尽兴吧。"

齐远山惆怅地说："北洋，再过些日子，我们就将见不到了。"

"你要去南方打仗了？"

"下个月，我就东渡扶桑留学，攻读日本陆军士官学校。"

"是'北洋之龙'王士珍给你安排的？"

秦北洋立刻猜到，齐远山点头："不错，我是公费留学生，一切费用由北洋政府支出。我知道你不喜欢日本，但这所陆军士官学校，却为中国培养了不少英雄人物，蔡锷、蒋百里、许崇智……"

"小徐将军也是日本陆士毕业的。"小郡王纵马上来，"学成归国后，远山兄弟，你就有资历在北洋军中担任团长以上官职。今晚，我要为你饯行。"

齐远山斜睨着小郡王，心想这个蒙古贵胄不简单，就读北京大学历史系，先混入中国最顶尖的同学圈；结交前往日本陆军士官学校的公费留学生，又能打入北洋军阀的关系网。再过五到十年，小郡王的朋友圈必将盘根错节，为飞黄腾达打下基石。故而寒门难出贵子，只因为社会精英的系统自成一格，古今中外，莫不如是。

秦北洋也知道些许"潜规则"，便拜托后台坚实的小郡王，帮他打听老爹秦海关的下落。

到了前门大街大栅栏，转向西边小巷。月上柳梢头，男女各色人等，熙熙攘攘。他们下马步行来到一条胡同深处，挂着大红灯笼的宅门口。

"这是何地？"

秦北洋隐隐不安，小郡王微笑道："莫怕，进去便知道了。"

一进门就有若干妇人与茶房围上来，扯着三人进入厅堂。这地方布置得富丽堂皇，席间已坐满各色贵客，有洋装的年轻人，也有戴着瓜皮帽的遗老，但多是一本正经的中年男子。

看到满桌的酒水，秦北洋更是浑身不自在，悄悄问齐远山："这到底是啥地方啊？"

"八大胡同。"

秦北洋就要往外走，却被小郡王死死拽住："北洋，你若走，便是不给我面子，难道我俩又要打一架？"

齐远山也给他倒了酒，劝他坐下来聊聊，人生相聚不易，聚一次，少一次呢。

"上贼船易，下贼船难。"

秦北洋颓然饮了一杯。小郡王大大方方说："过去八大胡同多是相公堂子，男孩远远多于女孩。庚子事变，八国联军偏爱妓女，更有名妓赛金花的故事，相公堂子才改成娼妓青楼。"

"可你小小年纪，怎的对此如数家珍？"

"二十年前，戊戌变法，我父王进京给老佛爷上贡贺礼，路过八大胡同，认识了一位苏州名妓。百日维新第一天起，父亲就为她住在这栋楼内。等到慈禧太后杀了戊戌六君子，我父王花了三千两白银为名妓赎身，带回鄂尔多斯，封为侧福晋。两年后，我出生了。"

"你是八大胡同妓女的儿子？"

小郡王淡然一笑："照道理这卑贱出身，怎能成为郡王世子？父王还有二十几个老婆，给我生了十二个弟弟、九个妹妹。可正室大福晋不能生育，我这排行老大的庶子就成了继承人。当年，我妈在这妓院以诗词才艺出众。她逼我读书写字，教我一口苏州话，背《唐诗三百首》与《南唐二主词》，又给我请留过洋的老师。几年前，我妈过世，我还挺想她的。"

"你比我走运，我妈因为生我而死。"

"同病相怜。"

厅堂里鼓瑟齐鸣，有人奏响苏州琵琶，江南丝竹，绣楼上传来咿咿呀呀的歌声……

"劝君莫惜金缕衣，劝君惜取少年时。花开堪折直须折，莫待无花空折枝。"

一群姑娘穿着漂亮的绸缎衣裳下楼，但绝不暴露身形，裹得严严实实，顶多露出三寸金莲的绣花鞋，杀伤前清的老状元、老榜眼们无数。

秦北洋头一回看到纸醉金迷的京城夜宴，却不敢去看女孩们浓妆脂粉的面孔。

"唐朝流行的古曲，常在宴饮中由侍妾演唱。我等可勿错过大好少年时哦。"小郡王从袖子里掏出几十块银圆，赏赐给各位姑娘，"可别小看了青楼，也是藏龙卧虎之地。袁世凯年轻时屡试不第，寄居上海书寓，幸有苏州名妓沈氏资助，走上飞黄腾达的仕途，日后这位娼妓竟成为中华民国大总统最宠爱的沈夫人。更别提两年前，就在这八大胡同，蔡松坡将军与小凤仙的故事，断送了袁世凯的皇帝梦。"

话音未落，姑娘们又围着这一桌唱起歌谣："燕婉情你体留恋，我这里百年预约来生券，切莫一缕情丝两地牵。如果所谋未遂或他日啊。化作地下并头莲，再了前生愿。"

"说曹操，曹操到！这段歌词，就是小凤仙为蔡锷所唱的。"

小郡王继续撒出银圆，沉醉一夜风光。秦北洋颇为注意四周人等，刚才听到"藏龙卧虎"四字，在这样的高级青楼里，必然也有军政界的要员。

与此同时，隔壁一桌，三个衣冠楚楚的男人对话——

"今儿个我在此做东，大家不醉不归，别管家中的母老虎。"

说话的是个中年人，面白无须，穿一身华贵的绸缎袍子，手指上戴着好多玉石，向着身边的两个男人频频敬酒。

"兄弟客气啦。买一张国会议员的选票，还不如买八大胡同姑娘的一夜呢。"

这个年纪更长，留着一脸大胡子，豪爽地一饮而尽。

第三个人最年轻，笔挺的白西装，看来吃过洋墨水："你我三人都是国会议员，同在安福俱乐部，莫辜负小徐将军的鼎力扶持。"

做东的议员闷了口酒："今日，北大校长蔡元培向政府抗议，说陆军部把墓里挖出来的文物，叫什么……哦对，四翼天使镇墓兽，调拨到南苑兵工厂，由外国顾问将其改造成秘密武器。蔡元培说此物为国宝，不能作为杀人武器使用。"

"兄弟从外交部得知，法国驻华公使想购买这件宝物，是法国使馆武官次官，大汉学家伯希和的建议。"穿白西装的议员蹦出几句法语，"难道是要用镇墓兽去欧洲打仗？"

"哎呀，不说这些烦心事了，我们挑选姑娘，喝酒划拳吧。"

三个国会议员花天酒地，尽管说话压低声音，却全被秦北洋偷听到了。

他的心中一阵惶恐，四翼天使镇墓兽，好不容易从房山景教大墓挖出来，损失了许多生命。也是秦北洋与九色火中取栗，冒着被铁翼切断脑袋的风险，在地宫之下擒获的怪物，本应存放在博物馆中被好好研究与保护，竟然又被北洋军阀侵夺，想要改造为第二尊类似十角七头镇墓兽那样的大杀器。至于那位"外国顾问"，自然是父亲秦海关的前同事，卡尔·霍尔施泰因博士。

转瞬间，秦北洋拉着小郡王与齐远山到大厅角落商量好了对策……

少顷，小郡王帖木儿来到国会议员们的那桌敬酒："三位议员先生，本人谨代表父王致以问候。"

鄂尔多斯老郡王是国会议员，影响力超越几位蒙古扎萨克亲王。小郡王经常代表父王在北京活动，北人南相，风度翩翩，已是京城社交圈的红人。三名议员恭敬地作揖行礼，先干为敬。

小郡王又介绍了齐远山，即将东渡日本陆军士官学校留学的将门虎子，必是"北洋之龙"的接班人。秦北洋虽穿得寒酸，却被小郡王说成天津富商之子，家训简朴不得招摇过市，实则有百万白银之财富——他想起自己被安娜封为达摩山伯爵，藏宝窟里的庚子赔款白银，如此说来也没错。

"各位，我正在北大历史系读书，我的老师王家维教授与大汉学家伯希和一起从房山大墓挖出了四翼天使镇墓兽。"小郡王夸耀道，"我亲眼见证了出土过程，发生了凶险之事，当场有四名考古队员遇难。"

"镇墓兽果然会吃人？"

"何止吃人，谁要是动了这头镇墓兽，谁就会遭遇死亡诅咒。"

"有这么夸张？"

"最近的国会议员连环刺杀事件，跟它也有干系。三位有所不知，四翼天使镇墓兽来自唐朝景教大墓。四翼天使带有上古异教崇拜，被认为是邪灵。数年前，英国伦敦有个小女孩，其父是考古学家，得到一尊美索不达米亚的四翼天使像，女孩被邪灵附体，神父都束手无策，最后请来一位驱魔人救回女孩，其间不知葬送多少无辜者性命。"

穿西装的国会议员点头道："对，关于这四翼天使的传说，我在留洋期间也听说过。"

秦北洋心想扯淡，刚才那个英国故事，根本是自己临时现编出来的。

"若是这尊镇墓兽继续流在外边，比如南苑基地，或流入外国人手中，必将引起大祸。前些日子，戒备森严的陆军部，竟有人潜入唐朝棺椁行刺小徐将军。大家想想，唐朝棺椁与唐朝镇墓兽，其间必有关联。说不定，还会有第五个、第六个、第七个国会议员遭到刺杀。"

小郡王说话之间，依次看着他们三人的眼睛，令人不寒而栗。

三个国会议员面面相觑，还是今宵做东的那个抱拳道："小郡王，果然是天之骄子，未来不可限量。感谢您的提醒，我等明日就向国务总理提议，将这尊四翼天使镇墓兽回归交通银行的金库，不再挪作他用，更不能交给外国人。"

"好！"

为了议员们的这句承诺，秦北洋连干了三杯酒。小郡王又陪着他们继续饮酒作乐，秦北洋却拍拍齐远山的肩膀，匆匆逃出这座销魂窟。走在深夜的八大胡同，不断有姑娘流莺勾搭这少年，他红着脸低头小跑，溜回了城外的圆明园废墟。

回到八大胡同，三个国会议员玩耍到后半夜的四更天。芙蓉玉暖度春宵，个个如同醉八仙，坐上三辆人力车，在保镖的护送下，返回城北的宅邸。

回家路上，经过什刹海上的银锭桥，最年轻的议员还问："明天一早，我们何时去找国务总理？"

"去干吗？"

"说服他把四翼天使镇墓兽还回金库啊。"

躺在另一辆人力车上的大胡子议员说："哎哟，贤弟啊，你到底是嫩啊，这种小儿科的把戏，你竟会相信？"

"不是为了防止刺杀国会议员吗？"

做东的国会议员哈哈大笑："刺客？怎么可能！小郡王就是个毛都没长齐的纨绔子弟，他跟那批北大教授穿同一条裤腿的，那种鬼话能信吗？"

大胡子议员也发了酒疯，坐在人力车上狂喊："你试试看？现在就让刺客来杀我！来杀我啊！来杀我啊！"

忽然，前头传出一记沉闷的声音："好……"

人力车夫一回头，露出半边脸上的刀疤。

同时，国会议员的喉咙，已被匕首割断，气管暴露在空气中，发出毒蛇般嗤嗤的声响……

没有人来得及尖叫，另外两辆人力车也停下，一名车夫年轻而且身高体壮，还有一名车夫是个留着黑胡子的老头，他们的手中各自多了把匕首，切断了两个国会议员的咽喉。

穿着白西装留过洋的国会议员，临死前心里还在咒骂："大胡子，谁说镇墓兽跟刺客没关系……"

下一秒钟，三个刺客动若脱兔，后半夜看不清他们的动作。旁边六七个保镖，要么被割断喉咙，要么被刺破心脏，要么头顶心被开瓢。

全死光了。

刀疤脸的年轻刺客，对着大胡子死后惊恐的双眼说："是你自己叫我杀你的。"

保镖的尸体留在岸边，三个国会议员，被扔进了什刹海。

茫茫黑夜，无数个魂，正"银锭观山"。

清晨，三具尸体漂浮到荷花市场岸边，人们这才报案叫来警察。

次日，京城各大早报竞相登出三名议员遇刺浮尸什刹海的特大号外。短短两个月，已有七名国会议员被刺身亡，全属安福俱乐部成员，为中华民国建立以来前所未见。国务总理下令，北京全城宵禁。

云居密会

第十四章

七日后，国立北京大学，艳阳高照，柳丝正长。

欧阳安娜走出校门口，报童正在叫卖《京城新闻》。她饶有兴趣地买了最后一份，报童满心欢喜，说是今儿个报纸卖得好，北京市民们都等着小说连载《名侦探决战紫禁之巅》的大结局呢。

伴在安娜左右的秦北洋，难得撞上一回洛阳纸贵的盛况，翻开报纸连载那一页——小说中的名侦探竟然叫"叶克难"。

"故事说的是京城名侦探智破连环刺杀案。"安娜将报纸放在胸口，"正好影射当今的新闻热点。"

"我倒是有些想念叶探长了。"

话音未落，背后响起一个男人醇厚的声音："亏你有这份心。"

秦北洋一回头，只见个穿长衫戴礼帽的男子，站在京城街头玉树临风，仿佛从小说连载里走出来，就差一条秋冬季的围脖，安娜害羞得两颊绯红。

"我已等候你们多时了。"叶克难对安娜淡淡一笑："达摩山的女主人，能允许我借用北洋一天吗？"

"你们要单独聊事？我哪有那么小气？"她将秦北洋的右手塞到叶克难手中，"不过，请你准时把他归还给我——有借有还，再借不难。"

说罢，欧阳安娜独自蹁跹而去，回头给了两个男人灿烂的笑颜。

"叶探长，你是因为什刹海的三名国会议员被刺来找我的？"

秦北洋与叶克难沿着景山西街向北走去，前头就快到北海了。

名侦探把面孔板下来说："有人看到三名议员遇刺当晚，在八大胡同饮酒作乐，还跟三位少年公子交谈过。一位是鄂尔多斯多罗小郡王，还有一位是北洋军官齐远山，最后一位身着工匠装束，我想就是你秦北洋了吧。"

"人不是我们杀的。我们与三位议员交谈，是为了保护镇墓兽不被军阀利用。请不要让安娜知道此事——我是被小郡王硬拖去八大胡同的，可别让她误会了。"

"哈哈哈……你还想着这一出呢？"

一个月前，京城名侦探叶克难，受命调查国会议员连环刺杀案。

内务总长与警察总监限令他在三十天内破案。刺客跟九年前的天津德租界灭门案、去年的北京监狱大屠杀、上海公共租界虹口捕房大屠杀、上海青帮欧阳思聪灭门案同属一伙……粗略算来，这些刺客在短短一年间，已制造了超过五十条人命案。

叶克难的日子绝不好过，连续熬了许多个通宵，绞尽脑汁，不断探查凶案现场，走访北京各处可能窝藏凶犯的地点，全城警力挨家挨户搜捕。

"我还有一个秘密——当今执掌大权的小徐将军，不仅命我调查国会议员连环刺杀案，还要我与刺客们取得联系。"

秦北洋皱起浓眉："这是要秘密交易，还是设计陷阱？"

"我也想趁机探查出刺客的真相，将计就计，担负起这黑白通吃穿针引线却绝对见不得人的任务。京城小报的连载专栏，多是鸳鸯蝴蝶派的才子佳人，偶有世情与侦探故事。我委托报馆找了枪手，连载七期小说《名侦探决战紫禁之巅》，有一期——侦探登载启事，要跟刺客决斗，双方相约紫禁城太和殿屋顶，是为决战紫禁之巅。"

"好主意，京城人人都能看到的小说连载，刺客们不会视而不见。"

"昨天，我收到一封匿名信。"

叶克难从怀里掏出信封，信中只有简短的一行字——

你为谁服务？

漂亮的毛笔字行书，落款是个红色图章，竟是跟象牙柄匕首一样的图案：彗星袭月。

"刺客表明身份？"

叶克难点头道："如何回信？给谁回信？我思来想去，把信封剖开检查，就差去照X光，才发现信封上的邮票不对劲……"

秦北洋接过信封，照着太阳仔细端详——中华邮政发行的北海白塔邮票，其中白塔图案被红墨水点了一下，邮戳却是黑色，必是寄信人故意为之。

"北海白塔？"

"好眼力，北洋，你陪我一起去看看如何？"

两人正好走到北海门口，烟波浩渺的一大池子水。金代始建的皇家园林，琼华岛上遍布宫殿，白塔是清朝顺治年间的藏传佛教塔，也是北京城里除了紫禁城最醒目的建筑物，北城许多四合院的墙头都能望见。

上了琼华岛，围着白塔转一圈，按照邮票中红墨水所点的位置，秦北洋发现了一个隐藏在汉白玉栏杆下的小邮箱。

叶克难不动声色地写了一张纸条，上书四个字——

小徐，盼复！

言简意赅，尽在不言中。他在邮箱中放下纸条，带着秦北洋匆匆离去，没有安排任何人守候。

次日一早，叶克难与秦北洋再次来到北海，还带上了伪装成大狗的九色。

打开白塔下的小邮箱，取得一封回信——

夏至，申时，云居寺，石经山，雷音洞，恭迎小徐将军本尊。谢绝替代，过期不候。

底下依然盖着彗星袭月的红色图章。

夏至，不就是今天吗？申时是下午三点到五点，从北京城去房山，得走上大半天——刺客没给他们任何提前准备的时间。

两人一兽，立马赶到铁狮子胡同的陆军部。

叶克难关照一句："北洋，请你在对面等候我，千万不要被军人看到你的脸。无论结果如何，请你小心谨慎，切勿冲动……"

秦北洋点头称是，拉着九色躲藏在对面胡同里。名侦探独自走入陆军部，向小徐将军递交刺客的信札。

半小时后。

秦北洋看到陆军部大院里驶出一辆小汽车，透过车窗玻璃，依稀可辨一名身着将军制服的男子，叶克难就坐在副驾驶的位置。后面还跟着一辆卡车，满载着小徐将军的侍卫队。

秦北洋怎能错过这次千载难逢的良机？他迅速去附近的车马店，租了一匹蒙古快马，又让小镇墓兽九色前驱，直奔北京西南的房山。

这一路,快马加鞭,下午三点,终于到了云居寺——古刹落成于唐太宗李世民的年代,隔壁石经山上的洞窟,则比寺庙更为古老。山上密布数座藏有石刻佛经的洞窟,俨然北国的莫高窟圣地。门口停着两辆汽车,还有许多全副武装的士兵,怕是刚从南苑基地开来的。

让人略感意外的是,寺院门口有好几个外国人,像是来游玩的记者,用照相机拍下军队进出的画面。

根据刺客信札里指定的地点,秦北洋与九色爬上石经山,来到雷音洞正上方的悬崖上,居高临下观察。蜿蜒的山道上,有个骑白马的将军,肩章上三颗金星,北洋最高的上将军衔,年纪不到四十岁,双目炯炯有神,却是面色阴沉。

他就是小徐。

石阶越发陡峭,马蹄几次惊险打滑。小徐脱下大氅,解开军装的风纪扣,下马步行。除了名侦探叶克难,小徐只带了二十名侍卫,还有三名武功高强的保镖。

"克难老弟,奸贼选在此处,穷山恶水,狡兔三窟,可谓精心盘算过了。不过嘛,我有一个团的士兵,已把整座云居寺团团包围,让人插翅难飞。"

"小徐将军,为何冒险要见刺客?"

叶克难摘下白礼帽,手搭凉棚望向悬崖绝壁上的洞窟,犹如杜牧的"远上寒山石径斜,白云深处有人家"。

"我等私下说句交心的话——安福俱乐部的每个议员,都是我的棋子。我就像个围棋国手,眼看得自己精心布局的棋子,一个一个被对方拔掉,岂不心痛?若是抓不到他们,就得逼他们出来,知道这些人的诉求为何。"

"我与这些刺客打过几回照面,他们杀人如探囊取物,北京监狱的看守,上海公共租界的巡捕,遇到刺客的匕首绝无活路。"

"你怕此行大凶?我是军人,在战场上亲冒矢石,踏破尸山血海,岂畏区区刺客。"小徐摸摸头顶的板寸,"他们也不是没刺杀过我。那夜凌晨,就在这陆军部的大楼里,刺客竟藏在唐朝小皇子棺椁中行凶……"

"卑职还有一事不明——将军自有嫡系人马,为何安排我与刺客联系?"

"我等北洋军人,太阳下仁义道德,夜里男盗女娼,毫无忠诚可言。若论办事之靠谱,远不如你叶侦探啊。"

叶克难斜睨着小徐鹰隼般的目光,佩服他之胆识。当今世上,军阀们只知争权夺利，小徐却有凌云壮志，只是未免不择手段，但也比袁世凯之流一意孤行的独夫民贼要强。

数小时前，当小徐看到叶克难送来的刺客信札，第一句话竟是："好字！王羲之体的行书力透纸背，我倒是想要会会这人。"

原来，徐树铮幼时被称神童，三岁识字，七岁能诗，十三岁中秀才，十七岁补廪生，擅长诗词楹联，写得一手好字。有才者不免恃才，恃才者则易傲物，傲物者目空一切。哪怕小徐天纵英才，但这性格终将致他于死地。

下午三点，石经山的小道上，叶克难掏出手枪走在前面："将军，我们不谙地形，可千万要小心。"

"叶探长，莫要鬼鬼祟祟，我等大大方方进去，免得被刺客小瞧了。"

雷音洞口，有个年轻男子正在等候，他摘下白口罩，露出右脸上一道蜈蚣般的刀疤。

叶克难认出了这张脸——

九年来，他无时无刻不想将这个人绳之以法。但在这云居寺石经山上，叶克难喜怒不形于色，沉声问道："夏至，申时，云居寺，石经山，雷音洞，没迟到吧？"

"很准时。"

"将军本尊已到，我们就在这里谈吧。"

叶克难不想进入黑漆漆的山洞，至少在这片悬崖上，能被底下的士兵们看到。

"不，说好是雷音洞，就在雷音洞。"

"好吧。"

叶克难硬着头皮要往里走，却被刀疤脸刺客拦住："我家主人，只与小徐将军本尊谈判，叶探长请勿入内。"

"谁能保证将军之安全？"

"其一，可带三名保镖入洞；其二，你们的士兵已遍布山上山下，谁都插翅难逃。"

叶克难还想交涉，小徐不耐烦地耳语道："不必多虑，叶探长，我带三名保镖进去，你与侍卫们在洞口等候便是。我带上枪，手中捏一个玻璃瓶，若有变，立即撒手砸碎，你们便来救我。"

小徐藏着手枪，捏着玻璃瓶，带着三名保镖，低头走入千年幽暗的雷音洞。

第十五章

天下七大才子

　　三年前，秦北洋和父亲住在京西骆驼村，父子俩经常走一整天到房山云居寺。大和尚颇有眼力，器重秦海关的手艺。佛教衰微，寺里开销捉襟见肘，报酬少有实银，多为一袋谷子，也够石匠父子糊口。他们时常爬上石经山，到藏有隋唐石板经文的洞窟中修复佛像，对地形了如指掌。

　　这座雷音洞，紧挨着隔壁的金仙洞。谁都不晓得，这两座洞的正上方，竟有一条秘密地道。当年，老秦偶然发现这条洞顶秘道，早已被人遗忘封闭了一千年——秘道两端分别有两道缝隙，可以窥视雷音洞与金仙洞。多半是唐朝的老和尚，为监督年轻僧人修行，而在两个洞窟上方开凿秘道，同时偷看两边的动向。

　　秦北洋带着九色从山顶的缝隙，钻入这条秘密通道，果然就到了雷音洞的正上方，透过底下的缝隙，清晰可辨——

　　秦北洋监视着悬崖下，雷音洞口，几个男子正在交谈。

　　除了名侦探叶克难，还有个肩上三颗金星的北洋上将，必是传说中的"小徐"。

　　脸上有刀疤的男人……刺客阿海，正是这张面孔。

　　差点从山顶飞下来，抽出唐刀斩下他的脑袋，但看到小徐走进洞窟，秦北洋按捺住怒火，转入岩石间的缝隙。

　　雷音洞中，有四根刻满佛像的石柱，据说是中国现存最古老的佛殿。刺客阿海微笑道："请小徐将军本尊略微宽坐，我家主人稍后就到。"

"他从哪里来？整座山都被我的士兵包围了。"

"我家主人，上天入地，无所不能。"

小徐皱皱眉头，端起灯火，欣赏雷音洞石经，体会唐朝僧人刻字的艰辛与虔诚。房山石经由隋朝大和尚静琬发起刻造，到唐朝贞观十三年刻完《涅槃经》圆寂。此后历代僧人刻经，至少九个洞窟，累计一万四千余块石板。

同一时刻，隔壁的金仙洞中，有面宽大的镜子，照出男人的面孔，正在检查胡须是否修剪齐整，此人便是北京大学教授王家维。

秦北洋已从雷音洞上方，转移到金仙洞顶上偷窥……

惊骇之余，灯光照出第二个人，赫然是北大校长蔡元培；第三位是北大文科学长陈仲甫；第四位是年轻的国文教授钱玄同。

王家维、蔡元培、陈仲甫、钱玄同——这四位为何来到云居寺石经山的金仙洞？

四位教授并不知道，声名赫赫的北洋军阀"小徐"，正在隔壁的雷音洞，等候与刺客的主人见面呢。

金仙洞中还有四个人——第一个，穿着长衫的男人，三十七八岁，剃着板寸，唇上留两撇胡子；第二个，戴着瓜皮帽，脑后拖着一根粗大的辫子，一副前清遗老打扮，面目轮廓深邃，鼻梁高挺，留着卷翘的胡须；第三个，洞窟中最为年轻，不过二十七八岁，面貌儒雅英俊，身着洋装，有欧美归国的范儿。

秦北洋爬到秘道另一端，通过一道秘密缝隙，观察金仙洞里的八个人。

最后一张脸——五十余岁，面留黑色胡须，双目犹如猎鹰，九年前在天津德租界，他从背后刺死了秦北洋的养父。

老刺客。

他穿着一身素色长袍，头戴方巾，竟有道骨仙风的派头，抱拳道："诸位京城的名流大家，感谢赏光云居寺石经山。鄙人遵循师父嘱托，亦是自乾隆年间传下的规矩——云居四宝，每隔一甲子，足足六十年一轮回，方向天下最有学问之人展示一眼。"

云居四宝？

雷音洞与金仙洞，彼此完全隔音。但在两个洞窟上方的秘道，却听得很清楚。

秦北洋听居士们说起过"云居四宝"——世代珍藏于云居寺，曾被乾隆皇帝御笔提名，秘不示人。每隔六十年一甲子，唯天下排名前七位的大才子有缘得见。

老刺客以展示"云居四宝"为名，诱出七位中国顶尖的学问家。而隔壁的雷音洞中，又有刀疤脸的刺客阿海，诱出了小徐将军……必是精心策划的阴谋。

最年轻的西装男子道："晚生胡适之，初出茅庐，竟得以跻身七大学问人之列，羞愧难当。云居四宝，究竟哪四样？众说纷纭，却是天下读书人梦寐以求之宝物。"

"适之，与其说是天下读书人想要一睹云居四宝的真容，不如说是更想要名列七大才子之中的虚荣心吧！"

说话的男子剃着板寸，留有两撇胡子。

胡适之低头道："周先生，您说得也有道理，晚生受教了。"

"也有人言，云居四宝本是个骗局。乾隆皇帝只为嘲弄天下的文人。我倒想要看看，若真有云居四宝，能否再读出四千年的吃人史？"

金仙洞中，众人七嘴八舌间，老刺客已从石壁中打开一扇小门，取出一只檀香木匣子。

"此乃云居四宝的第一宝：大唐金仙公主手抄《般若波罗蜜心经》。"

老刺客打开匣子，一幅硬黄纸卷轴，均匀涂蜡，光泽晶莹，蝇头小楷——

"观自在菩萨行深般若波罗蜜多时照见五蕴皆空度一切苦厄舍利子色不异空空不异色色即是空空即是色受想行识亦复如是……"

《心经》正文短短二百六十字，摄取六百卷大般若经要义。唐纸上的书法隽秀，形神兼备，必是意志坚贞的女子所写。落款有金仙公主的篆书印章，王家维教授仔细查看，无论纸的材质以及书法特征，都是唐朝实物，绝非伪造赝品。

洞窟中年纪最长、留着辫子的老头叹道："金仙公主——唐睿宗李旦之女，武则天与高宗李治的孙女，唐玄宗李隆基的妹妹，十八岁出家为女道士，却也尊崇佛法，奏请兄长唐玄宗将大唐新旧译经四千余卷送到幽州范阳云居寺，推动石经山洞窟开凿，才有了这金仙洞。此生有幸得见云居四宝之一，辜鸿铭死而无憾。"

秦北洋微微一颤，原来这位留着辫子的老先生，就是大名鼎鼎的辜鸿铭。

众人已被第一宝所吸引，老刺客笑着取出第二宝——

"唐朝吴道子所画终南郡王李隆麒像。"

终南郡王，李隆麒，听到这七个字，秦北洋心头又一惊，九色都把头凑来看了。

七个学问家屏息静气，看老刺客小心翼翼展开卷轴。唐朝的黄蜡笺，防蠹又防潮，保存千年而不坏。

木案上露出一幅完整画像，穿着唐朝服饰的少年，犹如闪电击中秦北洋的双眼。

李隆麒的脸。

霎时间，石经山上的洞窟，仿佛成了白鹿原唐朝大墓的地宫。

像古墓壁画中的人物，十三四岁小皇子，大而明亮的眼睛，中正高挺的鼻梁，丰厚嘴唇，清癯轮廓。未戴冠冕，头顶绾发髻，只插一根簪子。不着唐朝贵胄服饰，一袭宽松白袍，宛如山野樵夫家的孩子。历经一千两百年，色泽鲜艳夺目，历久弥新，呼之欲出。

秦北洋竟有一种幻觉，画像里的小皇子向他眨眼，传音入密……

这幅吴道子的真迹，确是终南郡王李隆麒真身。因为九色在颤抖，赤色鬃毛扫过秦北洋脸颊，头顶鹿角都要出来了。他只能尽力安抚，不要惊动洞窟里的人们。

秦北洋看到了自己的脸。

当他少年时，住在光绪帝崇陵地宫，偶尔出来照镜子，所见的就是这张脸。

他摸着自己下巴、嘴唇还有眉眼。十八年前，天崩地裂的庚子年，父母坠落白鹿原大墓地宫，而他诞生在小皇子棺椁上的缘故？

胸口的和田暖血玉坠子又热了起来。

唐朝画像上的小皇子，胸口同样挂着一枚玉坠子，表面没有血色，而是纯色的羊脂白玉，但形制与大小完全相同。

这是九色送给秦北洋诞生的礼物，既然来自唐朝小皇子的地宫，必是同一块玉。

至于暖玉表面的一腔碧血，应是小皇子死后才产生的。

七大才子，俱是啧啧惊叹，辜鸿铭捂着自己的嘴，以免口气、唾沫沾染画卷："亲眼见得吴道子真迹，三生有幸。"

"画像中的终南郡王李隆麒，少年夭亡，死后葬于白鹿原。"精通唐朝音韵的钱玄同操着浙江湖州口音，"云居四宝的第一宝是金仙公主手抄《心经》，第二宝是吴道子手绘终南郡王画像。金仙公主与小皇子李隆麒，同为睿宗李旦的儿女，武则天孙辈，同父异母姐弟。"

老刺客收起小皇子画像卷轴，放回石壁。七大才子等待"云居四宝"第三宝时，秦北洋听到秘道另一边，雷音洞里传来声音……

第十六章

秘密交易

"我已等候多时，你家主人若再不现身，小徐就要撤了！"

石经山，雷音洞，小徐在佛像前烧了三炷香。

刺客阿海微笑道："我家主人来了。"

石壁深处开了一道小门，走出个身材娇小的身影，竟是个姑娘家。

小徐有所诧异，待来人站到灯光下，露出十五岁少女的容颜，身边并无第二人。

"主人，这位便是小徐将军。"

阿海毕恭毕敬地向少女鞠躬，俨然奴仆对主子的态度。

而这被称作"主人"的姑娘，一身朴素衣衫，脑后梳一根粗黑的大辫子，犹如街头随处可见的寒门女孩。容貌倒是出众，苍白的脸上，镶嵌黑幽幽的双眼，摄魂夺魄般直盯着你。

雷音洞正上方，透过秘道缝隙偷窥的秦北洋几乎喊出来——阿幽！

不错，刺客们的"主人"，正是九年前在崇陵地宫边上，被秦北洋所救的"阿幽妹妹"，也是跟欧阳安娜以姐妹相称的"欧阳安幽"。

秦北洋捂住自己嘴巴，又惊又惧，想起去年在绍兴会稽山，营救钱科父亲，顺便营救了被绑架的阿幽——当时脑中闪念，怎的如此巧合？或有蹊跷？但想想与"妹妹"重逢的喜悦，顷刻间忘光了疑惑。

阿幽竟是潜伏在自己身边的刺客……

"小徐将军，小女子这厢有礼了。"

十五岁的少女阿幽，向徐树铮行了万福礼。

"真是个天崩地裂的年代，小姑娘竟成了杀人无数的大魔头。"

小徐说话同时，把手按在腰间的枪上。

"请恕小女子属下行动冒失，惊吓到了小徐将军。"

"惊吓？陆军部大楼之内，你们潜藏在唐朝棺椁之中，密谋行刺于我，不能说是惊吓吧。"

"小徐将军，您有所误会。是夜，小女子的属下意在棺椁，而不在小徐将军您啊。螳螂捕蝉，黄雀在后。我们刺客是螳螂，唐朝棺椁就是蝉，螳螂从国会议员曲靖和的府邸捕获了这只蝉，没想到在半道儿上，遭遇了小徐将军您派出的黄雀。而我的两名属下，无处可逃，被迫藏身于棺椁之中，等到你们开棺之时，慑于您的赫赫雄威，方才飞出去逃命。"

阿幽从未如此伶牙俐齿过。

"你是说，他们不是来刺杀我，只是我出现在了错误的地点、错误的时间？"

"嗯，是小徐将军截胡棺椁在先，才有刺客们逃出棺椁在后。"

"但自那一夜起，你们刺杀了国会议员曲靖和，至今连续杀了安福系的七名议员，此事不可抵赖吧？"

"其实，若是在我们杀到第二个人时，你就来主动联系我们，也不会杀到第七个。"

阿幽这番话，让在头顶偷看的秦北洋毛骨悚然。

"如此说来，你们行刺国会议员的目的，就是要逼我出来谈判？"

"正是。"

"所谈何物？"

"唐朝小皇子棺椁。"

突然间，小徐纵声大笑："绕了大半天，还是向我索要那具棺材。因为陆军部戒备森严，你们无从下手，只能连续刺杀我所倚靠的国会议员，切断我的左膀右臂，迫使我让步妥协，跟你们这些强盗做交易。"

"小徐将军，您是明白人，小女子不多言了，请您交出唐朝小皇子棺椁。否则，一个月内，我会再杀七名安福俱乐部的国会议员。众所周知，中华民国的国会，便是北洋军阀的遮羞布与裹尸布。议员们尽是些贪生怕死之辈，若有被割喉灭门的危险，必然纷纷退出安福俱乐部，您的宏图伟略，恐怕也将付诸东流。"

阿幽说完这番话，小徐沉默了半炷香的工夫，面色如打了秋霜的茄子。这十五岁的小妮子，竟有如此缜密之逻辑，环环相扣，说透利害关系，甚至道出政治的本质——没有永恒的朋友，只有永恒的利益，但在利益面前，保住自家性命更重要。

　　"不知有哪个朝代，因刺客而改变历史？"

　　"辛亥年，清朝皇室少壮派不同意退位，主张血战到底，甚至要除掉不忠的袁世凯，结果被革命党在北京刺杀了一个，全作鸟兽散，再也无人敢主战，就此龙旗陨落。"阿幽又上前半步，"再者，譬如今朝。"

　　看着女孩幽暗的双眼，他的左手发抖，随时会松开玻璃瓶。

　　"唉……我小徐戎马生涯十余年，竟栽在一个丫头片子手里，要跟刺客做交易！好，我答应你，将唐朝小皇子棺椁还给你们。"

　　"多谢小徐将军成全。小女子再有礼了。"

　　阿幽的万福还没做完，小徐冷冷道："可你们如何保证，不再刺杀我的国会议员？"

　　"今日，小女子在此掷地有声，我对部属有铁之纲纪，您当信则信。"

　　"我可信你，但你若无法约束部属呢？当今天下，军阀混战，下克上者，多如牛毛。总统不能制总理，总理不能制总长，总长又不能制督军，督军更不能制师长，以此类推……"

　　阿幽淡然一笑："若以军阀来比之刺客，则是对刺客的极大侮辱。"

　　"刺客……你们究竟属于何方势力？又为何人而服务？"

　　"小徐将军，以上，您都猜错了。"

　　"莫要卖关子，当谈则谈，不谈则罢了。"他向三个保镖使了眼色，左手紧握玻璃瓶，右手按着勃朗宁手枪，"整座石经山，都已被我的士兵包围，只要一声令下，每一座洞窟，都不会留下活口。"

　　"小徐将军，这场谈判算是破裂了吗？您的手段雷厉风行，小女子早已知晓。任何人的性命，在您眼里，不过都是往上走的垫脚石。"

　　"就算是吧。小姑娘，我给你两个选择：一是举手投降，或许可饶你一命；二是负隅顽抗，必将死无葬身之地。"

　　三个保镖已呈品字形保护他，随时退出洞窟的架势。

　　阿海露出诡异的笑容，他跟阿幽来了个眼神交流，便推开雷音洞一侧的石板经文，露出一面硕大的玻璃。

洞顶秘道中偷看的秦北洋，挪动观察角度，发现玻璃背后，便是隔壁的金仙洞——中国文化界的七位精英，正在木案上欣赏"云居四宝"的第三宝。

金仙洞的石壁上有一面镜子，必是雷音洞里的这面玻璃，两边大小形状相同。

只不过，金仙洞里只能看到反射的镜面，雷音洞里看出去则是透明的。

这便是单向玻璃，单独一面覆盖银膜，光影单向可见。西洋人已用此种玻璃来审讯犯人。

雷音洞里的徐树铮，惊诧地凝视玻璃对面的金仙洞，认出了北大校长蔡元培，还有大学问家辜鸿铭。

"他们怎会在此？"

"蔡元培、陈仲甫、钱玄同、王家维、周树人、辜鸿铭、胡适之。"阿幽准确说出这七个名字，"当今最有学问的七位大家，在小徐将军您上山前，已被小女子邀请到隔壁的金仙洞，欣赏六十年一甲子轮回的云居四宝。"

"那跟你我今日的谈判有何干系？"

阿幽瞪着乌幽幽的双眼，注视玻璃对面的七个大学问家："您可知，金仙洞的地下，已被我埋下了烈性炸药。"

第十七章

金仙洞里说中国

一墙之隔，不，是一块玻璃之隔的金仙洞。

蔡元培、陈仲甫、钱玄同、王家维、周树人、辜鸿铭、胡适之，正坐在小女子口中的"烈性炸药"上，更不知隔壁的雷音洞里有一场谈判。

七个人全神贯注于"云居四宝"的第三宝：宋徽宗镇墓兽。

此物在四宝中最大、最沉，王家维教授侃侃而谈："宋徽宗赵佶，北宋的亡国之君。靖康之变，他与儿子宋钦宗一同被掳到松花江边的五国城，父子二帝被关在一口枯井下。

"宋徽宗是文人皇帝，自创'瘦金体'，花鸟画'院体'，将诗、书、画、印合一，是几千年来罕见的艺术天才，比之附庸风雅的乾隆皇帝不知强了多少倍。但论起治理国家，又不知差了多少倍。宋徽宗是诸事皆能，独不能为君耳！"

传说中的镇墓兽，均为形象可怖、面容狰狞的怪兽。天下第一大才子皇帝的镇墓兽，却是一只仙鹤，飘逸高冷，细长鹤足，犹如翱翔白云的仙子，尖利的鹤嘴直指苍穹，似要引吭高歌，一飞冲天……

穿西装的胡适之提出疑问："宋徽宗被金人掳到北国而亡，为何还会有镇墓兽？又出现在云居四宝之中？"

王家维答道："宋徽宗被金人葬在河南。宋金签订《绍兴和议》后，金人将宋徽宗骨骸送还南宋，葬于绍兴永佑陵。南宋灭亡后，元朝盗掘南宋皇陵，这尊镇墓兽必是落入元人之手。"

"元朝忽必烈大帝，将这件宝物赐给云居寺，成为云居四宝的第三宝。"老刺客做了最终解答，"你看它残损严重，因在挖开宋徽宗地宫时，仙鹤杀死大量蒙古士兵。元人推出火铳，方才击碎镇墓兽心脏。"

果然，仙鹤镇墓兽有大片残损，必须依靠铁架子站稳。大家围绕仙鹤一圈，发现背面刻满宋徽宗的瘦金体——天骨遒美，屈铁断金，至瘦而不失其肉，转折处处藏锋，挺劲飘逸，本为"瘦筋体"，但以"金"显贵。

最后一段瘦金体，出自《论语·微子》——不仕无义。长幼之节，不可废也；君臣之义，如之何其废之？欲洁其身，而乱大伦。君子之仕也，行其义也。

辜鸿铭大赞："宋徽宗非但精通书画，亦尊崇礼教，有宋一代，程朱理学发扬光大。"

"存天理，灭人欲，理学贻害中国七百余年至今。"陈仲甫抓住机会反击，"辜先生，您的辫子早该剪了！"

"我头上的辫子是有形的，你们心中的辫子却是无形的。"

"您在北大课堂上的讲话，我等早已领教过了。"钱玄同站在陈独秀一边说，"晚生以为，《论语》、《中庸》、《大学》等等，就是中国人心中的辫子。中国文字，论其字形，则非拼音而为象形文字之末流，不便于识，不便于写。欲使中国不亡，欲使中国民族为二十世纪文明之民族，必须废除孔学，废除汉文！"

"汉字是中国劳苦大众身上的一个结核，病菌都潜伏在里面，倘不首先除去它，结果只有自己死。"周树人同样语出惊人，"今日要救中国，并不在多读中国书，相反地，我以为暂时还是少读为好。"①

躲在秘道里的秦北洋，差点惊出声音：三千年美好精深之汉文，就这样要被废除掉了？

胡适忍不住提问："钱先生，若真的废除汉文，那该采用何种文字呢？"

"当采用文法简赅、发音整齐、语根精良之人为的文字ESPERANTO。"

"世界语？荒唐！我生在南洋槟榔屿，母亲是西洋人。我辜鸿铭是半个洋鬼子。我十岁时去英国读书，临行前，父亲在祖先牌位前告诫我：不论你身边是英国人、德国人还是法国人，都不要忘了，你是中国人。母亲对我关照：记住，中——国——人！"

蔡元培插话道："借欣赏云居四宝之良机，我们在石经山金仙洞，辩论孔教之

---

① 观点出自鲁迅杂文《少读中国书，做好事之徒》。

存废，对中国未来之命运，一百年后之生活方式，倒是比云居四宝更重要。当年，我在德国莱比锡大学求学，辜先生已是赫赫有名的人物。我请辜先生来北大讲授英国文学，也邀仲甫先生来做文科学长，兼容并蓄，求同存异，请辜先生继续赐教。"

"有如此大学校长，实乃中国大幸。我在欧洲学习生活十四年，掌握英文、德文、法文、拉丁文、希腊文，获得文、哲、理、神等十三个博士学位。这些年，我又把四书五经翻译成英文，让西洋人见识东方文明之精髓。"

"辜先生之精神与毅力，仲甫深感佩服。但东方文明在西洋人眼中，不过是满足其猎奇心的玩物罢了。"

纵然，陈仲甫战斗精神十足，面对辜鸿铭也要客气三分。

"三年前，辜某英文拙作《春秋大义》在欧洲出版，阐明中国人具有深刻、博大、简朴和灵性四种美德。君不见，欧洲大战已过四年，血流成河，生灵涂炭。为何会爆发一场自相残杀的浩劫？如何解决西洋人的问题？"

"辜先生说得有理。"王家维摆出和事佬的态度，"西洋人有科学作为武器，而我们中国人既要学习科学，但也不能放弃固有之文明。"

"您所言固有之文明，却又被袁世凯捡回来，不但恢复祭典，还做了古怪的祭服，跟着这事而出现的便是帝制。"

辜鸿铭笑着说："君不知，我曾当面顶撞袁世凯。当他死后，北京全城哀悼，唯独我请了戏班子庆贺三天。"

"诸位，在云居四宝面前唇枪舌剑，让我这小辈开了眼界。"胡适之开腔了，面对蔡元培毕恭毕敬，"校长先生，我建议，多研究些问题，少谈些主义！研究问题是极困难的事，高谈主义是极容易的事。现在中国应该赶紧解决的问题真多得很。从人力车夫的生计问题到大总统的权限问题，从卖淫问题到卖官卖国问题，从安福俱乐部问题到欧洲大战问题，从女子解放问题到男子解放问题……哪一个不是火烧眉毛的紧急问题？"

眼看这场讨论绵绵无绝期，老刺客抱着双臂，听得饶有趣味。

王家维打圆场道："哎呀，都忘了千辛万苦爬到这山洞，只为一睹云居四宝的风采——第一宝，金仙公主手书《心经》；第二宝，吴道子画终南郡王李隆麒像；第三宝，宋徽宗仙鹤镇墓兽；那第四件宝贝……"

老刺客早已收起仙鹤镇墓兽，从密室里取出第四宝——却是个沉重的石函。

"似是明代物件。"

王家维认出石函上的雕刻。老刺客打开明代石函，里面却是一件隋唐青石函。继续打开青石函，又藏着个汉白玉函，再打开，有个隋唐银函。这函函相套，吊足了七大才子胃口，最后是个隋唐的羊脂玉函。

老刺客双手合十，口念经文咒语，焚香祷告，异常庄重地打开羊脂玉函，里面躺着三粒状如红色粟米的佛骨舍利，隐隐放射金灿灿的光芒。

"释迦牟尼佛骨舍利？"

"两千五百年前，佛陀涅槃，火化后得八万四千颗舍利子，成为信徒世代供奉的圣物。云居四宝的第四宝，亦是云居寺的镇寺之宝，也是中国的佛宝。"老刺客说得头头是道，"当年，静琬大和尚在云居寺刻经，隋炀帝特赐予佛舍利为表彰。"

王家维教授发现了函盖上的字："大隋大业十二年，岁次甲子，四月丁巳朔，八日甲子，于此函内，安置佛舍利三粒，愿永持永劫。"

老刺客解释道："这是世上唯一珍藏于洞窟而非塔刹的舍利。"

众人惊叹间，金仙洞门口，传来金属碰撞声，一道铁门放下，将众人牢牢禁闭。

"先生，这是何意？"

胡适之看着老刺客，用力摇动铁门，纹丝不动。

"云居四宝，本甲子已展示完毕。下一轮，就要等到六十年后了。"

老刺客微笑着收起佛骨舍利，一层层套回五重宝函，送还密室。

金仙洞中，王家维盯着那面大镜子，凝视自己的同时，似乎看到镜面背后的影子……

第十八章

雷音洞妥协

镜面背后。

雷音洞，隔着一层单向玻璃，徐树铮凝视隔壁的金仙洞。

"小徐将军，若你退出此洞，或命士兵进来杀我们，一墙之隔的这七位中国精英，也将要一并玉石俱焚。"

十五岁的阿幽，走到小徐身边，并排看着单向玻璃对面——蔡元培、陈仲甫、钱玄同、王家维、周树人、辜鸿铭、胡适之。

"你把他们劫持为人质？但又怎能断定，我会看重他们的性命呢？"

"普天下都会知道，是小徐将军杀死了天下七大才子。你带领大军包围云居寺这件事，我已通知多名外国记者，他们已在外面拍下了照片。"

小徐想起在云居寺山门口碰上的外国人，方才醒悟："你竟还会用这一招？"

"若真到这一步，先不说国内外舆论汹汹，单是国务总理，无论你俩如何铁的关系，也绝对保不了你。"

古时成王败寇，要么王道正统，要么乱臣贼子，你死我活，互刨祖坟。北洋军阀，哪一个不是乱臣贼子？彼此彼此，你方唱罢我登场，各领风骚一两年。败如张勋，退入租界做个寓公。段祺瑞都几起几落呢，有同党旧部，东山再起便不难。极少有失败者丢了项上人头，更少有阵亡的将军，只以士兵的血肉当炮灰。军阀寡头们，昨儿磨刀霍霍，今日烽火硝烟，明天又推杯换盏称兄道弟。连绵不断的战争，不过是少数人攫取权力与财富的游戏罢了。

小徐低头沉吟，再看玻璃那头，七个大学问家已成阶下囚，万一刺客铤而走险，非但自己被炸上天不说，还会背上屠杀精英的罪名。秦始皇焚书坑儒，被天下读书人骂了两千多年，小徐恐怕会被全世界再骂上两千年……

"也罢！我小徐饱读圣贤书，平生最敬重读书人与学问家，不忍见得中国文化之大损失。也为保护中华民国的国会议员，我答应你们的条件——交出唐朝小皇子棺椁。"

徐树铮颓然坐倒，别无选择，只能承受这一奇耻大辱。

"小徐将军恩德，小女子没齿难忘。"

"待我回去，明早就将棺椁送到你们指定的地点。"

"空口无凭。"

阿幽摇头的同时，刀疤脸刺客却拦住了小徐。

"那我给你们写字据。"

"而今世道，即便有字据、印章、签名加上手印，仍然不过废纸一张。"

年轻的刺客从雷音洞的角落取出一台黑色电话机，瑞典爱立信木头外壳，有根电话线连接到洞外。

"请打电话通知陆军部，即刻。"阿幽计算到了每一个步骤，想必昨晚就把电话线接到了云居寺，她抓起电话听筒，交到小徐手中："请吧。"

小徐拿电话的手在颤抖，此生活到三十八岁，从未受过如此屈辱。

他慢慢摇动电话手柄，电流接通北京电话局的总机，阴沉着对接线员说："请转陆军部。"

稍候片刻，陆军部秘书接起电话，徐树铮自报姓名，点名让心腹副官接电话。

"老田，我是小徐，请把唐朝小皇子的棺椁放了吧。"

电话那头传来一个惊讶的声音："将军，您说要把那副藏在陆军部地下室、日夜戒备森严的棺材给放了？您没出事儿吧？"

"嗯，我没事儿。云居寺的大师指点我，把棺材放在陆军部地下太晦气，迟早得把我们都克死。段总理也是这意思。老田，再跟你说几件事儿，第一是你家闺女读书……"

通过相隔百里的电流，小徐准确说出副官老田的私人信息，交代了陆军部的多项工作，让对方确信自己的身份，绝非其他人假冒伪装。

那边厢，副官老田连声说是："遵命，将军，我现在就把那副晦气的棺材放了，但要放到哪里去呢？"

小徐一时语塞，阿幽将一张小纸条塞到他面前，五个工整隽秀的字——北京法源寺。

"北京法源寺。"他看着阿幽的眼色，关照陆军部的老田副官，"就放在山门口，只要一队人马运去，放下唐朝棺材，立刻收队撤退，不准停留，也不准观望。现在就出发，一小时内必须送到。"

电话挂断，阿幽为他鼓掌："小徐将军，行事果然雷厉风行，小女子佩服。"

"我可以走了吗？"

"请再稍等，只要我们的人得到了唐朝小皇子棺椁，您即可全身而退。"

雷音洞里，徐树铮只得坐下，看着洞窟外的夜色渐渐降临，再看单向玻璃对面，金仙洞里的七位学问家也在心急如焚，长吁短叹，只是听不到声音。

洞窟顶上潜伏的秦北洋，一会儿看看雷音洞里的阿幽与小徐，以及杀母仇人阿海；一会儿又注视金仙洞里的七大才子，加上杀父仇人老刺客。

一边是杀母仇人，一边是杀父仇人，到底该先对哪一个报仇呢？

秦北洋解下背后唐刀，胸口微微发颤。

小徐被迫向雷音洞外久等的叶克难喊话："叶探长，勿心急，我正与老友相谈甚欢，烦请耐心等候。"

两个洞窟共有十四个人，加上头顶秘道的一人一兽，僵持了一个钟头，人人又累又饿。

忽然，雷音洞的电话铃响了。

阿幽从容接起电话，一个年轻男子的声音："唐朝小皇子棺椁已拿到，验明正身！我等已远离北京法源寺，无人跟踪，行动成功。"

"辛苦了。"

女孩挂了电话，转身再行一个万福礼。

"终于结束了。"小徐仰天长叹，仿佛从噩梦中惊醒，"请姑娘履行诺言，先行释放对面洞窟里的人。"

"小徐将军，亏你有心，还牵挂着他们。"

阿幽轻轻按下石板经上一个凸起，对面金仙洞的铁门自动打开。

单向玻璃对面，七大学问家保持风度，彼此谦让，井然有序地撤出洞窟。

"小徐将军，其实，金仙洞下的烈性炸药，纯属子虚乌有。"阿幽轻颦浅笑，这才像个十五岁的小女孩，"小女子骗你玩耍的呢。"

徐树铮的面部肌肉颤抖，几乎要吐血了，彻底被这小姑娘玩弄于股掌之间。

阿幽看着空空荡荡的金仙洞说："刚才那七位先生，既是天下最有学问的大师，也是小女子最为崇拜的人物，能与他们相隔一墙而望，小女子荣幸之至呢。斗胆放下铁门，多留了七位一个钟头，也是给云居四宝一个面子，多有得罪啦。"

"我……败给你了。"小徐捶胸顿足，"请问姑娘，你究竟是何人？"

"孤苦伶仃，身世飘零，平平常常小女子一枚。"

"这副一千两百年前的棺椁，当真对你如此重要？"

"对许多人来说，一文不值；对于某些人而言，却是无价之宝，远胜于六十年一轮回展示的云居四宝。"

"我可以走了吗？"

"后会有期，小女子先行告退。"

阿幽打开雷音洞深处的一道石门，要跟刀疤脸刺客一起走了。

洞顶秘道里的秦北洋，眼见得杀母仇人要逃跑，九色对他心有灵犀，生出锋利鹿角，天生蛮力往下一顶，雷音洞的天花板当即破裂。

随着一声巨响，秦北洋血脉偾张地坠落到洞中。

他在地上打了个滚，抢起三尺唐刀，直直劈向刺客。

阿海躲过这一刀，锋刃划过唐朝的石板经文，飞溅出骇人的火星。

小徐的三个保镖刚要开枪射击，九色已吐出琉璃火球，洞窟中飞出诡异弧线，将三人烧成灰烬。

阿幽立即与阿海躲入秘道，不给秦北洋复仇的机会。

与此同时，小徐松手砸烂了玻璃瓶，发出对外求救的信号，同时掏出手枪。

秦北洋不想杀他，但也不能被他开枪射杀，只能用刀架在小徐脖子上，迫使他扔掉武器。

以上，均发生在五秒钟内。

与此同时，叶克难率领数名侍卫冲进洞窟。

他见到地下有三堆灰烬。一把三尺长的唐刀，架在徐树铮的脖子上。站在小徐背后之人，十八九岁的少年郎，面目英朗，轮廓刚毅，不正是秦北洋吗？

还有一头幼麒麟镇墓兽，竖起雪白鹿角，随时要跟闯入者拼命。

叶……秦北洋刚要喊出"叶探长"便打住，心想叶克难必是潜伏在小徐身边，若喊出来岂不是穿帮了？

短暂惊讶过后，叶克难心中凄惶，后悔不该把秦北洋扯到这件事情之中，装模作样斥道："你是何人？速速放开将军！"

"往外退去，否则，割断他的喉咙。"

小徐应声道："听他的话，退出去。"

说话并不慌张，俨然还在战场上下命令，显出军人本色。

叶克难微微一犹豫，下令所有人撤出雷音洞。

九色收起鹿角，变身为灵敏的"大狗"。秦北洋继续用唐刀胁迫小徐，一同自秘道出逃。

阿幽与刺客阿海早已不见踪影。秘道弯弯曲曲，四壁镶嵌数不清的石板经文。每走过几步，就会落下一道石闸门，士兵们难以追上来了。

小徐双手被捆在背后，喘着粗气说："整座山都被我的士兵包围，你要逃到哪里去？"

"不知道。"

秦北洋不想多说，他只相信九色的感觉与方向。

"这猛兽是什么东西？"

"镇墓兽。"

小徐倒吸一口凉气："这些日子，我果然是与坟墓里的东西犯冲呢。"

"它就是你所窃取的唐朝小皇子的镇墓兽。"

"原来如此。"小徐想起秦北洋刚从洞顶坠落时，举刀劈向刀疤脸的刺客，应该不是一伙儿，"你也是为了那副棺材？"

"休要再问。"

石经山秘道，终到尽头。出去是一座深邃山谷，怪石嶙峋，星空熠熠。

虽然，小徐号称一个团的士兵包围了石经山，但房山群峰连绵，别说是一个团，就是派来一个师，也未必能覆盖。

秦北洋对地形了如指掌，加上九色灵敏的感觉，夜幕已深，轻巧地躲过围兵，沿着山间小径而行。

"小兄弟，你已躲过重围，可以放了我吧？"小徐已不用被刀逼着脖子，但双手被束缚无法逃脱，"你要什么？我都可以给你，银圆、职位、姑娘，还是金条？"

十八岁的工匠少年，微微一笑："我自有百万白银，你信吗？"

说话间，他们来到一座硕大的坟冢前——房山坟王村唐朝大墓，误传多年的"鞑靼坟"。

一个月前，中法联合考古队才从这座大墓撤走，并用砖头封闭墓道。九色破坏砖头，闯入墓道。

小徐愤怒地吼叫："又要带我去古墓？！"

"小徐将军，请恕我无礼，方圆百里之内，这可能是最安全的地方了。"

九色开道，走入古墓，经过前室、中室，直达后室。所有宝贝都没了，包括精美绝伦的唐朝壁画。

地宫后室的棺椁已被运走，露出底下金井，暗潮汹涌的黑洞。

秦北洋找来绳索，绑在小徐的身上，将他吊入地宫下的地宫。

落到井底，见着地下深潭，小徐浑身冰凉："这是何地？又是什么水？"

秦北洋趴在金井口喊道："此乃北京海眼，通往渤海的咸水，就算再口渴，你也喝不了。"

"小兄弟，你不要折磨我，要么现在就杀了小徐！"

井口的人影已然消失。

彻底的黑暗之中，小徐狂奔到深潭边，摸了摸冰凉的黑水，送到舌头上尝了一滴，果然是咸涩的海水。他用拳头捶地，躺在地上狂吼，真是流年不利，为何要沾染那副唐朝棺椁？他又把国会议员曲靖和咒了一万遍，愿他在地狱中永世不得翻身。

不过，这里不就是地狱吗？

喊得嗓子沙哑，小徐又累又饿，昏昏沉沉睡去……

第十九章

天子的钥匙

第二天，小徐悠悠醒转，身在地宫下的地宫，早已失去时间概念。

不知何时，秦北洋已站在面前，点亮马灯，捎来一大壶水，还有两个馒头。

小徐狼吞虎咽地吃完馒头，再无不可一世的威风，缩在角落轻声说："谢谢。"

"外面贴满了对我的通缉令。"秦北洋面不改色，"昨天，你那几个侍卫里头，有人认出了我的脸。"

"你在军中待过？"

"跟随北洋第六师打过吴淞口之战，还在南苑基地住过一晚。"

"嗯，我有个侍卫原本在南苑服役。"小徐节省地啜了几口水，给自己留了小半壶，"你背后的那个人是谁？"

秦北洋摇摇头："错了，你们这些北洋军阀，都是我的敌人。"

"当今天下，宛如汉末三国乱世，春秋无义战，三国更无义战。但若有一个曹操，能够统一半壁江山，至少能让黎民百姓少受些苦。"小徐总是自比乱世枭雄，胸怀大志，又有权谋，才情纵横，就像曹孟德亦是一时的大诗人，"你究竟是何人？"

"我只是个工匠。"

"小兄弟，老哥奉劝你一句——悬崖勒马。你若被抓到，必死无葬身之地。"

"从我生出来的那天起，早已死过不知多少回了。"

秦北洋并不畏惧小徐的威胁，突然头顶有了动静，立即抽出唐刀，架在他的脖子上。

金井边缘，探出一张模糊的面孔，女孩的声音："北洋，我来救你了。"

安娜？

秦北洋爬出金井，果然是她。

九色吐出的琉璃火球，照亮安娜琉璃色的眼球，看来这尊小镇墓兽与她颇为投缘。

身着便装的齐远山也来了："天亮前，叶探长到百花深处胡同来找我们，我的天哪，北洋，你可是闯下了弥天大祸，现在全城都在搜捕你。"

"叶探长呢？"

"他在墓道口给我们望风呢。"安娜抓着他的胳膊，"我猜，如果你还在房山，最安全的地方，就是我们探访过的坟王村唐朝大墓。幸好，叶探长开了一辆警察厅的车，才闯过宵禁的北京城门，带着我们来到这儿。"

"是啊，我在古墓出生，又在地宫长大，天生适合这里的气场。"

"可别孤芳自赏了，你现在命悬一线。"

安娜又给他兜头泼了盆冷水。

"小徐说得没错，我这下要死无葬身之地了。"

"他在哪儿？"

"嗯，就在下面。"秦北洋指了指地宫后室的金井，"我正要审问他呢。"

安娜皱着眉头说："我们能一同审问吗？"

"小徐记住了我的脸。我会连累你俩的。"

她撕了块黑布蒙在自己脸上，然后也给齐远山蒙上。

"你俩也不要吭声，我怕他会记住你们的声音。"

秦北洋一番关照，三个人顺着绳索，回到地宫下的地宫。

小徐发现遽然多出两个蒙面人，看体形都很年轻，其中一个还是姑娘——但绝非昨天雷音洞里"刺客的主人"。两人的眼睛不同，刺客女孩双眼乌幽幽的，眼前这个却有异域风情。

秦北洋坐在小徐面前问："好了，现在我问你答，如果说谎，我就杀你。"

"好，我保证一五一十地回答。"

"你为什么要劫走唐朝小皇子的棺椁？"

小徐叹了口气："过年前，我与曲靖和宴饮，他酒后失言，泄露了家中藏有一件宝物，乃是武则天与高宗李治的孙子，终南郡王李隆麒的棺椁，去年刚从陕西白鹿原大墓挖出来。而在终南郡王的尸身之中，埋藏着一个大秘密。谁能得之，便能成就一时之霸业。"

"什么大秘密？"

秦北洋心中凄然惶恐，自己就出生在白鹿原大墓的地宫，终南郡王的棺椁上，据说小皇子千年不腐的面容与他酷似。那么多人付出鲜血与生命，只为追逐这个寄生于唐朝小皇子尸身中的秘密……

"《列子·汤问》有云——渤海之东不知几亿万里，有大壑焉，实惟无底之谷，其下无底，名曰归墟。八纮九野之水，天汉之流，莫不注之，而无增无减焉。"

"请说人话。"

"天下一统，八纮一宇。"小徐横竖横了，自打被劫持到这唐朝古墓，就没打算活着出去，"你们有没有听说过——镇墓天子。"

"我知道。"

秦北洋观察小徐的双眼，认为其说谎的可能性微乎其微。

"天子级别的镇墓兽，古今中外独一份，别无分店，只埋在乾陵之中。"

"乾陵？"

"唐高宗李治与女皇武则天的陵墓——位于关中北部，今日陕西乾县，唯一未被盗掘过的唐朝帝陵。这对空前绝后的夫妻皇帝，东灭高句丽，西征吐火罗，开创中国最强盛的年代，将大唐国威远播于数万里外。守护这两位最强大的皇帝陵墓的，必是天子级别的镇墓兽。"

"但镇墓天子的力量，谁都没见识过，甚至谁都没敢想象过。"

"远远超过袁世凯金蟾镇墓兽、安禄山十角七头镇墓兽。这些怪物虽厉害，但跟镇墓天子相比，简直小丘之于泰山，溪流之于江海，蝼蚁之于虎豹。但若要打开中国最伟大的陵墓，还缺少一把钥匙，就是高宗李治与女皇武则天早夭的孙子——终南郡王李隆麒。"

"钥匙？"

"他的棺椁里具体有什么？鬼知道。"小徐忘了自己是阶下囚，越说越兴奋，仿佛还在陆军部开会，"但通过这位唐朝小皇子，就有机会打开乾陵，挖出镇墓天子。"

"何以为证？"

关于镇墓天子、武则天的乾陵、唐朝小皇子的棺椁……三者之间的关系——秦北洋并不怀疑，但他要挖出更多秘密。

"宣统元年，摄政王载沣曾经秘密派遣兵马，在陕西有过一次秘密行动。当时，我刚从日本陆军士官学校学成归国，有所耳闻。"

宣统元年？秦北洋心中暗惊，九年前，这场摄政王的军事行动，也跟自己的身世秘密有关？

"摄政王挖了乾陵？"

"有人想要挖！但摄政王严禁对乾陵动手，说是怕动了关中的帝王气，影响大清江山，甚至两千多年的皇帝制度。可三年后，辛亥革命，清朝还是完蛋了。"

"小徐将军，你有夺取天下的野心，获得传说中的镇墓天子，想打开高宗李治与女皇武则天的乾陵。而打开乾陵的钥匙，就是唐朝终南郡王李隆麒的棺椁。"

"不错，我向国会议员曲靖和开价一万银圆，要买下小皇子棺椁，却被他拒绝。不过，凡是我小徐想要得到之物，便是天上的月亮也要摘下来。我再次登门拜访，交换代价是升任曲靖和为交通次长，确保他接任下一届内阁的交通总长。他踌躇再三，也害怕得罪我，便答应交出唐朝棺椁。"

"你看到棺椁中的小皇子了？"

"嗯，并未腐烂，是个美少年，而且……"灯光正好照亮秦北洋的脸，小徐感觉有些相熟，"好像……天哪！跟你很像！"

蒙面的安娜与齐远山都看向秦北洋的脸，十八岁的少年面孔发红，摇头说："不准看我。"

"明白了，因此，你也要拿回终南郡王的棺椁？"

"不要胡猜。"

至此，秦北洋已完全明了。小徐与刺客们的交易，他在雷音洞顶的秘道之中，早已偷听得一清二楚。

"小徐将军，若要我们放你一条生路——必须答应我三件事。"

"三件事？"

"第一，镇墓兽不许给外国人；第二，立即停止内战；第三，出兵收复外蒙古。"

秦北洋掷地有声地抛出三个条件。

一片寂静过后，小徐答道："这有何难？镇墓兽，我不去挖它，自然不会再有。我可向海关发布命令，禁止一切类似镇墓兽的古物出境。第二件事，不是小徐想要打仗，而是南方的护法军与革命党欺人太甚。小徐规劝段总理罢兵就是了。第三件事，正是小徐梦寐以求，远征大漠，收复失地，一扫百年屈辱，如薛仁贵三箭定天山，为中国开辟万世不朽之功绩。"

"小徐将军，既往不咎，我敬你是一条好汉。"秦北洋竟对他单膝跪地，"但若食言，我等定当来取你项上人头。"

"我是军人，一诺千金。"

"但你要跟随我们到安全之地，才能将你放回去。"

秦北洋正要给小徐松绑，却听到上层地宫传来一阵阵惨叫声。

谁人闯入？

第二十章

向大海逃亡

房山景教大墓地宫。

九色已然变身,成为幼麒麟镇墓兽,头顶的鹿角硕大,不断喷出琉璃火球。外面有密密麻麻的士兵,地上还有几堆灰烬,必是被琉璃火球所烧化的。

军队终于搜索至此,因这大墓刚被发掘过,又是四翼天使镇墓兽的老巢。尽管叶克难在外望风,但也无法阻拦军队。

士兵们有备而来,竟将一门野战炮推入地宫,准备对着镇墓兽来一发。再厉害的镇墓兽,也经不住炮弹啊,秦北洋命令九色收起鹿角,立即跳下金井。

一人一兽,再次坠落到唐朝大墓最深处。

士兵们迅速占领地宫后室,但没人敢跳下金井,只能往底下扔火把照明。

秦北洋将唐刀架在徐树铮的脖子上,逼迫他往上呼喊:"我是小徐!不得造次,别下来!"

上面虽然安静,但士兵们不可能离开地宫,只是等待解救将军的机会。

秦北洋与蒙面的齐远山、欧阳安娜面面相觑,小徐也皱起眉头说:"你们三位,若信得过我,保你们不死。"

"北洋,若信他,我们必死无疑。"

齐远山熟悉北洋政府的律法与刑罚,对他耳边低声关照。

怎么办？秦北洋挥舞两下唐刀，走到地下深潭边，将刀尖插入水中。

突然，水面冒出许多小气泡……

紧接着跳出一个人影，居然是个大辫子的姑娘，如同美人鱼出水，浑身湿漉漉地爬到岸上。

灯光照亮她乌幽幽的双眼，秦北洋惊得跌倒在地："阿幽！"

"哥哥。"

十五岁的女孩，穿着紧身黑衣，刚靠近秦北洋的手指尖，却又缩回来。

小徐蜷缩到角落，他不害怕秦北洋，看到阿幽却怕得要命，犹如见着罗刹恶鬼。

阿幽并不在意小徐，而对秦北洋说："快跟我走，这是你唯一能逃生的路。"

"这……"

"提醒一句，此水极寒。"

她憋了口气，潜入深深的"海眼"——难道她要游到渤海去？秦北洋寻思一定另有逃生通道。他刚要潜水进去，又看到齐远山与安娜，大声说："你们先下去，我最后一个。"

欧阳安娜有些害怕。幸好她在东海达摩山长大，从小在布满暗礁的海里游泳，憋气潜水最拿手了。她要不是欧阳思聪的女儿，恐怕会成为采珠的海女。她依然蒙着面孔，潜入深潭。

齐远山跟秦北洋交换了眼神，身为北洋军官，绝不能在徐树铮面前暴露面孔。原本他是旱鸭子，去年两次坠入水中差点淹死，他发誓要学会游泳。春天以来，他经常扎到什刹海里游泳，学会了潜水等许多技能。眨眼间，他也被黑色潭水吞没。

秦北洋最后道一句："小徐将军，等我走后，你自可呼唤上面的人来救你。不过，切勿忘记你答应我的三个条件。"

但他刚要跳入水中，却遇到了难题——九色不愿入水。

它既是一尊幼麒麟，也是火麒麟，水克火，入水乃是大忌。

秦北洋绝不会把九色抛下，先是抱紧九色的赤色鬃毛，让它变回一条大狗，又在它耳边说："九色九色！你不走，我亦不走。"

说到此处，眼泪都快下来。九色的眼珠子，同样转动两下，意思是豁出去了，要跟着主人上刀山下油锅……

于是，他搂着九色一同踏入冰冷的"海眼"。

一千两百年来，幼麒麟镇墓兽首次踏入水中。它浑身不自在，皮肤表面发出水火相交的"滋滋"声，似有无数火把浸入水中熄灭。

阿幽说得没错，此水极寒。秦北洋冻得快抽筋了，他还要抱紧九色，让它在水中跋涉。

不对，九色入水就是秤砣，与他一同往无底洞般的深渊而去，眼看连人带兽都要完蛋……

传说中軧摩王的"北京海眼"，一人一兽，即要沉入亘古深渊之际……

突然，九色胸口爆发热量，周身烈焰腾腾，却没烧坏秦北洋一根毫毛。水底燃烧的火焰，仿佛东海达摩山的恶龙。

九色吃下恶龙的灵石，同时也获取了恶龙的能力，而恶龙镇墓兽恰好能翻江倒海。

两道水流在面前分开，恍如摩西渡过红海，又好似火焰烧干了海水。秦北洋胸口暖血玉坠子发热，驱散全身寒意，踩在水底怪石上，带着九色一步步爬过暗河，穿过地宫石壁。

阿幽、安娜、齐远山正在这边等着他呢。三人都是瑟瑟发抖，几乎抱成一团取暖。

这是一条地下溶洞，暗河在脚边流淌，一边连接地宫下的"海眼"，一边或许连接渤海？

他们别无选择，只有沿着暗河往下走，九色在前头吐出琉璃火球照明。

阿幽怯生生地说："哥哥，我在房山搜索了你一整夜，思来想去，你只有可能在这里。"

"只有你一人？"

秦北洋言下之意，有无其他刺客？若再遇到刀疤脸的阿海，或是老刺客，必要抽出唐刀来拼命。

"只我一人。外面都是军队，当然不能走墓道口。但这附近有许多盗洞，我钻入其中一个，弯弯曲曲，竟掉到暗河边上。我听到石壁那头传来说话声，便断定底下有水流通。幸好我的水性过人，憋气游了出来，果然看到了你。"

"妹妹，你为我差点送了性命？"

秦北洋却抽了自己一耳光，退回到欧阳安娜身边。

借着琉璃火球的光亮，他看到阿幽黑洞般的双眼，有种让人心脏停跳的错愕。

阿幽识趣地低头，声音里透着幽怨："对不起，哥哥。"

欧阳安娜不明白其中的利害关系，搂着她问："妹妹，你到底怎么了？"

"你们不要靠近她。"秦北洋强行将安娜拽回来，"这个丫头，身上有毒！"

地下暗河的空气令人窒息，阿幽被孤立在角落中，盘腿坐在一块石头上。

此情此景，秦北洋想起九年前，崇陵宝顶外的密室，即将给光绪皇帝殉葬的六岁童女。

"当年，那个老太监，也是跟你们串通一伙儿的吗？"

"不，哥哥，是你救了我！否则，我早被那老太监灌满水银，成为千年不腐的童女。"

但他想起一个细节："那老太监曾说，你和你的双胞胎哥哥，原本是朝廷钦犯。而你又说自己是河南逃荒的灾民，你们必有一人撒谎。"

"我……是我撒谎了。"阿幽的眼眶发红，"但我无法解释。"

"半年多前，绍兴会稽山上的绑架事件，也是你们的一场戏吧？"

秦北洋想通了——刺客们买通绍兴盗匪，绑架钱科的父亲作诱饵，让欧阳思聪派出他与齐远山去解救，既能调虎离山嫁祸于人，又能让阿幽顺利安插到自己身边。

"海上达摩山的灭门案，为何刺客们能精确掌握时间？"齐远山也开窍了，"只因有人通风报信，透露了我们返回上海的火车钟点。此人只可能是你，阿幽。"

"哥哥，你还记得吗？火烧达摩山的那一夜，有个印度巡捕发现了你。我砸死他，救了你。从此以后，你必须带着我逃亡。"

秦北洋捶胸顿足，最近半年多，自己竟成了刺客们利用的工具。

"阿幽！"

欧阳安娜按捺不住了，刺客们杀死了她的父亲欧阳思聪、火烧海上达摩山，让她从公主沦为平民。她两眼通红地要冲上去，却被齐远山死死拦住。

阿幽坦然面对，仿佛下一秒就要被杀死："对不起，安娜姐姐。"

"国会议员曲靖和被刺杀，你们趁着我追踪唐朝小皇子棺椁，在陆军部大院外将我打晕。"

"哥哥，你本有机会逃脱的，但你有复仇的执念。"

秦北洋脑中再次闪过那个梦，感到头痛欲裂："我失踪了整整一百天，所有记忆被删除，只剩下一个古怪的梦。我究竟去了哪里？"

"对不起，哥哥，天国是真实存在的，那不是梦。"

"不是梦？"秦北洋觉得自己要疯了，"我真的去了天国？"

"我还会再带你去的。"

"最后一个问题，小皇子的棺椁——它在哪里？"

阿幽沉吟片刻："在一个绝对安全的地方。"

"我可以相信你吗？"

昨天，阿幽欺骗了小徐，说金仙洞下埋着烈性炸药，最后竟是要他的。谁又能保证，她现在这些话都是真的呢？事实上，她从六岁那年起，就欺骗了秦北洋。

"当信则信，不信则不信。"阿幽淡然一笑，女鬼般邪魅，"哥哥，阿幽这条贱命，是在九年前被你捡回来的。我的命，只属于你。若要为你父母复仇，请现在杀了我。"

面对慢慢走近的十五岁女孩，秦北洋抽出唐刀喝阻："不要过来。"

"死在哥哥刀下，阿幽三生有幸。"她把脖子凑近唐刀，"渡过忘川水，走上奈何桥，喝完孟婆汤，愿来生，我们再做兄妹。"

秦北洋手中的唐刀，却坠落到地上。真冤家也。

"我不杀女人！何况你还未成年。走吧，若能逃出生天，就此各奔天涯。此生不要再有瓜葛。再让我遇到那伙儿刺客，我还是会亲手报仇的。"

"诺，哥哥。"

就此约定，沿着暗河往下游走去。

还是九色开道，依次是齐远山、欧阳安娜与阿幽，秦北洋握着唐刀殿后。

地下暗河的溶洞，蜿蜒绵长，却没有石灰岩的钟乳石，让人怀疑是人工开凿，还是别的某种地质奇观？

走了一天一夜，一行人饿得不行，秦北洋跳下水去，捉到几条咸水鱼。无法生火，就做成生鱼片，分而食之，倒也能垫饥。

齐远山想起一件重要的事儿，掏出兜里的护照和去日本的船票，幸好没被水泡烂，却担心误了开船日期。

欧阳安娜看着头顶的溶洞问："你说我们这是走到哪儿了？会不会一直走不到头，就这样饿死了呢？"

"天津。"秦北洋跑到了前面，"我是在海河边长大的。"

果然，暗河尽头响起海浪的汹涌声。他和九色往前冲去，空气中充满大海的味道。

隔着一道贝壳组成的沙堤与大海相汇，秦北洋第一个重见天日。

千年前的传说是真的，房山坟王村大墓底下，果然有个通往渤海的"海眼"。

齐远山倒在泥沙滩上，大海如同灰色幕布展开，远方有冒着黑烟的轮船……

天津，大沽口。

码头上停着一艘飘扬太阳旗的轮船，同时张贴着对秦北洋的通缉令。

齐远山才搞清楚时间，核对兜里的船票——就是眼前的日本轮船，半小时后开船。

秦北洋拍拍好兄弟说："远山，你快上船，别耽误了留洋的大事儿。"

"不，北洋，这附近都是士兵，你要往哪里逃呢？"

他看着天津海岸线上的荒滩："我已习惯东奔西逃的日子，天无绝人之路。"

"我有一条路——你拿着我的船票与证件，反正我俩的年龄、体形完全一样，相貌嘛，单看照片也差不多。被清廷和北洋政府通缉的政治犯，都是东渡日本逃亡的。只要上船，你就自由了。"

"远山，你……"

齐远山爽朗地笑起来："没事儿，大不了下个月再去日本，名额少不了我的。"

"北洋，远山说得没错，你快上船吧。"安娜踮着脚尖说，"切记，你是达摩山伯爵。百万白银的主人，你要保护好自己，不要轻易身犯险境。"

秦北洋的眼眶有些湿润，他搂了搂九色的赤色鬃毛："九色，随吾东渡扶桑乎？"

小镇墓兽点头，脑袋蹭了蹭主人衣角，无论天涯海角，它都会跟随下去。

最后，秦北洋又看了一眼阿幽。

她不再是十五岁的小姑娘，而是刺客们的主人。她一声不吭，该说的话，早已说尽。

秦北洋跟齐远山交换了衣服，拿到船票和护照，还有十几块银圆。两人再度拥抱，脸颊相贴，但求同年同月同日死。

安娜在他耳边叮咛了一声："北洋，保重。"

这一声，似乎又回到半年前的上海吴淞口一别，秦北洋的眼眶发红，紧紧握住她的手。两人的右手各自滚烫，分泌着油脂与汗水，似乎要烧穿彼此的掌心……

此时无声胜有声，千言万语，只化作一个少年的背影。

他将三尺唐刀藏入一根扁担，挑在肩上走到大沽口码头，"大狗"九色紧随左右。士兵检查过"齐远山"的证件和船票，他就此蒙混过关，登上轮船舷梯。

秦北洋挤上船舷，九色也把两个爪子扒上栏杆。数百米外，荒凉的渤海沙滩，两个少女与一个少年，向他挥手告别。

三声汽笛长鸣，轮船缓缓开出码头，投奔入苍茫的渤海湾。一轮金色落日流着血，缓缓沉入华北平原的荒烟深处。

十八岁的秦北洋，一千两百岁的九色，吹着夹杂沙砾的燥热西风。再回首，沧海茫茫，这是一千七百年前曹操"东临碣石，以观沧海"的奇观。

人生从白鹿原唐朝大墓起，到天津德租界，再到西陵地宫，周游帝都与魔都，此番竟要远渡日本，告别赤县神州故土。"山河破碎风飘絮，身世浮沉雨打萍。惶恐滩头说惶恐，零丁洋里叹零丁。"还欠两句，未到悲壮时刻，不宜早早读出。

大沽口，安娜再也看不清他的脸了。她吻着左手中指的玉指环，这是秦北洋送给她的地宫礼物。琉璃色眼眸，滚动大颗泪珠，高声唱出李叔同填词的《送别》——

长亭外，古道边，芳草碧连天。晚风拂柳笛声残，夕阳山外山。
天之涯，地之角，知交半零落。一壶浊酒尽余欢，今宵别梦寒。

第二十一章

古北口

秦北洋告别大沽口，远渡日本的当晚，阿幽独自走在天津与北京间的铁路上，一双千层底儿布鞋，踩在被蒸汽机车摩擦得锃亮的铁轨上。

这年头兵匪横行，在荒郊野外别说是小姑娘，就算大男人也不安全。她像只孤独的小野兽，忽而小跑，忽而漫步，忽而躺下看星空，忽而跳起古老的舞蹈。

三条黑影阻拦在她面前。

不消说，必是打家劫舍的盗匪，看到单身夜行的小姑娘，肥肉到嘴边地喜出望外。他们还没擦干净口水，刚想上来一亲芳泽，便感到喉咙口说不出的干涩，想叫喊却只余气息中断的咝咝声。月光下，看到伙伴的咽喉上多了一道赤色拉链，鲜血飞溅到彼此脸上。男人们死不瞑目，盯着独行在铁轨上的小姑娘，乌幽幽黑洞般的眼睛，她手中滴血的匕首。

三个灵魂飘上星空的刹那，已然认定——她不是人。

她冷眼旁观铁轨上的三具尸体，仿佛三只死蚂蚁。稍后的夜班列车，将协助他们的肉体与灵魂一并下地狱。而她上次亲手杀人，要追溯到三年前，用剪刀刺死了前清内务府陵墓监督。仇恨让人变成魔鬼，悲伤同样也会，她想。

阿幽想起住在百花深处胡同的这个春天，两个姑娘常睡一张床入眠。阿幽经常莫名地瑟瑟发抖，安娜总是安慰她，你莫怕！朗朗乾坤，姐姐定会保护好你。阿幽说，纵然朗朗乾坤，也会日落月升，昼夜交替呢。

虽是名义上的姐妹，阿幽的性格却与安娜相反，就像她的名字——

幽若微火，暗似寒冥。她从不跟陌生人说话，一双乌幽幽的大眼睛，让人心惊肉跳，恨不得找个地洞钻下去。这样的眼神，加上一副看似柔弱的小身躯，便有坚不可摧的心……

三天后，两个女孩的命运，从此大路朝天，各走一边。

阿幽靠两条腿走到北京城墙外。

警戒线大半解除，想必小徐已回到陆军部。她没进城，折向北方，顶着烈日，进入重峦叠嶂的燕山。

古北口最高点的烽火台冒出滚滚黑烟，这是狼烟，传递给阿幽的信号。

她攀上又称"仙女楼"的烽火台，荒凉颓丧的敌台洞口，冒出一张有刀疤的右脸。烽火台内是个幽暗空间，全由大方石块砌成。阿幽望向北侧的射击孔，燕山如万马奔腾直至天边塞外。又一张脸，高大壮阔的汉子，面孔却比阿海年轻好几岁。

烽火台内躺着硕大的梓木棺材，彩绘千年不朽，唐朝的宴饮、行猎、征战、婚丧嫁娶……

三天前，他们在房山云居寺雷音洞，用计逼迫徐树铮交出唐朝小皇子的棺椁。

强壮的刺客名叫脱欢，他在北京法源寺山门口，劫走这具几经转手的棺椁，确认了小皇子——尽管谁都没见过终南郡王李隆麒的真容，但根据盗墓贼小木的描述，不会有第二张这样的面孔。

除非，将十八岁的秦北洋杀了，化妆扮嫩躺在棺材里。

"阿幽，切勿再冒险。"一个老年男人的声音从背后响起，留着浓黑胡须的老刺客，抽出她身上的匕首，"昨晚，你杀人了？"

"嗯……"

"我很高兴，我们的阿幽，终于长大了！"

"住嘴。"

阿幽不愿继续这样的对话，她决定看一眼小皇子。

棺椁一头有扇木头小门，是军阀在白鹿原盗墓时留下的，阿幽蜷缩起来，像只小猫似的钻进一千两百年前的内棺。

马灯照亮唐朝的世界，颜色鲜明灿烂，几乎亮瞎活人的眼珠子。瞳孔好久适应，仿佛回到九年前，阿幽还是个六岁的小丫头，身着童男童女的盛装，几乎要被老太监灌入水银，千年不朽地为皇帝陪葬。

棺椁里躺着千年不朽的小皇子，他也在生前被灌满了水银？

她看到了秦北洋的脸。

穿着唐朝小皇子服饰，梳着乌黑发髻的秦北洋。

不，他们只是长得像，但不至于一模一样。在地宫和工匠家长大的秦北洋，面孔与皮肤更为粗犷，就像一团灼人烈火。唐朝小皇子，貌似十五六岁，皮肤苍白细腻，似一汪碧水，或者，碧血。

沉睡千年的面孔，恍若笼罩一层金色光环，无论是在佛教、道教还是景教的殿宇壁画之中。

女皇武则天与唐高宗李治的孙子，唐睿宗李旦的儿子，唐玄宗李隆基的弟弟——终南郡王，李隆麒。

但她无法唤醒他。

阿幽退出棺椁，面色也仿佛受到小皇子不腐尸身的感染，变得半透明般苍白。

老刺客说："主人，只要小皇子落到我们手中，自然会有办法的。"

脱欢插话道："得到又如何？回家去又如何？从上海公共租界虹口捕房大屠杀开始，我们已杀了将近一百条生命。那么多的活人殉命，竟为争夺这个死人……"

"他不是死人。"

老刺客反手抽了脱欢一个耳光，当场鲜血直流。尽管脱欢比他高两个头，但绝无反抗的胆量，乖乖退到烽火台外。

"还有一个人，能帮到我们。"阿海坐在敌台的射击孔上，用匕首在石壁上刻画着说，"盗墓贼小木——去年在上海，我跟小木深谈过多次。他把我当作唯一的好朋友。除了在白鹿原地宫中出生的秦北洋，只有小木亲近过小皇子，也只有他能与小皇子有某种感应……"

"小木现在何方？"

"我猜——他还在东海达摩山。"

小木与海女

第二十二章

三天后，东海上的清晨，太阳血流如海。

东海达摩山，被逆光浇灌成黑色剪影的孤岛，犹如一尊浮出海面的镇墓兽。岛民们聚居在渔港边的村落，石头垒成的古老房子，海藻覆盖屋顶，犹如长眠于海底的沉船遗骸。

小木被囚禁在达摩山北侧的秘密山洞。

山洞很深，当年每个被海盗绑架的幸存者，都以为自己要前往地狱。山洞尽头，是个地窖。最深处有口深潭，通往最近的大海。

这是小木的监狱。

地窖里的时光太漫长了，犹如盗墓失败，坠入封闭的地宫。每天有人来送食物，总是腌鱼或海菜，偶有撒上盐的饭团，配一小罐淡水。隔着铁栏杆，他看到个二十岁上下的女孩，小麦色皮肤，硕大的脚丫，就差在脚趾间连上蹼，头发经常湿漉漉地盘在头顶。

她说起海中潜水的历险，吃人的大章鱼，沉船里的死人骨头与珠宝首饰。偶尔游过黑暗海底，发现被秦北洋屠杀的那条恶龙——镇墓兽的尸体，竟还发出鬼火般的光，说不定什么时候就会复活。

她没有名字，人人都叫她海女。

他夸她的名字好听，而他叫小木，她也夸他的名字好听。

小木的毛发不旺，但在关了那么久，也留出一头长发，满嘴胡须。每隔两天用海水洗头，搓去身上老垢，倒有终南山隐士般的仙风道骨。

海女发现盗墓贼小木还挺漂亮的。

他说，你的眼睛和头发更漂亮。

不是甜言蜜语。她的双眼像珍珠般明媚，头发又好似深海水藻。如果赤身裸体潜水，就像中华白海豚——这是她被欧阳思聪相中的缘由，达摩山的海盗之王，上海滩青帮老大，独独迷恋上了故乡的海女。当她为欧阳思聪诞下两个儿子，他决心带她去上海，让她成为海上达摩山的女主人，但她永远都没能等来这一天。

小木说起盗墓的故事，遥远的大陆，中原大地，遍布不计其数的古墓，三千年来星罗棋布在人们脚下。他把挖墓说得精彩纷呈，渲染种种诡异与灵异传说，棺椁里稀奇古怪的宝贝。海女犹如身临其境——每个女孩都禁不住这么一吓，又都好奇地要听下去。

最让人惊奇的故事，就是挖掘白鹿原唐朝大墓，证实了镇墓兽的存在。他不仅亲眼见到镇墓兽，也看到了传说中的唐朝小皇子。

他看着海女的双眼，绞着自己的长头发："我不喜欢女人。"

"我才不信呢。"海女噘起嘴巴，"你没有碰过女人？"

小木沉默良久，想起在秘鲁轮船上的日本少女。

"男人和女人，不是天经地义的吗？你早晚会娶媳妇，会知道女人的好。"

"可我要在这里关一辈子，直到死。杀了我吧，求求你，水里下毒也行……"

"你哭什么？我最讨厌男人掉眼泪了。"她脱下上衣，像潜入海底那样裸着胸，贴着地窖铁栏杆，"你哭起来就个小婴儿，像我的两个儿子，只要一吃我的奶头，他们就不哭了。"

烛光下的地窖，两朵暗红色的花苞，不为人知地徐徐绽开，又不为人知地默默凋落。他凑上去，有些害怕，仿佛有毒的花刺。但他看到海女的双眼，又像深海游过的龙鳞。

海女的手伸入栏杆，抚摸他的脖子与后背，一如哺乳时拍打孩子，以免噎着。她亲吻小木的额头，最后是四片嘴唇的碰撞……

地窖每天都会上演一遍这个游戏，海女与小木心照不宣的秘密。但她从未打开铁栏杆，她仍是忠诚的女看守，而他是终身监禁的囚徒。

达摩山的四季风光壮阔秀美，可惜关在山洞的小木感知不到，除了触摸海水深潭的凉热。

这一天，山洞传来嘈杂的脚步声，但不是一个人。

小木开始大声呼喊救命。

突然，灯火照亮地窖的铁栏杆，露出一张有着刀疤的右脸——刺客阿海。

小木看到了十五岁的阿幽，脑后梳一根油光滑亮的大辫子，裹着一件小碎花的青色土布袄子，就像农村的童养媳大娘子。还有刺客脱欢、留着黑胡子的老刺客……

他们回来了。

铁栏杆上的铜锁被锯断，刺客们将小木从地窖拯救出来。

他紧紧抱住阿海，流着泪说："阿海哥，我日思夜想苦等着你们。"

"小木，快走。"

刺客们抓着他的胳膊往外冲。

而阿幽黑洞般的瞳孔，让小木有重新坠入坟墓的恐惧，他们要带自己去哪里？

他想起海女说过的一个秘密，只要转动石壁上的灯台……

灯台就在右手边，他突然挣脱阿海，用力转动灯台。

地下的青石板打开，露出陷阱。阿海第一个掉下去，虽已掏出割喉的匕首，接着是阿幽、脱欢，还有老刺客……

全灭。

达摩山上的太阳，被海水蒸腾出白虹般的光晕。

唯独小木还活着。他机敏地站在石壁边缘，抓住灯台保持平衡。看到刺客们坠入深渊，他又把灯台转回来，青石板恢复原貌。

山洞寂静无声。

小木跪地发抖，眼泪和鼻涕垂下。他怯生生地把耳朵贴着石板，听不到任何动静。杀人无数的刺客们，竟被这瘦弱的小盗墓贼轻而易举地消灭了？

他几近癫狂地大笑。他不相信刺客真是来救他的，在这人命如草芥的乱世，他所无法理解的秘密之外，自己不过是一枚微不足道的棋子，就像他那卑微低贱的名字。一旦失去利用价值，他会立刻被割断喉咙，一如人们杀鸡一样。而他再也不想被别人摆布命运，不想做古墓棺椁里的僵尸。

他掌握了一个朴素的真理——用脑子，远比用刀子更强大。

今时今日，从这座孤岛上起，小木只想做自己的主人，让别人匍匐在脚下，而非相反。

小木闭着眼睛冲出山洞，好久才睁开，见到半年来第一抹阳光，还有大海、石头、荒原以及灯塔。他闻到海风的味道，咸涩而湿润，让人泪流满面。

周围没有任何植被，除了石头还是石头，犹如光秃秃的戈壁荒滩或月球表面。

他看到了海女，二十岁的女子，金色皮肤染上鲜红血迹，像岛民膜拜的女神。

海女的鱼刀还在滴着血。

两小时前，刺客与他们的主人阿幽，在东海达摩山登陆，将全体岛民赶上山顶。

阿海向岛民们征集小木的消息。女人们说，岛上跟欧阳家关系最近的，是个叫海女的小婊子，总是光着奶子潜水抓贝壳，妖精似的迷住欧阳思聪先生，还给他生了两个娃。原来这岛上所有女人，都以跟欧阳思聪上床为荣，毫不顾忌自家丈夫。

岛民们的忠诚是脆弱的，他们出卖了海盗之王欧阳思聪，乖乖交出海女的两个孩子。看到刺客阿海右脸的刀疤，小的直接被吓哭了，大的叫喊救命。眼前这个陌生男子，就是他们的杀父仇人，一辈子的复仇对象。阿海决定烧死这俩孩子，但被阿幽制止。刺客们悬赏一千银圆，要打听更多消息。有个小寡妇跳出来，为了一千块大洋，给他们带路去秘密山洞。

当刺客们进入山洞，潜伏在乱石丛中的海女跳出来，用鱼刀杀死了带路的小寡妇。

杀人的海女。

小木手无缚鸡之力，放弃抵抗，敞开双臂，跪在石头上，面带微笑。

鱼刀在他的心口前停下。

第一次在阳光下看清小木的双眼，戏班子旦角般的眼睛与长发，他是个美丽的男子。

鱼刀坠落在石头缝间。

小木起身用口封住她的嘴唇。她没反抗，反而钩住他的脖子，好像要把两个人镶嵌在一起。他们亲吻过无数次，在幽暗的山洞地窖，但在达摩山的太阳下，截然不同的滋味。

在这个世界上，海女是唯一看得起小木，并把身体和心都交给他的人。

"那些刺客呢？"

"我转动了石壁上的灯台，他们都掉到陷阱里去了。"

她再次与小木相拥："我的心肝儿，你太好了。那些人都是十恶不赦的浑蛋，早就该被千刀万剐！"

小木与海女一起登上达摩山的最高点，岛民们依然聚在石头大屋前，墙上贴着小木的画像，显然出自阿海的手笔——哪怕只用毛笔白描，栩栩如生地跃然纸上：年轻后生的面孔，五官清秀，眉眼细长，目光甚至有些羞涩，可以上台唱戏了。

　　两个孩子扑入海女怀中。老大叫欧阳樯橹，不到三岁，还穿着开裆裤；老二叫欧阳连帆，也才一岁。兄弟俩长得颇为壮实，面色红润，双目有神，遗传了欧阳思聪的相貌。

　　海女开始复仇，用鱼刀胡乱地砍向岛民。她讨厌岛上的男人，要么野蛮残忍，要么生性怯懦，却对她垂涎三尺。她也讨厌岛上的女人，每个人都忌妒她夺走了欧阳思聪的心，夺走岛上男人们的目光——他们都爱偷看她赤身裸体从海水里爬上来。

　　"你是杀不光他们的。"

　　小木提醒海女一句。经过天翻地覆的变故，她不可能留在达摩山了。每一个岛民，都成了她的敌人。大家也会认为，是海女和小木的存在，才给这座海岛带来死亡和灾变。

　　逃跑是唯一的选择，欧阳安娜回来，也无法容忍海女与小木之间令人羞耻的关系。

　　他们抱着两个孩子，直奔山下渔港，跳上一艘小蒸汽船，这是被刺客们雇用而来的。

　　海女刺死几名水手，最后一个被她逼入驾驶室，点火起锚。

　　小木将尸体抛入大海，茫茫海天间，达摩山浓缩成一个小黑点……

第二十三章

海上重逢

蒸汽机熄火了，最后一名水手被海女杀死。失去动力的船，没有桅杆，也做不了风帆。淡水用完了，万里无云。随波逐流的东海上，一股强大的洋流向东而去。海水呈现近乎黑色的深蓝，这是起源于台湾附近海域的"黑潮"。

海女给两个娃儿喂奶，欧阳思聪的幼子，各自咬着她两边乳头。小木躺在她的肚子上，凝视西边晚霞，亚洲大陆埋着无数古老坟墓的国土。

"小木，你给我的夫君报了仇。按照我们达摩山岛民的老规矩，为了感谢和报答你，我愿意跟你一辈子，不管你去哪儿。"

海女这话倒是不假，海岛尚盛行上古遗留的血亲复仇风俗。大仇不报，必被人耻笑。若有人为死去的丈夫报仇，寡妇可以带着全部家产嫁给他。

"可我们就要去阴间了。"

小木的嘴唇皲裂，喉咙口干渴难当，嚼着被海女捕捉上来的生鱼和海藻……

这时候，海女站起来呼喊，她看到了一艘轮船路过。

他们点着小船上的木头，释放滚滚黑烟，向那艘悬挂着太阳旗的轮船求救。

终于，一艘救生艇划来了。

日本水手将海女、小木还有两个孩子送上轮船。爬上高高的舷梯，小木倒在甲板喘息，暗暗对自己说：盗墓贼小木啊，你的命究竟有多硬？还是所有被你盗掘过的墓主人都在天上保佑你？

中国留学生为他们做翻译——海女和小木自称夫妻，两个孩子竟管小木叫爸爸。海女告诉船长，他们出海遭遇蒸汽机故障，随波逐流漂到这片海域。

突然，小木在人群中看到了一张脸。

十八岁少年，身长高大如同金刚。眉目却是清朗，犹如吴道子描绘过的脸庞与嘴唇。他在看着小木，仿佛刚从白鹿原大墓地宫，唐朝小皇子的棺椁里爬出来。

他叫秦北洋。

一夜过去，轮船进入日本海域，穿过本州与九州间的关门海峡，航行在狭长的濑户内海。

海上漂流民——小木、海女与两个孩子被安排在一间客舱内。小木看着舷窗外，已是异国的海上升起了明月。

黎明前，客舱的门打开了。

首先闯进来一条大狗，赤色鬃毛，琉璃眼球，恶狠狠地瞪着小木。

它正要变身为幼麒麟镇墓兽，吐出琉璃火球，把小盗墓贼烧成灰烬，却有两个小男孩跑上来，颇为友好地抱住了它的脑袋，竟把它当作一条看门的柴犬。虽然，这是对于镇墓兽的极大侮辱，九色却再也不能造次——它本就是一头未成年的幼兽，天生就喜欢小孩子，绝不会伤害欧阳思聪与海女的两个幼子。

然后，秦北洋出现在了他们面前。

这是中华民国七年，日本大正七年，西历1918年，六月的最后一天。五天前，他从天津大沽口冒名顶替逃上这艘客轮。前往日本的中途，这艘船在旅顺口避风三日，昨天才重新起航，穿过黄海与东海，通过朝鲜海峡，驶入日本的内海。

白天在甲板上，秦北洋认出了他们。尽管小木已满头长发，但左手断掉的手指不会说谎。达摩山上看管小木的海女，与囚禁对象日久生情，竟然双宿双栖私奔，还带走两个小孩，陪伴小木身临险境，差点死在海上，也是疯魔入心了。

秦北洋从扁担里抽出唐刀。

"请饶恕我们。"小木跪下来哀求，"刺客们到了岛上，要把我抓走。"

海女将小儿子从九色身边拽回来说："他们都是些人渣。"

"刺客杀人如麻。"秦北洋像看着鬼魂一样看着小木与海女，"你们为什么还活着？"

"我杀了他们！"

小木和海女共同讲述两天前的达摩山——刺客们登岛滥杀无辜，却掉入山洞里的陷阱。海女强调一句，那是海盗杀人的机关，绝无活下来的可能。

秦北洋难以置信，刺客们身手高强，十步杀一人，千里不留行。北洋军阀的翘楚小徐将军都被玩弄于股掌之中，而这弱不禁风的盗墓贼小木，竟有这么大的能耐？

"空口无凭。"

"你若不信，就杀了我吧，但请饶恕我的两个孩子，他们是欧阳思聪的亲生儿子，欧阳安娜的弟弟，也是达摩山欧阳家族最后的香火——看在安娜的分上。"

海女无所畏惧，仰着脖子面对秦北洋的唐刀，不像小木这般贪生怕死。

"我可证明，四个刺客的模样：右脸上有刀疤的男人，他叫阿海。那个身强体壮的，他叫脱欢。还有个两撇胡子的老家伙，人称'老爹'。最后，竟是你们带来的小女孩阿幽——她才是刺客们的主人。"

话音刚落，秦北洋抽了小木一个耳光。

小木的脸颊肿起，嘴角滴出血来。三岁男孩立时大哭起来。

"阿幽妹妹"正是秦北洋心中痛点，如果她真被小木杀了……才让他抽出这记耳光。

刀疤脸的阿海也死了的话，还有叫"老爹"的刺客——竟是小木替秦北洋完成了复仇？

他又反手抽了小木第二个耳光。

小木更加愕然，两边脸颊都红肿流血了，海女心疼地帮他捂着，对秦北洋怒目而视："冲我来，不要欺负我的男人。"

秦北洋颓然坐倒，摸着九色的赤色鬃毛。他曾发下毒誓，要亲手为养父母报仇，手刃这两名刺客。没想到，小木竟做了这件事，让他注定无法完成誓言。

"十恶不赦，天诛地灭！"

他举起安禄山的唐刀，对准小木光滑细嫩的后脖颈。

狭窄的舷窗外，亮起一抹晨曦。海面布满星罗棋布的岛屿，绿色山峦与蓝色大海，截然不同于中国北方单调的土黄色。

突然，轮船鸣响刺耳的汽笛，有人在舱门外高喊一声："神户港到啦。"

千里送棺椁

三千公里外，隔着列岛、东海、华北平原与黄土高原，唐朝小皇子的棺椁，正在渡过秦晋间的黄河。

烈日下，西风卷着漫天遍野的黄沙，九曲黄河九十九道弯，唯独这一道弯最为险要，深切着童山濯濯的河谷。

车队打头，四匹口外的骏马，载着四个衣袂飘飘的骑士。

四匹马后，是八匹马拉的马车，抬着一口硕大棺材，严严实实地覆盖油纸布。沿途路过村寨，老人们颇为羡慕，要是自己死后装在里头就能保佑子孙平安。

四名骑士，为首的二十八九岁，右脸有道蜈蚣般刀疤，缠着西北头巾，大姑娘小媳妇看到这张脸，先觉得可怕又觉得可惜，要是没这道疤，必是个英俊迷人的男子。

第二个是老者，留着两撇黑中杂白的胡子，骑在烈马上毫不吃力，人称"老爹"。

第三个如一座铁塔，年纪轻轻，身胚却横着长，压得胯下骏马辛苦。

最后一位，却是姑娘，骑着雪白的牝马，容貌甚为俊俏，让人心生怜爱，一袭土布袍子，夏日里汗水淋漓。

阿幽是刺客们的主人。

他们都还活着。

数日前，阿幽率领阿海、脱欢以及"老爹"，来到东海达摩山，捕捉盗墓贼小木……

小木看似唯唯诺诺，却看穿了刺客们的计谋，突然按下机关，让他们坠入陷阱。

刺客们都有轻功，骨头没摔断，却被封闭在山洞中。难道要死在一个小毛贼手里？他们除了携带匕首，还有手枪和炸药。时代不同了，冷兵器已谢幕。辛亥年的革命党，没几个会用刀剑，倒是善于扔炸弹。再伟大的刺客，若不顺应时代，便会被时代淘汰——就像在欧洲战场上，举起马刀冲向马克沁机关枪与铁丝网的骑兵们。

他们闻到海水的咸味，说明石壁较薄。阿海埋下炸药，打开山洞崖壁，回到孤岛海边。

死里逃生的刺客们，在渔村抢夺了一艘渔船，扬帆起航回了大陆。

回到古北口，登上仙女楼，他们将唐朝小皇子的棺椁运下来。刺客们取道居庸关，再经雁门关直达太原，穿过吕梁山脉，包一艘渡船，听艄公唱起信天游，扶着棺椁渡过黄河。

陕西地界，沟壑纵横的黄土高原，沿途是荒山与窑洞。烈日下风沙眯眼，土地龟裂，农民们跪在龙王庙前求雨。

"青龙头，白龙尾，小儿求雨天欢喜。麦子麦子焦黄，起动起动龙王。大下小下，初一下到十八。摩诃萨……"

车队载着唐朝棺椁一路往南。途经桥山黄帝陵，穿越子午岭上的秦始皇直道，下到关中平原的乾县。

"乾陵。"

阿海指着旷野中突出的两座山峰，远看犹如女人丰满的乳房，故而俗称奶头山。

刺客老爹纵马而来："乾陵造于梁山，共有三峰，唐高宗李治与女皇武则天就葬在最高的北峰下。"

阿幽害羞地远观乾陵的三座山峰，竟似一个仰天而卧的贵妇人。

脱欢来到朱雀门外神道两侧，看到几十尊高大的石人雕像，穿着打扮都是西域胡人。石像都没脑袋，仿佛被齐刷刷斩断，只留半个脖子或肩膀。这些都是陵墓前镇守的无头骑士。

阿幽与刺客阿海赶着硕大的马车，将唐朝小皇子的棺椁，带到乾陵跟前。

"小孙子来给爷爷奶奶上坟了。"

老爹下马，抓着马车轮毂，躺在这副棺材里的少年，正是高宗李治与女皇武则天的孙子。

爷爷李治、奶奶武则天、小孙子李隆麒……

祖孙三代，跨越一千两百年重逢，四匹骏马纷纷嘶鸣，拉着马车的八匹马，要不是脱欢拼命牵住，早就带着小皇子狂奔而去。

乾陵司马道两边，北靠土阙，南依翁仲，有两尊石碑。述圣纪碑上，女皇亲自撰写五千余字碑文，为丈夫高宗李治歌功颂德。遥相对应的就是武则天的无字碑。阿幽对有字的碑不感兴趣，倒是在无字碑前流连忘返。

老爹突然发声："关中十八唐帝陵，唯独乾陵没被盗墓。因这墓穴之下，藏有镇墓天子。"

"而挖开乾陵的钥匙——"刺客阿海轻轻拍了拍马车上的唐朝棺椁，"就是它。"

"不得触碰棺椁！"阿幽皱起蛾眉，高声训斥。

阿海拧着右脸颊上的刀疤回答："既已得到小皇子的棺椁，不如试着打开乾陵？"

打开乾陵？

此言一出，刺客们神色惊慌，老爹已面如死灰，阿幽几乎在无字碑前摔倒。

地下发出轰隆隆响声，似已被武则天听到。马车上的棺椁，随之震动，如传说中的"尸变"。乾陵上空烈日被浓云吞没。黄土高原，飞沙走石，遮天蔽日，犹如春日北京的沙尘暴。四匹马再度惊慌腾跃，老爹急忙牵住绳子。阿幽被风沙眯了眼，泪水涟涟，像为两位唐朝皇帝哭坟，也为颠沛流离的小皇子哀悼。

云端降下冰雹，开始如小小雪粒，接着变成坚硬的鸡蛋，再大点如石头。其中一枚，正巧砸到阿海脑门，当场砸出个血坑。

"保护小皇子！"

阿幽高声叫喊，脱欢跳上马车，取出层层叠叠的蓑衣、斗笠，铺在两层油纸布包裹的棺椁表面。

老爹仓皇地面对乾陵封土跪拜磕头："高宗皇帝、则天皇帝在上，请恕我辈之不敬。"

冰雹并未停止，似乎云端里藏着一架轰炸机，不断投放炸弹，在无字碑与六十一尊无头石像上砸得砰砰作响，眼看要把四个刺客连同十二匹马一起砸死……

古书说"乾陵不可近，近之辄有风雨"。

乾陵是中国乃至全世界唯一的两位皇帝的合葬墓。而这两位皇帝，先后统治过地球上最强大的帝国。他们又是夫妻，一男一女，一阴一阳，集于一座墓穴，具备古今中外最强大的帝王力量，没有之一。

艳阳下，无字碑前，下起骇人的冰雹……

阿幽跑到马车边，贴着棺椁说："唐朝小皇子啊，请饶恕我们的亵渎，请求你的爷爷、奶奶放过我们吧！阿幽发誓保护你，不再让你遭到恶人侵扰。"

冰雹变小了。细密的冰点，砸在脸上不疼了，反而格外凉爽。最后，变成一场淅淅沥沥的小雨，洒在干旱日久的黄土高原上，坟山脚下的绿草也返青了。

老爹拽着阿海和脱欢，齐齐在乾陵墓碑前磕头，阿幽却训斥道："起来！"

"主人，我们有罪。"

三个杀人如麻的刺客起身，唯唯诺诺地站在阿幽跟前，仿佛这小姑娘动一动指头，就能让他们灰飞烟灭。

"老规矩。"

阿幽一声令下，阿海抽出象牙柄匕首，毫不犹豫地刺入自己胸口，当即鲜血迸裂。老爹与脱欢都不为所动，早已习惯于这种惩罚方式。

匕首深入两寸，血槽让阿海大量失血。阿幽给他上了金疮药，绷带包扎伤口，让他躺在马车上休息。

无字碑前，阿幽朗声道："你们看到了，乾陵是不可打开的。即便得到小皇子的棺椁，我们又如何取出这把钥匙？"

"可惜让小木逃跑了。"

"打开乾陵的钥匙，在唐朝小皇子身上。打开唐朝小皇子的钥匙，则在秦北洋身上。"老爹顺着思路开始总结，"因为，他出生在白鹿原唐朝大墓地宫之中，小皇子棺椁之上。"

"秦北洋才是这把真正的钥匙。没有他，谁都动不了乾陵，但他现在日本。"

阿海忍着胸口伤痛说："我们……去日本……找他？"

"不，让他在日本读完大学吧。"

"主人，请您示下，到底该如何处理小皇子的棺椁？"

"从哪里来，回哪里去——白鹿原。"

阿幽斩钉截铁地说出小皇子的葬身之所，也是秦北洋的出生之处。

"万万不可！主人，为得到这副棺椁，我们花了一年时光，费尽周折，奔波在上海、达摩山与北京之间，杀了上百条人命，有上海公共租界的巡捕、北洋政府的国会议员，也险些葬送了自己性命。"

十五岁的女孩摇头："老爹，念在你是长辈，劳苦功高，我今日不处罚你。"

听到此言，老爹惊骇地磕头跪拜，请求主人宽恕。

众人告别乾陵与无字碑，保护小皇子棺椁，离开爷爷、奶奶坟头，转向东南而去。

第二十五章

重返白鹿原

两天后，车队过了渭河，老爹南望秦岭："离家越来越近了啊。"

一路避开县城与村庄，到了西安城外的白鹿原。路经汉文帝的霸陵，登上被浐灞河谷环绕的黄土台塬，他们找到了沉睡的唐朝大墓。

老爹环绕完这座威严的封土，草木中隐藏密密麻麻的盗洞。自古以来，有道行的盗墓贼都知道——唯有打开这座白鹿原大墓，获得唐朝小皇子的棺椁，才有可能打开武则天的乾陵。

一年前，这座大墓被北洋军阀的溃兵用炸药盗掘——再坚固的坟墓，再厉害的镇墓兽，如何能对抗二十世纪的人类？墓穴中安睡了一千两百年的终南郡王李隆麒、幼麒麟镇墓兽，从此流落人间。

忽然，从坟墓边缘的西南方向，升起一阵袅袅的青烟。

阿海胸口绑着绷带，但他有畜生般的生命力，吃了草药与秘方，竟恢复了六成体力。他看到一株歪脖子古槐树，往下挖三丈三尺，是个硕大的洞口，边缘还有焦黑痕迹。

这是一年前北洋军阀用炸药打开的墓道口，地下有烟雾飘出，说不定有某种蹊跷。

老爹探了探路，发现唐朝的砖石墓道。

小皇子的棺椁被搬下马车，装在特制的木头轮子上，由力大无穷的脱欢推动前进，老爹在旁边搭把手。阿海有伤在身，趔趄地走在后边。最前头挑着火把的，是刺客们的主人——阿幽。

"我送你回家来了。"

她看了一眼小皇子的棺椁，心底莫名浮现秦北洋的脸。

脱欢小心地问："要不要准备'地宫道'的包袱？"

"不必了，这墓已被军阀盗了，镇墓兽也被掘出，正在秦北洋的身边。"

老爹胸有成竹，穿过深沉的墓道。

墙上壁画几乎完好，阿幽看到武则天时代的侍女、武士、书生、小厮，仿佛个个都有话要对她说……

虽然遭受过军阀的洗劫，但兵痞们只知金银财宝，不明白壁画有更高价值。要是伯希和之类汉学家，恐怕连壁画也会整个儿揭取而走，正如他们在敦煌干过的。

不知道走了多久，阿幽发现有水淹的痕迹，角落躺着几个怪物的遗骸，貌似两三岁孩童，但又不像人类，某种介于人类与动物之间的东西。

老爹低头细看："这是水怪罔象。潜伏在陵墓地下，专吃死人肝脑，镇墓兽主要防范这些怪物。"

"要是老金在就好了。"

脱欢又插了一嘴。

穿过好几个岔道口，出现一道墓室门。奇怪的烟雾从中飘出，还有某些嘈杂之声。

盗墓贼。

坟冢外升起的青烟就来自这伙人，闯入地宫洗劫第二遍。

老爹、阿海、脱欢进入墓室，响起噼里啪啦的枪声。如今的盗墓贼，不比古时候，都已鸟枪换炮。刺客们在地上翻滚腾挪，看到晃动的人影，悄无声息地接近，闪电般抹断脖子。对于恶贯满盈的盗墓贼，无须怜悯，葬身在自己盗掘的坟冢中吧。

一大蓬火焰点起，这群盗墓贼人数众多，还有十几个人，七八支枪，退到墓室后端，枪口整齐排列，对准三名刺客。北洋军阀连年内战，这些盗墓贼多半当过兵，懂得战斗之道，任由刺客们再厉害，也难逃血溅五步的下场。

盗墓贼的首领，是个光头的独眼龙，举着王八盒子炮，大金牙里蹦出一句："杀了他们！"

老爹，阿海、脱欢，今日将要命丧白鹿原。

刺客之死，当如彗星袭月、白虹贯日，仓鹰击于殿上，即便不能名垂青史，也要死得有尊严，便也奋不顾身地向盗墓贼冲去，同归于尽……

白鹿原，唐朝大墓，地宫。

阿幽五岁那年，"老爹"抱着她说："阿幽这孩子，不同寻常人，她能感到我们所感受不到的东西，能从风里看到影子，从水里听到声音，从石头里嗅到气味……"

阿幽依稀见到，那伙盗墓贼背后的墓室深处，浮出两个人影……

竟是狰狞的雕像，两腮一根根胡须竖起，硕大鼻孔，铜铃似的眼仁儿。他们戴着唐朝头盔，左右护耳外向上翻卷，肩上的披膊犹如一对龙头，胸甲分为左右，仿佛两面明晃晃的镜子。颌下纵束甲带，胸甲有圆环与横带相交。腰带上半露出圆形护腹，鱼鳞状腹甲清晰可辨。

上半身，它们是唐朝明光铠武士，下半身却是猛兽。好像老虎或狮子，粗壮有力的四条腿，屁股后面竖着火焰状的尾巴。

镇墓兽？

一切都发生在零点一秒，就当盗墓贼准备开枪，背后两尊明光铠武士，突然动了。

阿幽静默地看着两个武士，左边举起一对九节钢鞭，右边举起一双四棱双锏，从背后劈下盗墓贼的脑袋。

枪声响起，子弹在墓室中乱飞，在壁画人物的脸上弹跳……

三个刺客早已各自寻找隐蔽而躲过。

镇墓兽的兽腿狂奔，抓住逃窜的盗墓贼，用钢鞭打爆脑袋。有人向明光铠武士开枪，子弹打在盔甲上毫无用处，转瞬被双锏劈成两半儿。

电光火石间，地上多了十多具尸体……

最后一个，盗墓贼的光头独眼首领，被逼到墓室角落，被两尊镇墓兽砍成肉泥。

然后，镇墓兽一左一右，转向墓室里最后的活人——三个刺客，还有阿幽。

阿幽却感觉他俩有些眼熟，就像是……农村人家贴的门神？

一个秦琼！一个尉迟恭！

传说唐太宗李世民杀人无数，夜不能寐，常有冤魂前来索命。他命麾下两员大将，秦琼与尉迟恭，每夜披甲持械，守卫寝宫大门，震慑四方鬼魂。唐太宗命人绘制二将画像，悬挂于宫门两旁，从此民间有了张贴门神的习俗。

武则天十四岁入大明宫，成为唐太宗李世民的宠妃才人，赐号武媚。老年唐太宗与少女武媚娘在龙床上云雨共欢，贴在宫门前的就是这两位门神。人们说这座白鹿原大墓，正是打开武则天乾陵的钥匙，出现秦琼与尉迟恭的镇墓兽，不是没有道理。

两尊门神镇墓兽，再次举起九节钢鞭与四棱双铜，将刺客们也当作盗墓贼，八条兽腿狂奔而来，要将他们全部消灭。

三人一齐向外奔逃，幸好地下尸体太多，还有随葬品的坛坛罐罐，羁绊了两只镇墓兽的速度。

"保护主人！"

老爹一声令下，刺客们聚集到阿幽跟前。

脱欢无奈摇头："真后悔没带上'地宫道'的包袱，里头有我的马头琴呢。"

生死之间，阿幽打开唐朝棺椁的木门，被军阀劈开的破口，露出终南郡王李隆麒真身。

刹那间，一道金灿灿的光芒射出棺椁，犹如幽暗电影院的放映口，又像舞台聚光灯，幽冥般笼罩在两尊门神镇墓兽头上。

秦琼与尉迟恭，像两匹脱缰的野马，在悬崖边骤然停下，盯着棺椁里的小皇子——千年不腐，长眠于万世荣耀，任由白鹿原花开花落……

门神镇墓兽，放下各自兵刃，对着小皇子双膝跪地，兽腿蹲伏，叩拜磕头。

它们遇到了墓主人，就像在长安大明宫前，守护年迈的唐太宗与豆蔻少女武媚，历经万世而不枯竭。

阿幽跪在两尊镇墓兽跟前："小女子阿幽，护送唐朝小皇子棺椁回家，恳请二位放行！"

秦琼与尉迟恭迈开八条兽腿，回到原来位置，变回凝固的雕像。

刺客们蹑手蹑脚进入墓室，发现这里的古物都是唐代兵器，散落的书册，也是《孙子兵法》《孙膑兵法》等兵书。

但这座墓室并无棺床，更无金井，也找不到玉哀册或墓志铭，这并非小皇子真正的家。

阿幽走出墓室门，才发现两道石门上雕刻的就是两位门神的形象。

刺客老爹说："刚才路过好几个岔路口。这墓道犹如迷宫，谁也不知道小皇子真正的墓室在哪里。"

"帝王陵墓有这么复杂吗？"

"通常来说，帝王墓虽有多个墓室，但通过甬道连接，彼此相距不远。而这个墓室，仅与一根墓道连通。布局结构非同一般，迷宫般的墓道分成许多枝杈，也许每一条都通往一座神秘的墓室。"

老爹拿起一根铁棍，在地砖上画出地形图——墓道一忽儿如蜘蛛网，一忽儿又如螺旋形，一忽儿又像九色头上的鹿角分叉，在地下方圆数十里内，可能分布着数不清的墓室。

"这些墓室都属于同一个墓吗？"

"是，因为有同一个墓道口。"老爹指了指身后的小皇子棺椁，"历史记载，唐朝小皇子，终南郡王李隆麒，英年早夭，武则天悲恸万分，下令在白鹿原为他造墓。"

"我们还能找到他真正的墓室吗？"

"如果一个个岔道口去寻找，恐怕好几年都未必能找到。在这些未知的墓道和墓室里，还会有更多危险，就不是门神镇墓兽这么好对付了。"

阿海忍不住问："一年前，北洋军阀的溃兵们为何能挖掘到小皇子的墓室？还把棺椁和镇墓兽九色都偷出来了。"

"第一，命中劫数难逃。第二，盗墓军队中有小木——我看这人不简单，他能与小皇子建立某种特殊关系，命中绝非普通的盗墓贼。"

"怪不得，我们所有人差点死在他手上。"

老爹端详着墓道壁画说："这座墓穴基础极大，远远超过皇子墓的规格，甚至超过唐朝的皇帝墓。为何从乾陵到白鹿原，只有终南郡王李隆麒的棺椁才是打开秘密的钥匙？因为这座大墓地下，本身就有无穷无尽的秘密。比如，刚才两尊门神镇墓兽，既无棺椁，也无金井，缺乏墓主人魂魄。严格来说，是行尸走肉级别的镇墓兽。"

"行尸走肉级别？"

"嗯，介于伪镇墓兽与真镇墓兽间的中间状态。"还是老爹精通此道，"伪镇墓兽，就是真正的泥塑木雕，毫无灵性的死物明器。盗墓贼们所挖之墓，多是这种伪镇墓兽。"

"只有九色是守护在小皇子身边的镇墓兽，级别绝无仅有。或许，仅次于武则天的乾陵地下的镇墓天子。"

"现在该如何处理小皇子的棺椁？"

刺客阿海将他们拉回现实，这是个棘手问题。

"至少，不能留在这里。这座大墓，极不安全，还会有盗墓贼进来的。"

"小皇子怎么办？"

白鹿原唐朝大墓，幽暗的墓道深处，阿幽指了指头顶。

"天上？"

第二十六章

京都之秋

日本，京都。

深秋，岚山的枫叶红了，如大片火焰燃烧，让人有回到北京西郊骆驼村远眺香山的错觉。京都之于日本，就像西安加上北京在中国的存在。他在古老街巷溜达，在京都御所外发呆，去清水寺与二条城访古，在金阁寺的池边坐上半天，仰望金色的究竟顶，听僧人吹奏已在中国绝迹的唐朝尺八……

民国七年，1918年11月11日。

京都大学物理系的山本教授，走入第三高等学校的课堂。这位机械专业的大学者在欧美也有声望，习惯一身和服，自称战国武田家名将山本勘助后代。

教授在黑板写下一行字，意思是——

灵魂机械体

十八岁的秦北洋，穿着黑色立领学生服，戴着镶白线黑制帽，坐在课堂最后一排。

夏天，秦北洋东渡日本，暂住大阪。他不能继续冒充齐远山，而是找了一家语言学校，同学多是中国留学生或朝鲜人，常能听到中国各省方言，还有此起彼伏的"思密达"。掌握五十音图与简单词汇后，他按照学习德语的经验，不断找人练习口语，很快达到了别人几年才能掌握的水平。

秦北洋报考了京都第三高等学校。

八月底，他收到了录取通知书。可惜囊中羞涩。秦北洋给北京发了封电报，很快收到欧阳安娜汇来的一千银圆，足够他在日本三年的学费与生活费。

于是，秦北洋带着伪装成大狗的九色，来到千年古都的京都，开始在日本的高中生涯。他读的是最难的机械学专业，学习日语、物理、化学，还有德语和英语两门外语。而被大家视为天书的德语，恰恰是他最拿手的。

今日，京都第三高等学校的课堂，秦北洋凝视黑板上"灵魂机械体"五个字。

山本教授说出惊世骇俗的言论："所谓'灵魂机械体'，就是把现代机械动力与属于灵的力量结合起来。"

有个日本同学大胆质疑："但这不科学？"

"我所理解的'灵魂'，并非民俗学的鬼魂或幽灵，而是神经元突触之间的信息传递。在座每一位同学，你们脑中都在进行这样的活动，有人称为灵魂，有人称为意识。"

提问的同学骑虎难下："教授，您说的是活人的灵魂。但没有任何灵魂，可以脱离活着的大脑而存在，无论人或动物。科学界不承认的，就是死人的灵魂。"

"我要说第二个概念：电磁场。人的生存空间，充满各种电磁波。人脑，就是一个精巧的电化学器官。某些强大的电磁场，会影响人脑的信号，产生恐惧等情绪，甚至鬼魂幻觉。我们能否反向推论？假设人脑的电磁波，反过来影响了外部世界？人死以后，大脑本身功能消失了，但其电磁波未必永久消失，可能通过某种特殊途径传递下去。"

"就像具有录音功能的磁带？灵魂也可以被录制下来？"

京都第三高等学校的课堂上，似乎有把斧子劈开秦北洋的大脑，射入一道光。但他抢先说话，被日本同学认为缺乏礼貌，有人低声说"西那进"。

山本教授并不在意："这位同学，你说得很好，请继续。"

"对不起，教授。"秦北洋深鞠躬，舌头打战说，"自然界很多物质可储存信息。我理解，所谓'灵魂机械体'，就是自带某种意识的电磁信号。这种被称为'灵魂'的意识，嫁接自某个人或动物，并在机械体内长久存在，甚至成为其本身的意识。"

他想起在清朝皇陵地宫，跟随父亲学习"制兽九宫"。第五宫"种魂"，就是把光绪帝生前心爱之物，埋入镇墓兽心脏位置。带有类似"灵魂"的电磁波，永久储存在镇墓兽体内，让原本没有生命的钢铁与石头，成为有灵魂的活物，以致千年万载。

山本教授的面色沉静，秦北洋颇为紧张，是说了大逆不道的话？要被学校批评处分了？

突然，教授竟为他鼓掌："同学，能请教你的名字吗？"

"秦北洋。"

"支……"山本教授意识到说错了，"中国人？"

"我是中国人。"

有些留学生羞于承认自己是中国人，害怕遭到日本人歧视，秦北洋却大大方方抬头挺胸。

山本教授一是惊讶于还没踏入大学门槛的学生，竟已准确预判到了他的思考方法和实验计划，二是赞叹秦北洋的日语水平。

"科学的真理，是被人类一步步发现出来的。'灵魂机械体'同样如此，被主流学术界摒弃，认为纯属科学骗局，就像超能力和灵魂学研究。但真理，往往在少数人手中。一百年后，或许将成为科学的正道。"

山本教授在黑板写下一行英文——

Artificial Intelligence

同学们翻出课桌里的英文词典——第一个意为人造，第二个意为智力。

"诸君谨记，未来的世界，必是Artificial Intelligence之天下。"

下课后，山本教授特意喊住他。教授身高一米五，秦北洋比他高了三十多厘米，说起话来都颇为费劲。

"秦同学，下个学期，我邀请你到我的实验室来做助理。我正在研制真正的'灵魂机械体'，我相信你会发挥作用。"

日本人已得到了镇墓兽？没等秦北洋提问，山本教授笑而不语，夹着教案离去，学生纷纷鞠躬让道。

离开第三高等学校，教授走过幽静的小巷，来到一片竹林掩映的日式建筑。

秦北洋悄然跟踪在背后。

这间大屋没有门牌，不显山，不露水。表面是传统的木结构，但仔细观察房梁与廊柱，才发觉全是金属制成。门廊下有几双鞋子，说明里面还有人。屋后有个铁烟囱，不时冒出浓烈的黑烟，与这古老幽雅的环境格格不入。

这就是山本教授的实验室？

天黑了，日式大屋灯火通明，不时发出奇怪的声响。

门外来了两个客人。

一个日本男人，不到三十岁，身着西装革履，戴着金丝边眼镜。

还有个欧洲人，身材高大强壮，须髯满面而看不出年龄，一顶咖啡色鸭舌帽，灰色连体工装服，西洋工匠的典型装束。

门前的灯光照亮日本人的脸，秦北洋认出了这张面孔——羽田大树。

一年前，这位日本羽田商社的少东家、腰缠万贯的贵公子，还跟秦北洋等人一同登上过达摩山，目睹过庚子赔款百万白银呢。

秦北洋按捺住惊讶之心，看着日式移门拉开，山本教授将两位客人迎入屋中。

开门的刹那，他窥到屋内站着一个日本盔甲武士，全身披挂战国当世具足，戴着一副鬼面具，犹如恶鬼般镇守这间实验室……

又过了一个钟头，月挂中天，秦北洋胸口的暖血玉坠子开始发烫了。

山本教授的日式大屋中，传来沸腾开水般的热量，仿佛有一场大火焚烧。屋后的烟囱浓烟滚滚，宛如到了火葬场。还好这是晚上，竹林四周人迹罕至。秦北洋又听到实验室里响起剧烈的刀剑碰撞之声，似乎有一群人在激烈厮杀……

下意识地想起"本能寺之炎"，不正发生在三百多年前的京都吗？他还以为织田信长要冲出来了，明智光秀虎视眈眈。秦北洋下意识地摸了摸背后，可惜唐刀不在身上，他不可能背着一把刀去学校。

日式大屋安静下来，移门不经意间打开，羽田大树和欧洲人出来，跟教授鞠躬告别。

秦北洋决定跟踪羽田大树。

深夜，穿过竹林中的小径，前头的两个人提着灯笼，宛如鬼火森森的幽灵。

没走多远，那个欧洲人便停住脚步，回头一声暴喝。秦北洋猝不及防，没有九色，更无唐刀，正要转身逃窜，对方手中多了一把小型十字弓。

欧洲人没给他任何机会，十字弓射出一枚闪光的利器，直接命中秦北洋的额头。

十字弓是强大的近战利器，这一箭必能射穿锁子甲，如果角度和距离上佳，甚至能穿透中世纪钢铁板甲，遑论秦北洋的头盖骨？

一声惨叫，秦北洋倒在地上，昏厥之前，心中只掠过"呜呼哀哉"四个字。

不过，他还活着。

十字弓射出的并非利箭，而是一枚小钢珠子，虽不致命，但打到脑门儿也够呛。

秦北洋到底年轻力壮，意识只失去两秒，便又闪电般地复苏，眼冒金星地爬起来。

经此重创，再无抵抗能力，羽田大树抽出一把短刀"肋差"，抵住他的咽喉。

羽田大树厉声质问："什么人？"

神志还没完全恢复，额头爆出个肿块。秦北洋无比怀念九色，若是小镇墓兽在场，月黑风高，琉璃火球，还不得把这两个家伙烧成焦炭？

灯笼照亮他的脸，羽田大树仔细端详，爆发出两个音节："Hata?"

刚到日本没多久，秦北洋就知道"Hata"在日语里是"秦"的训读，音读则是来自汉字的"Sin"。

"Hata"还是另一个日本姓氏的读音——就是"羽田"。

额头剧痛的秦北洋，却注意到一个细节——欧洲人手中的十字弓，钢铁弩机上有个标志——金字塔中间镶嵌一颗独眼。

羽田大树很兴奋，对着欧洲人耳语几句，不晓得是什么语言。

他回头问秦北洋："你饿了吗？"

秦北洋饿极了。

三人走出竹林，与月光同行，回到京都郊区的街道，坐进了一家居酒屋。

羽田大树认识老板娘，点了京都本地清酒、牛肉寿喜锅。夜半时分，只剩这一桌客人。秦北洋顾不得额头的疼痛，对着牛肉大快朵颐。

日本饮食，不像中国人浓油赤酱，而以清淡为主，尤其关西，秦北洋却甘之如饴。自从九岁进了地宫，他再没好好吃过东西，个头长这么高，全拜家族遗传。平日他不舍得花钱——每分钱都是安娜汇来的啊。留学生宿舍里，就数他最寒酸，几乎顿顿饭团，偶尔吃学校便当。

那位神秘的欧洲人，摘下鸭舌帽，露出一双鹰隼般的眼睛。年纪在三十到四十之间，一双大手，十指细长有力——这是一双能工巧匠的手，自然异于常人，却无法驾驭东方人的筷子，尝试几下只能放弃，让老板娘拿了汤勺代替。

"他不懂日语？"秦北洋好奇地问羽田大树，"他是什么人？"

"这是一个秘密。"

"扫丽。"

秦北洋回了一句日式英语Sorry，发音惨不忍睹。

吃饱喝足，欧洲人先行告辞，他就住在对面的小旅馆。

羽田大树终于畅快地说话了："北洋，恭喜你啊，京都大学可是日本第一流的大学。"

"我还要在第三高等学校读三年高中才能升入京都大学呢。"秦北洋想起少年时在地宫蹉跎数年，中学都不曾读过，读三年预科也算是补课，"我们用日语对话吧。我要找每一个机会锻炼口语。羽田先生，您管我叫Hata，因为您的姓氏也是Hata。"

"但这不是巧合，羽田这个姓氏，来自秦姓。"

"我们是本家？"

羽田大树自斟自饮："应神天皇年代，秦始皇第十五代孙弓月君自百济东渡日本，成为渡来氏的重要一支。秦氏受日本天皇重用，散发出惟宗、岛津、长宗我部等名门大族，羽田家亦是其中之一。"

秦北洋想撇清这莫名其妙的亲戚关系："可我并非秦始皇后代，我家世代为工匠，从没当过帝王将相。"

"所谓秦始皇后代的说法，不过是牵强附会。北洋，你可知徐福的传说？"

"秦始皇求长生不老之药，派遣徐福率三千童男童女出海寻找蓬莱仙山，从此一去不返。"

"不仅三千童男童女，还有士兵与工匠。当时墓匠族传人，正为秦始皇修造陵墓与镇墓兽，被赐姓为秦，长子留下继承家业，次子跟随徐福出海，在日本传承秦氏血脉。"

秦北洋心中诧异，眼前的日本人竟跟自己一样是墓匠族后代？

"羽田先生，您也会做镇墓兽？"

"古坟时代，日本曾有气势恢宏的皇陵，是否有过镇墓兽？不得而知。后来，历代天皇受佛教影响改为火葬。墓匠族在日本无用武之地，镇墓兽的手艺也失传了。"

"嗯，中国无论皇帝与平民都是厚葬，这才是镇墓兽存在的基础。"

羽田又点了一份寿司："我家从秦氏改姓羽田，江户时代成为巨商，经营中日航线。羽田家族是墓匠族的分家，我们的宗家则在中国。当我见你在达摩山上屠龙，你后颈的鹿角形胎记，已确信你是秦氏家族。"

"你也有胎记？"

"只有中国的秦氏主脉宗家遗传了胎记，而我们日本秦氏并无此印记。"

秦北洋心想，墓匠族在中国都快绝种了，祖父以下三代单传，自己是一根独苗。这回狼狈逃窜到日本，碰上两千多年前分家的阔亲戚，心中百般滋味，不禁惨然道："我这样落魄的穷亲戚，可高攀不上日本的贵公子呢。"

羽田大树推了推眼镜架："我们同为秦氏后裔，你是中国最优秀的工匠传人。"

"现在可以说了吧……那个欧洲人是谁？"

"工匠联盟。"

"什么？"

"他姓施密特——工匠联盟的守门人。"

"施密特？"秦北洋记得小学时候的德国老师就是这个姓，"德语原意是工匠。他祖先的职业肯定也是工匠，所以姓了施密特。千年以来，他依然是个工匠，就跟我家一样。"

"正解。"

"'工匠联盟'是什么？'守门人'又是什么玩意儿？"

"别小看了'工匠'这两个字，西洋文明中的工匠具有极高的意义。"

羽田大树用手指蘸着清酒，在桌上写了一个英文单词——

Mason

"石匠？"

秦北洋还记得英文课单词表里的这个词儿。

"原意如此，衍生出来的意思更厉害。"

羽田又用清酒在Mason前面加了个Free。

Free－Mason

"自由石匠？这又是什么？"

"以后你会知道的。"

"守门人呢？"

"工匠联盟的重要职位，又称执剑人，负责守卫联盟大门，手执锋利的出鞘之剑，保证唯有联盟会员才能通过大门。"

"越来越邪乎了。"秦北洋自然想起那伙刺客，"欧洲人也搞这一套？羽田先生也是工匠联盟的成员吗？"

"很遗憾，我身上没有手艺，没有资格入会。"

"那么山本教授呢？他可是日本机械学的大师啊。"

"不，他也没有资格入会。"

"那得多厉害的工匠才具备这个资格呢？"

面对咂舌的秦北洋，羽田大树指了指他的鼻子。

"我？"

"嗯，秦北洋，你是中国最后的皇家工匠传人，具备加入工匠联盟的资格。"

"算了吧，我是天煞孤星，不适合跟人扎堆抱团。"

秦北洋闷掉最后一口清酒，面色微醺："那个守门人洋鬼子用十字弓打我时，我看到弩机上有个奇怪的标志，好像是一只眼睛，镶嵌在金字塔里。"

这种有神秘标志的，比如象牙柄匕首上"彗星袭月"螺钿图案，秦北洋认为都非善类。

"工匠联盟的标志，十三世纪就存在了。"

"他千里迢迢从欧洲赶到日本，到底来看什么？山本教授的秘密实验？"

"灵魂机械体。"

"果然如此……"秦北洋捏起拳头，压低声音问，"是不是中国的镇墓兽？"

羽田大树语焉不详，又是一脸神秘兮兮："此事切切不可泄露——两个半月后，旧历正月初一，我再来京都找你，到时就知道了。"

京都子夜的居酒屋，窗外突然响起爆竹声，惊得羽田摔碎了酒杯。

秦北洋警觉地冲到居酒屋门口，街头拥出好多人，到处是日本话"万岁"……

欧洲传来电报——1918年11月11日，德国在贡比涅森林签署投降协议，持续四年的大战结束了，人们欢呼日本跻身世界五强之列。

秦北洋想起落后的北洋中国，揉着发红的眼眶说："中国也勉强算是战胜国了。"

"接下来，就是棘手的山东问题了。"

武士亡魂

第二十七章

两个半月后，秦北洋跟羽田大树说好的日子。

中华民国八年，日本大正八年，西历1919年。旧历除夕，京都下了数十年难遇的大雪。古都乍成雪国，白茫茫银装素裹。中国留学生在宿舍里吃了顿简单的年夜饭，有些人喝得酩酊大醉，思乡落泪。

秦北洋自觉又长大一岁，牵着九色，背上藏有唐刀的长柄伞去了岚山。明治维新，废除农历春节，正月初一，冷冷清清。一人一兽，踏雪来到天龙寺，京都五大禅寺之首。

羽田大树没有失约，正在天龙寺门口等着秦北洋。

"上回说的秘密，请耐心等候到今晚，我已准备停当。"羽田蹲下看着九色，"不必担心，我对它已无任何欲念。普天之下，唯有你才是幼麒麟镇墓兽的主人。"

过了天龙寺北门，空气冷得让骨髓发抖。他们踩着深深的积雪，爬上岚山之巅，眺望京都盆地。视野越过比叡山，一池镜子般的琵琶湖，夕阳在惨白的雪野上播洒鲜血。

"北洋，看到那片山坡了吗？便是嵯峨野，我这次来京都，是为今晚的实验。"

"灵魂机械体的实验？"

羽田大树笑而不答，从另一条道儿下山。秦北洋跟着他欣赏雪景，经过野宫神社外的竹林，小径两边亮着石灯笼。

雪雾间，闪过一个鲜红人影，仿佛一团血红落花，又撒上一把白茫

133

茫的盐，射出姹紫嫣红的光……

秦北洋的眼睛被刺了两下，九色也挺身蹲伏，被这小女孩阻拦去路。

她回头，苍白的小脸儿，镶着一对细长的黑眼睛。虽是一袭红衣，却是贫寒之家样式，比不得富贵人家的和服。她穿得太少，裸着白皙的脖子，幼兽般的小腿。石灯笼照出近乎透明的脸颊，冻出两团红晕。

九色甩了甩鬃毛向她跑去，小女孩闪身躲入竹林，隐匿不见。

"是人是鬼？"

"据说这片竹林，夜里常有女童怨灵出没。"羽田大树穿过竹林，面对一片幽静山谷，"我们的目的地——嵯峨野到了。"

四周茂密山林，中间白雪覆盖平地。羽田大树对天空击掌，发出信号……

树林里出现几个人影，各自提着马灯。其中有个秃脑门儿的男人，便是京都大学的山本教授。剩余都是年轻人，穿着黑色学生装，想必是教授的学生。

但有几个明显比普通日本人高大，宽阔的肩膀，奇形怪状的帽子，手握或长或短的棍子。

嵯峨野，正月初一的夜，如同祇园艺伎的蛾眉，冲破白莲花般的浓云。

"开始！"

嵯峨野。

那些古怪的人影，慢慢动起来，不像人类的动作，更像被操控的稻草人或傀儡……

秦北洋藏在树林里，胸口的暖血玉又热了。九色瞪大琉璃色双眼蠢蠢欲动。他赶紧按住赤色鬃毛，让这头小镇墓兽安静下来。

一个人影的头顶上长出锋利的鹿角，竟然酷似幼麒麟镇墓兽上的鹿角；第二个人影的头上长出光芒四射的太阳；第三个人却顶着大大的新月；第四个人头顶生出六文铜钱；第五个人脑袋上包着一大块白布；第六个人却是披着大片熊毛，犹如白发恶鬼。

他们身上都有金属甲片，有的是一整块胸甲，有的则被切分为竖条或横条。无论脖颈、手臂、胸腹、大腿甚至手足，都有各种金属或皮革的防护，而每个部位的形状、材料甚至颜色都有区别，有的全身赤色，有的银光闪闪，还有的乌黑锃亮……

"日本战国名将的盔甲！"羽田大树一一解释，"本多忠胜鹿角胁立兜黑系威胴丸具足、丰臣秀吉马兰后立付兜具足、伊达政宗铁黑涂五枚胴具足、真田幸村六文钱赤备具足、上杉谦信南蛮胴、武田信玄诹访法性之铠……"

说话间，头上包着白布的上杉谦信南蛮胴挥舞寒光闪闪的日本刀，劈头砍向披着熊毛的武田信玄诹访法性之铠。武田信玄没用刀剑抵挡，而是坐在小椅子上，举起一把铁扇子，勉强格挡了这一击。包着白布如同僧侣的武士，连续两下砍向武田信玄。火星四溅，金属碰撞之声，刺痛秦北洋的耳膜。

"灵魂回来了。"羽田大树兴奋地叫喊，"第四次川中岛合战，上杉谦信单挑武田信玄，越后之龙与甲斐之虎，战国史上最强大名对决。山本教授自称山本勘助后人。历史上的山本勘助，就是武田信玄的军师，采用啄木鸟战法阵亡于第四次川中岛合战。"

"穿着盔甲的人是谁？"

"没有人！"

听到这样的回答，秦北洋眯起眼睛，注意看盔甲下的面孔——六具盔甲都戴着铁制的鬼面具，无法看清楚到底是谁。

突然，顶着黑色鹿角的本多忠胜，挥舞一杆七尺长枪，击中头顶新月的伊达政宗面门，鬼面具应声落在地上，里面却什么都没有。

秦北洋看得真真切切，头盔底下没有脸，更没有头颅，也没有著名的独眼龙，完全就是空气，也看不到脖子和身体。

他这才明白了羽田大树所说的"没有人"的意思。

眼前这六具战国名将盔甲，他们并非穿戴盔甲的武士，而是盔甲本身。

"这是什么法术？"秦北洋抓住羽田的胳膊，"你让盔甲自动复活了？"

"灵魂机械体！"

"这就是我在教授的实验室外听到的刀剑之声？"

羽田低声解释："京都大学的山本教授，既是'灵魂机械体'的狂热爱好者，也是日本盔甲的收藏家。三十年来，他苦心收集了本多忠胜、丰臣秀吉、伊达政宗、真田幸村、上杉谦信、武田信玄六大战国名将的盔甲与兵刃。教授发现，在特定的时间与空间，比如旧历正月初一，或七月十五盂兰盆节，盔甲们来到旷野，有历史遗迹的所在，就会遭遇强大的电磁场，产生特殊反应，甚至自行移动。"

"嵯峨野？"

"这片山谷，是四百多年前应仁之乱的古战场，埋葬有数千战败武士的骸骨，具有强烈的怨念感召力，能唤醒附着在盔甲中的名将灵魂。"

"传说……所有古物都有古人留下的灵魂。"

秦北洋想起父亲的话——必须善待每一尊古物，就像善待自己的朋友甚至祖先。

"山本教授决心开发盔甲潜能，他在每副名将盔甲里都加装了机械系统，让四肢和关节自由行动。他还在盔甲腹部安装微型内燃机，提供强大动力。至于它们的战斗动作，则是盔甲本身的记忆。他把六个人的辞世诗作为指挥口令，加上武田信玄的孙子四如兵法。"

"其疾如风、其徐如林、侵掠如火、不动如山。"

这是秦北洋在光绪帝地宫中被禁闭一年时反复背诵的句子，直接用中国话说了出来。

"山本教授是我家世交，当我听说他的盔甲实验，自然想起了镇墓兽。但这项科研没能获得京都大学批准，校长认为教授走火入魔发疯了。但我秘密资助了他的实验，还帮他联系了总部位于欧洲的工匠联盟……"

"对了，工匠联盟？"

话音未落，意外发生了……

头顶太阳光芒的丰臣秀吉，貌似所有盔甲中体形最小的，如同一只灵巧的山猴子，挥舞太刀冲向树林边缘，闪电般切下了一颗人头。

京都大学的山本教授，光秃秃的脑袋飞到空中，喷射一腔鲜血，滚落到洁白的雪地。

秦北洋心中一慌，就连九色也微微一颤。

教授尸身倒伏，鲜血如梅花，学生们连连惊叫。丰臣秀吉杀人的举动，激活了其他盔甲们的欲望，纷纷举着刀剑向活人砍杀过来。

"八嘎！"

羽田大树大声咒骂，怎么会出这种意外？！

嵯峨野，刀光与枪尖流星般地闪烁，变成桶狭间、姊川、三方原、长筱、山崎、贱岳、小牧长久手、关原……

流淌的却不是武士与足轻们的血，而是五名京都大学生，身首异处，命丧雪夜。

秦北洋不禁庆幸，要是接受山本教授的邀请，到他的实验室做助理，如今自己的脑袋已被砍掉。面对四处杀人的盔甲，他抽出三尺唐刀，保护身后的羽田大树。

倏忽间，"猴子"丰臣秀吉的马兰后立付兜具足，挥舞滴血的武士刀，冲向数米外的小树丛。

一声"救命"，是个细细的小女孩声音。

雪中蜷缩着一个红衣少女——竹林中偶遇的女孩，她可不是女童怨灵啊。

丰臣秀吉举刀劈向女孩，她彻底被吓傻了，只剩下喊"雅蠛蝶"的力气。

只犹豫了一秒钟，秦北洋飞奔而去，抡起手中唐刀，奋力阻挡了这一下……

别看"猴子"的身材矮小，盔甲中的力量却大得惊人，几乎震裂了秦北洋的虎口。

但这把给安禄山陪葬的环首唐刀，恰是日本刀的老祖宗，同时让丰臣秀吉后退半步。

背后响起风声，秦北洋躲过一支七尺长枪。本多忠胜的鹿角胁立兜黑系威胴丸具足，犹如一头披挂着盔甲的黑色麋鹿。第二枪刺来前，唐刀劈中乌黑的筋兜，鹿角被斩断，鬼面具碎成两半，露出并不存在的面孔——空无一人的盔甲。

雄霸战国的真田幸村、武田信玄、上杉谦信、伊达政宗已将他团团围住。

秦北洋只有一把三尺唐刀，面对四支锋利的太刀，还要保护一个瑟瑟发抖的小女孩，危如累卵。

红衣女孩抱住他的大腿，眼泪与鼻涕沾了他一裤子。秦北洋暴怒地咆哮，纯粹为借胆而虚张声势。短暂地闭上双眼，仿佛来到四百年前，关门海峡的岩流岛上。

而他的对面有六个佐佐木小次郎。

上杉谦信妖魅的刀锋袭来，秦北洋用唐刀平举在头顶格挡。火星四溅，千钧力道之下，双脚几乎被压入雪地泥土。

没有独眼龙也没有脸的伊达政宗，从斜刺里砍向秦北洋的脖子……

忽然，一团火球飞过嵯峨野的雪夜。

京都雪夜，绿色火球，吸引了所有盔甲的注意力，虽然它们都没眼睛，却抬起头盔注视这团琉璃色的火，好像有一百多斤重的灵魂，撑起这身钢铁筋兜与胴甲。

九色已经变身，化为幼麒麟镇墓兽，头顶雪白的鹿角，浑身甲片闪光，仿佛全身披挂一层天然盔甲。

琉璃火球烧到丰臣秀吉的盔甲，转瞬变成熊熊烈火，仿佛织田信长的本能寺之炎。这具太阳光芒般的盔甲在雪地打滚，即便没有烧到任何人体，也很快成为钢铁渣子与灰烬……

太阁完蛋了。

第二十八章

一道光

民国八年，日本大正八年，西历1919年，农历正月初一。

以后许多个日夜，她会梦回大雪中的嵯峨野，见着鲜血淋漓的夜色，见着武士亡魂，见着被鬼面盔甲烘托出的少年与兽。

"斯古伊！"

红衣小女孩完全看呆了。秦北洋趁着战国盔甲们分神，一把拽住她的胳膊，从这布满鲜血与残肢的修罗地狱救出，转身往茂密的丛林深处奔去。

九色也跟着过来，他们跑出去数米，被树根绊倒在地。秦北洋一只手捡起唐刀，一只手抓紧小女孩。回头看着嵯峨野的雪地，剩余的五具盔甲，全都乖乖站在原地，仿佛被点穴定住，或又失去了灵魂。

一队土黄色卡其布军装的日本士兵，头戴大盖帽，手握三八式步枪，明晃晃的刺刀，包围了五具静止的盔甲。

有个穿着茶褐色呢子制服的军官，腰间佩着军刀，马靴踏过雪地，踢了踢山本教授的头颅。他小心靠近武田信玄的诹访法性之铠，又大胆触摸盔甲顶上的熊毛。

不过，羽田大树去哪儿了？

日本军官猛然转头，感觉风中吹来小女孩的气味。他抽出军刀，下令全面搜索，不要放过任何可疑对象。士兵们举着刺刀，向黑暗的森林依次戳过来……

她跟着秦北洋与九色，弯腰逃上山去。子弹擦着耳边飞过，心脏要跳出喉咙。一路狂奔，回到野宫神社的竹林。

秦北洋用衬衫衣角擦净她的脸，石灯笼氤氲的光里，日本人常见的细长眼睛，泪水在眼角滚动两圈，如珍珠滑落腮边。他脱下自己的学生装，包裹在女孩衣衫单薄的身上。

"谢谢救了我。"

小女孩不过十一二岁，声音虽细，语气却不卑微，反而有种居高临下的气势。

"你的名字？"

"ひかり."

女孩说了三个音，为确认没听错，秦北洋用树枝在雪地里写了一个汉字——光。

"你是火，我是光。"

"光……很好听的名字。"

看到秦北洋低头靠近她的脸，女孩却听出他发音上的破绽，皱起眉头后退："等一等，你不是日本人？"

"我不是。"

"支那人？"

小女孩的嘴里，竟蹦出"西那进"，秦北洋面色阴沉："我是中国人。"

"我父亲说，支那人，愚蠢，自私，懦弱，不讲卫生，一年都不洗澡，还是胆小鬼。"

秦北洋没见过这么毒舌的小女孩，看着她阴惨惨的目光，从长柄伞里抽出三尺唐刀。原本只想吓唬她，但这女孩性情刚烈，高傲地仰起脖子："你砍我吧！我并不惧怕死亡，父亲说得没错，你们支那人最野蛮了。"

日本人轻生死，动不动就要自杀、殉情，故而打起仗来也不要命。秦北洋不杀女人，不杀孩子，更何况女孩子。他收起唐刀，带着九色一走了之，将小女孩留在竹林里。

刚在雪中走了几步，一回头，小女孩骨碌碌滚下山坡。

秦北洋下去救她，九色跟着一起滚落，浑身沾满雪球，变成大白狗。名叫光的女孩，看到这头幼兽就笑了，径直要骑到它的背上，马上被秦北洋拽下来："喂，这可不是被你骑的马。"

"哎哟！脚疼。"

光站不起来。秦北洋帮她查看脚踝，看不出毛病，日本人冬天把腿露在外面是老风俗了。

秦北洋将她背到肩上，女孩很轻，不成负担，九色还在前头引路。

子夜的雪籽，穿过树冠缝隙，细密地落上睫毛。女孩头靠他的脖子，发丝摩擦耳垂，呵出热气，宛如秋霜贴着毛细孔。

"喂，你多大了？"

"十二岁。"

"你家住哪里？我送你回家。"

她顿了顿说："东京，我是偷偷从家里逃出来的。去年，母亲死了，父亲新娶了继母，我讨厌他们。"

"你一个人从东京离家出走到京都？像你这样的小女孩，不怕被坏人卖到妓院吗？"

"那你是坏人吗？"

"我不是。"

"嗯，我家就是开妓院的。"

怪不得这女娃性情乖张，不好相处。秦北洋真想立即把她放下走人。她将两只小手缠绕着他脖子："你可不要扔下我不管啊，是你让我的脚受伤的。"

秦北洋无奈地背着她，走到岚山脚下，渡月桥头。正月初二的天已蒙蒙亮了。

前头出现两个警察，光趴在他肩上说："快点走，他们是来抓我的。"

"送你回家不好吗？"

"他们会以为你是诱拐小女孩的变态。"

"为何？"

"因为我会这么告诉警察的！"小女孩嘻嘻一笑，"你是支那留学生吧？要么关进监狱，要么赶回支那——你自己选吧，警察是相信我的话，还是相信支那人？"

"你可真是个恶女孩。"

她像骑马一样拍着秦北洋的脑袋："快带着我跑啊，被警察抓到就完蛋啦。"

秦北洋被这道光牵着鼻子，慌不择路地跑向岚山侧后方，躲入一片密集的民宅区。

"喂，你要是再敢对我说'支那'两个字，我就揍扁你！"

"你不会打小女孩的。"

"谁说不会？"

秦北洋是真的不会，说话声音都在发虚。

"对不起，我只是故意气气你。我答应你，再也不说那两个字了。"

"你发誓。"

"好，我发誓，如有违背，立刻像武士剖腹自杀。"

看着小女孩一本正经的表情，秦北洋刚一抬头，就见到一块墓地。他在唐朝古墓中出生，在皇陵地宫中长大，看到坟墓就有莫名的亲切感。

这片雪中的墓地，隐匿在民宅小巷深处，像个小小的天井。门口有块石碑，刻有"阴阳博士安倍晴明公嵯峨御墓所"。

光大声叫起来，简直要把坟墓里的阴阳师吵醒了，秦北洋堵着她的嘴巴："小声点。"

"嗯，路过嵯峨野，就想来看望他的。"

说得好像这位大阴阳师还活着似的，墓碑石上有颗五芒星——阴阳道的祈祷咒符，象征宇宙万物阴阳五行之无灾无邪。

"大人在世时，风姿绰约，遗世独立，远离繁华喧扰，独居桔梗庵。他的墓所选在岚山脚下，嵯峨野旁，小隐隐于野，中隐隐于市，大隐隐于朝，在他守护一生的京都，从平安时代至今，已近千年了啊。"

光说得半文半白，用词文雅隽永，不是普通小女孩所能说出口的。

秦北洋这才发现，小女孩可以自己行走，脚踝并无任何问题。

"原来你是装的？"

"哦……只是想要感受一下被哥哥背下山的感觉。"

"你叫我什么？"秦北洋看着她细长的眼睛，"你有哥哥吗？"

"有，在我小时候，他死了。"

走出墓所后门，又见到一块招牌，意思是"妖怪博物馆"。

光毕竟是小女孩，扯着秦北洋的裤腰带说："哥哥，带我进去玩玩好吗？"

"看妖怪？"秦北洋对"妖怪"也颇为好奇，难道还有比镇墓兽更吓人的妖怪存在？九色却咬着他的裤脚管，提醒主人不要进去，他蹲下说，"九色，我们进去捉妖。"

走进这座日式房屋，虽说是博物馆，门脸却毫不起眼。一大清早，恐怕还没开门。正要离开，门缝里传出个老婆婆的声音："弟弟、妹妹，欢迎光临妖怪博物馆。"

光兴奋地鞠躬，脱了鞋进去，北洋拽着九色说："它也能进去吗？"

"多么可爱的狗狗啊，也请一起进来吧。"

老婆婆的声音就像锯木头，跪坐在阴暗角落，满头白发，脸上布满褶子，牙都掉光了，穿着江户时代的和服，绾着那时候的发髻，仿佛古画里下来的人物。

她该有八十岁了吧？甚至一百岁？老婆婆在前头引路，像龙虾佝偻后背，比十二岁的光还矮，几乎只到秦北洋的腰间。九色跟在最后，穿过一道幽暗长廊，空气弥漫着某种腐烂味……

妖怪博物馆

第二十九章

果然，秦北洋看到了妖怪。

九色的赤色鬃毛乍起，严格来说，他们看到的是妖怪的尸体。

上半身是个赤裸的美女，无论胸还是脸，那都没的说，十八九岁的妙龄少女。至于她的下半身，居然是一只金色的狐狸，还有九条尾巴，发出浓浓的狐臭气味。

光问道："九尾狐玉藻前？"

老婆婆点头道："妹妹，你真聪明。"

"其实啊，这个九尾狐，原本来自中国，《封神榜》里的妲己就是她。"

下一个房间，越发幽暗。九色的琉璃色眼球，发出绿色闪光。

一个赤裸的女人，皮肤已经干瘪，近似一具干尸，却有一双大乳房，肚子鼓胀，仿佛身怀六甲的孕妇。这又是什么妖怪？光才发现，女人背后长着大鸟的翅膀，下半身披满羽毛。

老婆婆搂着光的肩膀："妹妹，别害怕，她是姑获鸟。"

"姑获鸟？"秦北洋想起来了，"中国古籍里有，又名'夜行游女''天帝少女'或'鬼鸟'。姑获鸟为产妇鬼魂所化，常在夏夜活动，披上羽毛变成鸟，脱下羽毛化作女人，最爱偷取别人家的孩子抱养。"

光的嘴唇哆嗦着问："她会来偷我吗？"

"不会，她死了，这是妖怪的尸体。"

"妖怪会死吗？"秦北洋问。

老婆婆阴沉地回答："会。"

第三个妖怪，貌似三四岁大的小孩，全身覆盖坚硬鳞片，浸泡在大玻璃缸里，像被泡酒的死胎。它长着一副鸟嘴，青蛙四肢，猴子身体，还有乌龟壳，头顶小碟子。嘴里四对尖牙，细胳膊细腿，只有四根手指，并且连着蹼。秦北洋扒在玻璃缸边细看，竟还有三个肛门。

"河童？"

老婆婆微笑着说："对啊，这就是妖怪河童的尸体。"

小女孩接着问："世界上到处都有妖怪吧？"

"嗯，妖怪太多了。但是呢，最厉害的一种妖怪，躲在古墓里头。在日本，几乎已见不到了，但在中国还有很多。它就叫——镇墓兽。"

老婆婆神神道道说完，笑眯眯地看着九色，伸出干枯如树根的手，要抚摸这头幼兽。

就当秦北洋要把九色拽开，它竟凶猛地张开嘴巴，咬掉了老婆婆的两根手指！

光开始尖叫，秦北洋也心惊胆战，九色是从来不咬人的。

老婆婆居然没倒下，甚至伤口都没流血，原来断裂的手掌上，又长出两根新的手指——并且是少女般的葱玉白嫩。

她向九色伸出另一只手。小镇墓兽也不客气，干脆把她的整只手都吃了。结果，老婆婆长出一只新手，羊脂白玉似的光滑，仿佛十五六岁的小姑娘。

然后，老婆婆笑眯眯地把头伸到九色的跟前。

就当九色要把她的脑袋整个咬下来，秦北洋猛然将它拖回去。一旦九色咬掉老婆婆的脑袋，她就会长出一个妙龄少女的人头，恢复青春豆蔻的容颜。

老婆婆才是妖怪博物馆里的第六个妖怪，也是唯一活着的妖怪。

"为何不咬我？"

她伸出少女的手，冲向秦北洋和九色的跟前，十二岁的光在尖叫。

突然，房间四周长出许多藤蔓，结结实实地捆住了秦北洋与光。老婆婆的头发竖直，渐渐变成蔓延的根须，犹如三千烦恼丝，铺满整个房间，从门窗到天花板……

小镇墓兽开始呕吐，痛苦地在榻榻米上翻滚，吐出刚才咬下的东西，竟然是一团污秽肮脏之物，变成蜈蚣和蚯蚓钻入缝隙。

九色变身了，头顶长出雪白鹿角，白毛化作青铜鳞甲，在这幽暗如同地宫的环境，恢复为幼麒麟镇墓兽。

老婆婆妖怪看着它，目光贪婪地闪烁："你就是镇墓兽，我等了整整九百年……我等你把我吃了，等你让我变成少女，等你把我带走……我要你。"

不知道多少岁的老妖怪，疯狂地扑向九色，就像前世的情人。她虽老，动作却如闪电，骑在镇墓兽的后背，把头凑到九色嘴边，想要让它把自己吃了。

秦北洋拼命挣扎，却难以逃脱坚韧的藤蔓。藤蔓越绑越紧，他只是图徒劳地挣扎。

"我要你……我要你……我要你……"

老婆婆骑在九色身上呢喃，声音越来越强烈，也越来越年轻。最后，她变成少女的娇吒声，任谁也抗拒不了。眼看镇墓兽就要把她吃掉，秦北洋狂叫着"不要"，九色一旦吃掉这个妖怪，就像吞下几百年积累的毒药，反而会损伤镇墓兽的脏器与功能。而新鲜的美女头，一旦替代了老婆婆，不知又要兴风作浪害死多少男人。

忽然，妖怪博物馆的密室里，传出真正的小女孩的歌声——

あるはなくなきは数そう世の中に
あわれいづれの日まで欺かん

声音悠悠扬扬，穿透墙壁与屋顶，与旧历正月的雪融为一体，似乎召唤出沉睡在大门口的坟墓主人灵魂。

一首古老的和歌，五句三十一个音节，五七五七七的顺序排列，秦北洋居然听懂了——

在这生者永别、逝者数增的世界上，叹己何时辞世？

老婆婆陷入深思，嘤嘤地说："我不是妖怪，我本来自中国，徐福东渡日本的三千童男童女之一。我是徐福大人身边的侍女，偷服下他的长生不老仙丹，修得千年不死之身。"

"三千童男童女，竟还有人活在这世上？"

其实，秦北洋根本就不相信，这是妖怪给自己编织的一个"好出身"，就像《西游记》里的妖怪都是佛祖、菩萨身边逃出来的小宠物。

"东方之日兮，彼姝者子，在我室兮。在我室兮，履我即兮。东方之月兮，彼姝者子，在我闼兮。在我闼兮，履我发兮。"

老婆婆为证明自己来自中国，是徐福率领的三千童男童女之一，竟然念出《诗经·齐风》中的一首，用秦汉时期的音韵，秦北洋勉强才能听懂，光则听得云里雾里。

"九百年前，小女子漫游京都，偶遇晴明大人。虽然，我已活了千年，却头一回知道——爱。"老婆婆妖怪的眼角眉梢，竟露出少女的羞怯，"而对晴明大人而言，我却是个千年女妖。阴阳师本应驱魔扶正，怎能与我这人不人妖不妖、长生不死的怪物相恋？"

"婆婆，你说得我都要哭了……"

十二岁的光，到底是小女孩，已被感动得泪水涟涟。

"大人发乎情，止乎礼，终其一生，我们未能行夫妻之实。他在弥留之际告诉我：长生不老的女子，一旦爱上一个男子，千年道行即破，必将慢慢老去。九百年后，将会有一头年幼的镇墓兽，从大唐渡海而来，伴着一个中国少年，一个日本少女。只有你们二人，才能赐给我第二次青春。"

"然后，你就变老了？"

"妹妹刚刚唱的《题名不知》和歌，女诗人小野小町所作。听到此歌，蓦然回首，竟已解开心结。生者当永别，唯有逝者在地下永恒。何必贪恋易逝之青春？纵然活过两千年，又能换来一个用心爱你的男子吗？不如归去！不如归去！妹妹，多谢你哟。"

老婆婆优雅地说出平安时代的语言，陷入对阴阳师的依恋怀念。

倏忽间，幼麒麟镇墓兽的雪白鹿角，如同锋利的宝剑，悄然刺破她的心脏。

这是秦北洋的命令，也是他们求生的唯一机会。

妖怪的心脏，流出蓝色的血，渐渐弥漫整个房间。老婆婆的脸孔，竟然一下子变得年轻，头发变得乌黑，倒在榻榻米的箦席上，宛如散开一朵黑色罂粟。原本捆绑秦北洋与光的藤蔓，自动脱落断裂。

九百年的妖怪，终于恢复青春——十六七岁少女模样，浅笑倩兮，美目盼兮，来自两千多年前的秦朝，徐福的三千童男童女之一，惊艳到无法描述，浑身透着令人窒息的光。

光也在看着她，好像看到几年后的自己。

难怪啊，意志坚定如安倍晴明，也无法消灭这只千年妖怪。他们必然相爱过吧，但阴阳师是人，是人终难免一死。而妖怪，则将慢慢老去，老得再也直不起腰，老得红颜化作灰烬，只为那一人守墓，独自度过九百年的尘埃。这是生不如死。

"帮她解脱吧。"

秦北洋一声令下,九色吐出琉璃火球,将这只美艳动人的妖怪,瞬间烧成灰烬……

他知道,她不会怨恨他的。

左手牵着光,右手牵着九色,秦北洋冲出妖怪博物馆。

雪,又下了。

九百年来,大阴阳师能容许妖怪博物馆一直开在自己身后,大概也是对不能终成眷属的妖怪恋人,最后一点点情义吧。

"愿得一人心,白首不相离。"

秦北洋用汉语念出卓文君的诗,送给在地下相会的阴阳师与千年童女。

小女孩拉着他的衣角说:"你说的中国话真好听,可惜我听不懂,什么意思?"

"以后慢慢教你吧,对了,你小小年纪,怎会唱平安时代的和歌?又偏偏是这一首……"

光摇头晃脑地说:"那是追悼逝者的哀伤歌,我想到自己也快要被妖怪吃掉了啊。"

"不会的,我和九色会保护你的。"

光蹲下来看着九色的琉璃色眼睛:"我说,你的这个九色,到底是什么东西啊?刚才妖怪老婆婆说,它是镇……镇墓兽?"

秦北洋只能编故事:"这是中国的一种神犬,可连续多日不吃东西,依靠呼吸露水存活。"

"你在骗小孩子吧?"

光说完大笑,忘了自己就是小孩子。

她打开贴身口袋,还有厚厚一沓钞票。当时日元币值高,秦北洋提醒:"那么多钱,你一个小姑娘,太危险了。"

到了京都的商店街,光挑了一件白色长袖水手服、小黑裙子,像夏季的女生制服。秦北洋说你会着凉的,她又买了羊毛斗篷披上,不伦不类。这姑娘在妓院长大,也就不奇怪了。

一块儿吃了京都拉面,光打着饱嗝说:"哥哥,你叫什么名字啊?"

"秦北洋。"

他用手指头蘸水，在桌上写下自己姓名。

"秦始皇的秦，北方的北，海洋的洋——你有个很好听的名字。"

"你读书还不错嘛。"

她俏皮地微笑："哥哥，我们去火车站好吗？"

"你要去哪里？"

"不知道。"

秦北洋心头暗叫：冤家。

他带着小女孩与九色，买了两张山阳线的车票。坐上车，女孩靠在他肩头呼呼大睡，沉入黑漆漆的雪夜……

第三十章

奈良之春

民国八年，日本大正八年，西历1919年。

早春二月，奈良南方，以春日樱花而闻名的吉野山。

秦北洋手搭凉棚，看到一座石头堆积的平台，酷似中国北方的陵墓坟冢，四周布满陶土残迹。

"吉野古坟。"

十二岁的光倚着他的肩膀说。

古坟时代，上接弥生，下至飞鸟，相当于中国的魏晋南北朝。大和王朝统一了日本列岛，奈良县就是古代的大和国，神武天皇登基之地，大和民族的发源地。

吉野山的这座古坟，尚未考证出墓主人。不过在大阪府的堺市，至今保存仁德天皇的古坟，据说是全世界体积最大的陵墓，比中国的秦始皇陵还要大呢。

过去一个月，秦北洋、光还有九色，从陆地与海上环游了西日本。每到一地，光就买新衣服，去最好的酒楼食肆。经过大阪、神户、广岛，到了下关，上春帆楼吃河豚，欣赏关门海峡的无敌美景。冒死吃完河豚，他才知这里是《马关条约》谈判地，立刻吐得一塌糊涂。

两人一兽，渡海至九州，经过福冈、长崎、熊本到鹿儿岛，寻访西乡隆盛故居，乘船向东绕行四国，登陆和歌山县，游历纪伊半岛，参拜高野山。在古都奈良，他看了鉴真和尚的唐招提寺，又在东大寺拜谒了奈良大佛。小女孩认得一路上的所有汉字，出口成章地背诵汉诗与和歌，甚至能跟秦北洋下围棋。

此刻，来到奈良的吉野古坟跟前，光摸摸口袋说："我的钱花光了。"

秦北洋喝道："我不是让你省着点花钱吗？"

"那你打我吧。"

女孩把脸颊贴过去让他打，他厌恶地转身："十年前，我救过一个女孩，她也叫我哥哥。可她欺骗和背叛了我。我猜，你家不是开妓院的，你的背景不简单。"

"对不起，哥哥，我骗了你。"

他抱着九色，心想世上没有比镇墓兽更值得信赖的伙伴了："我真蠢，总是被女人欺骗。你的第一句话就是假的，叫我背你下山也是假的，看到警察逃跑也是假的。"

小女孩一脸委屈："但警察真是来抓我的，如果你被抓到会很惨。"

"你的父亲是谁？"

"我不想说。"

"那我走了，你自己保重。"秦北洋没走几步，光已哭得梨花带雨，一抽一抽发抖，他终究狠不下心，回头帮她擦拭鼻涕，"你要我走吗？"

"以欤。"

她说了个"不"。

"你到底要去哪里？"

"我想去米国。"

小女孩任性地说，秦北洋却大笑起来，日本人把美国叫作"米国"、德国叫作"独逸"、俄国叫作"露西亚"……

日渐黄昏，古坟背后响起一阵雄壮的歌声——

"祁山风劲肃秋酣，暗淡阵云五丈原。零露溥兮纹彩密，固是草枯骢马肥。蜀军旗帜黯无光，鼓角之声今寂微。可怜丞相病危笃！渭水清流深未成，无情幽咽作秋声。关山入夜风抽泣，鸿雁暗中迷路际。威严军令若风霜，固守诸营垣外墙。可怜丞相病危笃……"

秦北洋刚到京都第三高等学校，就学会了这首土井晚翠的《星落秋风五丈原》。长诗以汉诗训读写成，围绕诸葛亮病殁五丈原，梅花间竹穿插三顾茅庐、火烧赤壁、白帝托孤、七擒孟获，赞扬孔明鞠躬尽瘁死而后已。

不知哪根脑筋搭错，他以日语哼出最后一段："呜呼五丈原秋厉，夜半风狂寒露泣。银汉清兮星宿高，尽蒙一色为神秘。天地微茫光亮时，触生无量感怀思，请

150

观'无限渊'前立……在草庐兮为卧龙，纵横四海龙飞旷。悠悠千载今犹是，赫赫英名诸葛亮！"

"秦北洋？"

有人用中国话叫他名字，定睛一看，黄昏暮色间，竟是齐远山的面孔。

不过，齐远山头戴红黄相间的大盖帽，背着三八式步枪，穿着卡其布的日本军装。

太阳仍未落山，九色无法变身，秦北洋与光被士兵们押解到吉野古坟前的军营。

联队长亲自审问这两个不速之客："你们是什么人？不知道这里是军事禁区吗？"

没待秦北洋回答，光微笑着说："我能跟您单独说两句话吗？"

大佐军衔的联队长，满面狐疑地带着光进入内间。没多久就出来了，联队长露出谄媚的笑容，命令勤务兵端出晚餐与茶水招待，将唐刀还给秦北洋，又给他俩准备行军帐篷。

帐篷里，秦北洋不客气地大吃一通，打着饱嗝问："你跟联队长说了什么？"

女孩神秘地笑笑："我说，我是光！"

突然，有人闯入帐篷，秦北洋警觉地抽出唐刀，却看到齐远山的脸。

"北洋，不要误会，我一直在找你呢。"

齐远山已经脱下军装，抚摸九色的脑袋，又向小女孩光问好。

"你怎会成为日本兵？"

去年六月，天津大沽口码头，齐远山将护照与船票交给秦北洋，让好兄弟冒名顶替上船去了日本，秦北洋至今还不晓得怎么报恩呢。

"你走后一个月，我补办了证件手续来到日本。我要先在东京振武学校读三年预科，再到日军基层部队实习一年，才能进入陆军士官学校。同学们既有公派留学生，也有地方军阀派遣的学生，甚至有自费生。这些富贵子弟在东京花天酒地，唯独我每天凌晨起床背单词，找日本人练习对话，周日去郊外爬山、游泳，保持军人的形态与精神。"

"怪不得，你的精气神越来越棒了。"

"日本陆军各联队来挑选士官候补生。我在各项考试中均获第一，打靶弹无虚发，于是被破格选拔到京都的第十八步兵联队。不过，传说陆军士官学校前三名被中国留学生包揽，蔡锷、蒋百里获天皇御赐军刀，纯属以讹传讹。

"十年前，有个叫常凯申的浙江同学，振武学校毕业后去第十三炮兵联队实习，竟只能做马夫，连炮都没摸过，开小差溜回中国参加辛亥革命了。这样在日本蹉跎岁月，几年没读上大学，半途而废的留学生很多。"

　　正月初一，齐远山参加了一次秘密行动。士兵们趁夜潜伏在嵯峨野，目睹雪地里六具战国名将的盔甲，彼此格斗之后，突然失控砍杀了京都大学的教授与学生。

　　"北洋，我认出了穿着学生服的你。军官下令杀死所有目击者。但我把枪口抬高两寸，否则以我的射术，即便借着夜色与茂林，任何人都难以逃脱。"

　　"这我相信。"

　　"昨晚，军列从京都出发，装上五具战国盔甲，行驶到奈良县。我还来不及逛这千年古都，就运送五个大木头箱子来到吉野古坟。至于为什么，这是军事机密，我这样的候补士官生哪晓得？"

　　这一晚，聊到深夜，齐远山才出了帐篷，走到苍茫的吉野古坟前。

　　他看到寒冷月下，一条汉子裸着上半身，将一把武士刀舞得虎虎生风，真是"野蛮其体魄"的日本军人。

　　"齐桑！"

　　对方收回刀剑，抹去脸上汗珠，兴奋地捶了捶齐远山的胸口。

　　他叫秦田三郎，比齐远山大十岁，毕业于"陆士"，已有中尉军衔。此人相貌英武，个头在日本人里算高的，身体强壮，擅长剑道。秦田三郎自称祖先是秦始皇，日本秦氏后代。他还有两个爱好，一是古文物，尤其是日本盔甲；二是俄语，爱读列夫·托尔斯泰的小说，与起起武夫的外表南辕北辙。

　　秦田三郎换上军装说："中国有一种文物，镇墓兽，齐桑知否？"

　　"闻所未闻。"

　　"我听说，帝王陵墓中都有镇墓兽。不过嘛，镇墓兽的威力不仅在地下。一年多前在吴淞口爆发的战争，中国两派军阀大战，就有镇墓兽上了战场。"

　　想起尸山血海的吴淞之战，齐远山心有余悸："那是我第一次上战场。所谓镇墓兽就是英国人赠送的坦克。中国士兵从没见过这种东西，都是些文盲，就编了镇墓兽的传说糊弄人。"

　　"哦，齐桑，你可不要骗我哦。"

　　"我是堂堂的北洋军人，绝不会说谎。"

齐远山心里却嘀咕：而今的北洋军阀，都是毫无信义廉耻的浑蛋，满口谎言才是常态。

"好，二十年后，你必是中国的将军，而我也必是日本的将军。届时，大日本帝国与中华民国若有一战，你我各自带兵在战场上相逢，你会如何？"

中日若有一战？齐远山顺着刚才思路，必是尊敬长官，退避三舍云云。但要是这么说，不是被日本人看扁了吗？虽是小小的候补士官生，他仍挺胸抬头："中日若有一战，齐远山定当效法岳武穆，壮志饥餐胡虏肉，笑谈渴饮匈奴血，取敌方上将之首级，至死方休。"

"好！你是我所见过的最有骨气的中国军人。中国若都是你这样的军人，日中便不会开战，因为大日本帝国不会轻易进攻强悍的敌人。但若真有这一天，请君为国奋力拼杀，你我在战场上一决高下。日本军人鄙视胆小鬼，尊敬勇敢的敌人。"

吉野古坟

天亮了。

第十八步兵联队封锁了吉野古坟，再次响起《星落秋风五丈原》。

秦北洋带着九色与光离开军营，来到吉野山下的一处温泉旅馆。日本小姑娘拽着他说："哥哥，我们泡温泉吧。"

来到日本半年多，他还从未泡过一次温泉，便也欣然同意。男女授受不亲，秦北洋必须跟光分开。他脱了衣服，泡进充满硫黄气味的池子，裸露后颈的赤色鹿角形胎记。九色不喜水，蹲伏在池边，哀怨自怜。

再过半个月才是赏樱花的季节，许久才有两个客人跳进同一池温泉，便听到一声"Hata?"

他伸手挥去氤氲蒸汽，才发现是脱得光溜溜的羽田大树。

"羽田先生？原来你还活着？"

秦北洋惊叹之余，又看到羽田身边的男人，同样一张熟悉的面孔——盗墓贼小木，左手断了根指头，绝不会有错。

他来吉野古坟干吗？重操旧业吗？小木看到秦北洋与九色，同样慌张地捂着下身，就要逃出温泉，却被羽田一把拽回来："小木先生，别走啊。"

"我晕了，你们两个怎会在一块儿？难道你俩儿……"

秦北洋想到了令人难以启齿之事。

"别误会。"小木为自己辩护，"北洋，我是前些天才重新碰上羽田先生的。"

半年前，秦北洋、小木、海女还有欧阳家的两个小孩，同船抵达日本神户港。

在海女的苦苦哀求之下，秦北洋到底还是心软，没用唐刀砍下小木的脑袋。这辈子至今没亲手杀过一个人，哪怕是在吴淞口的战场上——他想把自己开的第一个杀戒，留给为养父母报仇的机会。

去年夏天，他们在大阪找了一家破旧的寺庙借宿。住持的汉文水平很高，拿了纸笔，通过文言文笔谈，秦北洋用工整的毛笔字写下"同是天涯沦落人，相逢何必曾相识"，寺庙住持是白居易的崇拜者，大为赞叹，便收留了这些异乡人。秦北洋一边攻读语言学校，一边在寺庙做工匠活。海女则在鱼市打工，杀鱼切片可是绝活。小木除了挖墓，别无所长，而日本人都是火化的，盗墓贼无用武之地，他只能在寺庙里给孩子们洗尿布。海女心甘情愿养活小木，这是他的福分……

"羽田先生，你们又是怎么碰到的呢？"

三个男人脱光了泡在一池温泉里，秦北洋故意离他们远点，又吩咐九色不要轻举妄动。

"对不起，我是个胆小鬼。旧历正月初一，京都嵯峨野，我没想到'灵魂机械体'盔甲竟然失控，当场砍死山本教授，而我吓得逃跑了。我盯上了京都的陆军步兵联队。他们曾经找过山本教授，希望把盔甲实验纳入军方计划。但教授拒绝了，他不想让盔甲成为杀人武器。"

"你们敢跟军部对着干？"

羽田在池子里舒展双臂："北洋，你尚未真正了解日本。大正时代，有两种势力，一是军部，都是冥顽不灵的疯子；二是德谟克拉西的势力。三年前，我的父亲参选国会议员，却在东京街头被一群军人乱刀砍死。他们憎恨政党与官僚，希望把日本变成军人统治的国家。"

"你是个好日本人。"

"北洋，你觉得日本人都是坏的？要记住，在这个世界上，从来没有坏的人民，只有坏的思想。"

秦北洋琢磨着羽田大树的话，但来不及多想："你还没回答我的问题呢。"

"陆军省也有我的眼线，我听说，一节军列从京都到了奈良，目的必是吉野古坟！"羽田大树拍了拍小木赤裸的肩膀，"半个月前，我在大阪一家寺庙上香，正好撞上小木先生。他可是挖墓的高手，他在地下的经验能帮到我。"

"是，承蒙羽田先生的关照。"

小木也学会说日本话了，看来很久没挖过墓，手都痒了。

"海女还好吗？"

"她很好，两个孩子也很好，我跟随羽田先生出来工作，拿到几百日元的酬金。我给他们买了新衣服和好吃的，海女可高兴了，我终于自食其力了。"

也许，这个男人不是来挖墓的，而是为了养活女人和孩子的。

秦北洋注意到小木的左侧肩膀，有个月牙形伤疤，乍看像个牛痘疤——他生于河南盗墓村，不可能种过牛痘。何况小木的疤痕，比普通牛痘更大，月牙形凹凸下，还有一个圆圈，仿佛日月同辉。

"你在看什么？"小木警惕地捂着肩膀，"这是我小时候受过的伤。"

"别误会，我跟你不是同一类人。"

"同一类人？"

小木完全误会了，秦北洋只是说自己跟盗墓贼不是同一类人。

澡堂门开了，三个姑娘进来，起先是光光的大腿，然后是赤条条的身体，不着一丝一缕，彼此用日语说笑，看到三个男人泡在水里，毫不介意，如同饺子下水，春光乍泄。

十八岁的秦北洋，面对白花花的肉体，青春蚌壳般的弧线，浑身燥热，淌下鼻血……

最后进来的是光。

日本人有男女同浴的习俗，光并不羞怯，秦北洋却吓得紧闭眼皮，捂着身体要害，狼狈逃出温泉……

少顷，羽田大树与小木也出来了，给秦北洋搓着后背说："装着山本教授的盔甲武士的五个大木箱子，已被运上了吉野古坟。"

秦北洋赤身站起，望向吉野山："今晚会出大事儿。"

初春之夜，冷月如钩。

漫山遍野的吉野樱花树在沉睡，静默地等待含苞绽放的好时光。

秦北洋与羽田大树、光和九色爬上山坡，小木穿着一身紧身衣服，背后有个大包，腰上缠绕绳索，一副盗墓贼的装扮。

俯瞰乱石堆砌的古坟，只见一块石头平台，五具战国名将的盔甲立于月光下——

本多忠胜的鹿角胁立兜黑糸威胴丸具足、伊达政宗铁黑涂五枚胴具足、真田幸村六文钱赤备具足、上杉谦信南蛮胴、武田信玄诹访法性之铠……

唯独制霸天下的丰臣秀吉马兰后立付兜具足，已在一个月前被九色的琉璃火球烧成灰烬。

柴油发电机搭建在古坟上，发出剧烈轰鸣，犹如古时山呼海啸的战斗声。古坟四周列队站着几十名士兵，为首的秦田三郎中尉抽出军刀，面对五具擦拭一新的盔甲，发出行动命令。

本多忠胜的盔甲先动了，长枪在半空中舞出寒光，而比身体动得更早的是头顶的鹿角。一个月前它的筋兜曾被损毁，已被来自陆军大学的工程师们修复了。接着是"独眼龙"伊达政宗的盔甲，它头顶的新月比天上的新月更耀眼夺目。武田信玄犹如重回川中岛，坐在古坟上指点江山。真田幸村作为曾经的武田家臣，举刀护持左右。上杉谦信头包僧侣的白布，恍若毗沙门天王，遗世而独立。

山坡上的秦北洋看得真切——每具盔甲的背后都连着一根电线，通往轰隆隆的柴油机，成为名将之魂与柴油电力的混合体，就像镇墓兽的动力来自灵石心脏。它们在古坟上做出各种劈杀动作，比在京都嵯峨野更灵活，力量也更持久。

联队长走到盔甲面前，手中挥舞军刀，口中念念有词。在他身后的伊达政宗，竟做出相同动作。接着是本多忠胜、真田幸村、上杉谦信与武田信玄，全成了联队长的提线木偶，模仿他的动作，劈刺砍杀，闪转腾挪。

胸口的玉坠子又热了，秦北洋遽然明白——在一定时间与空间条件下，只要有指挥的人做出动作，盔甲们都会有同样行为。

如今是一个人指挥五个盔甲，将来一个人就能控制千军万马，将是多么强大的武器！

"灵魂机械体"的战国名家盔甲，若是日本批量复制生产，用于侵略中国，比如觊觎已久的东三省与山东，必将把孱弱的北洋军阀杀得片甲不留。

秦北洋让蠢蠢欲动的九色少安毋躁，捡起一枚石头，分量颇为沉重，月光下瞄准古坟上的盔甲，左手指向目标，右手划出月牙般的弧线。

石头飞过初春的月光。

光屏着呼吸，但见石头闪闪发光，像一枚坠向地球的流星，精准地击中上杉谦信包着白布的头顶。

从高处飞来的沉重石块，加上秦北洋惊人的臂力，当下砸得盔甲东摇西晃，居然硬撑着没倒下。原本动作整齐划一的战国大名，被这突然一击打乱阵脚，上杉谦信的盔甲内部发出一阵阵爆裂声，连同整座古坟都已震动……

联队长惊慌回头，发现自己高高飞升到半空，俯视下面的五具盔甲。上杉谦信的武士刀正在滴血，还有一个军官的身体，站在古坟上张牙舞爪，脖颈处往外喷射鲜血。

头呢？

哦，联队长才发现自己的头在天上飞，战国名将盔甲已斩下他的头颅。

士兵们看到联队长被砍死，纵然铁打的军队也开始慌张。秦田三郎下令大家保持肃静。但五具盔甲已完全失控，疯狂地冲向所有活人。三八式步枪向盔甲开枪，子弹虽可洞穿坚固的南蛮胴与筋兜，却无法消灭穿戴盔甲的灵魂。

日本刀在古坟上飞舞，以年轻日本士兵的鲜血为祭品，无数人头飞落到乱石丛中。枪声、惨叫声、肢体断裂声、刀剑碰撞声……

又是一场杀戮，在吉野古坟的月光下。

秦北洋抓住光的后背，让她不要惊慌。日本盔甲毕竟不是镇墓兽，一旦激活便只剩下战场上的杀戮本能，根本无从分辨敌我，凡是活着的人类包括动物，都会成为攻击对象。

果然，一只被惊起的飞鸟腾空而起，就被伊达政宗砍作两半。

士兵们被杀得差不多了。举起军刀抵抗的秦田三郎，也倒在血泊中。最后一名士兵，绝望地投掷出一枚手榴弹，正好在柴油发电机的油箱上爆炸。

天崩地裂的巨响，震得秦北洋的耳膜发痛。古坟上升起黑色与赤色混合的烈焰，充满柴油烧焦的味道，整片吉野山被烟雾笼罩。乱石几乎飞到山顶，秦北洋用身体保护住小女孩。山风徐徐袭来，吹去碎屑与黑雾。

某种程度来说，是秦北洋扔出的一枚石头杀死了那么多人。

他蒙着口鼻往下观望，古坟犹如战场废墟，布满柴油机与士兵遗骸，中间炸出一个大洞。

尘埃落定……

童男童女

第三十二章

秦北洋、羽田大树、小木还有光，全都从山坡下来了，一马当先的是九色。

古坟成了新坟，堆积一具具被斩杀的尸体。只有个名叫秦田三郎的军官还活着，但已身受重伤，全然失去意识。秦北洋低头寻找盔甲残骸，更想找到齐远山，却一无所获。羽田用手电筒照着古坟顶上的大洞，黑咕隆咚，犹如地狱深渊。

忽然，古坟深处传来一阵"救命"声，先是日本话，再变成中国话。

秦北洋眉头一挑，趴在洞口大喊："齐远山！"

遥遥地底，传来回音："北洋，救我！"

哪怕刀山火海，秦北洋也要下去救他。

"我跟你下去。"羽田大树翻下洞口，潜入陡峭的地道，"是我资助了盔甲'灵魂机械体'的实验，我必须承担责任。"

九色与光，小女孩和大狗，加上年轻的盗墓贼，也跟着一起下来。

到了这种地方，小木却是如鱼得水，简直熟门熟路。

秦北洋屏着呼吸，手握三尺唐刀，一路触摸地道四壁，到处是人工开凿的痕迹，包括被切割打磨过的石条，这是石匠的老手艺了。

话音未落，黑暗中闪出一道寒光，加上独眼龙伊达政宗的新月形头盔前立。秦北洋用唐刀猛力阻挡日本刀，但是地道狭窄，又要保护身边女孩，反而落在下风。盔甲的力道十分惊人，他被推到石壁上，竟冲开一道石门。

光抓住他的腰，两个人一同坠落，犹如万丈深渊……

吉野古坟深处，秦北洋重重地砸在石头上。光直接落在他的胸口。他在地上摸起唐刀，什么都看不到。

"九色！"秦北洋扯开嗓子向头顶高喊，"羽田……"

石头天花板弹来回音，名副其实的地狱。他微微叹出口气，坐倒在地。

光把他拽起来："我还不想死啊，哥哥，你一定要找出逃生的路。"

"对不起，光。"

虽然是日本，但秦北洋想起中国古墓的结构，一旦坠入到这种空间，基本没有逃生的可能，要么被镇墓兽吃掉，要么活活饿死……

秦北洋和九色分离了，就像缺少了眼睛和耳朵，还少了一只有力的胳膊。

墓道永无尽头，也没有光，还是两个人已经死了，灵魂在通往幽冥的路上漫步？

小女孩在哭，靠着秦北洋的胸口："哥哥，你有喜欢的女子吗？"

"有。"

这个毫不犹豫的回答，让她停顿片刻："她叫什么？"

"安娜。"

秦北洋用指尖在光的手掌心，分别用汉字、片假名、罗马字母写出"安娜"。

他一想起欧阳安娜，心跳也变得安稳了，闭起眼睛，深呼吸。无边的幽暗世界中，浮起一双琉璃色的眼睛，如同南洋深海里的荧光生物……

前头亮起一点绿色的光。

他抓着光，朝着那道光飞奔而去。光影四周是影影绰绰的人群——灰色或赤色面孔，细长眼睛与鼻子，头顶绾着发髻，有男有女，要么是儿童，顶多是少年，衣服形制却不像日本人。秦北洋大胆触摸，都是烧出来的陶俑，表面覆以彩绘，栩栩如生。地上有几把青铜剑，时隔千年仍锋利无比。在北京德胜门内陇西堂潜伏时，他见过许多战国秦汉的古剑，都是如此模样。

这是一座秦汉古墓？

恍惚间，他听到噌噌的响声，无数陶土被打烂，一双绿色光亮，正向着秦北洋奔来。

他把光护在背后，三尺唐刀横在身前。

秦北洋看到了一个怪物。

怪物也是个女孩。

十一二岁的小姑娘，梳着秦汉年代的发型，金光闪闪的皮肤，还有小翘鼻子。

她是童女，细细的胳膊，却没有腿！

或者说，她有四条野兽的腿，就像老虎或豹子，镶嵌着锋利的铁爪。体内响起某种机械的热量与摩擦声。

童女镇墓兽？

秦北洋的头皮发麻，第一回看到日本的古墓里也有镇墓兽。半人半兽的设计，就像秦北洋与父亲为光绪皇帝建造的镇墓兽"大犬"。

童女痴痴地凝视光的眼睛，仿佛看到同龄的小伙伴，嘴角微微上咧。

她在笑，天真无邪的笑。

光也笑了。

她反而走到秦北洋的前头，想要伸手触摸童女的脸。

秦北洋将她拽回来，头顶一声巨响，有个沉重的家伙砸下来——赤色盔甲，头顶披着雪白熊毛，鬼面具里看不到眼睛——武田信玄的诹访法性之铠，仿佛身后还在飘扬"风林火山"的孙子四如军旗。

它举起日本刀，砍中童女镇墓兽的面门，劈出一道细细的裂缝，锋利的刀刃也折断了。

童女露出痛苦与悲伤的面容，转身露出后背……

它的背上还有一张脸。

一张小男孩的脸，同样十二岁左右，面孔竟有些像秦北洋小时候。

童男留着秦汉发髻，一副愤怒表情，举起粗壮的胳膊，一拳把武田信玄的盔甲打得粉碎。

"灵魂机械体"的日本名将盔甲，威名赫赫的"甲斐之虎"，战国第一名将，在镇墓兽面前不堪一击，非但外壳化为齑粉，腹中被改装过的微型内燃机与蓄电池同样飞溅而出，犹如被掏空的内脏和肚肠。

童男镇墓兽再次转身，又变回童女的面孔，它不再悲伤，而是露出小女孩的嘻嘻笑脸。

这既非童男镇墓兽，也非童女镇墓兽，而是童男童女合体的镇墓兽。

就像一枚铜钱的两面，正面是童女，背面则是童男。它有两双不同的胳膊，却共用同一个身体和四条兽腿。

童男童女镇墓兽看到了秦北洋手中的唐刀，就跟盔甲手中的日本刀一样，都是极不友好的凶器。它们的胳膊揍向秦北洋，就像在学堂打架斗殴的孩子。

这一拳快如闪电，没有九色在身边保护，秦北洋眼看要被打成粉末……

十二岁的女孩，一滴泪珠从脸颊滑落到唇上，为自己与哥哥同归于尽而悲伤。

转瞬间，童男童女后退了。秦北洋从这尊镇墓兽的脸上，看出了某种端倪。他想起京都妖怪博物馆的千年老婆婆，临死前唱过的那首古老的歌，便也脱口而出……

东方之日兮，彼姝者子，在我室兮。在我室兮，履我即兮。

东方之月兮，彼姝者子，在我闼兮。在我闼兮，履我发兮。

有人说，这是在婚礼上唱的歌；也有人说，是男子回忆与女子幽会的情诗——"东方的太阳啊，那美丽的大妞儿，就在我的家里哟，就在我的家里哟玩耍。东方的月亮啊，那美丽的大妞儿，就在我的卧室哟，就在我的卧室哟玩耍……"

三千年后，日本吉野古坟，童男童女镇墓兽，竟听懂了秦北洋用山东话唱的《诗经·齐风·东方之日》，尽管现代山东话与古汉语相去甚远，他的娘亲就是山东人，当年秦北洋跟着老爹学会了山东话。

童女面露淡淡的忧伤，旋转过来，童男也是悲戚之色。两双绿色目光渐渐暗淡，直到再也不动了。

镇墓兽失灵了？还是失去灵石的动力？这首歌像有魔力，竟将童男童女催眠，重新陷入两千年的沉睡。

光趴在他的背后问："哥哥，你在唱什么？"

"童男童女故乡的歌谣。"

"他们的故乡在哪里？"

"春秋战国的齐国。这镇墓兽的灵魂是一对背井离乡的童男童女，还有这些精美的孩童与少年陶俑，都是来自中国的孩子。"

秦北洋摸到许多朽烂的破布，又触到一尊硕大的青铜器。他举起环首唐刀，刀背猛烈敲击青铜器，火星四溅，点燃破布，顿成星星之火。光帮他收集纺织品，连带自己的外套也烧了，做成一支简易火把。

幽暗闪烁的火光下，照出一座巨大的石棺。四周是各种陶土器，除了人形还有战马和帆船。地面散落不计其数的竹简残片，串联的编绳早已朽烂，竹简上的墨迹仍可隐约辨别。

其中几片竹简，正好重叠在一起，秦北洋居然看懂了，借着火光通读下来——

　　昔者庄周梦为蝴蝶，栩栩然蝴蝶也。自喻适志与！不知周也。俄然觉，则蘧蘧然周也。不知周之梦为蝴蝶与？蝴蝶之梦为周与？周与蝴蝶则必有分矣。此之谓物化。

《庄子·齐物论》，竹简上的字是李斯创制的小篆，秦代许多石刻都有遗迹。还有些秦北洋无法理解的文字，估计是齐、楚、燕、韩、赵、魏六国文字。

种种迹象表明，所谓吉野古坟，便是两千多年前东渡日本的徐福坟墓。

秦北洋在北大偷听历史课时，王家维教授说过，镇墓兽盛极一时的年代，乃是诸子百家的春秋战国。徐福是齐国人，他的前辈齐国阴阳家邹衍，始创"金木水火土"五行学说，又提出"大九州说"，认为中原不过是世界的一小部分，在海外还有广阔的土地，倡导海外航行与探险殖民。秦始皇既为求长生不老之药，也为开拓疆土，派遣徐福率领三千童男童女出海。徐福一去不复返，却在日本列岛开辟新天地。

日本吉野山的徐福墓中，秦北洋慨叹，若是再多几个邹衍与徐福，焉为知率先发现美洲新大陆的不是哥伦布而是中国人呢？

羽田大树的祖先，也是秦氏的祖先之一，想必为徐福制造了这尊童男童女镇墓兽。

童男童女必能听懂《诗经·齐风》，尽管音韵变迁，但意蕴从未改变。秦北洋算半个山东人，三千童男童女的老乡。

还有满地竹简残片，说不定是秦始皇焚书坑儒而失传的古书？当年，秦国以外的官方史书，没有实用性的杂书，包括方士之书全部烧了。徐福是个方士，既已东渡日本，想必带上许多被焚的禁书，来这片蛮荒之地传递文明。纵使这坟墓里堆满金山银山，相比失传的古书典籍，也不过是废铜烂铁。被湮灭的先秦历史、诸子百家思想，才是无价之宝呢。

所谓大和民族的发祥地，历代天皇的宫殿与古坟，竟都来源于徐福？

忽然，秦北洋听到石头滚轴的转动声，地宫里长大的他明白——墓室门被打开了。

两道石门从尘埃中清晰起来，门缝里探出一个火把，颇为熟练地转了转，确认有了氧气才进来，这是盗墓贼的标准动作。

小木进来了。

这个小盗墓贼，鬼鬼祟祟，畏畏缩缩，像个扫地雷的工兵，却迎面撞上了秦北洋，吓得几乎魂飞魄散。

羽田大树、齐远山也进来了。最后是九色，秦北洋喜不自禁。它已化作幼麒麟镇墓兽，威风凛凛地竖着雪白鹿角，吐出琉璃火球，给大家充当照明之用。

羽田大树与齐远山点着火把，惊讶于地下世界的陶俑、兵器、车马坑……

齐远山拥抱秦北洋，惊魂未定地说，当盔甲实验出现意外，柴油机爆炸时，他坠入了古坟洞口。五具盔甲也都掉下来了，幸好他被嵌在裂缝里，一直熬到九色降临。

"九色用鹿角和琉璃火球，分别消灭了四个战国名将。"羽田大树气喘吁吁，"也是它感应到了你的气息，一路追逐到这里，将武田信玄逼得坠入洞中。"

秦北洋揉了揉小镇墓兽的赤色鬃毛："又是九色救了我们。"

"还有我！是我找到正确的地道，发现了地宫的墓室门，否则大伙儿早就迷路了。"

小木是来邀功的，这是盗墓贼的技术活。看着徐福的地宫，从小的职业习惯使然，让他双眼放射金光，真想大干一场。

秦北洋将唐刀架在他的脖子上："什么都不准碰。谁要是敢盗墓，我就砍了谁的脑袋！"

话音未落，地底升起一股热流。

脚下开始剧烈摇晃，石头碎屑掉落，墓道渐渐坍塌……

"地震啦！"

羽田大树大喊一声。日本三天两头地震，秦北洋在京都也遇到过一两回。但这次动静不小，在这深山古墓颇为凶险。大伙儿蜷缩在一块，找个凹陷三角区躲避乱石。光的身材娇小，干脆躲在秦北洋怀里。

九色的青铜外壳可以抵挡冲击，头顶生出雪白鹿角，华盖般张牙舞爪，像一面没有伞面只有骨架的大伞，成为所有人的地震避难所。

地震只持续了短短的几十秒。

大家被烟尘灰屑呛得喘不过气，秦北洋的后背和胳膊被锋利的石片划伤了。光撕下自己的衣服为他包扎。

齐远山往前探了几步，根本无路可走，地震破坏了墓室门，到处是沉重的大石头。

小木哭丧着脸说："看来出不去了？我在中国盗墓没死，反而死在了日本的墓里。"

"别说丧气话。"

秦北洋真想揍他一顿，小木并不惧怕："我死也就算了，只是海女好可怜，还有她的两个儿子，已经学会叫我爸爸了。"

"真要死在这里了？"齐远山抓着秦北洋的手，"好在你我死在一起，也不枉兄弟一场。"

绝望间，地宫中心亮起一道红光，刺得大伙儿睁不开眼。

徐福的石头棺材盖板，刚好在地震中移动了，露出一寸左右缝隙。

第三十三章

徐福有话说

石棺开了。

整片红光从棺材里泄露而出。轻轻一碰，棺材盖板竟自动打开，一股寒流从肚脐眼侵入体内……

秦北洋期待看到墓主人徐福的骨骸，两千年来的第一个目击者。

石棺内没有骨骸，只有一个身着黑袍的白胡子老头——皮肤、肌肉还有须发，完好无损，栩栩如生，道骨仙风。

徐福的尸身丝毫没有腐烂。

令人震惊，秦北洋的小腿肚子打战儿，但他担心就像有些盗墓贼打开棺椁，空气接触到原本完好的遗体，瞬间灰飞烟灭。

一分钟后，徐福依然好好地躺在石棺里。

其他人凑过来，羽田大树看到徐福真身，作为三千童男童女的后代，立刻跪下磕头："徐福大人，请饶恕我们不敬。"

盗墓贼小木，忍不住伸手要往棺材里摸，却被齐远山一把扣住脉门："别乱动。"

秦北洋拧起眉毛，仔细打量这具两千年不腐的尸身，总感觉哪里有些奇怪。

光把细细的手指伸入石棺，摸到徐福的鼻子前，尖叫一声："他有呼吸。"

大家惊恐到了极点，纷纷找地方躲藏。两千年前的棺材里，躺着一具尸体不算吓人，躺着一具活人才是最诡异可怕的呢。

不仅有呼吸，还有体温的热量。

秦北洋倒是要窒息了，但他壮着胆儿，站在石棺前，默默地注视徐福的眼皮。

眼皮在动，或者说，是眼皮底下的眼球在转动。

通常这是人睡着后做梦的表现，徐福在做梦，他的"死亡"，就是一场漫长的梦境？秦北洋想起《庄子·齐物论》的竹简，他是梦见自己成了蝴蝶，还是成了皇帝？

徐福睁开了眼睛。

两道在地底隐藏了两千年的目光，带着凌厉的寒气。秦北洋的膝盖颤抖，几乎要给复活的徐福跪下。石棺里的人在看着他，目光竟有些慈祥，就像看自己孩子，三千童男童女之一。

徐福的嘴唇缓缓嚅动，奇怪而艰难的表情，秦北洋真想给他送一杯水。可又想起这两千年没经过饮食的肠胃，会不会拉肚子？或把五脏六腑弄腐烂了？

两千年的男人，张开嘴，吐出一团浓黑烟雾，源源不断地冲出石棺，盘旋在地宫上空，犹如一团云朵，又变成几百只黑色的蝴蝶。

一只黑蝴蝶停在秦北洋的肩上，又翩翩然飞走。这是沉积在徐福体内两千年的空气，抑或气管和肺叶已变成蝴蝶巢穴……

刚才眼球转动的徐福，犹如庄周梦到了蝴蝶。

"汝……汝……汝……"

徐福竟要开始说话了，秦北洋豁出去了，把耳朵贴入棺材，倾听两千年前的声音——

"汝……是何人？"

沉睡了两千年的墓主人，终于说出一句完整的话。

秦北洋靠近徐福的耳朵，低声说："我是秦北洋，徐福君否？"

"吾乃齐人徐福，方士也，吾见始皇帝，伪辞曰：东南至蓬莱山，见芝成宫阙，有使者铜色而龙形，光上照天，有长生不老仙丹。吾伪托神曰，以令名男子若振女与百工之事，即得之矣。秦皇帝大说，遣振男女三千人，资之五谷种种百工而行。吾得平原广泽，止王不归矣。"

秦北洋颇为费劲地听懂这段秦汉音韵，竟与太史公的《史记·淮南衡山列传》不谋而合，有的语句还一字不差。

"君已炼成长生不老仙丹？"

"诺，吾已服之，生而入椁，以避人间乱世。一梦越万年，求千秋百代之后，天下大同，永享安乐。"

徐福这番气若游丝的话语，秦北洋听懂了七八成——两千年前，徐福炼成长生不老仙丹，服下后活生生躺入棺材，埋在这座古墓地宫。他是明白人，晓得日后天下纷扰，就算一辈子做海外岛主，也总有被推翻的一天，到时候白刀子进红刀子出，人头落地，再厉害的仙丹也不管用。徐福有个漫长的计划，躲在棺材里睡一觉，梦醒时分，说不定人类已进入上古圣贤的大同之世，科技昌盛，社会文明，总比留在秦朝乱世荒岛上度日强吧。

这个齐人方士可太会算计了。

京都的老婆婆妖怪没有说谎，她也是三千童男童女之一，徐福身边的侍女，偷吃了长生不老仙丹，在人世间悲惨游荡两千年，一个月前被秦北洋和九色所杀。

躺在石棺里的徐福又问："汝可知始皇帝？"

秦北洋战战兢兢地回答："一统六国，书同文，车同轨，废诸侯，建郡县，焚书坑儒，千古一帝！"

"始皇帝已传至几世？"

"二世而亡。"

"嗟夫！暴秦终亡矣！二世三世以至万世，传之无穷？宛如庄周一梦。"徐福有些激动，音量渐涨，"秦亡后，战国七雄复起乎？吾齐国复起乎？"

"话说天下大势，分久必合，合久必分。周末七国纷争，并入于秦。及秦灭之后，楚、汉纷争，又并入于汉。汉朝自高祖斩白蛇而起义，一统天下，后来光武中兴，传至献帝，遂分为三国。"

秦北洋干脆背出《三国演义》第一回的开篇，正好归纳秦汉以来的历史。

"三国？"

"蜀汉、曹魏、孙吴。"

就差再说刘关张桃园三结义，诸葛孔明星落秋风五丈原了。

"三国归晋，五胡乱中华，晋室衣冠南渡，继为南北朝。隋文帝统一，唐朝接踵而至，唐太宗李世民、唐高宗李治、女皇武则天、唐玄宗李隆基……安史之乱，盛极而衰，藩镇演化五代十国。赵匡胤兄弟再度统一，宋重文治不擅武功，辽夏金先后南下，以至金瓯缺。一代天骄，成吉思汗，扫灭西域万里至欧罗巴，灭金亡宋，崖山之后无中国。朱元璋驱除鞑虏恢复中华，明亡于内忧外患，前清入关，复归一统。西洋人东来，辛亥革命，皇帝退位。始皇帝起，清皇帝退，至今二千一百四十年。"

秦北洋憋着一口气，口若悬河地说完中国历史，心中做了计算——从公元前221年，嬴政统一六国，自称始皇帝开始，到现在公元1919年，恰好两千一百四十年。中国最后一个皇帝，如今还住在紫禁城里呢。中国最后两座皇帝陵墓，光绪帝的崇陵与袁世凯的洪宪帝陵，秦北洋恰好都参与了建造。中国第一座皇帝陵墓，秦始皇陵仍然躺在骊山脚下，等待盗墓贼或军阀挖开。

"吾之一梦，已越两千年矣。"

徐福眨巴眨巴眼皮，似有两团混浊的泪水滚动。

跟两千多年前的人对话，秦北洋内心澎湃。他又说起如今世界局势，中国早已衰败，沦为列强瓜分的猎物。美、英、法、德、俄、日、奥、意诸强争霸，恢复春秋战国年代的形势，一度被认为是强秦的德意志帝国，已在最近的世界大战中被打败。

人类历史的两千年，结果又转回去了。徐福听来颇为伤心，他本想沉睡到人类大同的那一天才醒，没想到这个大同还十分遥远呢。

徐福怆然道："北洋吾友，吾愿再眠二千载，静待大道之行也，天下为公，选贤与能，讲信修睦。故人不独亲其亲，不独子其子。使老有所终，壮有所用，幼有所长，鳏、寡、孤、独、废疾者皆有所养。男有分，女有归，货恶其弃于地也，不必藏于己，力恶其不出于身也，不必为己。是故谋闭而不兴，盗窃乱贼而不作，故外户而不闭，是谓大同。"

秦北洋听这段话咋那么耳熟，原来是孔子的《礼运·大同篇》。

公元前三世纪与公元二十世纪的对话结束，徐福面露微笑，再度闭上眼睛，已无一丝一毫的生气。石棺自动盖上，一丝缝隙都没露出。

第三十四章

长 生 不 死 之 死

羽田大树、齐远山、小木还有光，全都恍如梦幻。秦北洋有些后悔，应该再多问徐福一句，关于镇墓兽的问题，或地宫还有没有其他出口。

"徐福吃了长生不老之药，可以再等两千年，甚至两万年。可我们呢？"小木颓丧地坐倒在地，抓起一堆破碎的坛坛罐罐的陶器，"两三天完蛋了吧？互相吃彼此的肉，喝彼此的血，喝自己的尿多活几天。以前我跟着老爹盗墓，就听到过这种盗墓贼的传说。"

秦北洋又瞪了他一眼："那是为了吓唬你们不要扔下同伴不管。"

"刚才的地震很厉害，我们没有出去的路了。"羽田大树敲打破碎的地砖，"既然连徐福大人都见过了，此生无憾。在死以前，我还有最后一个问题。"

"说吧，但我不觉得，我们会这么轻易地死去。"

秦北洋是唯一没有失去信心的人，只要九色的琉璃色眼球还在放光，就还有希望。

"你知道镇墓天子吗？"

"羽田先生，你也在说这个？"

"奈良时代，我家祖先秦东胜，参加日本遣唐使团，远渡长安。当他在终南山遇到危难，受到一头年幼的麒麟庇佑。归国后发愿尊麒麟为保护神，建立神社世代供奉。"

这遣唐使与幼麒麟的故事，是否与武则天时代的终南郡王李隆麒有关？秦北洋摸着九色的赤色鬃毛："怪不得，你想重金购买九色——

不，是幼麒麟镇墓兽。"

"秦东胜目睹过乾陵的建造，也听说过女皇武则天的孙子，睿宗李旦之子，终南郡王李隆麒之死。而在这位少年身上，埋藏有打开乾陵的钥匙。"

"随着天子级镇墓兽在乾陵地宫潜伏越久，超过一千两百年，力量要比在唐朝时强大无数倍——这是乾陵的地理位置决定的。八百里秦川的关中，乃是中国以至整个东亚最强的龙脉。乾陵在龙脉的龙脉之上。明朝以前，除了秦始皇陵，几乎所有帝王陵墓都被挖过，唯独乾陵是安全的。"

羽田大树看了一眼九色，若有所指地说："在二十世纪的科技昌明之前，要打败最强的镇墓兽，那么必须是镇墓兽的复数。"

镇墓兽的唯一天敌，就是镇墓兽，这个句式几乎是颠扑不破的真理。

秦北洋却想起了两个字——"钥匙"。

唐朝小皇子是一把钥匙，秦北洋自己也是一把钥匙。

十二岁的光狠狠扭了他一把："哥哥，不要说什么神话故事了，快点带我出去吧。"

"出不去了。"小木环视两千年来的皇陵地宫，又说了丧气话，"我们都会在这里饿死、渴死的。"

秦北洋都没力气揍他了，绝望气息感染到了每个人，光也趴在九色身上说："嘿，唯独你是不用害怕的。你就是镇墓兽，可以在坟墓里长生不老，对吗？"

"长生不老？"小木开了窍，"等一等，这座徐福的地宫里，会不会有长生不老之药？"

齐远山也砸了下拳头："徐福的长生不老，我们都亲眼见证了，既然他服用过仙丹，很有可能把仙丹作为陪葬品？"

不用再讨论了，大家只需做一件事——疯狂地在陵墓里寻找长生不老仙丹。

秦北洋本要阻拦，但无济于事，羽田大树也打破坛坛罐罐说："我们不是在抢劫，而是拯救自己性命。如果吃下长生不老仙丹，至少可以活到逃出去为止。"

光也翻箱倒柜，将青铜器里的金银珠玉都挑出来——在死亡面前，这些宝贝一钱不值。

"你忘了妖怪博物馆的老婆婆了吗？"秦北洋还想劝说小女孩，"她纵然长生不老，还不是孤苦两千年而亡？"

"哥哥，我想不到两千年，但我只活了十二年啊，你就忍心见我几天后饿死吗？要么这样，你把我吃了吧，哥哥还能多活几日。"

"小冤家。"

秦北洋只得帮着光一同寻找长生不老仙丹。

一伙人找了大半天，点亮所有灯火，连一根仙丹的毛都没见着。

"就这么等死了吗？"

小木喃喃自语，一抬头，见到地宫中央的石棺。身为盗墓贼，怎能把它给忘了？

他捡起一支长矛，刺入棺材盖板缝隙，用尽吃奶的力气，重新撬开徐福的石棺。

秦北洋见状高呼："小木，你疯了！"

石棺打开，小木看到了徐福的真身——沉睡了两千多年的男人，目睹过秦始皇帝，率领三千童男女东渡日本的大探险家。

在白鹿原大墓的棺椁里，小木也看到过一千两百年而不腐的唐朝小皇子。他沉住气，就像当年盗墓摸尸，先从棺材边缘摸起……

他掏出一把青铜宝剑，又拿出一枚尖辣椒形状的玉坠，最后是一面铜镜。

当小木把这三样东西摆在棺材盖上，羽田大树不仅跪下惊叹："三神器！"

"草薙剑、八尺琼勾玉、八咫镜？"

十二岁的光，也准确地说出这三样宝贝的名称。

羽田大树频频点头："小姑娘，你必定来历非凡。《日本书纪》和《古事记》记载：三件神器，是天照大神传给天皇家族的宝物，简称'剑、镜、玺'。凡是天皇登基，都要继承这三件神器，才能具有合法性。

"就像中国的传国玉玺——秦始皇命李斯在和氏璧上篆刻'受命于天，既寿永昌'八个字，传递给历朝历代，皇帝得这方玺者，方得天下正统。

"日本的三件神器，除了天皇及身边最亲近之人，没人亲眼见过。坊间也有大不敬的流言——真正的三神器，早已毁于战乱，如今珍藏在皇宫中的，乃是后世的赝品冒牌货。"

"真品在徐福墓中，在我们眼前？"

秦北洋惊叹这青铜剑、琼勾玉与铜镜，分明是秦代规制，显然是在中国制造，由徐福带来日本，又被他陪葬入棺材。日本皇室的三件神器，难道是这三件宝贝的赝品？

他们正聊历史，趴在石棺上的小木，却已摸到了徐福的身体。长生不老沉睡之身，断绝了一切新陈代谢，近乎死人的冰冷，犹如冬眠的老乌龟。小木以前盗墓时在死人身上摸，这回却是在两千年前的活人身上摸，真怕徐福会被摸到胳肢窝痒得笑起来。

终于，小木在徐福的肚脐眼上，摸到了一个漆木盒子。

双手颤抖着打开盒盖，藏着十几粒赤色丹丸——这是道士修炼的丹药形状，据说很多皇帝都是吃这种东西归天的，比如明宫三大案之一的"红丸案"。

突然间，躺在棺材里的徐福睁开眼睛，射出两道金色的目光。

一只枯瘦的手，抓住小木的胳膊，让他惊骇地动弹不得。

徐福缓缓张嘴，一团黑烟滚滚而出，响起秦朝的声音："盗墓贼乎？"

"王八蛋！放开我！"

看着徐福的双眼，小木的心脏都要吓得碎裂了。他本能地放下漆木盒子，抓起秦朝的青铜剑，眼一闭，心一横，一剑刺下……

"不！"

电光石火之间，秦北洋与羽田大树再要阻拦已来不及了。

鲜血，两千多年前的鲜血，从徐福的胸口喷涌而出。为他陪葬的青铜剑，径直刺破了他的心脏。

他的血是黑色的，几乎喷了小木一脸，让他惊恐地大声尖叫，撒开双手。

秦代青铜剑，依然插在徐福的胸口。这位追求长生不死、向往目睹大同世界的老方士，似乎不相信自己竟会这样死去。死得如此窝囊而不堪，死在如此无名小辈手中。

纵然千年不朽，终难免死于血光，长生不死之死。

"人间五十年、下天のうちを比ぶれば、夢幻の如くなり！"

光在低声吟诵幸若舞《敦盛》，织田信长在奇袭桶狭间前唱过的句子。

秦北洋若有所悟，搂着小女孩的肩膀说："别说是五十年，两千年又奈若何？"

话音未落，徐福两千年的身体已瞬间腐烂……

皮肤与肌肉分离，变成一片片的羽毛，随着黑血升上半空，内脏和大脑迅速萎缩，如同尘埃灰飞烟灭，只剩下一把朽烂的枯骨。

小木的头皮发麻，看着石棺里的残骸，屹立不倒的青铜剑，心想连活了两千年的徐福都被他杀了，天下间，还有谁人值得惧怕呢？

他打开漆木盒子，掏出一粒赤色仙丹，塞到自己口中。

火辣辣的滋味，像放了花椒，整个口腔与舌头都麻了。他不敢用牙齿咀嚼，直接囫囵吞枣地咽下肚子。

真是长生不老仙丹？也许是，也许不是，也许是致命毒药？

秦北洋、光、羽田大树、齐远山，包括小镇墓兽九色，目瞪口呆地看着石棺上的小木。

这二十出头的小盗墓贼，刚完成了两千年来，谁都没能完成的两桩大事——杀死徐福，服用长生不老仙丹。

如果加上白鹿原大墓棺椁里的千年一吻，小木已办了三件惊天地泣鬼神的大事儿。

河童

"为了活下去，我们要吃长生不老之药。"

齐远山抓起一把秦朝铁戈，就要去跟小木拼命，没想到这把戈的长柄，正好撞到沉睡中的童男童女镇墓兽头上。

童女睁开眼睛，放射出绿色的光。

须臾间，童女转身变成童男，原已被秦北洋的《诗经·齐风》"东方大妞"催眠了，却再度被人间侵扰惊醒，不断转变两副面孔，忽而悲伤，忽而欢快，忽而凝思……

他（她）爬到石棺旁边，见到守护了两千年的墓主人徐福，已化为枯骨与灰烬，不禁号啕大哭，同时目露凶光。

盗墓贼小木，竟已脚底抹油，怀揣长生不老之药的漆木盒子，不晓得逃到哪里去了。

幼麒麟镇墓兽九色冲到秦北洋身前，就要与童男童女镇墓兽决一死战。

"停。"

秦北洋制止了九色的战斗企图。

光来了。

十二岁的日本小姑娘，对着童男童女嫣然一笑，竟然开始唱歌——

かごめかごめ

籠の中の鳥はいついつ出やる

夜明けの晩に
　　鶴と亀と滑った
　　後ろの正面だあれ

　　女孩的歌声婉转如流水叮咚，回荡在徐福地宫的穹窿之间，秦北洋费劲地听懂
了——

　　笼女笼女
　　笼中的鸟儿何时能出来
　　在黎明的黑夜里
　　鹤与龟滑了一跤
　　背后面的那个人是谁

　　这是日本妇孺皆知的游戏童谣，从室町时代流传至今。一个小孩扮鬼，蹲下蒙
着眼睛，其他孩子围着"鬼"唱歌。如果扮鬼的小孩猜出背后是谁，被猜中的就要
接替他扮鬼——夭折在子宫中的胎儿，转世前躲在亲人背后，便是"婴灵"。童谣
的气氛诡异，听了让人后背发凉。
　　果然，童男童女沉醉了，在地宫中两千多年，镇墓兽功能退化良多，就像老人
记忆力严重衰退，时常忘记自己为何而存在，只剩童心未泯。
　　秦北洋憋出山东口音对童男童女说："阿弟，阿妹，出路何在？"
　　他（她）听懂了，童男童女镇墓兽按下某个机关，地宫另一头暗门升起。
　　小木的背影一晃而过冲出去。这狡猾的家伙，躲入幽暗角落，观察镇墓兽动
向，趁机找到逃跑路径。
　　秦北洋招呼所有人跟上，跟随童男童女镇墓兽穿过暗门，就像《桃花源记》所
写的："从口入。初极狭，才通人。复行数十步，豁然开朗……"

　　豁然开朗。
　　秦北洋的眼睛要瞎了。四周亮起火光，如同白昼，大片阡陌田野，桃花在风中
摇曳，瀑布从山坡流下，济水浩荡而过，真想说"子在川上曰，逝者如斯夫"。他
看到一大片水域，琅琊台凭风而立，背后分明是崂山，远方高耸入云的泰山。还有

座硕大城池，有摩肩接踵的人影，这不是齐国都城临淄吗？头顶甚至有日月星辰、二十八星宿、北斗七星……

这是孔子与孟子、管仲与鲍叔牙、孙武与孙膑的故乡，徐福的三千童男童女在遥远的日本列岛，思念这片海滨故土，便在徐福的地宫深处修建了一座地下的齐鲁世界，陪伴棺椁中长生不老的墓主人。

齐远山自称齐国后裔，兴冲冲地上去摸了把桃花，才发现是假的。

整个齐鲁"桃花源"的一切都是假的，城池也是画出来的。羽田大树下跪磕头，他的祖先就是这些童男童女的一员。

小木在哪里？秦北洋挥舞着环首唐刀，还要找他算账呢。

突然，水里冒出个黑乎乎的小东西，像四五岁男孩，皮肤一会儿黑，一会儿蓝，又一会儿赤。小孩长着一张奇怪的脸，浑身鳞片，发如杂草，头顶有个碟子，手指间还有蹼……

"Kappa！"

羽田大树高声喊出，这是"河童"的日语发音。

来不及了，一个河童抓住光的脚脖子，哧溜就把她拽入水中。秦北洋冲上去扑了个空，又有一个河童拽住他，一同坠入地宫中的河流。

这水冰凉刺骨，恍若地下寒冰所化。秦北洋差点抽筋，在水里瞪大眼睛，竟看到几十个河童，快活地在四周游弋，如同幼儿园的游泳池。这些小家伙没有伤害光，就是围绕小女孩嬉戏相扑。但河童可在水下呼吸，人类却做不到。河童会把幼儿拖入水中溺毙，原来并非恶意，只是想一起玩耍。

秦北洋抽出唐刀，将一个河童劈成两半。河童慌张地逃窜，它们都是些胆小的生物。他终于把光抓住了，就像抓住一团柔软的水草。

九色克服了对水的恐惧，正要冲下去时，秦北洋夹着小女孩浮出水面。

光喝了好几口水，已没了呼吸，面色苍白，命悬一线。九色用脑袋摩擦女孩，用镇墓兽的热量替她驱散水底的寒气。

秦北洋拼命做人工呼吸，疯狂叫喊光的名字，嘴对嘴将自己气息吹入女孩口中。

终于，光悠悠醒转，睁开眼睛，看到秦北洋的嘴唇。

她大口呛出水，剧烈咳嗽，还阳回到人间，虚弱地说："哥哥，谢谢。"

秦北洋在水边喘息，看到一群幸存的河童，仍然在水下注视他呢，思量这从哪里来的凶神恶煞？

河童，又称水虎，北魏郦道元《水经注》："沔水中有怪物，如三四岁小儿，鳞甲如鲤，射之不可入。七八月中，好在碛上自曝。膝头似虎，掌爪常没水中，出膝头。小儿不知，欲取弄戏，便杀人。"

齐远山蹲在水边说："徐福的地宫，怎会有河童？这里都成了它们的巢穴。"

"两千多年啊，何况地震频发，再坚固的坟墓，也禁不住这么震动。"羽田大树做出解释，"我看这些水，都是山泉活水，必有秘道通往外界。河童顺着水流，就能进入徐福墓中。外边有人类侵扰，河童不得安生，只有在这里，它们才能活下去，也许是日本最后的河童。"

"小木已被河童拖入水中淹死了吧？"

羽田大树捶胸顿足："可惜这个浑蛋，偷走了长生不老之药。若是真的，不但能让我们延年益寿，要是逃脱这座地宫，出去仔细研究仙丹成分，将是科学上的一大进步，能帮人类克服生老病死的大难题。"

"全人类长生不老？"秦北洋轻描淡写地回答，"做梦吧。"

"我们要不再找找？徐福身上的漆木盒子，一定在这片水底。"

齐远山也被吊起胃口，就想跳入水中，却被秦北洋拦住："得了失心疯是吗？你也想淹死？"

众人正要争吵，光重新有了力气："别吵了，刚才我在水下，感觉水流很急。这座地宫不是绝对封闭，一定有通往外界的道路。否则，河童也无法生存的。"

"有道理啊，光。"

秦北洋发现河流尽头，明显有一股强烈的水流往外走。

"水往低处流，这不是往地底而去吗？"

羽田大树摇头："吉野山的地形复杂，旁边有深切的山谷，即便是在山坡底下，也可能高于谷底。或许，外面就是一道山泉溪流？"

秦北洋想到房山大墓下的北京海眼，他就是从水底下逃脱的。他也不管河童了，背着唐刀跳入水中，摸出一个狭窄的洞口。但成年人钻不过去，只有河童这种小孩体形的物种才能钻过去。

不过嘛……光，她就是小孩子，体形与河童相识。

"我不走。"刚被秦北洋从鬼门关里救回来的女孩，黏在他身边，"哥哥走，我才走。"

"我不要你这个妹妹了，从今天起，我不是你的哥哥，你快点走。"

小女孩哭了出来，羽田大树在她耳边说："光，你不逃出去，我们都会在这里困死。但只有你出去，才能找人回来救我们啊。"

光被说服了。

她捶了捶秦北洋说："哥哥，我一定会回来救你的。"

秦北洋跳下水，握着唐刀警戒河童。光憋了一口气，潜入水下缝隙，顺着湍急的水流钻出去……

光消失了。

秦北洋、羽田大树、齐远山，还有镇墓兽九色，枯守在徐福墓的地宫，看着永无休止的日月星辰，两千多年前的齐鲁风光……

不知等了多久，突然一阵巨响爆起，地宫墙壁上的"泰山"竟被炸开一个大洞。

尽是弥漫的烟尘，秦北洋命令大家都趴下，害怕会不会又是余震?

但他看到了太阳。

漫长一夜逝去，两千年来，初升旭日首次射入这片地宫，吉野山如同画卷展开。

童男童女在阳光下凝固的同时，密密麻麻的枪声响起……

一挺加特林、一挺马克沁，还有手榴弹，齐远山听得清清楚楚。童男童女镇墓兽，已被狂风暴雨般的子弹扫倒。几枚手榴弹在它头上爆炸，将青铜外壳炸成碎片。

这不是第一尊被现代武器消灭的镇墓兽，但是第一尊流血的镇墓兽。

秦北洋和羽田大树震惊了——童男童女的残骸流出鲜红的血，不是油污，也不是某种液体，而是真正生命的鲜血。

枪声停止了。秦北洋感到不可思议，他不仅看到了血，还有皮肤、连着血丝的肉、断裂破碎的骨骼，甚至白花花散开的脑浆……

终于，镇墓兽里露出两张面孔，这是活人的面孔：一个男孩子，一个女孩子，如同一个模子里刻出来，十来岁的双胞胎孩子。

不，现在变成死人了。

来自秦朝的活生生的童男童女，被两千年后的机关枪子弹打得粉身碎骨。

秦北洋脑中浮现一幅画面——这对双胞胎兄妹，三千童男童女之二，跟随徐福东渡日本。他俩年纪最小，没到豆蔻年华，徐福大人就已躺入棺椁，指令孪生兄妹陪葬。不是死了的殉葬，而是活着陪葬。也许自愿，也许被迫，兄妹服用了长生不老之药，被封存在镇墓兽外壳中，就跟石棺里的徐福一样，沉眠了漫长的两千多年。

活体镇墓兽？

这是《秦氏墓匠鉴》没记载过的大秘密，到底是真镇墓兽，还是伪镇墓兽？

忽然，从童男童女的心口位置，滚落出一颗热气蒸腾的灵石。

嵯峨光

第三十六章

吉野古坟，徐福大墓，齐鲁地宫。

这是秦北洋所见过最古老的灵石，公元前三世纪的古物，可惜被公元二十世纪消灭掉了。

只要有灵石，就是真正的镇墓兽，哪怕其中有两个大活人——他们的动力来自灵石，灵魂来自徐福大人。

秦北洋暗暗感叹，对于拥有无尽秘密的镇墓兽，自己所知仅冰山一角，可怜的一鳞半爪。

趁着阳光还没照到灵石，幼麒麟镇墓兽九色顶着雪白鹿角，披着青铜鳞甲，冲到被打碎的童男童女身边，一口咬住两千多年前的秦代灵石。

"九色！"

秦北洋无法控制它，眼看着童男童女的灵石像一块新鲜出炉焦香四溢的生煎馒头，被小镇墓兽九色囫囵吞下。

一年多前，秦北洋在东海达摩山屠龙之后，九色也吞下了恶龙镇墓兽的灵石。不久，它又吞下了金蟾镇墓兽的灵石。

现在这头幼麒麟镇墓兽体内，加上自身原有的那一枚，已有四块灵石了。不晓得它的肠胃（机器）能不能消化得了？

待到硝烟散尽，土黄色卡其布军装的日本士兵冲进来，数十支枪口对准了他们。

秦北洋抽出唐刀保护大家。刚刚吞食灵石的九色，中了几发子弹，但是皮糙肉厚，毫无影响，它正欲吐出琉璃火球，却听到一声小女孩的尖叫："不要！"

光回来了。

她的衣服还没干透，身边有个中年男人，穿着西服，头戴高筒礼帽，像明治时代的绅士。

"哥哥，请你们投降吧。"

看着光哀求的眼神，秦北洋放弃抵抗，控制住九色。在两挺机关枪和手榴弹面前，童男童女已粉身碎骨，九色就能幸免吗？

秦北洋、羽田大树、齐远山，变身为大狗的小镇墓兽，一齐被士兵押解上卡车。

军队排干了地宫中的水，却没能找到小木的尸体，包括长生不老仙丹的漆木盒子。

以地宫河流为巢穴的河童家族，因此全部死亡，终于成为民间传说中才有的物种。

军队用石头和水泥重新封闭地宫，包括童男童女镇墓兽的碎片。如果吉野古坟埋葬徐福以及"三神器"的秘密流传出去，恐怕会对日本、朝鲜、中国台湾等地的皇民化教育不利。

光被送上一辆奔驰轿车，中年男人抓着她的手说："跟爸爸回家。"

他是光的父亲。

昨晚，联队长给东京打了电话，父亲才立即赶来接女儿回家。

"该死的联队长，他欺骗了我。"

十二岁的女孩，回头望着吉野山上的古坟，樱花就快要开了啊。

当天，所有人从奈良转移到大阪。昨晚地震，造成严重破坏，沿途不少倒塌的房屋。

齐远山接受步兵联队审查，确认没有违反军纪，但鉴于部队已经毁灭，他被送回东京振武学校。羽田大树得以假释，带走了秦北洋的三尺唐刀。

光被父亲送回东京，但她有一个条件——必须带上九色。她说这条大狗是自己的"宠物"，发誓要好好保护它。

唯有秦北洋，被当作诱拐女童的嫌疑犯，羁押在大阪拘留所。这是个严重的罪名，可能判处三年以上徒刑。

他被关在单人牢房，度日如年地遥望铁栏外的春天。如果地宫也算监狱，这是第三次铁窗生涯。狱卒们骂他是"支那人"，还说他强暴猥亵了小女孩，这是他最无法忍受的污蔑。

数日之后，有人来探监了。

光穿着学生服，面无血色，几乎半透明的皮肤，清晰可辨青色的血管。

在狱警的监视下，她握紧秦北洋的手。

"你的手好冷。"

光的声音愈加微弱："哥哥，看到你就好了，我没事。"

"你不好，出了什么事？"

她把手缩回去，秦北洋抓住她的胳膊，就要去翻她的袖子管。

狱警的棍子揍在他的肩上。光一把推开狱警，鞠躬说对不起。她自己卷起袖子管，露出手腕的伤口，裹着纱布绷带。

秦北洋心疼地抓住她："怎么回事？"

"我要来看你，父亲不允许，我就在东京的家里割腕自杀。但我太傻了，这样割腕是死不了的。父亲为了让我不再自杀，才带我来大阪看你。"

小女孩说得从容不迫，最后一句面带微笑，好像小孩撒娇要买玩具，终于被父母允许了。

"你竟以死威胁，就为来见我一面？"秦北洋的鼻子一酸，头顶着小女孩的额头，"光，你可太傻了啊，你父亲也来了？他会恨死我的。"

"嗯，就在外边。"

"他是什么人？"

"我一直没说过我的姓氏，我叫嵯峨光。"

"嵯峨光？"

他自然想起京都的嵯峨野，亦是他和光相遇的雪夜。

"嵯峨家族属华族之列，源出三条氏，可上溯到奈良时代的藤原北家，在京都公卿中仅次于五摄家、九清华。"光无奈苦笑，并无任何自豪，"我的曾祖父对明治维新有功，被授世袭侯爵之位。我的祖母是明治天皇生母的侄女。"

"原来，你是日本的皇亲国戚，难怪你总是回答——我是光！"

"我确实是光啊，这是父亲给我取的名字。"

"但你的母亲去世，父亲给你带来继母，所以你离家出走了。"

"我还讨厌贵族的生活。我从东京逃亡到京都嵯峨野，这是家族的命名之地，嵯峨野的雪夜很漂亮。"她盯着秦北洋的双眼，"我很幸运，最危险的时刻，遇到了你，哥哥。"

"光，我也很幸运，能有你这个聪明又漂亮的妹妹。"

"哥哥，谢谢你陪我在西日本流浪的日子，这是我生命中最快乐的三十天。"

探视时间早已过了，狱警很给侯爵小姐面子。外面的嵯峨侯爵也等不及了。女儿对这个中国少年心心念念，像被下过迷药，做父亲的也担心过，光是否遭到过性侵犯，而对诱拐犯产生某种畸形依恋？但经过妇科大夫检查，光仍是在室的处女，绝无任何被侵犯痕迹。

她松开秦北洋的手，依依不舍地告别，眼角又滚出大团泪水。

不知该怎么安慰她，秦北洋强颜欢笑说："喂，你要听你父亲的话，在学校好好读书哦。"

"哥哥，我记住了。"

女孩已被狱警带出探望室，他又想起一句："九色怎么样了？"

"它很好。我发誓，我会把它送回到你身边的。"

远远听到她的哭声，秦北洋的鼻子发酸，酸到想要早点死去算了。

沙扬娜拉。

又隔两天，羽田大树前来探监。他说，光的证词没多大用，地方检察官仍然准备对他重判。羽田商社为他雇了关西地区最好的律师，但日方通知了中国领事馆，核实了秦北洋的身份——竟是北洋政府的通缉犯。

日本司法机构决定将他引渡回中国。

秦北洋心里清楚，一旦回到北洋政府手中，绝无活路，小徐不是个心慈手软的人。

一周后，秦北洋离开大阪拘留所，被全副武装的警察押解去神户港。

他盼望在天津下船以后，能看到欧阳安娜的双眼，然后去死。

跳帮

第三十七章

中华民国八年，日本大正八年，西历1919年3月25日，神户港。

初樱新绽，绚烂而短暂，犹如生命之坠落。樱花沿着港口的山坡，似洋洋洒洒的雪花，倒映在濑户内海水面上。

此处码头狭窄，许多船只挤作一团。紧挨码头的一艘船，将要开往中国天津。三名穿着北洋警察制服的男人，正在等候通缉犯。两国警察在舷梯上完成引渡手续。

秦北洋上了船，双手被绑着绳索，远离喧闹的乘客。其中一名警官，有着更高的警阶，虽把帽檐压低，仍然露出半张熟悉的面孔，浓黑的小胡子，鹰隼般的眼睛，京城大姑娘小媳妇的梦中情人，名侦探叶克难。

"叶……"

刚想说出他的名字，却看到旁边两个陌生的警探，立刻硬生生咽了回去，绝不能让别人知道自己认识叶克难。

叶克难装模作样地看着通缉令上的照片，教训杀人犯那样严厉地说："喂，小子，你就是秦北洋？"

"是。"

他用眼角余光注视叶克难。名侦探正东张西望，两个警探说快到船舱里去吧，别站在甲板上吹冷风。叶克难说急什么？他掏出两根烟分给大家，缓缓点起火柴，转瞬就被风吹灭了。他用手掌挡着风，连续划三次才点着。他不怎么用力吸，任凭烟头在风中自然烧掉，烟灰飞过秦北洋的眼前。

他在等什么？

这是靠近船尾的角落，甲板上略显寂静，无数海鸥从头顶飞过。秦北洋的心跳在加快。他明白，一旦自己被押入舱室，必然被禁闭起来，就再也没有逃生的机会了。

忽然，一坨雪白的鸟粪坠落到叶克难的肩膀上，笔挺的黑色警官制服被弄脏了一大块。

"哎呀我操！"叶克难的烟头刚好熄灭，狼狈地脱下上衣，再用手帕抹去飞溅到脖子上的鸟粪，"倒霉催的！"

另外两个警探急忙帮他收拾衣服，各自躲避鸟粪的袭击。叶克难从甲板上捡起杂物，像个大男孩往空中投掷，想要把海鸥驱散。

秦北洋强忍着不笑出来，他几乎肯定，叶克难是故意站在海鸥密集之处，等待被鸟粪炸弹的袭击。

名侦探，你不是来引渡逃犯的，纯粹是来插科打诨说相声的，影帝啊。

三个字：拖时间。

倒计时……叶克难尽情表演的同时，尴尬地皱起眉毛，嘴里冒着脏字儿，并用眼角余光瞄他，嘴唇做出形状：你小子怎么还不逃啊？

秦北洋不想一个人逃跑，他还在等一个伙伴。

胸口的玉坠子发热了。

春日午后，拥挤的神户港，海浪滔滔，轮船汹汹。不计其数的海鸥刚从南海与太平洋列岛归来，它们向并排停泊的轮船俯冲而来，欢快地狂轰滥炸，将鸟粪投掷到警探的大盖帽、贵妇的遮阳帽、学生的白线帽、商人的黑礼帽上……

这些白色翅膀的天使遽然发现一条赤色鬃毛、被毛雪白，犹如鹿头松狮的大狗冲上舷梯。海鸥们知道，它不是狗，也不属于地球上任何一种现存的物种。

它来自坟墓。

九色来了。

化身为犬的幼麒麟镇墓兽，后背绑着一把沉重的长柄伞，飞蹬四条兽腿，穿过惊慌诡异的乘客们，直冲向轮船后甲板。

它如一枚红白相间的炮弹，发出千钧之力，瞬间撞翻两个警探。名侦探叶克难也顺势倒下，故意摔了个狗吃屎的姿态。

秦北洋挣脱双手的捆绑，绳子是叶克难给他绑的，故意留了个活扣。

一个月不见，来不及抚摸亲吻九色，一人一兽，冲向船舷另一边。

有个警探爬起来，掏出手枪在后面追逐。叶克难装作要爬起来，却高喊"哎哟妈呀"再摔一跤，"不小心"把警探绊倒。未承想，那家伙有超强的毅力，铁了心不能让北洋政府的逃犯跑掉，纵然额头鲜血直流，再度爬起追赶。

秦北洋逃到船舷边，绑在九色后背的长柄伞，必定藏着三尺唐刀，但再厉害的刀剑也挡不住子弹。

九色猛拽他的裤脚管，脑袋向隔壁轮船晃了晃，那是一艘悬挂着蓝白红三色旗的法国船。

码头泊位有限，两艘船并排停在一起，船舷间隔不过三四米。他能清晰看到对面甲板上法国人的鼻子与睫毛，嗅到他们腋下的体味或古龙香水……

跳！

叶克难跌跌撞撞地追在警探身后，为秦北洋默念一个字。

秦北洋先抓起个沉重的救生圈扔向警探，延缓对方的开枪。他深呼吸，后退几步，暴喝一声冲刺。

十九岁少年，肾上腺素燃烧。他感觉自己在飞，那个梦又来了，昏睡了一百天的梦，天国的悬崖峭壁，云海苍茫，一只白鹤伴他高飞……

飞过两艘轮船之间的大海，仿佛一道黑色闪电，数十只超低空掠过的海鸥，向着相同方向滑翔。

摩西渡过红海，秦北洋飞过濑户内海。

零点一秒后，他坠落到对面法国轮船的甲板上。

跟着他一起飞的，还有四条腿的九色。狗的跳跃能力在人类之上，何况它是比狗更强大的物种。用水手的术语来说，这就是"跳帮"。秦北洋感觉双腿韧带快要崩断了，甲板上路过的法国人大吃一惊。

中国警探隔着船舷之间的空隙，手枪瞄准了秦北洋的后背心。

枪声响起。

秦北洋虚弱地摔倒在甲板上，九色疯狂地踩着他的胸口。一只海鸥从天而降，喷着鲜血扑腾翅膀。

警探的枪口却朝着天空，叶克难猛然抬起他的胳膊，子弹虽射出枪膛，却击中头顶的大海鸥。

"狗日的！"叶克难当场给警探缴了械，劈头抽了他两个耳刮子，"你眼睛瞎啦？对面那艘船挂着法国国旗，你要是打中了法国人，那得闹出多大娄子？我们三个的饭碗儿得一块儿砸。"

警探还想跳船过去检查，叶克难踹了他一脚："妈了个巴子！我们是中国警察，能检查法国船吗？我们连上海和天津的租界都进不去，东交民巷碰到法国兵还得点头哈腰，谁借你的豹子胆？"

名侦探教训手下之际，法国船的汽笛长鸣，烟囱喷出黑烟，螺旋桨卷起波涛浊浪。乘客们向着码头挥手，毫发无伤的秦北洋向对面的叶克难抱拳感谢大恩。

叶克难第五次救了他的命。

秦北洋和九色穿过人群，一口气逃到船头。这艘船可真大啊，他小时候在德国学校做过船模，估摸着有上万吨的排水量。

轮船开出神户港，他望见码头送别的人群，远远站着几个人影——高大而年轻的齐远山、戴着眼镜的羽田大树、抱着一对幼子的海女，还有个穿着学生服的小女孩。

光。

十二岁的嵯峨光。

他们带着九色与唐刀来给秦北洋送行，或者说，是让九色来救他性命的。秦北洋的眼眶有些湿润。

光在对他唱歌，充满樱花气味的海风中，依稀卷来日语的歌词——

更け行く秋の夜（よ）　旅の空の
わびしき思いに　一人悩む
恋しや故郷（ふるさと）　懐かし父母（ちちはは）
夢路にたどるは　故郷（さと）の家路
更け行く秋の夜　旅の空の
わびしき思いに　一人悩む

海上镇墓兽

第三十八章

光的歌。

离开神户的轮船上，秦北洋觉得这首歌好生耳熟啊，仿佛远行送别必备的风景，竟也暗暗哼出旋律。

十个月前，当他在天津大沽口，逃上开往日本的轮船，欧阳安娜唱过同样一首歌，只是完全不同的歌词。这首歌既非中国也非日本，而是美国老歌《梦见家和母亲》，被犬童球溪用日语填词为《旅愁》。在日留学的李叔同，又用汉语填词，成了脍炙人口的《送别》。

旅愁渐行渐远。再也看不清他的光，似与漫山遍野的樱花融为一体，熠熠发光，像一轮小小的太阳。

法国轮船离开大阪湾，进入太平洋。秦北洋还穿着日本拘留所的囚服，就差在额头写上"逃犯"两个字。

他带着九色潜入船舱，误打误撞到了洗衣房，天助我也。他挑了一件亚麻衬衫，配上背带裤，既不惹人注目，也不显得穷困潦倒。幸好他身材高大，穿欧洲人尺码也不显大，胸前两条黑色背带，更有机械师的范儿。

秦北洋想要回到上层甲板，刚转身就撞见一个法国人。

灯光照亮一张中年男人的脸。山羊胡修剪齐整，金丝边眼镜后一双灰色眸子。狭路相逢，对方从喉咙里挤出法语"对不起"，便从秦北洋身边绕过，却多看了九色两眼。这条大狗无论到哪里都会引人注目。

好像哪里见过？

秦北洋脑中扫描搜索见过的所有欧洲人，像一台永无止境的打字机……

记忆定格在上海，海上达摩山，弥额尔天主教堂。

侨居上海的法国古董商人——皮埃尔·高更，曾向欧阳思聪求购幼麒麟镇墓兽。

他怎会在这艘船上？也许刚从中国起航，路经日本神户，下一站是哪里？香港还是新加坡？

九色弓背悄然前进，循着法国人的气味追击。这里只有船员与司炉工，古董商高更在此有些蹊跷。

七拐八绕到了货舱区，摆满邮政包裹、大宗货物。黑暗尽头有皮鞋与地板的碰撞声。

暗影中还有三个男人：一个是法属阿尔及利亚的阿拉伯人、一个是法属非洲某国的黑人，还有一个是法属印度支那的越南人，最后一种人在上海法租界有不少是做巡捕的。

皮埃尔·高更在对他们说话，三个人腰上都插着卡宾枪，护卫一个巨大的木头箱子。

片刻之后，高更离去。阿尔及利亚人抽起水烟，非洲人和越南人打扑克赌钱。秦北洋耐心等待，直到两个打牌的哈欠连天，晃晃悠悠去舱室睡觉。只有高大的阿尔及利亚人的水烟越抽越精神，双眼在黑暗中瞪得如同野猫。

忽然，有个年轻男子捏着手电筒，蹿过大木箱子背后。

刹那间，秦北洋认出了那张脸。阿尔及利亚人察觉身后异样，刚一转身，后脑勺遭到沉重一击，扑倒在地，不省人事。

秦北洋无须抽出唐刀，仅用环首刀柄就解决了问题。

闯入轮船货舱的不速之客，是个十九岁的中国人——上海赛先生机器铁工厂的少东家，籍贯湖州的钱科。

他也来了？

一年不见，钱科瞪大双眼，"秦北洋"三个字呼之欲出，却被布满老茧的手封住嘴巴。

"小心，别把另外两个家伙惊醒了。"

九色也蹭了蹭钱科的裤腿，这是幼兽表达友善的方式。

钱科来不及叙旧，同样发出气声："我想看看这里装了什么。"

"我也想知道。"

大木箱犹如一座小房子，或者说像一具硕大的棺椁。秦北洋的暖血玉坠子又发热了。绕到箱子另一面，发现有扇上锁的小门。他从昏迷的阿尔及利亚人身上摸出一个钥匙串，分别塞进锁眼尝试。

小门开了。手电筒照出一块黑乎乎的东西，光线翻腾之间，乍看像个佝偻的畸形人，后背似有翅膀，更像硕大无朋的蝙蝠。

箱子里的怪物长着两对翅膀。

手电光束扫过它强壮的胸肌、一双蜷曲的爪子、狰狞可怖的兽头，犹如被钉在十字架上被剥了皮的猎犬。

四翼天使。

秦北洋与钱科同时认出了这头镇墓兽。最后一次看到四翼天使，是把它送还到景教大墓。当时已严重损毁，只差四分五裂肠穿肚烂。可眼前的镇墓兽，已恢复到秦北洋第一次所见的模样，兽头、胸腹以及四肢，虽有修补痕迹，却都坚固完整。尤其背后两双翅膀，收缩自如的翼膜，精巧复杂，现代工业技术也未必能达到。

修复四翼天使之人，必定亲眼见过它自坟墓出土的原始状态，才能如此高度还原。

而有哪些人见过它呢？除了秦北洋，便是欧阳安娜、齐远山、鄂尔多斯多罗小郡王、阿幽、王家维教授、法国汉学家伯希和。

他回头盯着钱科："难道是你？"

钱科嘴唇哆嗦着后退，仿佛见到难以描述的东西，九色也用力撞击秦北洋的腰眼……

木箱深处，四翼天使镇墓兽，睁开双眼，放射赤色火焰般的光芒。

两对翅膀底下的身体里，发出蒸汽机般的轰鸣巨响，呼之欲出……

秦北洋立刻关上门，重新把铜锁插紧。他把钥匙还给昏迷的阿尔及利亚人，木头箱子缓慢平息下来。

也许是九色，或者秦北洋自己，几乎触发了四翼天使镇墓兽复活的机关。

太平洋的落日，如一团坠入沸汤的金黄煎蛋，黑色与红色交替的晚霞，拉开漫长的夜幕。

"不是我改造了这头镇墓兽。"钱科逃出货舱，连爬几十格楼梯，来到轮船甲板，惊魂未定地趴在栏杆上，"一年前，我说服了父亲，从上海来到北京南苑航校学习，还做了霍尔施泰因博士的助手。而今国内流行去法国勤工俭学，我考上了巴黎工业大学，要去学习航空器设计专业。"

"造飞机？"

钱科的双眼在夕阳余晖下闪光："我从小的梦想，设计出第一款中国人自己的飞机，第一款齐柏林飞艇。"

"我羡慕你，你向着自己的梦想而去，而我呢……"

他搂着九色，尴尬地搔搔头，简短叙述了自己为何上船。

"北洋，一年前，我听说你成了绑架小徐将军的通缉犯。"

"我确实绑架了那个人，但我不认为自己做错了。对了，这艘船的下一站是哪里？"

"这艘法国轮船从天津港起航，经过神户横渡太平洋，从巴拿马运河到大西洋，再到纽约停靠，最后跨越大西洋去欧洲。"

"那要走大半个地球。"秦北洋爱看世界地图，对五大洲四大洋了然于胸，"从中国去欧洲，不是马六甲海峡与苏伊士运河最近吗？何必舍近求远？"

"这艘船要在纽约停靠一个星期，我想顺路拜访美国的航空学教授，观看最新的飞机表演，索性选择走远路。"

"你又是如何发现货舱的四翼天使？"

"上船时，我注意到有法国公使馆的人员，有个巨大的木箱被吊运上船。京城有传言，四翼天使在法国人手中。我又发现货物主人是皮埃尔·高更，而他恰好是上海的古董商。"

果然是伯希和。这个大汉学家，也是法国驻中国公使馆的武官次官，他既能盗窃出六千卷敦煌遗书到巴黎，自然也能将四翼天使镇墓兽偷运出中国。

这片星辰大海上，已有两头镇墓兽，一个飞的、一个跑的，犹如大洪水时代的诺亚方舟。

钱科住在二等客舱，邀请秦北洋同睡一床。他谢绝这番好意，决定和九色在一起，不想再分开哪怕一分钟。

走下楼梯，令人窒息的狭窄转角，秦北洋撞上个披散长发的女人。栗色头发打结，飘来油腻气味，阿尔卑斯山般高挺的鼻子，淌下两行发黄浓稠的鼻涕。她多半是法国人，二十多岁，面色苍白如死尸，眼里发红，脸颊几块淡淡黑斑。如果她身体健康，再好好打扮，也是个冰肌玉肤的美女子。她开始剧烈咳嗽，秦北洋以为是被他撞的，很快感觉不对劲。九色也预感到了什么，咬着他的裤腿闪开。她趴在地上呕吐，差点吐到秦北洋一身衣服上。

秦北洋问她需要帮助吗？也许她不懂英语，也许是他的日式英语糟糕，她慌张地爬起，穿过走廊拐角，挤入喧嚣的三等客舱，像只钻入下水道的老鼠……

天使沉船记

数日后，满载排水量11000吨的"红衣主教黎塞留"号客轮，已经横穿太平洋，经过巴拿马运河，来到了加勒比海。

宴会厅灯火通明。皮埃尔·高更换上礼服，举起香槟与贵妇们相谈甚欢。很久没有过这样的欢乐时光了，过去四年里法国人都在忍受战争，没有一个家庭没奉献过鲜血与生命。与其说在舞会上狂欢，不如说在补偿地狱般的四年光阴。

舞会上绝大多数是欧美人，少数几张亚洲面孔是日本人。秦北洋躲在宴会厅角落，穿着白衬衫与背带裤，特意把头发梳理得有型，捉走身上跳蚤。非但没有侍者来倒酒，反而有人把他当作船员。他看到暴露抹胸的法国女郎，免不了脸红心跳。

有个消瘦的青年开始咳嗽，面色苍白，脸上泛出青斑，突然倒地。四周一片尖叫，医生过来检查，竟已没了生命体征。船长下令抬走死尸，歌照唱，舞照跳，绝不能让这艘船冷清地开过加勒比海。

"这是最近死亡的第十三个人。"

秦北洋在钱科耳边轻声说。这些天，下层舱室已连续多人死亡，更多人患上重感冒。死者们大多年轻力壮，医生束手无策，只能分发供不应求的廉价药品。至于更贵的药物如阿司匹林，则为上层舱室的有钱人专享。

"西班牙大流感。"钱科为秦北洋解释，"这种病在西班牙感染了八百万人，甚至国王都被传上，简称为西班牙型流行性感冒。有种说法是法国战场上的中国劳工带来了病毒，但没任何证据。"

"他们对中国人存有不讲卫生的偏见吗？"

"是，患上西班牙流感一开始头疼脑热，肌肉酸痛、缺乏食欲，然后就要了你的命。短短一年，美国人的平均寿命缩短了十二岁。世界大战突然结束，也跟西班牙流感有关，年轻人都病死了，没人能打仗了。"

突然，秦北洋剧烈咳嗽起来……

钱科后退两步，仿佛空气里藏着杀人的刀子。在这艘船上，唯二对病毒免疫的，只有镇墓兽九色与四翼天使。

舞会上又有两个女人晕倒。不断有人咳嗽，掩面流涕地离开。船长面色严峻，眼看一场盛大的狂欢变成葬礼般的落寞。

皮埃尔·高更也想溜回舱室，船长从背后叫住他："高更先生，您在货舱托运了一件大木箱子，并有三名武装护卫，昼夜不停看守，请问是什么？"

"船长先生，我有权沉默吗？"

"在这艘船上，我的话就相当于法律。有人说，目前船上发生的流行疾病，跟您托运的货物有关。"

高更躲不过去了，船长有权力开箱检查。

"您知道，我是上海法租界的古董商。我所承运的货物，自然是一件来自中国的古董。"

"什么古董？"

"这很重要吗？船长先生，我只是为政府服务的承运人。古董真正的主人，其实是法国政府，需要我向您出示外交部和陆军部的信函吗？"

"有人说，古董里会带有某种古老病毒或细菌，就像拔出撒旦的瓶塞，传染黑死病一般的大瘟疫。"船长打开窗户吹着海风，让宴会厅的空气流通，"众所周知，中世纪欧洲的黑死病，来自黑海帆船上的老鼠。"

"您怀疑货舱里的中国古董给整艘船带来了疾病和灾祸？"轮船航行过古巴海域，高更点起一支哈瓦那雪茄，"太荒谬了。"

"我听说，中国古墓中埋藏了许多秘密。有某一种古老而神秘的文物，绝不能随意出土，更不能通过轮船运输。这种文物是用来保护墓主人的，对于活着的人具有强大的杀伤力。"

"船长，您是在跟我说古埃及法老的诅咒吗？"

"明天一早，我们就会进入北大西洋。七年前，永不沉没的'泰坦尼克'号邮轮，在四月的春光里，沉没于北大西洋的冰海。"船长的嘴唇发紫，"我的妻子，就死于那次海难。"

"我很遗憾，船长先生，从此您就变得如此迷信了吗？"

"据说在'泰坦尼克'号上，除了上千名乘客，还有一具古埃及的木乃伊。"

"您认为'泰坦尼克'号是因为木乃伊而沉没的，我们的'红衣主教黎塞留'号就要因为中国的镇墓兽而沉没？"

"镇墓兽？"

皮埃尔·高更意识到自己说漏嘴了，耸耸肩膀："哦……这是一种很复杂的古董……无法在三言两语内解释清晰。"

"这艘船上没有一个地方能幸免，病毒是从哪里传播的呢？医生向我报告，货舱又出现一个病例，就是负责看守你的古董的越南人。"

"亚洲人身体孱弱，在海上生病很正常。但他们的抵抗力与耐力很强，请放心，他不会有事的。"

船长摘掉皮埃尔·高更的雪茄烟说："高更先生，我警告你：如果这场流行性感冒继续蔓延，为了全体乘客与船员的生命，我将把你的货物——对，它叫镇墓兽，投入大西洋！"

三天后，秦北洋抚摸着九色的赤色鬃毛，趴在"红衣主教黎塞留"号船头，面对北大西洋上壮阔的落日。

他敢打赌这艘船的老板是大仲马和《三个火枪手》的忠实读者。按照既定航线，轮船将驶入纽约港停泊数日，放下部分乘客并交换邮件，再横渡大西洋前往法国。

这片春寒料峭的海底，埋葬着"泰坦尼克"号与一千五百多名遇难者的遗骸。

船上刚举行过一次海葬。一家五口，最大四十岁，最小才四岁，全部死于流感，蒙着白布沉入大西洋。自从离开加勒比海，每天至少十次海葬，超过十分之一的乘客已经死亡，剩下大半也已病倒，包括医生。

纽约港外，布满航船，残破的欧洲之外，这里才是世界的中心。秦北洋眺望长岛与新英格兰的绿色海岸，犹如三百年前"五月花"号上的乘客们。

来了一艘检疫船，戴口罩的美国检疫员登上"红衣主教黎塞留"号。美国流行病史上最黑暗的1918年已经过去，现在是第二波西班牙流感的尾声，纽约对海上来客仍然格外警惕。

检疫员扫了眼不断咳嗽的人们，下令这艘船必须升起代表瘟疫的旗帜，疫情解除前不得进入纽约港——换句话就是自生自灭，直到整船人全部死亡。

空气中弥漫着死神牌香水的气味。

"红衣主教黎塞留"号在纽约港外被困了三个昼夜。接连不断有人被抛入大海，有的人前一天在给别人抛尸，第二天自己就葬身大海，以至于海葬的白布都用完了。

船长也生病了，他是个强壮的加斯科尼人，达达尼昂的老乡。他愤怒地将皮埃尔·高更关到底层船舱的禁闭室，哪怕古董商喊出陆军部长的名头也没用。

船长下令，打开货舱里存放古董的木头箱子。原本的三名武装护卫，已经病死一个，又病倒一个，剩下最后一个黑人护卫，开枪打死多名船员后，被人从背后用斧头劈死。

流满鲜血的货舱，虚弱的船长挂着拐杖，亲手打开木头箱子。他想要看一眼，这来自中国古墓的宝物、全船诅咒的来源，据说叫什么"镇墓兽"，究竟是何方神圣。

灯火通明之中，船长看到一个长着魔鬼面孔的天使。

两对翅膀收缩在背后，胸前有沟壑纵横的钢铁肌肉，还有个布满皱纹的兽头，强壮的爪子与兽腿，仿佛刚从自然博物馆里复活的史前生物。

"四……四翼天使？"

船长的航海生涯四十年，在地球上的每片海洋都航行过，抵达过几乎所有海港。他在开罗与大马士革甚至巴格达都见过类似的古代雕塑。但这样巧夺天工的四翼天使——是从中国古墓里挖出来的吗？

天使睁开了眼睛。

兽的眼睛。

四翼天使镇墓兽，再度发出齿轮的轰鸣，似乎闻到人类气味，就能激活沉睡的心脏。

它饿了？

背后的四扇翅膀，开始慢慢扩展变大，翼膜犹如无数撑开的伞面，抵住木头箱子边缘。

天使俯下野兽般的身子，赤色目光如两团火焰，直勾勾盯着船长的眼睛。

船长跪下，放弃一切抵抗，向四翼天使奉献膝盖。

人无法与兽交战，人终将成为兽的仆佣，祭坛上的牺牲，无论在陆地、海洋还是天空。

四翼天使镇墓兽，将这个逼仄的木头箱子当作地宫中的棺椁，而将眼前俯首称臣的船长，当作闯入的盗墓贼。

它咆哮着伸出爪子，撕碎船长的身体，带着西班牙流感病毒的鲜血，喷溅到它的双眼。两对翅膀撑到最大极限，木头箱子被打成碎片。幸存的船员们戴着口罩，举着斧头，惊恐地看着烟尘中飞起的镇墓兽。

四翼天使悬浮在货舱顶上，翅膀不紧不慢地扇动，仿佛回到北京房山唐朝景教大墓的地宫，翱翔俯瞰这个幽暗世界。

船员们惶恐逃窜，但两条腿的哪能跑得过四扇翅膀的？钢铁翅膀扶摇直下，如同俯冲战斗机，滚烫的利爪与铁翼，飞速撕破人们的后背心。

四翼兽对双脚兽的屠戮，巴比伦的泥板文书与犹太人的死海古卷里记载过的屠戮，也是二十世纪下一次更大规模屠戮的预演……

镇墓兽飞出货舱，在轮船内横冲直撞。它先飞到锅炉房，撞坏已熄火的蒸汽机，又冲到轮船后部，破坏了控制方向的尾舵。它飞到船头，摧毁了锚链舱室，整艘船失去动力与方向，成为大西洋上随波逐流的死亡之舟。

一路上，它屠杀了所有能见到的活人，在它眼里全是入侵地宫的盗墓者。

底层舱室的幸存者们尖叫着逃上甲板，秦北洋也差点被铁翼削掉脑袋。他趴在地上安抚九色。一扇舱门里传来剧烈敲打声，他用唐刀砍断大锁，没想到放出了皮埃尔·高更。

秦北洋分外眼红，把皮埃尔·高更推到墙壁上，掐着他的脖子质问："为何要把四翼天使带上这艘船？"

"伯……伯希和……"

高更说出法国大汉学家的名字，他资助过伯希和的考古事业，条件是获得从敦煌洞窟里揭取的壁画。他是上海法租界最大的古董商，还与许多文物贩子交朋友，用几十块银圆收购战国的古剑或南北朝的佛像，再以十倍价格倒手贩卖到巴黎、伦敦或柏林。

"果然是他？法国人终于从北洋政府手里得到了镇墓兽。"

"是……四翼天使镇墓兽……藏在法国公使馆里……伯希和先生……法国机械师修复了……"

高更用结结巴巴的中国话回答，秦北洋愤怒地说："为免引起中国文化界的抗议，法国公使委托你以古董商的私人名义，不走苏伊士运河与地中海，而选择太平洋与巴拿马运河，带着四翼天使镇墓兽，穿越大半个地球去法国。我的推断对吗？"

"对……"

突然，轮船发生地动山摇的撞击声，两条腿的秦北洋与高更、四条腿的九色都摔倒了。

他们逃上甲板，才发现"红衣主教黎塞留"号跟另一艘大型货船撞上了。轮船遭到严重破坏，纽约港外还有不少等待排队检疫的船只，黑夜视线不佳，就像"泰坦尼克"号撞上冰山，两艘巨型轮船的相撞，会带来极其致命的后果。

满载排水量11000吨的"红衣主教黎塞留"号迅速下沉，来不及放下救生艇，更没有演奏最后一支曲子的乐队。

甲板已倾斜四十五度，秦北洋与钱科抓紧栏杆，许多人惨叫着滑入北大西洋。对面的轮船率先倾覆，在震耳欲聋的爆裂声中沉没。

中央甲板下，四翼天使已腾空而出，挥舞四扇翅膀，飞在危如累卵的大船上方。

小镇墓兽九色开始变身……

春夜，北大西洋上的星空灿若银河。

九色长出雪白分叉的鹿角，恢复金色的青铜鳞甲，露出一张兽脸，重新成为幼麒麟镇墓兽。大家都忙着逃生或者祈祷，没人注意到九色的变化。

但对十九岁的钱科来说，更关心天上的四翼天使。他与霍尔施泰因博士一起试图改造过这尊镇墓兽。他目不转睛地盯着四翼天使的翅膀，盯着它胸腹之间的结构，究竟是什么力量，才能依靠两对翅膀，支撑这副凶暴的钢铁身体悬浮在半空呢？

四翼天使镇墓兽看到了秦北洋和幼麒麟镇墓兽。它意识到自己撞上了对手，便瞪着火红的双眼，呼啸着俯冲下来，想要一举杀死这一人一兽。

九色连续吐出数只绿色的琉璃火球，如同鬼火飞过北大西洋的星空，猛烈撞到四翼天使的翅膀上。

刹那间，眼前这幅火光四溅的画面，秦北洋想起专诸刺王僚的"彗星袭月"。

镇墓兽的琉璃火球，力量相比以往更为强大，犹如投石机射出的火弹，雷霆万钧地冲天而去。火球没能烧化四翼天使的钢铁外壳，却让它的翅膀收缩颤抖，无法驾驭气流，疾速向倾斜的甲板坠跌。九色的鹿角继续生长，蔓延成一株张牙舞爪的参天大树，比幼兽本身庞大数倍。

鹿角如欧战战场上锋利的铁丝网，立即托住四翼天使，既让它无法伤害秦北洋与钱科，又免于它被摔得粉碎。

秦北洋不准九色把四翼天使抛入大海。钱科抓紧他的胳膊说："北洋，我们要把它带回中国去。"

但海水已蔓延到脚踝，九色艰难地保持平衡。

一分钟后，这艘大船将彻底沉没，届时将产生巨大旋涡，任何人或兽都无逃生的可能。

秦北洋攀着倒塌的烟囱，来到四翼天使面前，盯着它的眼睛，胸口的和田暖血玉坠子开始发热……

"真主无元。湛寂常然。权舆匠化。起地立天。分身出代。救度无边。日升暗灭。咸证真玄。赫赫文皇。道冠前王。乘时拨乱。乾廓坤张。明明景教。言归我唐……"

这是《大秦景教流行中国碑》，撰写碑文之人，就是四翼天使的墓主人景教徒伊斯之子景净。秦北洋使用唐朝音韵，确保四翼天使镇墓兽听得懂。

果然，四翼天使原已熄灭的双眼，重新亮起赤色光芒。它完全理解这段碑文，几乎是唤醒墓主人的咒语。

他大胆地爬上这尊镇墓兽的脖子，钱科也上来了，最后轮到九色。幼麒麟镇墓兽收起鹿角，变回一条大狗的形状。

四翼天使重新扑扇翅膀，激起狂澜大波，海水全扑到秦北洋脸上了。

轮船烟囱沉入北大西洋的瞬间，四翼天使镇墓兽冲上云霄，几乎九十度向着星空飞去，驮着两人一兽。秦北洋抓紧它的脖子，钱科也如第一次坐飞机似的抓紧秦北洋。而九色四只锋利的爪子，像在四翼天使的后背生了根。

好像回到东海达摩山，屠杀恶龙镇墓兽的清晨，秦北洋扶摇直上与地心引力战斗。北极星在头顶闪耀，像一团要吞噬天地的光晕。钱科的头发直起，九色的赤色鬃毛参开，仿佛从冰海冲入更冰冷的天宫。

当秦北洋回头往下看，黑暗的北大西洋上只有虚空与混沌。

四翼天使镇墓兽已在云端平飞，四扇翅膀不再剧烈摆动，优雅地控制高空气流。杀人无数的飞行兽，已被牢牢掌控，就像牧民臂弯上的猎鹰，渔夫竹筏上的鱼鹰。

秦北洋直起上半身呼号，差点被夹杂冰雹的狂风冻僵。他俯身抱着四翼天使的兽头，在它耳边说着温柔的悄悄话，免得这头"畜生"又突然翻脸。

若看到灯光聚集之地，必是北美大陆的城市，无论纽约、波士顿、费城、华盛顿甚至魁北克，都要立即降落，否则他和钱科会在天上冻死。

无须借助观测星空，四翼天使就能准确辨别方向。秦北洋怀疑当年制造这尊镇墓兽的秦氏祖先，在它体内安装了罗盘之类机关，或某种更强大的灵魂力量。

他连续打了好多喷嚏，四翼天使降低飞行高度，距离大西洋海面不过百米。在南苑航校学习过的钱科知道，这属于危险的超低空飞行，很容易分辨不清海平线，一头栽入海中。但镇墓兽就像蝙蝠与鸟类，绝不会犯人类飞行员的错误。

前头亮起星星点点的灯光，背后的太阳冉冉升起，一格格喷薄而出，投射来冰冷的热量。

未经过机械化改造的镇墓兽的力量将在太阳下迅速衰竭……

四翼天使掠过上百艘悬着各色国旗的轮船，绿色的长条形岛屿在右手边，波光粼粼的海湾深入北美大陆，中间夹着一条河流与一座小岛。河是哈得孙河，岛是曼哈顿岛。

纽约！纽约！

秦北洋命令四翼天使镇墓兽加速从纽约港的水面上滑翔而过。他看到曼哈顿鳞次栉比的摩天大厦，真正的钢铁丛林，视觉震撼超过上海外滩一百倍。

终于，阳光晒在四翼天使的翅膀上，四翼天使即将变成一堆钢铁疙瘩，坠向最近的一座小岛。

岛上有尊巨大的雕像，高举火炬的女人，仿佛衣带飘飘的古希腊人，头戴象征七大洲的七道光芒。无论是意大利移民的教父，还是爱尔兰移民的牧羊人，抑或德国移民的传教士，进入纽约港的第一眼，都会看到这尊自由女神像，毕生难忘。

四翼天使镇墓兽，降落在自由女神像的肩膀上。

底下已有人看到他们，惊慌地呼喊异教徒的降临：长着兽头的天使，后背上的四扇翅膀，世界末日来临的预兆。

秦北洋看到自由女神像脚下的地面，有张中国女孩的面孔，镶嵌一双琉璃色的眼睛，就像两面镜子，反射太阳全部的光辉。

不是做梦，也不是淹死在北大西洋海底后的幻觉。秦北洋站在凝固的自由女神肩头，向着地面上活着的自由女神，声嘶力竭地高喊："欧阳安娜！"

第四十章

自由女神

欧阳安娜。

天还没亮，她独自离开饭店，从曼哈顿坐船渡过波光粼粼的纽约港，登上自由女神岛。她穿着美国女孩流行的裙子，头戴镶花边的遮阳帽，帽檐压着齐刘海，鬓角露出自来卷黑发。

自由女神像基座上，镌刻着一首英文诗，安娜试读出中文意思——

"不似希腊伟岸铜塑雕像，拥有征服疆域的臂膀。红霞落波之门你巍然屹立，高举灯盏喷薄光芒，您凝聚流光的名字——放逐者之母，把广袤大地照亮……"

放逐者？

她想起了一个人，同样也被放逐到天涯海角，而今不知所终。昨晚，她梦到了他，梦到在地球边缘，冰封雪飘的海面上，夜空闪过绚烂夺目的极光，也照亮他的脸庞，极不真实地反光，好像融化在无边宇宙。她伸出手，想触摸他的脸。无限接近，却永远触不到……

十个月前，安娜与秦北洋在天津大沽口分别。他登上去日本的轮船逃亡，她唱了一首李叔同填词的《送别》。

刺客们的主人——阿幽的身份曝光，安娜想到第一件事，便是达摩山上的百万白银，还有小木。她雇了一艘蒸汽船，匆匆赶到东海达摩山。小木与海女已无影无踪。不幸中的万幸，藏宝窟的百万白银完好。她运走全部白银，回到上海，存入达摩山伯爵基金。那个难熬的暑假，为免夜长梦多，安娜不为人知地在上海买下了几十套房子。

新学期，回到北京大学，全体师生转入新校舍，即后世著名的"北大红楼"。她收到一封日本来的电报，原来秦北洋考上了高中。安娜给他汇去一千银圆，却不知道他在哪所学校。

过完十八岁生日，欧阳安娜给自己定了目标——女同学们都想嫁得好郎君，而她崇拜居里夫人、红色罗莎，甚至鉴湖女侠秋瑾。

她梦想做一个女外交官，至少中国从没有过，欧美也凤毛麟角。她拥有一口流利的法语，听说外交部法语翻译稀缺，她取出三千银圆，通过叶克难贿赂了外交次长。安娜又找到法国驻华公使馆，请大汉学家伯希和写了推荐信，终于谋得实习生的职位。

去年十一月，德国投降，世界大战告终。北京举行盛大阅兵式，树立在东单的克林德碑，原为纪念庚子年被杀的德国公使，被改为"公理战胜"碑，移到天安门边上的中央公园。隔年一月，协约国在巴黎召开大会。中国作为战胜国派遣了代表团，噩耗传来——德国在山东的权益要被转让给日本。国内舆论汹汹，北洋政府被迫派出第二批代表团。

十九岁的外交部实习生欧阳安娜，幸运地搭上了代表团的末班车。

代表团行列中，有张熟悉的面孔——鄂尔多斯多罗小郡王，孛儿只斤·帖木儿。小郡王的父王病重，他已继承国会议员席位。

相比大腹便便或脑门微秃的官僚，也找不到其他搭伴了。小郡王时而穿蒙古袍子，时而穿绸缎长衫，最爱的却是西装、马甲与皮鞋，打扮如纽约或伦敦街头的绅士。中华民国最年轻的国会议员，向外交部最漂亮的女实习生大献殷勤。欧阳安娜对他爱答不理，总是一个人靠在船舷上，眺望着蔚蓝的太平洋。

他们没走更近的苏伊士运河航线，而是取道横跨太平洋和大西洋的环球航线。从旧金山登上横贯大陆铁道，前往4850千米外的美国东海岸。特快列车要走五天五夜，从内华达的荒漠，到犹他州的大盐湖，穿过落基山脉，进入沃野千里的密西西比大平原上的一路无垠的玉米与小麦地，到了俄亥俄河两岸，到处可见工厂和烟囱。

抵达纽约的一早，安娜换上新衣裳，前往自由女神像。

她看到一架奇形怪状的飞行器，徐徐降落到女神肩膀上。不是飞机或飞艇，它有四扇不断扑打的翅膀，更像从博物馆逃出来的史前怪兽。

四翼天使。

两对硕大的翅膀，加上野兽的身体和头，混合着唐朝与肥沃新月地带。最初的震惊过后，安娜看得真切，这不就是北京房山景教大墓发现的镇墓兽吗？

从它后背爬下一条赤色鬃毛的大狗，还有两个年轻男人——竟是中国人，其中一张面孔，昨晚刚闯入过她的梦境。

秦北洋。

真的是他？外加从天而降的四翼天使，极不真实的幻景，让她怀疑梦还没醒。

泪水像迸裂的珍珠，从十九岁的脸颊扑簌而下。渡过那么大的太平洋，又穿过整个美洲大陆，她已没有力气喊叫，只能向自由女神肩头的少年微微点头，一切尽在不言中。

秦北洋与钱科从自由女神像上爬下来。四月春光，纽约海港上的风，吹走了安娜的遮阳帽，自来卷的发丝轻拂到他的脸上。秦北洋高高跃起，接住了她的帽子。

钱科有些懵懂地摇头，九色正襟危坐在地上，仿佛回到海上达摩山。

秦北洋将帽子还给安娜，两个人紧紧相拥，千言万语，又不知从何说起。

面对纽约海港的对岸，曼哈顿的高楼广厦，秦北洋叹息："想不到这辈子，还能走这么远的路。"

"不管有多远的路，我陪你走。"

安娜举起左手，中指上套着玉指环，这是白鹿原大墓地宫的礼物，在阳光下熠熠生辉。她把头靠在他的肩上，几乎要闭上眼睛，享受短暂的春天。

钱科不解风情地打断他们，指着自由女神像上的四翼天使："怎么把它弄下来啊？"

"哈哈，原来四翼天使才是你的情人。"

秦北洋学会了开玩笑。太阳下，原本展翅万里的镇墓兽，早已失去动力而沉睡。

大批警察赶到，有人报案说飞行器入侵纽约。起重机与大吊车，花了小半天才把四翼天使搬到地面，幸好自由女神像没有损坏。

钱科用英语解释这是中国文物，欧阳安娜代表北洋政府外交部，希望把四翼天使交还给中国公使馆。

纽约警察犹豫之际，又一拨警察赶到自由女神岛，接管了四翼天使镇墓兽，运上一艘驳轮，完全无视安娜和钱科的抗议。

秦北洋在人群里看到一张面孔——皮埃尔·高更。

高更还活着。

就像七年前的"泰坦尼克"号，并非所有人都死于海难，法国人幸运地被轮船救起，送到最近的纽约港。他湿漉漉地找到法国领事馆，要求雇船去北大西洋打捞镇墓兽。高更推开窗户，意外看到曼哈顿对岸，自由女神像的肩上，竟停着一只飞行器。法国总领事给纽约市长打电话。考虑到美国与法国同为五大战胜国的良好关系，市长批准将四翼天使送还给法国。

秦北洋无法反抗，大白天的九色也难以变身，周围都是荷枪实弹的警察，黑洞洞的枪口指着三个中国少男少女，随时可将他们打成筛子。

安娜用法语质问皮埃尔·高更，他不跟女孩子啰唆，皱起眉头看着秦北洋，扔出一句中国话："感谢你拯救了我的四翼天使。"

"四翼天使是中国的。"

秦北洋一字一顿回答。高更耸耸肩，跳上小驳轮，向来自法国的自由女神像挥手告别。

隔着波光粼粼的海港，秦北洋眺望曼哈顿岛，人类历史上空前壮观的摩天高楼，宛如古今中外无数帝王的墓碑。

四翼天使镇墓兽被驳轮送上远洋货轮，即将渡过北大西洋，乘风破浪，前往欧洲，巴黎。

第四十一章

国运档案

曼哈顿，第五大道，杰弗逊大饭店。

当晚，中国外交代表团正在宴请纽约的名流与媒体，从纽约州长到市长，包括各国总领事，为中国在巴黎和会制造舆论。

中国代表团长致辞后，日本总领事起身，未待主人应允，他走到宴会厅中央，操着日本人里罕见的流利英语，用词优雅，引经据典，不时蹦出几个古希腊人名和拉丁文。

"大战爆发那一年，日本帝国付出270名军人的生命，攻占德意志帝国的远东堡垒——青岛。中国呢？连宣战的勇气都没有。"日本总领事向中国代表团微微鞠躬，"抱歉，就算中国军队进攻青岛，恐怕非但不能取胜，反而整个山东省都会落入德国手中，甚至北京城头都会飘扬德意志帝国的旗帜。"

宴会厅鸦雀无声，中国代表团无一人敢反驳。北洋军阀连年内战，却是菜鸡互啄，若要跟欧洲军队较量，无异于以卵击石。

日本总领事乘胜直追："大战爆发时，德属东非的沃尔贝克中校，手下仅有一百多白人军士、两千多黑人士兵，四面为敌，断绝外援，遭到数万大军围攻，竟然坚守四年，甚至攻入协约国殖民地。如果日本不参战，山东就是第二个德属东非。日本为世界大战的胜利流了血，并让德国人也流了血。中国人流血了吗？据我所知，一滴都没有！那么流过血的青岛，就应属于日本帝国。"

这位总领事高昂着头颅，赢得了美国人的掌声。宴会厅角落，秦北洋和钱科躲藏在侍者身后。他很想用流利的日语跟对方辩论，却不敢抛头露面，毕竟他还是北洋政府的通缉犯。

乐队奏起小约翰·施特劳斯的《蓝色多瑙河》，来自战败国奥地利的圆舞曲，让宾客们感到胜利的愉悦。果不其然，小郡王帖木儿搭着一位美国姑娘的纤腰舞步翩跹。

秦北洋躲藏在舞会的人群中，他刚瞥见欧阳安娜的晚礼服，就见一个男子来到她面前。

一个头发乌黑的东亚人，穿着一身紫色礼服。他有白皙的皮肤，古希腊人一般的立体五官，细长而明亮的目光里，蕴含一点点高傲，又不会拒人于千里之外。他几乎与秦北洋同样个头，又渐入成熟男子阶段，不像小郡王乳臭未干。他的身材瘦削挺拔，如果换一身行头，可以上舞台演莎士比亚戏剧，《哈姆莱特》或《麦克白》。

他向安娜鞠躬并伸出手，举手投足，风度翩翩。欧美礼节，先生邀请女士跳舞。欧阳安娜不得不从，没有任何理由拒绝。她的左手握住对方右手，他的左手轻轻揽住她的后腰。

安娜微微一颤，他低声说："得罪。"

标准的中国话，欧阳安娜稍稍宽心。随着音乐跳起华尔兹，她的舞步笨拙，好几次踩到对方鞋子。他说没关系，操控两个人的步伐，带着她转了一圈又一圈。圆舞曲的旋律让人兴奋，她的额头沁出汗珠，脸上扑满红晕，怪不得洋妇人都爱舞会。他有双幽深明亮的眼睛，刻意保持距离的嘴唇，不像登徒子们趁机一亲芳泽。

今宵不眠夜，舞曲最高潮，欧阳安娜的眼角余光，正好瞥到人群中的秦北洋。

安娜松开手，低头对迷人的中国绅士说："对不起，我累了。"

"感谢你陪伴我跳了这支舞。"对方鞠躬还礼，"请问小姐芳名？"

"安娜……欧阳安娜，不是英文名。"

"安娜·卡列尼娜的安娜？"

"嗯。"

"你在中国外交代表团？"

安娜胸中小鹿怦怦乱跳，以前不是没碰到过主动搭讪的，但眼前男子的杀伤力却是惊人。

"对不起，我只是个法语翻译。"

舞会告一段落。纽约市长讲话："上星期，纽约举行了世界智力大会。我们请来全世界五十位顶尖天才，包括战败的德国与奥地利。智力大会有各种高难度竞赛，算术、几何、函数、逻辑、密码破译……荣膺第一名的，却是一位中国的年轻人。他毕业于英国剑桥大学，拥有物理学博士学位，他叫李隆盛。"

纽约市长拿出一张纸，分别用中英文写着"李隆盛"。

刚与安娜跳完华尔兹的年轻男子，走到宴会厅中央，接受全体宾客的祝贺。

李隆盛先分别向纽约市长、中国外交团的团长鞠躬，又朝目瞪口呆的安娜挤了挤眼睛。

"很荣幸，今晚参加中国外交代表团的宴会。晚生李隆盛，即将去欧洲拜访爱因斯坦先生，向他讨教"广义相对论"与"量子力学"。作为客居海外的中国人，我衷心祝福中华民国国运昌隆，收回理所应当的国权，巴黎和会上的各国首脑，尤其美利坚合众国的威尔逊大总统，为中国伸张正义，为世界谱写和平。"

他先用字正腔圆的北京话，后用标准的英语伦敦音，再次赢得一片掌声，一时间抢尽风头。

日本总领事按捺不住说："李先生，我也听说了世界智力大会。可惜所有比赛项目，都来自西洋世界，没有我们东方的游戏。否则，说不定我也会来报名。"

"东方的游戏？"

"不仅是东方，也是全世界最深奥最复杂，顶尖的智力竞技——围棋。"

"围棋是中国人的发明，也应当属于全世界。这些年来，欧美的科学家开始学习围棋。我在剑桥攻读之时，还曾向我的老师传授过围棋技艺。"

一个中国人，一个日本人，在纽约的宴会厅里，用最典雅的英语对话，在场的美国人啧啧惊叹。

"李先生，很高兴您也是棋友，我希望跟你切磋一局。"

李隆盛看到日本总领事眉眼里的骄傲，不禁应承下来："请问何时何地？"

"今晚，此地。"

血气方刚的日本驻纽约总领事，提出要跟世界智力大赛冠军李隆盛比试围棋。中国代表团的团长也是棋友，心想既是才智出众之人，下棋绝非泛泛之辈。如果这位天才就此击败对方，杀了日本人的威风，还可赢得更多的美国舆论支持。

大饭店辟出一间总统套房，布置成对局室。猜先，日本总领事执黑先行。李隆盛按常规布局应对，几个来回，惊觉对方棋力深厚，远非业余爱好者能比拟，大局观超乎常人。

原来这位总领事乃是贵族子弟，自幼拜入围棋大师本因坊秀荣门下，要不是被送出海外留学，几乎成为一名职业棋手。

中方团长看出门道，为李隆盛捏了把汗。危急关头，李隆盛下出一记妙招，立刻化解对方攻势，反让日本总领事陷入长考。

围棋手长考，是在脑海中计算无数种可能性。每一可能性都会推演出数十手棋，变幻无穷。整局棋的可能性，理论上有3的361次方，绝对是天文数字。高手长考，犹如超级复杂的数学公式心算。古时没有读秒，往往持续一整个昼夜，许多著名对局要耗时数日。

团长等待了足足一个钟头，日本总领事才下出一记应招，看似漫不经心，旁观者仔细一分析，则是石破天惊。

果然，轮到对面的李隆盛陷入漫长的思考……

中国代表团团长是个老外交官，年轻时跟随李鸿章出访欧洲做翻译，亲眼见证过李鸿章与铁血宰相俾斯麦的对弈。他已哈欠连天，眼皮瞌睡，看怀表已很晚了。若按眼下事态发展，对决不到明早也结束不了。他又问双方，是否愿意就此封棋，住下客房歇息，明早再战？日本总领事与李隆盛异口同声反对，都有自信在天亮前结束战斗。

老团长指派两名秘书留下，熬夜伺候对局者，自己先行休息去了。

回到顶楼的客房，他刚想倒头睡下，心里异常烦躁。再看房间地毯和窗户，似乎有被动过的迹象。他警觉地打开壁橱，露出一个大保险柜。

塞入钥匙，转动密码锁，柜子里躺着个黑色手提箱，外壳印着两个汉字：档案。

档案箱里是密密麻麻的资料，大部分是英文、法文与德文，少量中文和日文。

"虚惊一场。"

老团长擦擦额头冷汗，正要重新关闭保险柜，喉咙口感到一片冰凉，某种金属的滋味，深深切入气管。

他看到了血。

喷溅在保险柜与档案箱上的鲜血。接着他转回头来，首先看到一把滴血的匕首。

雪白的象牙柄上露出七彩螺钿——不再是当年的"彗星袭月"，而是太阳周围一圈白色光晕，这叫"白虹贯日"。

他死了，尚未来得及看清刺客的脸，便已坠入永恒的黑夜深渊，在纽约，在曼哈顿。

一双脚跨过倒在地毯上的尸体，一双手伸入保险柜，掏出了沉甸甸的档案箱。

就在刺客拎着档案箱，走出房门的刹那间，整个饭店响彻了警报声。

乍听起来像火警，几乎要刺穿人们的耳膜。

杰弗逊大饭店顶层的总统套房，对局室内的李隆盛刚落下一枚白子，对面的日本总领事已面色煞白，不仅被警报声惊吓，也因为棋局上的形势已天翻地覆，短短几手交换，黑棋中腹大龙已陷入绝境。

日本总领事匆忙起身："对不起，这警报声太可怕了。我建议今晚对局到此为止，大家必须想办法逃出大饭店。"

"谁胜谁负？"李隆盛并不在乎什么警报，他直视日本总领事的双眼，就在对方几乎要投降求饶的刹那，风度翩翩地站起，竟把整个棋局都掀掉了，"好，到此为止，胜负不分。"

这看似粗暴无礼的行为，却是给足了对手台阶，总领事羞愧地点头："李先生，非常感谢您的关照。"

日本驻纽约总领事走到底楼，却发现大门被紧紧锁闭，门房表示无能为力。前台服务生表示已打过电话报警，但不是火警，而是发生了凶杀案。

秦北洋正在饭店走廊狂奔，九色跟在身后。他在楼梯拐角撞上了欧阳安娜。她的面色苍白，抓着栏杆喘息说："出大事了！"

片刻之后，他们闯入中国外交代表团最大的一间客房，发现了倒在血泊中的团长。

秦北洋蹲下触摸老团长的颈动脉，查看还在流血的咽喉——是被匕首割开的。

"他们到纽约了？"

"刺客？"

欧阳安娜蹙起蛾眉，发现壁橱里的大保险柜是敞开的，存放档案的手提箱不见了。

"第二批中国代表团，跨越大半个地球，取道美国去巴黎，就是要护送这个档案箱。"安娜急得快哭出来了，"如果这些档案被人偷走，我们就没有去巴黎的必要了。"

秦北洋抓着她的胳膊："别着急，什么档案？"

"为了夺回青岛，中国驻美公使顾维钧先生，要在巴黎和会上发表讲话。主席团要求中国提供资料，要大量外交档案作为证据。事关重大，外交部才派遣了第二批代表团，携带一个密码档案箱，装有关于山东、满洲、蒙古等问题的绝密档案，包括中国与日本签订的秘密条约，许多内容是袁世凯亲笔签署的，从未对外公开过。"

"这是决定中国命运的档案箱？"

"至少将决定山东和青岛的命运。"欧阳安娜注视老团长的尸体，平常女孩早吓得尖叫逃窜了，"中国驻美公使馆还有一批档案，涉及美国政府的秘密承诺，对争取威尔逊总统的支持至关重要。我们必须先绕道来美国，汇总资料，再去巴黎。一路上，团长本人保管档案箱，必须放在保险柜。我们在档案箱里安装了报警器，连接饭店的警报系统。如果有人偷走档案箱，只要走出房间，就会触动警报，自动锁闭所有大门。"

"凶手和档案箱，此刻还在这家饭店？"

"如果我们运气不差的话。"

中国外交代表团成员纷纷赶来，小郡王光着上半身，边走边扯着背带裤，知道大事不妙。

秦北洋蹲下盯着小镇墓兽的双眼："九色啊九色，君可知刺客之杀气？"

第四十二章

博物馆奇妙夜

纽约，曼哈顿，杰弗逊大饭店。

一声令下，九色如出笼的猎犬，整个饭店响彻它的蹄声。镇墓兽没有动物的嗅觉器官，却有敏锐的感知能力。

猎物就在这栋楼。九色搜寻上上下下，闯入每一间客房，包括餐厅、酒吧和厨房，最后冲上楼顶。

怎么忘了天台？

秦北洋背后藏着唐刀，发现屋顶有一个人影。

那人正欲放下绳索，沿着饭店外墙缒下。看到秦北洋与九色靠近，对方放弃了垂直降落。如果有人砍断绳索，必然半空摔死——杰弗逊大饭店有二十层楼之高。

"刺客！"

秦北洋用中文大声喊出来，纽约的霓虹灯下，他看到一张右侧有刀疤的脸。

他叫阿海，九年前杀死了秦北洋的养母。

他还活着。

他拎着一个档案箱，脸上刀疤幻化为一道X形状的纹章，在纽约的夜空熠熠生辉。

虽然，小木信誓旦旦保证在达摩山杀了所有刺客。但再度看到这张脸，仍让秦北洋血脉偾张。秦北洋在养父母坟前发誓，要亲手杀了这刺客。机会来了。今晚，复仇。

"放下档案箱。"

安娜也冲上天台，看到刺客阿海的脸，同样仇人相见分外眼红。

阿海嘴角微微一撇——九年前，当秦北洋还是个小男孩，就给他留下永远的刀疤。

他的左手握着档案箱，右手亮出象牙柄的匕首。

秦北洋举起唐刀，劈向他的左手，想要一举斩断，趁机夺回档案箱。

刺客阿海飞身冲出天台。秦北洋伸手想要抓他，却扑了个空，自己也险些掉下二十层的高楼。

阿海在纽约的天上划出弧线，越过狭窄的街道上空，竟如飞鸟展翅，一跃而到对面屋顶。

于公于私，都不能让他逃了。秦北洋后退数步助跑，撒开双腿飞上天空，脑中掠过一片高山云海中的悬崖，那个漫长的梦……

风灌满双耳，曼哈顿在脚下飞逝，黑色的纽约海港静静地沉睡。

自从去年春天在北京失踪昏迷了一百天，秦北洋似乎天生自带了轻功，如同一只大鸟在曼哈顿的夜空飞舞。

终于，他坠落到对面屋顶，幸好比杰弗逊大饭店矮了两层，有个下降角度，否则必然摔死在万丈深渊下。

九色也跳过来了，对于一头镇墓兽，这种跳跃不成问题。

跳不过来的欧阳安娜，趴在对面屋顶高喊："北洋，不管能不能拿回档案箱，你要活着回来！"

阿海再度跳上隔壁楼房的屋顶，这回又矮了半层楼，一路飞檐走壁。

秦北洋与九色紧追不舍。纽约的半空，他们玩命地追逐，从一个屋顶到另一个屋顶，从一条大街到下一条大街。尽管浑身血液沸腾，但他制止了九色变身吐出琉璃火球的企图，因为在烧死阿海的同时，也会烧掉价值整个山东省的档案箱。

两人一兽，三个鬼魅般的影子，一路飞行跳跃到百老汇大街。在大剧院的屋顶上，再也无处可跳，阿海爬下剧院楼梯，听到热闹的乐队伴奏声……

今夜，纽约的最后一场戏剧，已演出了漫长的五个小时。一群黑人正在唱歌，表现南北战争的苦难，剧场里黑压压座无虚席。

阿海抓着一根绳索，直接空降到百老汇舞台上。演员们尖叫着逃窜，台下观众目瞪口呆。

秦北洋同样抓着绳索下来，九色跳下舞台。他拦住刺客去路，劈出三尺唐刀。聚光灯下，阿海灵活地躲过这一击，依然抓紧档案箱。秦北洋不让刺客有贴身缠斗的机会，否则匕首就能割断他的咽喉。阿海占不到便宜，抓起一把道具步枪，绑着没开锋的刺刀。转瞬间，步枪已被唐刀一劈为二。

观众们掌声雷动，以为这是音乐剧特别安排的花絮，加上东方武术以及动物表演。

刺客飞身冲下舞台，沿着观众席通道逃去。秦北洋与九色追在后头，几个美国姑娘站起来说："Handsome!"

剧院外，深夜的百老汇大街，阿海继续狂奔。而秦北洋像个影子，到天涯海角都不会消失。冲过几个路口，便是纵贯纽约南北的第五大道，左侧是中央公园。

一路向北，出现一栋巍峨大厦，月光下仿佛古希腊罗马建筑，阿海慌不择路地钻进去。

秦北洋也冲进去，头顶是高大的穹顶，四处有奇怪的人影晃动。九色骤然变得警觉，它扬起爪子拍打墙壁，好像回到古墓地宫。

他看到一头狮子，青铜外壳，背后长着一对羽毛翅膀，头上却戴着王冠的男人，满脸大胡子，卷曲地垂到胸口。原来是一尊古代雕像，底下标着英文，秦北洋粗略地看懂了——古亚述青铜狮子，年代在公元前两千年，差不多是中国的夏朝。

此地是纽约大都会艺术博物馆，也是西半球收藏艺术和文物的圣地。

博物馆奇妙夜。

阿海逃入一间陈列室，墙上冒出数十名男女战士，背着燧发枪，佩着军刀，划船渡过冰封的河流。为首一名将军，目光坚毅地注视河对岸，身后卷着十三颗星的美国国旗——这幅油画《华盛顿横渡特拉华河》是大都会博物馆的镇馆之宝，画中主角正是美利坚国父华盛顿。

秦北洋与九色也来到陈列室，在角落堵截住了刺客。谢天谢地，档案箱还在他的手中。

从前刺客们每次行动，至少有两个人，从未见过落单的。从十年前天津德租界灭门案起，到去年的国会议员连环刺杀案，以及与小徐的秘密交易，动机都跟唐朝小皇子棺椁或者镇墓兽有关。考虑到棺椁已落入刺客手中，那么这次的档案箱，或者档案箱所决定的中国在巴黎和会上的谈判，难道成了新目标？

"阿海！"

秦北洋叫出他的名字，阿海摇头笑道："你可以叫我阿海，但其实，我又不叫阿海，随便你们怎么叫吧。秦北洋，九年前，在天津德租界，我本可以杀死你。"

"那一夜，你真是来杀我的吗？"

"不，我们是奉命来救你的。带你远走高飞，让你得到一个新的人生。但要趁你熟睡，杀死你的养父，再让清廷背锅。"

"奉谁之命？"

秦北洋强压复仇的欲望，必须把秘密搞清楚再复仇。

"我不能坏了刺客的规矩。"

阿海死一般的眼神。就算将他擒获，施以十大酷刑，也无法得到秘密。

不过，秦北洋的大脑迅速转动，根据"再让清廷背锅"这句话，已想到两点——

刺客劫持九岁的秦北洋，以便日后帮助刺客集团打开乾陵与镇墓天子的秘密。也许刺客们早已知道，秦北洋出生在白鹿原唐朝大墓地宫的秘密。十年前，秦北洋若是落到刺客们手中，不再父子相认，那么墓匠族也就断绝后人，诚如老爹秦海关所言，非但光绪帝的镇墓兽造不出来，中国延续两千多年的皇帝制度都会毁灭。而这伙刺客，一定是与清朝有着不共戴天之仇。

虽然，清朝还是没过几年就完蛋了，但"不识庐山真面目，只缘身在此山中"，所谓历史，谁又能准确预测呢？

"第二个问题：你为何偷盗档案箱？"

"对不起，我依然不能说。"

"阿海，你与我虽有杀母之仇，我也曾在养父母的墓前发誓，要以你的人头献祭。相比你我私人仇怨，你们要杀北洋军阀，要杀御用议员，我不阻拦。但你手里的箱子，务必请还给我，还给中国。你我之间的血海深仇，以后自有机会了断。"

话说到这个份儿上，秦北洋仁至义尽。

阿海沉默许久才说："你果真是那个人。"

"什么人？"

第四十三章

工匠联盟

纽约，曼哈顿的子夜，大都会艺术博物馆，《华盛顿横渡特拉华河》面前。

刺客阿海面前升起一团烟雾，他已闪身冲出陈列室。

"站住！"

秦北洋与九色紧跟着冲出博物馆，回到月光下的第五大道。

沿着中央公园东侧穿过，进入一片破烂低矮的街区。早春四月，夜间乍暖还寒，好些黑人在街边烤火取暖，惊讶地看着两个中国人追逐着奔过，还有一条赤色鬃毛的大狗。

纽约哈莱姆区Harlem，聚居数万南方来的黑人，遍布肮脏的贫民窟。

阿海躲入一间摇摇欲坠的大楼。酒鬼们拦住去路，被他一拳打出去三尺多远。这是未被纽约的黑夜消化的盲肠，藏污纳垢，臭不可闻……

楼道犹如迷宫，走过几道台阶，才感觉深入地下，好像宏大的古墓地宫，只是住满了黑皮肤的活人。阿海逃窜到地道尽头，已没有了住户与人迹，只有一扇貌似古老的石门。

门口有个穿着黑袍的高大男人，手中握着中世纪宝剑，巍然屹立。

是个白人。

阿海以为又碰上了大都会博物馆里的西洋古董。但那人眨了眨眼，爆出一句话："Who's there?"

这人恶狠狠地盯着阿海，后头响起急促的脚步声——人的两条腿与兽的四条腿。

秦北洋和九色即将追到。

阿海别无出路，他飞快地靠近守门人。就在对方抽出宝剑，要像劈西瓜一样劈开他的脑壳时，象牙柄的匕首轻巧地划破他的咽喉……

宝剑先坠落在地，接着是沉重的守门人，像一堵高墙倒塌。

半分钟后，秦北洋和九色赶到。

地上躺着一具白人的尸体，又是匕首割喉，石门敞开一条缝隙，阿海已逃入其中。

秦北洋再一抬头，门楣上有个标志——好像是金字塔，中间睁着一只眼睛。

独眼金字塔？

这个标志好眼熟。

他蹑手蹑脚地走入石门，穿过一条深深的甬道，里面响起一片嘈杂的人声……

秦北洋闪身躲入墙边角落，只见一级级往下的台阶，坐满身穿黑袍之人。地下台阶呈圆形下降，底部有片圆形空地，犹如古罗马的大斗兽场。

粗略目测，场内有一百人左右，似乎没有女性，全是白人，大多五六十岁，年轻的也是一把大胡子。要么身着黑袍，要么工装裤和工匠服，各自提着工具箱。圆形环绕的墙壁下，摆放许多奇怪物件，全用油布覆盖遮挡。

秦北洋心中疑惑，这是地下拳击比赛，还是某种秘密宗教仪式？

场子中心的聚光灯亮起，精雕细刻的靠背椅上，端坐一位黑袍老者。风帽遮挡着他的脑袋，看不清容颜，只见一把白黑半白的须髯。

老人身后，依次站着三名白袍人，一个手执圆规，一个手执矩尺，还有一个捧着书本。他们的白袍上有个符号，却是圆规、矩尺与书本的组合。

三个白袍人背后，又有十二个右手执宝剑，左手执十字弓的男人。他们都穿着朴素的工匠装束，头戴厚厚的鸭舌帽。头顶悬挂一面旗帜，图案赫然是"独眼金字塔"。

手执十字弓的欧洲男人？

秦北洋细看那十二个男人，果然认出一张面孔。半年前，德国投降当晚，日本京都，山本教授的秘密实验室里，羽田大树带着一个欧洲工匠来拜访——他叫施密特，德语姓氏，意思就是工匠。这家伙还用十字弓射出弹珠，打得秦北洋眼冒金星。

他那张十字弓上的标志，不就是眼前的"独眼金字塔"吗？羽田大树在居酒屋说过，此人属于"工匠联盟"的"守门人"，又称"执剑人"，负责守卫联盟大门，手执锋利之剑，唯有联盟会员才能通过大门。

阿海又在哪里？秦北洋用目光扫射四周，百十来个黑袍或工匠服男子之中，并无阿海踪迹。毕竟，中国人的外貌与西洋人泾渭分明，体格与肩宽都有明显差距，何况还有一道明显的刀疤。

手执十字弓与宝剑的"守门人"，拜访过日本的施密特，走到靠背椅上的老者身边，趴下亲吻老者的靴子。他清了清嗓子，用标准德语朗声道："今晚，工匠联盟世界大会，我们齐聚在北美圣殿，先有请两位工匠圣贤……"

圆形地宫穹顶降下两幅硕大的画像，欧洲铜版画的黑白风格，全是人物头像——

左面那幅貌似古希腊人，深目高鼻虬髯，垂到额前的卷曲头发；右面那幅居然是中国人，却是按照外国人想象的中国形象，画着夸张的吊眼角与稀疏的胡须，幸好没画出金钱鼠尾的清朝辫子，而是按照古汉人模样头顶束着发髻。

施密特继续说："有请工匠联盟大尊者讲话。"

所谓"大尊者"，就是靠背椅上的老者，发出微弱的声音，似是奥地利口音的德语？

施密特代替大尊者说："工匠联盟的会员们！来自世界各地的伟大工匠们，请齐声高呼工匠格言——工匠会死，但作品永存。"

"工匠会死，但作品永存！"

整座圆形地宫此起彼伏不同的语言，从德语、英语、法语到意大利语、西班牙语、俄语甚至荷兰语、捷克语、瑞典语、希腊语、波兰语……

躲藏墙角的秦北洋注视无声的九色。心想一千两百年前，制造九色的秦氏墓匠族早就化为灰尘，但这头小镇墓兽永存不灭，正好暗合这句格言。

工匠会死，但作品永存！

老爹秦海关还有一句话——"不疯魔，不成活！"

守门人施密特代表大尊者发言："诸位，整整六百四十年前，全世界最伟大的工匠，第一代大尊者，在巴黎圣母院的塔楼上，开创了工匠联盟，运用智慧、勤劳、严谨以及手艺，传承自荷马时代以来的文明。我们严格遵守第一代大尊者留下的规则：一切手工技艺，皆由口传心授。将人类最杰出的技艺发扬光大。六个半世纪来，我们创造出了遍布全球的文明世界，包括这座曼哈顿岛的钢铁森林。这是人类之伟大，工匠之伟大。"

别看这人在日本惜字如金，如今却是滔滔不绝，每句话掷地有声。台阶上有人不断用各种语言做着翻译，尽量让所有人听懂。

施密特话锋一转："刚刚过去的四年，在全世界的陆地、海洋以及天空，发生了有史以来规模空前的悲剧。工匠联盟每年一度的大会，被迫中断了四年。各国的能工巧匠，被迫为各自祖国的政府服务，以至于手足相残，违背了工匠联盟的准则——伟大的工匠不服务于杀人，保卫祖国的正义战争除外。"

伟大的工匠不服务于杀人，保卫祖国的正义战争除外——秦北洋心中默念，倒是跟墨子的"非攻""救守"相似。

莫非——铜版画上的中国老头就是墨子？

"这场世界大战的每一方都自称正义，自称为保卫神圣祖国母亲免受强暴，而将我们的孩子送上战场屠杀。"守门人施密特痛心疾首地说，"战争结束了，在座各位都是幸存者，我们终于召开这次大会，展示最伟大的工匠技艺。工匠会死，但作品永存！"

念完口号，十二个"守门人"以及三名白袍人，将宝座上的大尊者后撤到台阶上，留出中间一大块圆形空地。

首先出场的是一位意大利管风琴制造大师。

墙边幕布拉开，一面硕大无朋的管风琴——或者说管风琴就是建筑的一部分，形如无数根铜音管组成的高墙。欧洲中世纪一个中型教堂内的管风琴就有1200根音管、16枚不同音调的音栓、两套键盘以及一层脚踏板。大师的祖先在达·芬奇的年代，就为梵蒂冈宫廷制造管风琴。他年逾七旬，三个儿子在世界大战中应征入伍，战死在阿尔卑斯山的雪峰。他的手艺注定将要失传，这架管风琴是他毕生最后一部作品。

老迈的大师坐上管风琴，为大家弹奏一曲巴赫的《d小调托卡塔与赋格》。

秦北洋第一次听到这种天籁之音，飘荡在纽约曼哈顿岛哈莱姆黑人贫民区的地下圣殿，丰富的和声绝不逊色于任何管弦乐队。小镇墓兽九色竟也在管风琴声中飘飘欲仙。

这是一架巨型机器，也是无与伦比的艺术品，拥有世界上最复杂而庞大的乐器结构，一架能发出宽广音域的声音国度，仿佛神的呼吸与沉吟。

难怪莫扎特说管风琴是"乐器之王"。

管风琴演奏后，全世界的工匠们各自登场，纷纷展示神奇技艺与产品——从瑞士大自鸣钟到荷兰木头人，再到俄罗斯套娃，甚至法国利摩日瓷器……

最后一个登场的，是台奇形怪状的硕大机器。

工匠是个年轻的德国人，不到三十岁，身材高大魁梧，碧蓝的眼珠子，柔软的金黄头发。他用德语自我介绍——汉斯·波尔，东普鲁士的工匠家族，曾被腓特烈大帝聘为首席宫廷工匠。刚结束的世界大战中，他成为德意志帝国的一名军法官，在东线与俄国人作战，最远占领过基辅与克里米亚。

"诸位大师，非常荣幸，我首次参加工匠联盟大会，我将隆重介绍——杀人机器。"底下微微骚动，波尔自顾自地说下去，"请看，这台机器有三部分，每个部分都有外号：底下叫'床'，上边叫'绘图员'，中间的悬浮部分叫'缝纫机'。"

他抱出一个模型假人演示，铺着棉絮的"床"上，假人赤身裸体趴着，手脚被皮带捆绑。一小块抹布塞入嘴里，免得行刑中嚼烂舌头。假人在"床"与"绘图员"之间，"缝纫机"针头在受刑人背后刺上其所犯罪行——比如司法判决书，短针再喷出墨汁，还能刺出美妙的花纹，从玫瑰到宝剑到雄鹰甚至骷髅，简直是文身艺术家。

行刑长达十二小时，前面六小时犯人神志清醒。此后"床"会自动送出一个电热锅，盛满热气腾腾的燕麦粥，补充营养续命。最后一分钟，"缝纫机"彻底刺穿受刑人——波尔用了"完美"这个词，将受刑人送入天堂或地狱。刺满文字与花纹的皮肤，将会完整揭取下来，经过防腐处理，永久展示在东普鲁士的"杀人博物馆"。

汉斯·波尔给机器起了个优雅的名字——"普鲁士玫瑰十字缝纫机"。

秦北洋后背心竖起汗毛，整个流程酷似清朝的凌迟酷刑。同样杀上千刀，同样让受刑人续命，百般折磨侮辱后才杀死。不同在于，中国的千刀万剐，依靠刽子手的经验和功夫，而这台"普鲁士玫瑰十字缝纫机"依靠工匠的智慧与现代机械。

地下圆形圣殿的中心，守门人施密特以德语高声道："汉斯，你不觉得这台杀人机器违背了工匠联盟的精神吗？"

"尊敬的守门人，天底下有太多恶人，为非作歹，滥杀无辜，如果不接受严惩，便会有更多无辜者被残害。我相信以暴易暴的哲学。"汉斯·波尔的目光强悍坚毅，哪怕他的祖国已彻底战败，"诸位，假人演示不算，我将用一个真人来演示'普鲁士玫瑰十字缝纫机'。考虑到大会的时间有限，我会调快行刑的时间，将十二小时缩短到十二分钟。"

"你要在联盟大会现场杀人吗？"

"一个恶贯满盈的罪犯，劣等民族的黑人，曾经生吃了十二个白人，刚从非洲被运过来，他的生命卑贱，不值一提，我将在现场将他处决。"

　　没等大尊者同意，汉斯·波尔巳从后台推出一台铁皮棺材。

　　守门人施密特要上前阻拦，却被三个白袍老者拦下："让他试试。"

　　（注："普鲁士玫瑰十字缝纫机"的形制来源于卡夫卡的杰作《在流放地》）

第四十四章

普鲁士玫瑰十字缝纫机

纽约，曼哈顿岛，哈莱姆黑人区，工匠联盟世界大会。

躲在暗处的秦北洋眯起双眼，九色蠢蠢欲动。

聚光灯下，波尔熟练地打开铁皮棺材——确实有个黑人，双手双脚被捆绑，却已变成一个死人，脖子上多了一道拉链般的伤痕。

黑人尸体背后藏着一个活人，露出一张斜着刀疤的右脸，中国人的脸。

刺客阿海。

两小时前，阿海为躲避秦北洋与九色的追捕，携带绝密档案箱，误入工匠联盟的大会场。墙角有一口铁皮棺材，他便躲藏到棺材之中。没想到里面还有个黑人，手脚都被捆绑，阿海毫不犹豫地抽出匕首，割断黑人喉咙，便跟死人躺在一起。他等待这口棺材被埋葬的机会，就会破棺而出，夺路而逃。他不惧怕任何人，甚至不惧怕普通的镇墓兽，唯独惧怕九色。

去年春天在北京，阿海杀了国会议员曲靖和，骗取唐朝小皇子的棺椁，同样被迫躲进棺材。几年前的香山雪夜，刺客阿海与老爹伪装成棺材里的尸变。

刺客们对于棺材有着难以抗拒的嗜好。

棺材打开，阿海面对汉斯·波尔，也面对整个工匠联盟的聚光灯。

匕首出手了。

汉斯·波尔的反应超乎常人地机敏，上过战场还能幸存的缘故，他本能地后退。象牙柄匕首犹如长了眼睛，彗星般追上他，擦着咽喉掠过，划破他的下巴。

波尔在地上打了个滚儿，下颌破开长长的口子，鲜血直流。

阿海不是来刺杀他的，没必要跟这个德国人拼命。他只想逃出这场子，手里却拎着沉重的档案箱。

倏忽间，秦北洋和九色跳下台阶，抽出背后唐刀，一人一兽，径直奔向会场中心的阿海。

工匠联盟一片大乱，十二名守门人纷纷亮出兵刃，护卫宝座上的大尊者。

文艺复兴以来的老规矩，为了防止刺杀，大会上不得携带热兵器，包括守门人等警卫人员，只能持有中世纪的宝剑和十字弓。

阿海拎着档案箱，施展轻功腾身跃起，施密特的十字弓射出的第一支钢箭，恰好插入他的左侧肩膀。

刺客如折翅的鸟儿坠落。

逃生，抑或，档案箱——两者只能取其一，他不可能带着沉重的箱子逃跑。

阿海的逻辑清晰，必须选择前者，因为选择后者也无法保证逃脱。

他将档案箱砸向十二名守门人，肩膀哪怕插着一支钢箭，仍然足尖如蜻蜓点水，踩着看台上工匠们头顶，飞跃出来时的甬道。

放弃档案箱的阿海，轻装上阵，洒着鲜血侥幸逃脱，已无人再能追上他。

因为，秦北洋放弃了复仇，而选择救回档案箱。

圆形会场中心，秦北洋一把抓起档案箱。

周围全是工匠联盟的大老爷们，十二张十字弓对准他的脑门。

小镇墓兽九色正要吐出琉璃火球，秦北洋高声说出德语："施密特，还记得我吗？日本京都，我们在居酒屋一起吃过寿喜锅。"

施密特微微一怔，再细看秦北洋的面孔，这个身材高大的中国少年，令人印象深刻，更没想到他会说流利的德语。

"根据工匠联盟法度第105条，未收到邀请而擅自混入联盟大会的，将要作为奸细处死。"

"对不起，我不是故意的，我只是在追捕刚才的刺客，误入了你们的会场。因为他偷窃了我的——不，是中国的珍宝。"

"刺客闯入工匠联盟大会。"施密特的面色变得煞白,"这是数个世纪以来的第一次……"

"我是刺客们的仇敌,发誓要把他们斩尽杀绝。"

秦北洋寻思工匠联盟与刺客们是否有什么过节,正好自己可以站在工匠一边。

守门人施密特板着面孔说:"你如何证明自己不是刺客联盟的奸细?"

"刺客联盟?"

秦北洋心中一惊,原来在这个地球上,除了一个工匠联盟,还有一个刺客联盟?

这两个古老的联盟,貌似是死对头?而自己夹在这两伙人之间,会不会死无葬身之地?

"哪怕你真与刺客联盟无关,但破坏了工匠联盟大会,仍然要被处死。"

九色瞪着双眼,顶起雪白鹿角,身披青铜鳞甲,想着如何抵挡十字弓,又如何把这些工匠烧成灰烬……

秦北洋耳根子涨红,想起了解决之道:"好,那我给你一个理由,工匠联盟大会,凡是世界顶尖的工匠,都有资格来参加,是不是?"

"不错,这座北美圣殿内汇聚了全球工匠的精英。"

"我是中国最后一个皇家工匠的传人,我的家族在过去三千年来,一直为中国的帝王修建陵墓以及——镇墓兽。"

施密特的眼神晃动,后退一步:"请问你的姓氏?"

"秦!"

这个汉字发音让底下的工匠们一片哗然,就连十二个守门人也有些耸动。

秦北洋补充一句德语:"秦氏,又称为墓匠族,被誉为'东亚的工匠之神',守护着三千年来中国陵墓的最大秘密。"

这句"东亚的工匠之神"是秦北洋临时现编的,为了吓唬这伙自诩为伟大工匠的老家伙。

施密特回到大尊者身边耳语,那张面孔始终藏在罩袍下,只能看清下半截的大胡子。

"秦,六百五十年前,来自中国的墓匠族,已是工匠联盟的中流砥柱。若你能证明自己身份,当场即可入会,成为联盟的初阶会员。若你不能证明,依然按照奸细论处,当场处死。"

施密特说话响亮干脆,原来工匠联盟知道秦氏墓匠族?秦北洋家族地位似乎还很高？看来羽田大树所言不虚。

但如何证明呢？总不见得脱衣服，露出背后的鹿角形胎记吧？

没想到，施密特毫不客气地抓住秦北洋的肩膀，撕开他后颈处的衣服，露出赤色火焰般的鹿角胎记。

难道……这个德国工匠也认得秦氏祖先的胎记？

霎时间，九色心领神会，头顶鹿角分叉变化，不断打开生长，张牙舞爪，变成一株参天大树，惊得十二名守门人保护大尊者后退。

九色又吐出一团琉璃火球，在圣殿上空飘移飞行一周，犹如球形闪电，上下翻飞却不伤到一人，最后猛烈击打在地上，撞出个一尺见方的焦黑深坑。

"大家不必惊慌，这头小镇墓兽，是一千两百年前，由我的祖先精心制造的，至今完好如初，能够执行各项任务，结合了灵魂力与机械力，逾千年而不枯竭，忠诚无双，可谓真正的'灵魂机械体'。"

秦北洋介绍完毕，施密特又出来抬杠了："秦，这只能证明它是墓匠族的产品，你拥有与秦氏后人一样的特征，但不能证明你是顶尖工匠。我们这里的工匠大师们，都是祖传了好几代甚至几十代。他们自己必须学会手艺，不能躺在祖先的功劳簿上。"

"难道要我当场造一个墓吗？"

他陷入了难题，恰好看到那台"普鲁士玫瑰十字缝纫机"，仔细观察一番，依次打开组成这台杀人机器的三部分："床""绘图员""缝纫机"。

死马当活马医了，秦北洋抓着档案箱，决定拿自己的性命赌一把。

"如果，我能改造这台机器，能否证明是顶级工匠？"

"嗯……如何改造？"

"它不是叫'普鲁士玫瑰十字缝纫机'吗？我就把杀人机器改造成真正的缝纫机。"

施密特回头跟大尊者商量了下，允许秦北洋当场进行机器改造，但只给他一个小时。

这台机器原本的主人——汉斯·波尔被刺客割伤了下巴，有人在为他包扎处理伤口，估计两周内无法说话，只能干瞪眼表示抗议却无果。

秦北洋着手工作之前，也向工匠们提出求助："我两手空空，缺少工具和原材料，请问在座各位大师，能否为我提供？"

工匠们早就对这位中国少年颇感兴趣。法国顶级制衣匠、比利时顶级缝纫机匠，随身携带各种工具与原材料，主动上来帮忙。秦北洋双手合十感谢，将档案箱交给九色保管，它必会像牧羊犬保护羊群一样保护好档案的。

他仔细检查"普鲁士玫瑰十字缝纫机"，发现其中渗透许多血迹，甚至人体组织的残骸——显然执行过多次死刑，整个机器充满一股煞气。

秦北洋横下一条心，脑中自动勾画出"床""绘图员""缝纫机"三部分的机械结构图。他要来纸笔，迅速思索一番，画出全新的缝纫机设计稿。

在京都第三高等学校，机械课的实践就是组装缝纫机。他把各种品牌的缝纫机都吃透了，每个螺丝钉的位置牢记脑中——缝纫机由机头、机座、传动和附件组成。机头包括刺料、钩线、挑线、送料四部分，加上绕线、压料、落牙等辅助部分。机座分为台板和机箱两种。机架、手摇器或电动机负责传动，日常家用缝纫机有脚踏板，曲柄带动皮带轮和机头旋转。

这台杀人机器更像大型的工业缝纫机。

秦北洋按照设计图纸，对三个部分做了重新建构。幸好这台杀人机器的许多零部件直接取自缝纫机，增加了大量针头，可以事先输入文字与花纹以控制，是台智能化的杀人机器。

一小时后，秦北洋挥汗如雨，满手油污，终将"普鲁士玫瑰十字缝纫机"重新装配完成。

他要来一块白布加上纱线，针头缝出一组正楷汉字——工匠会死，但作品永存！

缝纫机又绣出一行德文，也是同样意思，所有人都看懂了。

秦北洋长出一口气，面孔鼓得通红，万一要是失败，恐怕小命不保矣。

工匠联盟的大师们掌声雷动，为这台杀人机器被改造成缝纫机而赞叹。秦北洋在短短一小时内，完成图纸设计、零部件改装、机械结构调整……

全程有数十位全球顶尖工匠观看，秦北洋对机械设计的理解超乎常人，不仅是精致与细腻的技术，更有鬼斧神工的创造力——这恰是大师与匠人的重要差别。

普通匠人也可熟能生巧，拥有出神入化的手艺。但大师不仅要继承手艺，还要有自己的审美和想象力，青出于蓝而胜于蓝，每一代都有进步——这是西洋工业最终远远超出东方手艺，西风压倒东风的基石，而非一成不变，近亲繁殖乃至退化。

秦北洋突破东方工匠的窠臼，将杀人之利器转化为布帛之良药，又暗合工匠联盟"化剑为犁"的精神。

靠背椅上的大尊者，依然不发出声音，但对秦北洋点头赞许。

守门人施密特问道："秦，请问你的学历？"

"这个……"秦北洋不想说谎，满面羞愧，"我在中国天津的德国学校读到小学三年级，在日本京都的第三高等学校读过一个学期——就是高中还没毕业……不过，我才十九岁呢。"

"嗯，你符合条件了。"守门人施密特高声宣布，"大尊者同意，来自中国的秦北洋，乃是秦氏墓匠族传人，掌握镇墓兽与缝纫机手艺，正式加入工匠联盟，编号——191901。"

秦北洋成为工匠联盟在1919年的第一位新会员。考虑到之前四年，工匠联盟大会因为世界大战而中断，也是1914年以来的第一位新会员。

他换上一套欧洲中世纪的工匠服，手执圆规与矩尺，来到大尊者面前，从拉丁语、英语、法语、德语四种语言中任选一种，高声念诵"工匠会死，但作品永存"的工匠格言——秦北洋只能选择德语。

大尊者伸出一只阔大的右手，布满工匠的老茧，指节虽然粗大却又灵活，按住秦北洋的脑门。

某种类似触电的感觉，一股灼热的力量，从大尊者的手掌心内，源源不断灌入秦北洋的身体，让他从头顶心到脚后跟几乎痉挛。

他坚持住了，没有倒下也没退避，双膝跪在地上，上半身挺得笔笔直。他还是看不清大尊者的面孔，唯有一双利剑般的目光，让人不寒而栗。

秘密入会仪式告终，秦北洋成为工匠联盟的新成员，据说是有史以来最年轻的一位成员，是不是工匠联盟有史以来第一位中国会员？也许不是。

经过大尊者授意，施密特宣布："今晚，我们在工匠联盟北美大圣殿，举行中断了长达四年的世界大会，获得圆满成功，并吸纳一位年轻的新会员——秦！工匠联盟，必将守护古老传统。工匠会死，但作品永存！"

全体工匠大师们再次用各种母语齐声高呼这句口号，秦北洋不禁也喊出了中国话。

突然，甬道响起密集的脚步声，几束刺眼的灯光射来。

"警察来啦！"

有人喊了一嗓子，工匠们随之大乱。

秦北洋抓起档案箱，在守门人施密特耳边说："怕是刚才逃跑的刺客引来的警察。"

大尊者再次伸出右手，按下石头台阶底下的一个按钮。

北美圣殿发出轰隆隆的巨响，地下热流滚滚，也许是蒸汽机或内燃机，不为人知的某种动力。头顶不断有碎石崩塌，似乎天崩地裂。

整座大殿都变形了，犹如一座比萨斜塔，迅速冲出纽约曼哈顿的地面。四周墙壁纷纷坠落，似又变成一座摩天高楼。地下宫殿的墙壁和地板，都被各种机械齿轮控制，竟能在几分钟内变换形状，犹如小孩子玩的积木游戏。

怪不得是工匠联盟的北美大圣殿，本身就是一件工匠建筑的杰作……

工匠大师们井然有序地撤退，十二名守门人保护着大尊者，隐入迷宫般的曼哈顿岛。

不消片刻，上百名工匠联盟成员，竟然走得精光，只留下一人一兽，还有一个档案箱。

两大联盟

第四十五章

工匠联盟，世界大会。

秦北洋最后一个钻出"比萨斜塔"，茫然站在哈莱姆区的黎明。四周已成废墟，还好原本就是贫民窟，建筑多是些木板，几乎没有居民伤亡。人们灰头土脸地从睡梦中惊醒，睁开眼看到了月亮。

这一夜，不但夺回了绝密档案箱，还阴差阳错地加入了工匠联盟，秦北洋忍不住振臂高呼，一声狮子吼响彻夜空。

探照灯凶狠地打在他的脸上，又一拨纽约警察赶到，举着黑洞洞的枪口，将秦北洋与九色团团围困。

秦北洋担心幼麒麟镇墓兽会大量杀伤警察，让九色回复大狗形态。他已是中国政府的通缉犯了，不想再成为美国政府的通缉犯。警察举枪让他不要动，秦北洋却抱着档案箱，比自己生命更宝贵。

突然，面前出现一张中国少女的脸庞，欧阳安娜及时赶到，这让秦北洋又惊又喜。

她用英文关照警察：这个boy不是罪犯，他是中国代表团的成员，从杀人犯手中夺回重要的外交文件；而这条大狗是中国外交官的私人宠物，他们都享有外交豁免权。

安娜身边还有个中国人——玉树临风的美男子，世界智力大赛冠军李隆盛。他是纽约市长的贵客，警察们都对他很客气。他也为秦北洋而解释，希望警方不要误会。

子夜时分，安娜冲到纽约警察局，要求全城搜捕刺客，希望找到秦北洋的踪迹。李隆盛全程陪伴她，两个人在警局待了整个后半夜，直到有人报案——说是一个脸上有刀疤的中国男子，在哈莱姆区的地下楼道刺死了两名拦路抢劫的家伙。

于是，欧阳安娜和李隆盛跟着警车过来了。

老天保佑，秦北洋还活着，档案箱就在他的手中。

安娜推开警察，飞奔到他的面前，打开档案箱，密密麻麻的文件资料，书写着"绝密"字样，一张都没少，也没有被调包。

欧阳安娜先是亲吻档案箱的外壳，又搂着秦北洋亲吻脸颊，最后亲吻九色的脑门。

突如其来的一吻，秦北洋措手不及，脸上一片着涩绯红，一直红到了耳根子。

李隆盛仰望突如其来的"比萨斜塔"，叹为观止："工匠联盟北美大圣殿？不可思议，我在纽约找了这么多天，原来就在这里？"

经过安娜和李隆盛反复交涉，折腾到天亮，秦北洋连同档案箱才得以回到中国代表团。

秦北洋与九色成了英雄。

代表团在杰弗逊大饭店门口列队欢迎。副团长与秦北洋握手，承诺要向北洋政府申请一枚勋章，由大总统亲自颁发。

不知是谁认出了秦北洋的脸和名字，低声提醒副团长：此人是北洋政府的特级通缉犯。

副团长不为所动，厉声说："我会向大总统请求特赦令。"

为免夜长梦多，中国外交代表团登上前往欧洲的客轮。纽约港渐行渐远，曼哈顿的无数栋高楼如蓬莱仙境，北美大陆再度成为一抹绿色长带……

欧阳安娜大胆抓住秦北洋的手，十指相扣，在他耳边叮咛："下一站，我们去巴黎，参加凡尔赛大会。"

大西洋上航行数日，安娜陪他看壮阔景色，仿佛大海换了颜色，海豚竞相翻腾出来表演，云朵都变出各种花样来献宝。

秦北洋却被风吹得不断咳嗽，他来不及挽美人入怀，身后响起年轻男人的声音："秦先生，李隆盛这厢有礼了。"

剑桥大学物理学博士，翩翩美男子，身着体面的西装与礼帽。

"李先生，原来您也跟我们同船去欧洲啊。"

安娜想起舞会上他搭着自己纤腰跳了一曲华尔兹，不免脸颊涨红。

秦北洋低声道："我困了，想回船舱去休息，你们在这儿聊吧。"

"不准走。"欧阳安娜一把将他拽回来，动作颇为粗暴，低头对九色说，"喂，你也不准走，都给我留下。"

"北洋，我有一事不解——在纽约的那一夜，你是如何进入工匠联盟北美大圣殿的呢？据我所知，任何外人混入工匠联盟大会，都会被当场处死。"

李隆盛说话很客气，并未看不起这个衣着寒酸的小工匠。

工匠联盟是个秘密会社，所有会员身份必须保密，秦北洋机智地回答："是啊，我差点被那些浑蛋杀了。幸好警察及时赶到。"

"那你真是太幸运了。"

"李博士，您对工匠联盟很熟悉？"

"实不相瞒，我这次来纽约参加世界智力大会，真正目的是要探访工匠联盟大会。我找到一位顶尖的英国石头建筑工匠，专门修建哥特式大教堂，世代都是工匠联盟的高阶会员。我想出重金请他带我混入会场，却被他严厉地拒绝，并警告我不要痴心妄想。"

"嗯，工匠联盟的警卫极其严格，刺客阿海杀死了一个守门人……刺客与工匠之间似乎有什么恩怨？"

李隆盛饶有兴趣地托着下巴说："自中世纪以来，世界上有两大秘密组织，一是工匠联盟，二就是刺客联盟。"

"刺客联盟？"

"你们可曾听说过Assassins？"

"阿萨辛的天国花园？"

安娜想起北大课堂上王教授的拓展阅读，也想起《基督山恩仇记》的段落。

"中世纪波斯与阿拉伯的刺客教派，曾让整个欧亚大陆闻之胆寒。他们在高山城堡训练刺客，视刺杀为进入天国的捷径，十步杀一人，千里不留行。最终，还是蒙古西征的大军，在征服波斯的同时，消灭了这支刺客教团——《元史》称之为'木刺夷国'。"

"我最讨厌刺客了。"

欧阳安娜想起被杀害的父亲，还有"阿幽妹妹"。秦北洋拉了拉她袖子管，怕她控制不住说漏了嘴。

"各种不靠谱的传说，比如大仲马、司各特的小说里多次出现过神秘的'工匠联盟'。"

"Free-Mason？"

秦北洋想起羽田大树用手指头蘸着清酒写下的英文字母。

"不错。"李隆盛总是瞥着九色的琉璃色眼睛，"我还听说，工匠联盟尊崇两大圣贤，一是古希腊的亚里士多德，二是中国春秋战国的墨子。"

工匠联盟大会上有两张巨幅画像，一个古希腊人，一个古代中国人，想必就是这二位。

"亚里士多德与墨子，同为人类文明'轴心时代'百科全书般的大师。亚里士多德奠定西方逻辑学与形而上学，判定所有天体都是物质实体，地球由水气火土四大元素构成，对物理学、力学、光学和生物学都有极大贡献，直到被牛顿取代。"

"墨子也不逊色吧？"

"当然，墨子不仅是兼爱、非攻、救守的思想家，同时精通物理学、力学、光学，还是一位工匠大师，尤其擅长战争机械。"

"古希腊与春秋战国，二十世纪的人类，好像又回到了那个时代。"

"言归正传。"李隆盛眺望着大西洋的天际线，"据说，工匠联盟的创始人，首位大尊者，曾经帮助蒙古人攻克阿萨辛的天国花园，消灭刺客教团，因而双方结下了梁子。"

"中世纪以后的人类历史，就是刺客联盟与工匠联盟，两大秘密组织的暗战史？"

"刺客这个职业永远不会消失。就像工匠的手艺，代代相传，永不中断。"

"阿萨辛教团覆灭后，刺客联盟重建于高加索山，集合东西方的刺客。据说史上许多重大暗杀，都有刺客联盟参与——荷兰国父奥伦治亲王'沉默者'威廉、法国波旁王朝第一任国王亨利四世、俄国沙皇亚历山大二世。"

秦北洋和欧阳安娜都听得出神了，就差搬来小板凳，坐在美男子博士面前。

"工匠联盟也在改变历史。航海技术帮助哥伦布发现了新大陆，火器帮助市民阶层战胜了封建骑士。工匠的技艺介入了许多幕后斗争。最著名的案例，便是美国南北战争。工匠联盟支持北方联邦，因为工匠发展工业革命，反对奴隶制度；刺客联盟支持南方邦联，但与蓄奴制无关，而是工匠们支持什么，刺客们就反对什么。"

"敌人的敌人就是朋友？这是刺客的思维逻辑。明白了，南北战争胜利同一个月，林肯总统遇刺身亡绝非偶然。"

"刚结束的世界大战呢？"

安娜问了一句，外交代表团这一行的目的，就是要去巴黎解决战后问题。

"有一种说法——工匠联盟支持协约国，刺客联盟支持同盟国。"

"李博士，您是剑桥物理学博士，为何不加入工匠联盟？"

"第一，工匠联盟只接受世代相传的手艺人；第二，工匠联盟排斥高学历者，像我这种剑桥博士，是连门都没有的。"

"排斥高学历？"

秦北洋想起加入工匠联盟之时，守门人施密特特意询问学历，原来高一没读完正好符合啊……

"还有第三点——工匠联盟只接受男性会员。"

"荒谬！"

安娜最关心性别平等的话题，她自认为是个女权主义者。

李隆盛蹲下来看着九色说："纽约曼哈顿，哈莱姆区的那一夜，我已目睹它的雄姿。不过，它并不符合犬科动物的特征，我能瞧瞧它的牙齿吗？"

秦北洋面色一变，九色没有狗的锋利犬齿，而是一排平行牙齿，不利于撕咬更利于咀嚼，尽管它从不吃东西也不喝水。

"抱歉，它不会听你话的。"

九色也用琉璃色眼球瞪了瞪李隆盛，蹲伏在主人身边，伪装出猫猫狗狗的姿态。

"隆盛在剑桥大学攻读时，闲暇常听古生物学教授的课程。奇形怪状的动物，极可能是上古幸存的物种，所谓'活化石'，比如澳大利亚鸭嘴兽、科摩罗岛巨蜥，还有中国的猫熊。"

安娜多问一句："李先生，您那么有学问，是自幼留学欧洲的吗？"

"我本籍陇西成纪，生于北京，父母早已亡故。二十岁，我便出洋留学，在剑桥读了八年，刚拿到博士学位。"

又是陇西成纪，李唐皇室郡望，秦北洋想起北京德胜门内陇西堂的李博通这个冒牌货。

"唐朝皇室后代？"

"我是唐玄宗李隆基的直系后裔，先父给我起名李隆盛，继承开元盛世之意。

不过我还没找到杨玉环呢。"

李隆盛用余光瞥了一眼欧阳安娜，再明显不过的暗示。

北大西洋上的春天，凛冽海风吹乱安娜自来卷的黑发。

她挽着秦北洋的胳膊，闪烁着琉璃色的眼球回答李隆盛："那你得先有儿媳妇。我也不想三尺白绫死在马嵬坡呢。纵使君王用江山来换我欢心，小女子亦只念木石前盟。"

秦北洋凝视她的琉璃色双眼，倏忽间，肺里似有熊熊烈火，像有无数银针扎入心脏。

他开始剧烈咳嗽，似乎要把心肺吐到海里。李隆盛适时地递出一方手帕。秦北洋面色苍白地瘫软在甲板上，白手帕上一大摊鲜血梅花……

安娜心急如焚地揉他的胸口："北洋，你怎么了？我带你去看医生。"

"不必了，我知道是什么原因。"

他已气游若丝，直勾勾盯着九色，这尊小镇墓兽的心脏——灵石发出炽热的能量，燃烧主人年轻的生命。

自从在东海达摩山屠龙，九色吞食了恶龙镇墓兽的心脏、日本奈良吉野古坟徐福的童男童女镇墓兽灵石，力量越发强大。有时半夜发出的热量，让人头晕目眩，甚至恶心呕吐，望而却步……

秦北洋剩余的寿命不多了。

第四十六章

巴黎！巴黎！

民国八年，1919年，四月。

横渡北大西洋，十九岁的欧阳安娜、秦北洋、李隆盛、钱科、小郡王，加上一千两百岁的九色，站在船头眺望英格兰海岸的白垩悬崖。吃了几片阿司匹林，秦北洋精神有所恢复，再也不说时日无多的丧气话了。

春天的海风，吹乱九色鬃起的赤色鬃毛。十九岁的秦北洋，肩后露出三尺唐刀的环首刀柄，身着背带裤与白衬衫，酷似古时仗剑远游的侠客。

经过法国诺曼底海岸，从塞纳河口溯流而上到鲁昂港，五百年前烧死圣女贞德的城市。

第一件事是检疫，西班牙流感刚扫荡过欧洲。检疫员发现秦北洋在发低烧，面色糟糕，不时咳嗽。他坚持说自己没有感冒，只是身体虚弱。安娜终于派上用场，贿赂了检疫员几个法郎才解决麻烦。

秦北洋跟随代表团坐上列车。铁轨穿过春天的荒野，停战已过半年，依然布满战壕与铁丝网，偶尔可见春泥下的累累白骨。

黄昏时分，前方出现巍峨的建筑。秦北洋兴奋地打开车窗，却被安娜一把拽了回来。蒸汽机喷出的黑烟，已将他熏得满脸烟尘。安娜用拳头砸他的胸膛："傻瓜！"

巴黎，像一堆硕大无朋的积木，横亘在欧洲大陆最肥沃的原野上，带着从查理曼大帝到路易十四再到法国大革命以及雨果、巴尔扎克、福楼拜、莫泊桑们的梦境，徐徐展开在远道而来的朝圣者眼前。如果说罗马是永恒之城，巴黎就是欲望与梦想之城……

小郡王帖木儿吼一嗓子："巴黎到了！"

旅法华侨代表在巴黎火车站迎接，一行人乘坐马车前往郊外的凡尔赛，中国代表团驻地吕特蒂旅馆。

秦北洋寄居在旅馆地下室。他吃了两片阿司匹林，咳嗽一整晚，瑟瑟发冷。九色发出热量，一人一兽，抱作一团，像寒冬里的流浪狗与流浪汉互相依偎。

九色正在燃烧主人的生命，镇墓兽心脏的灵石，会给长期接近者带来死亡——除非它的主人是坟墓中的尸体……

彻夜煎熬之中，秦北洋梦见了父亲，不知老秦在天涯何处？还是早已化作一把枯骨……

天亮时，中国驻美公使，全权代表顾维钧前往凡尔赛宫，安娜同乘一辆马车。她也一夜无眠，负责整理材料并翻译要点。法语是通行欧洲的外交与法律语言，受过教育的人都以说法语为荣，何况法国是大会的东道主。中国代表团的法语翻译，几天前患上西班牙流感被隔离，只能由初出茅庐的欧阳安娜顶替。

十九岁的小实习生，穿着保守的黑色长裙，为掩饰熬夜的黑眼圈化上浓妆，乍看像个小寡妇。她身上唯一的装饰物，是左手中指的玉指环。出门前，她对着镜子反复演练，生怕举手投足出了差错，丢了中国的脸面。

她局促地抱着膝盖，凝视凡尔赛宫绿油油的大草坪，巴洛克式富丽堂皇的建筑，不时冲上云霄的喷泉，都是"太阳王"路易十四的杰作。包厢对面的顾维钧，不过三十岁左右，年轻英俊，神采奕奕，几乎能听清喘气声。她的胸中小鹿乱跳，知道顾维钧是上海嘉定人，便用上海话打招呼。顾维钧把面孔板下来："安娜小姐，这里没有老乡，只有共事的同人。"

下了马车，她像怀抱心肝宝贝，抱着中国政府的申诉材料。走进凡尔赛宫，迎面而来一大群人，众星拱月般簇拥一个高大男子——美国总统伍德罗·威尔逊。

顾维钧越出众人上前打招呼，总统认出了中国驻美公使，客气地说："公使先生，很高兴见到您。"

来不及说谄媚的客套话，顾维钧以流利的英语说："尊敬的总统先生，恳请您倾听中国四万万人民的呼声！山东是孔夫子的故乡，山东之于中国，正如耶路撒冷之于西方。您的正义选择，会为中美两国带来百年以上的真诚友谊。"

"公使先生，美国政府一贯主张，以及我的十四点建议：巴黎和会不是分赃大会，绝不能新增哪怕一寸殖民地，否则世界大战的惨痛流血将毫无意义。美国政府与国际联盟，一定会重视中国的主张，强权不能凌驾于公理之上。"

尽管被无数小国的代表包围，威尔逊总统仍然郑重其事地回答了顾维钧。安娜惊叹第一次离美国总统这么近。

"他才是这个世界上最有权势的男人，幸好我是驻美公使，跟威尔逊总统有所私交。"顾维钧成竹在胸，"他明确表达过支持中国的立场，但愿这次能帮得上忙。"

欧阳安娜蹑手蹑脚地跨入凡尔赛大厅，坐在代表席背后的翻译席。各国席位明显不平等，五大强国在最显著位置。除了美国总统威尔逊，秃头白胡子酷似袁大头的是法国总理克列孟梭，一头银发的是英国首相劳合·乔治，唯一的亚洲人是日本前首相西园寺公望。意大利首相奥兰多，因为分赃不匀，刚愤而退出会场。

缠着白头巾的阿拉伯王子起身慷慨陈词，安娜看得简直流口水，王子如《天方夜谭》的男主角般英俊帅气，痛斥英法对叙利亚与伊拉克的占领，要求履行"阿拉伯的劳伦斯"的承诺，让阿拉伯彻底独立。接着是波兰代表，要求获得整个东普鲁士，还要求占有西部乌克兰与白俄罗斯，恢复历史上光荣的波兰共和国。

轮到中国发言，顾维钧身着欧洲勋贵礼服起身，胸前绣有植物花纹金线，堪比赤壁周郎，鞠躬问候各位代表，包括对面的日本代表团。

他重申中国政府七点主张：废除势力范围、撤退外国军队、裁撤外国邮局及电报机关、撤销领事裁判权、归还租借地、归还租界、关税自由权。顾维钧出示绝密档案，引经据典，逐条批驳日本。比如"二十一条"并无法律效力，违反国际法"武力胁迫原则"。国际法还有"情势变迁原则"，袁世凯签订"二十一条"时，中国尚未对德宣战，后来中国参战，原有条约自当失效，青岛理应归还同为战胜国的中国。

安娜还没到同传水平，逐字逐句翻成法语。她准备了一个通宵，标记出生僻的法律术语，但面对地球上最有权势的男人们，连犯几个语法错误。绰号"老虎"的法国总理克列孟梭，用欣赏漂亮姑娘的目光，打量中国外交部的女实习生。但她调整了心态和节奏，句子自动跳到脑中，翻得越发流利，在场的法律专家频频点头。

她译完最后一句法语，东道主法国总理克列孟梭首先给予掌声，接着是美国总统威尔逊、英国首相劳合·乔治，只有日本的西园寺公望和副团长牧野伸显面色铁青。

走出辉煌的凡尔赛宫，顾维钧步履轻松，按照欧洲礼节伸出胳膊，让安娜挽着行走，纵声笑道："天佑我中华，山东应该要回来了！"

数日之后，黎明之前。

秦北洋、欧阳安娜，还有九色来到巴黎中心，埃菲尔铁塔脚下，当时世界最高的建筑，十九世纪工业文明的伟大成就。

他牵着安娜的纤纤素手，带着九色，拾级登上铁塔。三百米高空，不但眺望整个巴黎，还有凡尔赛宫和贡比涅森林，凯旋门、蒙马特高地、卢浮宫在内的无数伟大建筑，蜘蛛网般向四周辐射出去，塞纳河是穿透整张网的一条光亮丝带。

"看，太阳升起来了。"

安娜极目远望残破的法国东部，旭日从森林与田野上空冉冉升起。她闭上眼，任由阳光泼洒在脸上，泛起金灿灿的浪花。

"北洋，你在看什么？"

"我在看你。"

"除了我，还有谁？"

"还有谁呢？对啊，顺着这个方向，再往前一万千米就是中国。"

这轮微凉的太阳照亮了巴黎，七小时前，也照亮另一个遥远、古老而孱弱的国家。

几天前，四国首脑会议结果传来——美英法三强同意将德国在山东的所有权益，包括青岛和胶州湾的领土，胶济铁路与沿线的财产一律转让给日本。

中国代表团驻地陷入一片死寂，欧阳安娜失声痛哭……

据说，因为意大利已退出和会，日本声称如果不满足条件，也将步意大利之后尘，美英法三强转而向日本屈服，包括口口声声支持中国的威尔逊总统。

日本是强国，中国是弱国。中国的利益，充其量不过是列强间的一枚棋子。弱国无外交，一百年前的真理，也许一百年后依然是。

埃菲尔铁塔之巅，欧阳安娜睁开琉璃色眼睛："今天是几号？"

"1919年5月4日。"

忽然间，九色疯狂咬着主人的裤脚管，发出灼烧的热量，两条前腿几乎要跳出瞭望台。埃菲尔铁塔另一边，巴黎无数屋顶的上空，飞来一只奇怪的东西——扑扇两对翅膀，撒旦与天使合体的兽头，旧约时代的恶灵。

欧阳安娜认得这只怪物——并不来自耶路撒冷或美索不达米亚，而是来自北京房山坟王村"鞑摩坟"。

晨曦笼罩四翼天使，四扇翅膀反射死神的金光，收割世界战争中飘散在天空的亡灵们。

秦北洋感觉心脏要爆炸了，这头镇墓兽竟能在太阳下飞行了！

盘旋在巴黎上空的天使，转向埃菲尔铁塔而来。极目千里的兽眼，瞥见塔顶瞭望台上的少男少女。四片翅膀的关节点，玫瑰般旋转绽开。秦北洋用力将安娜按倒在地。一百米外，四翼天使的羽翼间闪出四团火光，子弹撕裂空气，发出索姆河与凡尔登的啸叫，匕首般刺向他的瞳孔……

第四十七章

父子重逢

民国八年，1919年5月4日，清晨七点。

当欧亚大陆最西端的日出，照耀巴黎埃菲尔铁塔的同时，欧亚大陆的另外一端，正在烧起一片滔天烈焰，连同中华民国的太阳化作灰烬。

四翼天使镇墓兽，正在法兰西的心脏上空飞翔，金属羽翼掠过无数世纪以来的尖顶，打开改造后的射击孔，向铁塔顶端的一对男女喷射子弹。

死神扑面而来。

欧阳安娜被秦北洋压倒在地，九色也机敏地趴下。光天化日，无从变身。子弹擦着他们的头顶与后背飞过，打穿埃菲尔塔顶的钢板，弹片肆意弹跳，有一块擦破了秦北洋的胳膊。

他与安娜脸贴脸，耳边呼啸着枪林弹雨。仿佛下一秒钟，脑袋就会被打爆。安娜瞪大双眼向他点头，秦北洋不明白什么意思，她的嘴唇已匆匆奉上。

埃菲尔之巅，秦北洋措手不及，女孩子的嘴唇，湿润而温暖的一团花蕾，两片嘴唇组成奇异世界，封住了十九岁少年的口。

"你我同生共死。"

安娜松开嘴唇，镇定地对少年说。九色害羞地闭上眼，这头幼兽什么都懂。

一分钟过去，他们还活着。

法国空军怎能坐视巴黎的天空被攻陷？万里晴空，飞来数十架灵活的双翼飞机，螺旋桨后射出机关枪火舌，团团围困住四翼天使镇墓兽。

一场苍蝇与猎鹰的决战。

巴黎市民都挤上大街，探出窗户，骑上屋顶，大好春光下仰着脖子，观赏《罗兰之歌》以来未见的奇观。越来越多的飞机加入战团，飞行员们都是世界大战的幸存者，击落过无数德国战机，却从未与这样的怪物交过手。飞机的速度快得多，但四翼天使可用两对翅膀盘旋滞空，不停变幻上下左右。飞机善于直线运动而不善折弯，自不同方向追逐而来，镇墓兽突然闪转腾挪，两架战机迎头相撞，飞行员血洒长空，市民们惊呼尖叫。

秦北洋站在埃菲尔塔顶，让安娜与九色保持俯卧。他在观察空中的四翼天使，这尊来自唐朝的镇墓兽，不仅安装了加特林机关枪与航空火炮，还增加了航空发动机，油箱埋在加厚的装甲内部。

经过这一番改造，四翼天使已突破了昼夜间的森严壁垒，不再受限于只能在黑夜或地宫活动。皮埃尔·高更受法国政府之托，万里迢迢，九死一生，跨越大半个地球将四翼天使运送到巴黎，就是为将它改造为全天候的杀人武器。

但他们忘了一点——镇墓兽只听从墓主人命令，四翼天使逃出法国人的控制，飞到巴黎上空大肆破坏。

这一天，法国总理克列孟梭、英国首相劳合·乔治、美国总统威尔逊都目睹了这场空中浩劫。四翼天使被击中无数次，却犹如飞行的铁甲堡垒。围攻镇墓兽的战机，却已被打下十余架，巴黎城里到处是飞机残骸，房屋燃烧起大火，引发超乎想象的伤亡。

终于，一发航炮击中镇墓兽的腹部，一团火光从内部撕开装甲，必是油箱被击中了。

尽管发生空中爆炸，但坚固的四翼天使并未解体，而是盘旋着徐徐下降，经过香榭丽舍大道，掠过协和广场的古埃及方尖碑，降落在卢浮宫前。

"我们下去。"

安娜的胆色不逊于须眉，她拽着秦北洋的胳膊，坐电梯回到巴黎的地面。到处都是警察和消防队员，还有男人的怒吼和女人的哭喊。

眼看前面还有很远的路，正好路边停着两辆自行车。他俩一人骑上一辆车，九色在前头四条腿跑得欢，背后响起自行车主人的叫骂声。穿过塞纳河上的艺术桥，这座铁桥有个别称"爱桥"，阳光、空气与水面的风都带着玫瑰的香味。

安娜也闻到了风里的血腥味。

卢浮宫前的小广场，四翼天使镇墓兽，像只受伤的老鹰，收缩后背两对翅膀，匍匐在地上挣扎。从天空到地面，镇墓兽依然大开杀戒，它并非自愿来到这陌生国度，更像一个逃出牢笼的黑奴，要杀死见到的每一个奴隶主。

"不能让它继续杀人。"

秦北洋冲出卢浮宫的门廊，安娜抓都抓不住他，只能呼喊："小心！"

四翼天使转过一张兽脸，看到这张熟悉的面孔，翅膀下的枪管打开，冒着硝烟和热气，随时会把他打成筛子。

秦北洋盯着它的眼睛——暗淡无神，流着湿漉漉的液体，但不是眼泪，而是机油。这头镇墓兽受了重伤，它在流血，苟延残喘，已不是地宫里的守护者。它被法国人做了手术，加装和移植了许多内脏和器官，变成一个怪物，唐朝神兽与西洋工业文明杂交的异种，镇墓兽与机器的弗兰肯斯坦。

四周围拢无数警察和士兵，天空盘旋数架飞机，谁都不敢冲上去：一是怕死，二是怕卢浮宫博物馆里的宝贝被这头机器畜生破坏了。

秦北洋念出《大秦景教流行中国碑》——

"真主无元。湛寂常然。权舆匠化。起地立天。分身出代。救度无边。日升暗灭。咸证真玄。赫赫文皇。道冠前王。乘时拨乱。乾廓坤张。明明景教。言归我唐……"

在北大西洋的沉船上，秦北洋念诵过这段话，让这头景教徒的镇墓兽俯首称臣。

巴黎，卢浮宫前，十九岁的中国少年高声念诵，抑扬顿挫的唐朝汉语。四翼天使垂下挣扎的兽头，成为他的仆从，就像回到墓主人身边。走近这头残杀过无数人的镇墓兽，秦北洋抚摸它的脖子，让它忍受浑身伤痛，不再进行无谓的抵抗与杀戮。

法国军警们如潮水涌出，用钢索牢牢捆绑住四翼天使，运上一辆平板大卡车。每个人都小心翼翼，怕这大怪物苏醒过来。镇墓兽仍是热的，不时发出齿轮与蒸汽的声音，秦北洋蹲在兽头旁边，安抚它半睁半闭的眼睛。

"秦！"

背后响起一连串磕磕绊绊的中国话，秦北洋看到一头乱发，镜片下的蓝眼睛——卡尔·霍尔施泰因博士，前北洋政府南苑兵工厂首席顾问，被欧洲驱逐的武器专家。

"博士？"

秦北洋有些恍惚，这才想起钱科所说——博士早已离开中国，或许回了欧洲，原来是在巴黎啊。眼前这尊四翼天使镇墓兽，被改造为如此鬼斧神工的飞行武器，只有可能是霍尔施泰因的"杰作"。

博士热情拥抱了秦北洋，贴着耳边说："我需要你的帮助。"

他担心四翼天使镇墓兽失去他的安抚，又会重新疯狂地杀人。但他更不想离开安娜，犹豫之际，霍尔施泰因博士说出第二句："有一个人想要见你。"

"谁？"

"你的父亲。"

他的眼珠子几乎掉到地上："俺爹？秦海关？他也在巴黎？"

不用再犹豫了，秦北洋立即答应博士的请求。他与欧阳安娜挥手作别，发誓要把父亲带回来，不会让她久等的。

秦北洋背着唐刀，小镇墓兽九色跟随主人，蹿上运送四翼天使的平板卡车。

越过塞纳河上的大桥，他趴在两头镇墓兽之间，遥遥望向埃菲尔铁塔的尖顶，一朵灰色的云彩，像被挑起的尸体，高高挂在巴黎的天空。

一支戒备森严的军队，步兵与骑兵，护送秦北洋和四翼天使，徐徐穿过巴黎的街道。天空有数架战机护送，预防镇墓兽苏醒后飞翔逃逸。

凡尔赛。

卡车进入森林中的小径，竟然藏着一座飞机场，四周围着高墙与壕沟。机库门口停着数十架教练机，背后是一片喷着黑烟的厂房。

霍尔施泰因博士邀请他参观工厂："秦，很高兴能再见到你。"

"博士，我爹呢？他真的在这里？"

"你的德语水平进步很快。"博士额头的皱纹加深，鬓角多了些许白发，藏在镜片后的眼神，更加偏执而神经质，"四年来，残酷的世界大战告诉欧洲的政府——十九世纪一去不返，现代战争不是艺术，而是赤裸裸的屠杀，生命比空气更廉价。可惜世界大战结束了。但我的使命才刚开始，因为下一场大战即将来临。我要替法国人研制出最强大的武器，可惜缺少原材料。"

谁能给博士展示才华的机会，放手大胆地让他去做离经叛道的尝试，无论德国、法国、英国甚至是俄国，他都会为之而效犬马之劳。

"你说的原材料，就是镇墓兽？也是你改造了四翼天使？让它可以在阳光下飞行？"

博士成功地转移了秦北洋的话题："没错，所以法国驻中国公使与伯希和先生才会费尽心机将四翼天使镇墓兽重新挖出坟墓，跨越大半个地球运送到凡尔赛。四翼天使只来了不到半个月，但我已耗尽毕生所能。我是世界上第一个能真正改造出'灵魂机械体'的人。"

秦北洋想起京都大学的山本教授——死于被自己改造的日本战国名将盔甲，便摇头："你不是第一个。"

"我不是第一个？世界上还有比我更厉害更黑暗更变态的人？他是谁？"

卡尔·霍尔施泰因已陷入执念。为争夺世界上的"第一个"，无数伟大的人物，都为了这虚无缥缈的目标而身败名裂。就像旧时男人们会追求做女人的"第一个"那样荒谬绝伦。

"他已经死了，你也会死的，博士，请你早点放弃。"

"秦，我想要让你做我的助手，只有你才能驾驭和控制镇墓兽。接下来的难题，不在于机械化改造，而在于如何有效控制它们。"

因为无法有效控制，四翼天使才会逃出机场，造成今早的悲剧。同样道理，山本教授因此被战国盔甲们砍掉了脑袋。

"对不起，博士，我爹根本不在巴黎，你也不知道他的下落。你只是卑鄙地假借我爹的名义，欺骗我和九色来到这里，告辞了。"

秦北洋领着九色往外冲去，心想技术只有可复制才有价值，而非控制在一两个人手中。博士是要让所有技术人员都能操纵镇墓兽，才能在战场上大规模应用，就像大批量培养飞行员。那时候，自己不过是一条被用剩下的老狗，就会被一脚踢开。

"你们不能走。"

霍尔施泰因博士按下一个开关，工厂大门迅速封闭，看来是要瓮中捉鳖了。秦北洋暗暗后悔，自以为他乡遇故知，从而轻信人言——这也是自己一大弱点。这个车间是全封闭的，几乎没有窗户，如同灯火通明的地宫，九色具备了变身的条件。

秦北洋抽出背后唐刀，九色爆射琉璃色目光，头顶生出雪白分叉的鹿角，浑身白毛收缩而长出金色鳞片，变作幼麒麟镇墓兽。

它即将吐出致命的火球，要把博士烧成灰烬时，霍尔施泰因按下第二个开关。

一道铁门打开。

刺眼的灯光亮起，烘托出一张男人的脸，如同沟壑纵横的黄土地渐渐鲜明……

相隔18个月、540个昼夜，寻觅了大半个地球，秦北洋终于看到了这张脸。

"爹！"

秦北洋触摸到了他的鼻子、嘴唇，还有布满皱纹的眼角……

如假包换的亲爹，中国最后的皇家陵墓工匠，秦海关。

卡尔·霍尔施泰因没有说谎。老秦转身跪下，磕了个响头："博士！感谢您帮我找到了儿子。大恩大德，无以为报！您提出的任何要求，老秦我都会竭尽所能地完成。"

十年前，秦海关就是这样给摄政王载沣磕头，给名侦探叶克难磕头，给内务府陵墓监督磕头，这才找回了失散的幼子……

秦北洋无奈地将父亲搀扶起来，老秦凝视青铜鳞甲闪光、鹿角雪白的九色，高声赞叹："真神兽也。"

第四十八章

从西伯利亚到巴黎

秦海关。

一年零六个月前，那是个雪天。北京南苑兵工厂被洗劫，白俄雇佣军驾驶装甲列车，带走了首席机械师秦海关，以及严重损毁的十角七头镇墓兽。

他被关在铁皮车厢，气温越来越低，每夜难以入睡。扒着缝隙往外看，千里冰封，万里雪飘。列车开过松花江，折向西北，进入不毛之地的北大荒。

从一家军阀的阶下囚，又变成另一家的阶下囚，老秦慨叹命运无常。一代枭雄安禄山的镇墓兽，竟也沦落至此，犹如马戏团的驯兽，不知他在地狱作何感想？每夜枕着铁轨的震动声，他时常感到镇墓兽灵石的热量，像烈焰反复灼烧肝肺和心脏。

从标准铁轨进入俄国的宽轨，他听到此起彼伏的野狼嚎叫……走了漫长的一个月，景色越发单调。老秦在心里盘算距离，与儿子相隔十万里之遥，这辈子怕是再也见不到了。

列车停下，打开闷罐车厢，秦海关披着熊皮大衣下来。十角七头镇墓兽被装在一副巨大的雪橇上。陌生的国度，飘过鹅毛大雪。成千上万的士兵跪在雪里画着十字祈祷，东正教牧首高举基督圣像，念诵俄语《圣经》。

秦海关看到一个骑着白马的将军。西伯利亚内陆深处的荒野，竟然有人身着一身雪白的海军上将制服，前来迎接扭转乾坤的秘密武器。相貌英俊勇武的将军，下马给了老秦热情的拥抱，并以斯拉夫人的礼仪亲吻脸颊。

海军上将名叫亚历山大·瓦西里耶维奇·高尔察克。

年轻的弗兰茨·冯·沃尔夫男爵前来协助秦海关的工作。

男爵生在波罗的海德意志贵族之家，在圣彼得堡与拉脱维亚有宫殿般的豪宅，在德国获得了物理学硕士学位。他的性格不错，尊重所有的手艺人，跟老秦很谈得来。

漫长的修复过程中，十角七头两度失控，杀死大量白俄士兵，冲入西伯利亚的莽莽丛林。每次都是秦海关出面，用北方话与唐朝话加上叽里咕噜的胡人语言——都是他在睡梦中与安禄山的灵魂对话学会的，才将这头庞然大物呼唤回身边。

当他彻底修复镇墓兽，几乎成了半个俄国人。老秦跟一个白俄小寡妇同居，学会了简单的俄语。这个精通各种工匠手艺，不酗酒的中国男人，特别受俄国女人们欢迎。

1918年，十五万白俄向俄罗斯腹地进军。在叶卡捷琳娜堡，白军阵营出现一头怪物——七个奇形怪状的脑袋，总共十个尖角，每个角上都挂着一个王冠，每个头上都刻着无法破译的符号。怪物的七个头里藏着加特林机关枪，体内有法国的速射炮。没有任何活人敢于抵抗十角七头镇墓兽——来自曲阳田庄唐朝大墓，安禄山地宫的杀人机器。白俄的随军牧师也画着十字架说："愿这样的撒旦永远沉入地狱。"

踏着累累白骨，白军攻占了这座以女皇叶卡捷琳娜一世命名的乌拉尔地区最大城市。

海军上将的目标不是叶卡捷琳娜堡，而是末代沙皇——尼古拉二世。

罗曼诺夫王朝，统治俄国三百年，多灾多难的家族，疾病、暗杀、早夭、精神病……尼古拉二世，他被自己的民众视为暴君。萨拉热窝事件后，他为斯拉夫兄弟塞尔维亚撑腰，向亲表哥德皇威廉二世宣战。大战让俄国牺牲了数百万人，最终换来皇室的末日。

沙皇全家已经死了，人们从地下室掘出了七具骸骨……

沃尔夫男爵接到命令——为沙皇建造一座秘密陵墓，加上一尊镇墓兽，海军上将承诺向秦海关支付一百千克黄金作为报酬。

老秦以为自己听错了，不是一百千克俄国临时政府滥发的纸币吧？

"不，确实是黄金。沙俄帝国的黄金储备，控制在海军上将的手里。"沃尔夫苦笑道，"我想，这是他快要灭亡前的疯狂吧。"

一百千克黄金，足够在北京城里买下整个恭王府，甚至半个紫禁城！

守在沙皇全家的骸骨前，秦海关考虑了三天三夜……他决定接受这个任务，按照中国皇帝的规格与墓匠族的技艺，为末代沙皇营造一座陵墓。

冰天雪地的乌拉尔山，秦海关与沃尔夫背着猎枪走了数日，找到一条龙脉。有一处地气特别旺盛，长着几棵参天的大松树。风水点穴之术，对全世界山川同样有效。所谓龙脉，只是一个汉语词汇，绝不仅限于中国。

点穴成功，挖了一口深井，放入末代沙皇生前的念珠，便是万年吉壤的金井。高尔察克派来工兵、大量工程机械，勒令在三个月内完工。在中国造一座皇陵少说也得三五年，十多年也不为奇，但用机器就难说了。俄国人没啥讲究，坚固皮实就行，简单粗暴地灌注钢筋混凝土，墓室门是厚达几十厘米的钢板，要比中国陵墓的石门牢靠得多，几小时就安装完成。

这将是秦海关此生做的最后一尊镇墓兽，可能也是人类历史上最后一尊镇墓兽。

"制兽九宫"第一宫，发愿奏表。无奈沙皇不懂汉文，老秦就省了自己撰文，由沃尔夫男爵用拉丁文、俄文各写一张表文烧了。

第二宫，设计图纸。沃尔夫提供了思路——双头鹰，来自拜占庭帝国，土耳其人攻占君士坦丁堡后，拜占庭公主逃亡莫斯科，双头鹰成为俄罗斯国徽，一头朝向欧洲，一头朝向亚洲，代表欧亚大陆霸权。在沃尔夫帮助下，老秦迅速画出图纸，双头鹰镇墓兽跃然纸上。

第三宫，选材。这年头任何材料都能找到，除了灵石。秦海关走遍了乌拉尔山，坐着狗拉雪橇穿越西伯利亚，沿着鄂毕河到北冰洋畔，看到从冰面上走过的北极熊。他感应到了灵石的气场，附近有帝俄时代废弃的矿坑，像被陨石撞击过的漏斗，往下挖了上百米，才掘出一大块冒着热气的黑色石头，像锈迹斑斑凹凸不平的青铜。

带着灵石返回乌拉尔山，路过西伯利亚的暗夜森林，四处响起饥饿的狼嚎，沃尔夫握着猎枪说："我的德国姓氏，原意就是狼。"

"我的姓氏来自两千多年前，中国的第一位皇帝。"

"真有趣，秦，你在中国还有家人吗？"

"我有个儿子，唯一的亲人，一年多没见过他了。我很想他。要不是鄂木斯克离中国太遥远，我的身体又太糟糕，早就逃回去找他了。"

秦海关剧烈咳嗽起来，用手帕堵住嘴巴，咳出大摊鲜血。

"你有肺结核？"男爵下意识地后退两步，"还是西班牙流感？"

"不，更糟糕，但我不会传染给你的。让我死去的原因，在镇墓兽身上。"

"因为这块石头？"沃尔夫男爵注视藏在老秦背包里的灵石，"我在德国读书时，收集过各种天然矿物质，某些对人体伤害极大——叫作放射性。"

"放射性？"

西伯利亚的针叶林深处，秦海关感觉自己命不久矣。他依样画葫芦念出单词，但只会日常用语，看不懂俄国文字，更无法理解专业术语。

"天下万物都有放射性，有的放射性强烈，长期接触会导致疾病，甚至快速死亡。巴黎的居里夫人就在研究这些东西。"

秦海关祖传的《秦氏墓匠鉴》写得明白"欲成墓匠，饮鸩灵石"，正如后人说的"欲练神功，挥刀自宫"。

他能活到现在这岁数，绝对破了三千年来家族的纪录。

两人踏着茫茫白雪，背着蒸发生命的灵石，回到乌拉尔山中的陵墓工地，开始第四宫——拼接塑形，设置机关。

老秦和沃尔夫搭出双头鹰的骨架，填入齿轮、传送带、擒纵器……上千个零部件，都是进口的五金件。不管使用多少新材料，只要依靠灵石作为唯一动力来源，就仍是镇墓兽的传统工艺。

按照祖传规矩，必须秦氏子孙才能建造镇墓兽，遑论沃尔夫是个日耳曼血统的老毛子。但这两年，秦海关目睹了太多的天崩地裂，早已不是修撰《秦氏墓匠鉴》的年代了，什么老规矩啊，狗屁不如！

第五宫，种魂。尼古拉二世沙皇生前遗物颇多，有头发、指甲、念珠、画像、照片，甚至日记本，存放在镇墓兽的心脏位置，赋予末代沙皇的灵魂。

第六宫，雕琢。双头鹰的设计相当繁复，如果用传统手工艺，没几个月雕琢不完。沃尔夫用冲压车床做模具，几天工夫就做出双头鹰的外壳，加上一对轻薄却巨大的双翼。

第七宫，操控。镇墓兽有了墓主人的灵魂，才能懂得墓主人的语言。这是史上第一尊通俄语的镇墓兽。秦海关在俄国生活了一年，又有个俄国小寡妇做老婆，他向沃尔夫请教了几句古俄语，运用将近六十年来积累的精气，彻底驯服了双头鹰镇墓兽。

第八宫，点睛。刚落成的沙皇地宫，运来一只硕大无朋的北极熊。双头鹰镇墓兽在老秦的操控下，扑闪一对翅膀飞起，轻松躲过白熊的第一击。鹰爪准确地刺破熊的双眼，两只鹰头分别攻击熊的耳朵，瞬间撕裂了北极熊的咽喉……

最后一宫，双头鹰的命名仪式。秦海关给镇墓兽上紧发条。沃尔夫开了香槟和果酱庆祝，甚至计算了一个公式——在没有外力入侵的前提下，它的力量可以保持到公元3900年。

"这是一尊'灵魂机械体'。"

男爵说了一句学术界流行的时髦话，用了秦海关听不懂的德语。

"制兽九宫"完成，末代沙皇尼古拉二世全家骨骸，收殓在七副桃木棺材里，经由东正教牧首的祈祷仪式，送入地宫的金井之上，与双头鹰镇墓兽同归于寂。

沙皇陵墓大门锁闭，再用水泥浇在墓道口，除非烈性炸药才能打开。这是秘密陵墓，没有地面建筑，封土就是整座山丘。秦海关参照了《秦氏墓匠鉴》的汉墓规制。乌拉尔山脉，乃是欧洲与亚洲的分界线——双头鹰，或许是欧洲第一个本土制造的镇墓兽。

弗兰茨·冯·沃尔夫蹲在墓前号啕大哭，秦海关心想，北京城里八旗子弟遗老遗少都没像他这么忠诚的。

几天后，一口硕大的金属棺材送到秦海关的面前。

传令官带来海军上将高尔察克的手谕："这是拉斯普京的骨骸，请为他建造一座陵墓，还有镇墓兽。"

老秦迷惑不解地问："拉斯普京是什么人？"

"他不是人。"沃尔夫就像吃了只苍蝇般难受，"大战期间，沙皇的后宫有个妖孽。他叫拉斯普京，原是乡村无赖，谎称是苦行僧的圣人。他受到皇后宠信，其实秽乱宫廷，大家都称他为'妖僧'。据说，拉斯普京有超能力，可以治疗疾病、占卜吉凶，无数女人为他而着迷，甚至心甘情愿成为他的邪恶异端的祭祀品。"

三年前，俄罗斯帝国危在旦夕。士兵们在前线忍饥挨饿死去，后宫却夜夜笙歌。"庆父不死，鲁难未已"。人人都说拉斯普京不死，罗曼诺夫王朝必亡。忠臣沃尔夫与一群贵族引诱拉斯普京出宫，再用手枪、毒药、匕首等方式杀死这个男人。沃尔夫的双手沾满鲜血，最后把拉斯普京扔进冰封的涅瓦河，据说这妖孽在冰河里熬了八分钟才淹死。

沃尔夫仰天长叹："杀死拉斯普京，我成了俄罗斯的英雄，可惜没能拯救帝国。"

秦海关感到一阵恶心——棺材里升腾起一股邪气。他建造过许多陵墓，接触过帝王的金井，变得格外敏感，能感受到常人难以感受之物。

"清朝的老规矩，墓匠族只能为皇帝造陵墓。袁世凯勉强做了洪宪皇帝，末代沙皇也是正统的俄国皇帝，这个拉斯普京算什么东西？"

"人人得而诛之的乱臣贼子！"沃尔夫真想一把火烧了棺材，"海军上将疯了。"

秦海关看着森林里的仓库，藏着休眠状态的十角七头镇墓兽，骤然明白了高尔察克的用意："他不是要陵墓，而是要得到一尊镇墓兽。"

"拉斯普京的镇墓兽？"

"嗯，为何十角七头如此强大凶残？因为它的墓主人是安禄山，野兽般的乱臣贼子，差点毁灭了大唐帝国。"

"秦！你说得有道理，如果一头镇墓兽，拥有了妖僧拉斯普京的灵魂，该有多恐怖？海军上将病急乱投医，他觉得一尊十角七头还不够，必须再加上一尊拉斯普京，两头天下最凶残的镇墓兽，才能帮他渡过难关。"沃尔夫抽了一支烟，看着火星迅速在寒冬消逝，"绝不能把拉斯普京的灵魂放出来，这个魔鬼将毁灭多灾多难的俄罗斯，必须让他永远留在地狱。"

"可是海军上将的命令……"秦海关知道高尔察克是个说一不二的铁血人物，"他会杀了我们的。"

"秦，你愿意跟我逃跑吗？"

"逃去哪里？"

"嗯……"沃尔夫男爵深思许久，"去中国呢？你不是一直想念儿子吗？"

思量一宿，秦海关决定出逃。他回了趟鄂木斯克，跟白俄小寡妇共度最后一夜，告诉她自己行将远足，不知何时才能回来。

天蒙蒙亮，老秦和沃尔夫骑上良马，带足了武器、皮草、干粮和钱财，悄然没入白雪皑皑的西伯利亚荒原。刚走出去两天，就遇上一场骇人的暴风雪。他们只能在森林里搭起帐篷，用取之不尽的木材烧火取暖。

天黑后，狼群包围了他们。他们开枪射杀无数头狼，更多饥饿的野兽围上来。

秦海关无比想念他的镇墓兽伙伴——十角七头，虽然那个大怪物继承了安禄山的凶残灵魂，但在老秦面前却是个温顺的牲畜，就像农家的驴子或看门狗。如果有它在，别说是狼，就算来一百头北极熊，也是风卷残云。

打光了上千发子弹，只剩下马刀与匕首了，眼前还剩十几头饿狼，秦海关抓着沃尔夫的胳膊说："我的年龄可以做你爹了，我俩相识也是有缘，若有来生，你就投胎做我的儿子吧。"

可惜沃尔夫是个东正教徒："秦，我只相信基督的末日审判。但能认识你，伟大的中国工匠，是我的无上荣幸。"

两人眼睛一闭，准备舍身饲狼，四周响起急促的枪声。饿狼被一只只射倒，接着出现穿戴裘皮的白俄骑兵。

原来秦海关的小寡妇担心他在路上遭遇意外，就告诉了白俄临时政府。高尔察克勃然大怒，下令把老秦和沃尔夫抓回来——必须是活的。

狼狈不堪的秦海关和沃尔夫，被押解回鄂木斯克，跪在海军上将面前。

高尔察克给他们松绑，说前线战事吃紧，必须要镇墓兽紧急出征，给妖僧拉斯普京修建陵墓一事可以暂缓。

数日后，伏尔加河畔，不可一世的十角七头被装甲列车的凶猛火力摧倒，钢铁外壳炸开两个大洞，副油箱殉爆。老秦抬着镇墓兽的残骸，垂头丧气地回到鄂木斯克。纵然能工巧匠，也无力修复。十角七头的结构过于复杂，七个脑袋等于有七个思想，各自往不同方向去，如果没有统一的智慧，自己跟自己也会打架。

众人一筹莫展，法国军事代表建议，将十角七头运到法国，那里有世界上最好的工程师，一定可以修复这头镇墓兽。

海军上将同意了这个计划。老秦必须与十角七头同行，以免镇墓兽失控，再加上沃尔夫男爵，顺便参加巴黎和会。

这年春天，木头教堂的洋葱头尖顶响彻钟声。荒原积着残雪，额尔齐斯河刚解冻，来自阿尔泰山的湍急流水，夹带冰块荡气回肠地冲向北冰洋。

秦海关留起大胡子，头戴裘皮帽，身着呢大衣，胸前别着帝俄勋章，脚蹬哥萨克马靴。他与沃尔夫出发，带着大木箱里的十角七头，沿哈萨克牧民的小道，通过里海北岸的戈壁，渡过伏尔加河与卡尔梅克草原，这是两千年来草原民族入侵欧洲的通道。顿河哥萨克保护他们到黑海边，在克里米亚的塞瓦斯托波尔军港坐上法国军舰。

路过博斯普鲁斯海峡，君士坦丁大帝的千年古都，拜占庭的堡垒，奥斯曼人的伊斯坦布尔。从爱琴海到地中海，年近花甲的秦海关方觉世界之大，岂是世世代代在地宫里造镇墓兽，坐井观天所能比拟？

四月，军舰进了马赛港，秦海关踏上法国的土地，春风和煦，与西伯利亚完全两个世界。火车沿着罗讷河疾驰，男爵坐进一等车厢，老秦待在闷罐车厢，陪伴十角七头镇墓兽。

抵达巴黎的那一日，凡尔赛车站布满军队，老秦与沃尔夫下车，有个戴着眼镜、蓬头垢面的欧洲人张开双臂拥抱了他，原来是卡尔·霍尔施泰因博士——指名道姓要秦海关来到巴黎的，就是这家伙的主意。

当秦海关从西伯利亚到巴黎，自东向西环游欧亚大陆的同时，他的儿子秦北洋也在横渡太平洋和大西洋，自西向东环游地球。

1919年的春天，父子俩几乎同时抵达巴黎。

巴黎！巴黎！

第四十九章

Assassins

民国八年，1919年5月4日，巴黎时间的深夜，北京时间的凌晨。

吕特蒂旅馆，巴黎和会中国代表团驻地，门口飘扬着五色旗。安娜风尘仆仆回来，刚一进门，便觉空气有些不对。鄂尔多斯多罗小郡王面色凝重，一把拽住她的胳膊："你到哪里去了？今天出了大事，可不能乱跑了。"

"是啊，镇墓兽大闹巴黎，死了好多人呢，外面全是警察和士兵。"

"我说的不是巴黎，而是北京。"

她被拉到二楼的会议室，代表团全体就座，包括五位全权代表：外交总长陆徵祥、驻美公使顾维钧、驻英公使施肇基、驻比公使魏宸组、南方军政府代表王正廷。

陆徵祥是代表团老大，上唇两撇大胡子。他跟欧阳安娜一样，是胸口挂着十字架的天主教徒，操着吴侬软语的上海口音。温文尔雅的外交总长，火冒三丈地拍桌子："看看北京发来的加急电报！学生们说要外争国权，内惩国贼，废除'二十一条'，拒绝在和约上签字。"

"诸位，学生们所说的国贼就是我们吧？"

顾维钧自嘲一句，陆徵祥擦去额头冷汗："少川啊，我原来也这么认为。不过，这次学生们要惩罚的国贼，是交通总长曹汝霖、币制局总裁陆宗舆、驻日公使章宗祥。学生们在赵家楼胡同，放火烧了曹汝霖的宅子。"

"火烧赵家楼。"顾维钧站起来踱了两步，看着巴黎的晴空问，

"今天是几月几号？"

"五月四日。"

身为翻译实习生的欧阳安娜，只有在这种无关紧要的问题上才敢说话。

突然，楼上响起一声惨叫……

整栋楼嘈杂起来，中国代表团的外交官们面色苍白。安娜与小郡王奔上楼，挤开围观的人群，楼梯转角的储物间门口，躺着一具鲜血淋漓的尸体。

没人胆敢靠近，陆徵祥在胸口画着十字。死者是外交总长的一等秘书，脖子被利器割开，气管几乎暴露在外，跟在纽约曼哈顿的杰弗逊大饭店的凶案如出一辙。

欧阳安娜心脏乱跳，忍住尖叫的欲望，抚了抚裙摆，半蹲下来，到底是海盗与青帮老大的女儿，冷静地看着被割喉的尸体。

"阿幽也到巴黎了。"

一刻钟后，巴黎警察局的让·沙维尔警长走进中国代表团。

四十五岁的中年男人，身高一米八，冷酷无情的面孔。两颊留着鬓角，上唇刮得颇为干净，黑西装里藏着手枪，领带永远不会歪斜1厘米。沙维尔世代在内政部当差，爷爷的爷爷是个大警探，在1832年的巴黎起义中投河自尽。

凡尔赛的黑夜，警长瞪着通红的双眼，向中国外交总长陆徵祥鞠躬行礼。他在二楼查看尸体，死者被匕首割喉。他下令任何人不得踏出大门一步，挨个接受警方询问。

凶手就在我们中间？有人说，五月四日，外交总长一等秘书被刺，也许跟中国代表团内部矛盾有关。北洋政府本不想让南方军政府参与巴黎和会，但受美国压力才任命王正廷为广州代表。到了巴黎，中国只有可怜的两个席位，带着全权代表头衔而来的有五人，僧多粥少，各位代表面和心不和。吕特蒂旅馆，犹如错综复杂的中国官场。

欧阳安娜推开阻拦的法国警察，来到旅馆门厅，找到正在抽烟的让·沙维尔。

"警长先生，我知道凶手是谁。"

面对十九岁的姑娘，沙维尔不像普通法国男人那般轻佻，面色沉静地问："小姐，您看到凶手的脸了？"

"没有，但我知道，凶手用匕首行凶，那是一把锋利的武器，有象牙雕刻的刀柄，镶嵌着螺钿图案。"

她又费劲地用法语解释什么叫"螺钿"。

"你的判断是正确的。"

"凶手来自一个刺客组织。半个月前,他们在纽约刺杀了中国第二批代表团的老团长,为了窃取中国外交部的档案箱。匕首割喉,是这些刺客的一贯手法,他们在中国至少这样杀死过五十个人。"安娜的眼眶发红,"被害人中也包括我的父亲!如果您不相信,请给上海的法租界发一份电报。上海的法国侨民对以上暴行无人不知。"

沙维尔警长依然没有表情:"小姐,我会尽快核实您的说法。"

"我相信,中国代表团里并没有凶手。我跟这些人朝夕相处,他们都是职业的外交官,高傲、敏感、虚荣还有懦弱……我并不喜欢他们中的大多数,但要说到杀人,那可真是高看了这些人的胆色。"

"巧得很,我也是这么想的。"

"这是一次警告。"欧阳安娜大胆推测,"巴黎和会临近尾声,如果不按照他们的想法来,刺客还会杀死更多的人。"

"可是刺客的诉求是什么?"

安娜也是头疼了,抓着自来卷的黑发:"这是要我们在《凡尔赛条约》上签字呢,还是不签字呢?"

"对不起,小姐,我只是个警长,只想抓住凶手,不关心政治。"沙维尔摆了摆手,"今晚,安全起见,我建议您还是躲在房间里,哪里都不要去。"

目送安娜上楼,沙维尔警长走出旅馆,望向凡尔赛的月亮。他揉了揉眼睛,又点起一根烟,这已是最近的第七起刺杀事件。

两个多月前,法国总理克列孟梭在凡尔赛宫与美国总统威尔逊会谈后,乘坐汽车离开途中遭遇刺客。刺客射出八发子弹,一发命中克列孟梭的心脏附近。绰号"老虎"的法国总理命大,子弹永远留在了体内。原以为刺客是德国人,抓获后发现是法国的无政府主义者。沙维尔审问刺客的动机,答案是——我们刚结束了一场战争,克列孟梭又在策划另一场战争。

老实说,刺客讲得没错。

巴黎是欧洲大陆最大的城市,和会期间,可以这么说——来了多少个国家的代表团,就来了多少个针对这些国家的刺客团。上至法国总理,下至中国的小外交官，每个政治人物都有被刺杀的危险。这些天，沙维尔警长忙得头大如斗，不断给各个代表团增加安全警力。

忽然间，有人提着电话机走近，他锁起眉头接听。

沙维尔挂断电话，暴怒地吼道："意大利代表团又出事了！"

十分钟后，汽车飞驰电掣地驶过凡尔赛的街道，来到意大利代表团所在旅馆。这时门口已聚满了人，甚至有意大利小报的记者用闪光灯拍摄维持秩序的警察。街对面有几个意大利年轻人，树着一面硕大的黑色旗帜，露出个奇怪图案——插着斧头的一捆棍棒。警长在大学时代爱读罗马史，知道这是古罗马执政官的标志，拉丁语叫Fasces。

拨开惊慌的人群，沙维尔走上二楼客房。案发现场门口，蜷缩着个法国姑娘，裹在一条大浴巾里，露出光溜溜的大腿，不时发出几声尖叫。不消说，沙维尔已猜出了她的职业，如今在萧条的巴黎，这是女人们操持的最容易的营生。床上仰卧一具赤身裸体的男尸，是一个留着黑色小胡子的意大利人，双眼瞪向天花板。脖子完好无损，不像被割喉的中国人。雪白的床铺上浸满鲜血，后脑勺有个弹孔，脑浆正在流淌。当时这位意大利外交官，招来妓女共度春宵，有人悄然潜入房间，从背后开枪打爆了他的脑袋。

沙维尔警长扯开唯一的目击证人——法国姑娘的大浴巾，春光乍泄，一丝不挂。

他凑到女孩的耳边问："你看到刺客的脸了吗？"

女孩顶多十七岁，她说当时被压在客人身下，注意力都在下半身。只听到一声枪响，意大利人脑后喷血，倒在她的脸上。她尖叫着推开死者，只看到凶手逃跑的背影。对方穿着一身便装，从体形来看是欧洲人。

沙维尔警长退到楼下，让警察赶走记者和示威的人群。他独自坐在月光下抽烟。因为谋求原属奥匈帝国的阜姆港，却得不到三巨头支持，意大利代表团已愤而退出巴黎和会。这些天，他们又灰溜溜地回来，要是再晚两天，这位外交官也不至于命丧在美人帐中。

一根烟还没完，又有个电话追着他打来，警长接听片刻，扔掉烟头说："英国代表团又出事了！1919年5月4日，今晚究竟是怎么了？"

凌晨四点，汽车马不停蹄地载着沙维尔警长，来到一千米外的英国代表团。

作为大战期间法国最忠实的盟友，英国人得到隆重招待，住进路易十四的宫殿，周围布满士兵和岗哨。尽管发生了凶案，但是英国代表团上下井然有序，与混乱的意大利人形成鲜明对比。

案发现场在宫殿角落，当时有两位绅士正在下国际象棋。一位是英国财政部首席代表，剑桥大学经济学院士，约翰·梅纳德·凯恩斯。还有一位是英国殖民地事务部代表，查理·乔纳森爵士——他倒在棋盘上，抓着两个棋子：皇后与马，脑袋已滚落于地板上。

沙维尔警长冷静地看着无头尸体——脖颈腔子里流出的鲜血，涂满棋盘与所有棋子。警长提起地板上的人头，死者睁着眼睛，惊愕地停留在坠落刹那。

"我们正在下象棋，突然间，天花板降落一个白色人影。我只看到一把弯刀，瞬间切下了乔纳森的头颅。"

惊魂未定的凯恩斯，难得理智地叙述案情，警长问："你没有看清凶手的脸？"

"我只记得对方穿着白衣服，好像是某种东方人的服饰。"

"东方人？近东还是远东？"

"近东。"

"那么那把弯刀呢？"沙维尔明白这让幸存者很难描述，他立刻在一张纸上画出弯刀的模样，刀面上布满复杂的花纹，"是这样子吗？"

凯恩斯连连点头："就是这种刀，看起来非常精美，又极其锋利。"

"阿拉伯人最擅用的大马士革钢刀，由削铁如泥的花纹钢打造而成。"

宫殿的石灰质墙壁上，沙维尔警长发现一行字母，是用刀锋刻画而出——

Assassins。

三件大事儿

第五十章

1919年5月4日到5月5日的凌晨，在巴黎，在北京，所有人都度过了一个不眠夜。

后半夜，凡尔赛机场的仓库宿舍，秦北洋跟别离了一年半的老爹抵足而眠。

仿佛回到十年前，他从天津来到光绪帝陵的地宫，失散九年的父子团圆的那一夜。

"北洋，你一定会觉得奇怪，我干吗要为北洋政府与白俄服务，帮助他们改造镇墓兽打仗，还给末代沙皇造了一座陵墓和镇墓兽。"

"是啊，爹爹，你不是说过吗？镇墓兽的秘密，绝不能示人。"

"时代不同了啊，东方的大梦没法不醒了。过去两千多年，别管哪家哪姓，总有皇帝坐龙庭。现在呢？龙旗换了五色旗，大清帝国换了中华民国。皇帝都没了，不会再有镇墓兽了。"

"皮之不存，毛将附焉？"秦北洋第一次觉得父亲变了，这世界最近几年的变化，已远远超出过去两千多年，"别说是我们中国，德国皇帝、奥匈皇帝、俄国沙皇，还有奥斯曼帝国的苏丹，四顶皇冠都落到地上打碎。照北京话，就是散摊子，滚蛋走人了。"

"我也想说来着呢，宣统皇帝溥仪住在紫禁城里还算运气好，看看人家俄国沙皇……"

"这是个飞机、坦克与潜艇的时代，再没有镇墓兽存在下去的空间，我们秦氏家族的千年使命也该画上句号了。"

"但有人想让镇墓兽成为像飞机、坦克与潜艇一样厉害的武器。"父亲布满老茧的工匠大手，摸着儿子脸颊上的青春痘，"北洋，过去我最大的念想，是你能子承父业，成为下一代皇家工匠，将镇墓兽的技艺，祖祖辈辈传下去。现在呢，我早想通了，你没必要再守着这些废铜烂铁，镇墓兽烧光了我们一代代老秦家的生命，现在要把我带去见老祖宗了。儿子啊，我不想你也走上老路，像我的爷爷和爷爷的爷爷那样，不到四十岁甚至三十岁就一命归天。"

"爹爹，你是在劝我离开镇墓兽，只做个普通工匠？"

"是，我宁愿让两千年的技艺失传，也不想见三代单传的儿子短命。"

秦海关是铁了心，要舍弃一切而保住儿子。他搂着秦北洋的脑袋，哮喘般地剧烈咳嗽。秦北洋心如刀绞，自己的肺同样在燃烧……父亲的担忧是对的，他活不到老秦现在这个岁数。

"爹，我答应你。"

"北洋，我一个人留下来，帮助法国人改造镇墓兽——安禄山的十角七头，唐朝景教的四翼天使。你只要表面应付一下，尽快找机会逃出这鬼地方。"

"但我不能放弃九色。"

"你送它回家吧。既然，它从白鹿原唐朝大墓里出来，理应再回到那里去。"

"可是九色的墓主人，唐朝小皇子终南郡王李隆麒的棺椁已经不在了。失去了墓主人的镇墓兽，正如同无法投胎转世的孤魂野鬼。"

"你没得选，要么陪着它死？"

话说到这里，九色用鼻子顶了顶秦北洋，黑暗中放射两团琉璃色的光。凡尔赛的地下，充满幼麒麟镇墓兽细碎的声音，穿透颅骨，深入大脑。

九色不想让主人陪伴自己死去，它宁愿回到白鹿原唐朝大墓的地宫，继续做孤魂野鬼。

"九色啊九色！君子一诺千金，我欲与君生死相望，断不会抛下你不管不顾。我会带着你逃出牢笼，穿越欧亚大陆，自西域返还中国，沿着丝绸之路，直到陕西的白鹿原。我会找到唐朝小皇子的棺椁，助你完璧归赵，与你真正的主人永世相守。"

秦北洋把耳朵贴着九色的心脏，感受蓬勃的热度，自己的脑细胞也熊熊燃烧……

父亲搂着他的脑袋说："儿子，我已虚岁六十，活不了多久了。我在外国银行有个账户，海军上将给我的薪水都存着呢。我想在死以前多攒点钱，给你婆媳妇买房子生娃。"

"娶媳妇？买房子？生娃？"

可怜天下父母心，秦北洋哭笑不得——等到一百年后，中国的父母对儿女最大的期待，依然是这三件大事。

天亮后，秦北洋与老爹走在凡尔赛机场的朝阳下。

他偷偷给一千米外的吕特蒂旅馆打了电话，用日式英语跟法国门房鸡同鸭讲了半天，电话里才听到欧阳安娜的声音："北洋，你在哪儿？我好担心你。"

"安娜，我就在凡尔赛，你看到经常有飞机起降的地方吗？离你近在咫尺。告诉你一个好消息，我找到我爹啦！"

"真的吗？"十九岁的安娜在电话里欢呼，"太为你高兴啦，你和伯父什么时候回来？"

"我不知道，应该不会很久，别担心。"

"北洋，告诉你一件坏消息——刺客们又来了。"

安娜简短述说了昨晚发生在中国代表团的刺杀事件……

"少安毋躁，留在房间里，哪儿都不要去。实在要出门，让小郡王陪着你，那家伙手里有枪，不至于一无是处。"这时有人过来了，秦北洋抓紧话筒说，"我要挂了，等我。"

一个长着日耳曼人面孔的男人，走到他面前说："秦，我是弗兰茨·冯·沃尔夫，你父亲的关门徒弟。"

出人意料，对方操着一口德语，秦北洋听老爹无数次提起他，勉强算是同门师兄弟。

秦北洋也用德语回答："很高兴认识您。"

自诩为海军上将高尔察克的代表，沃尔夫说起遥远的俄国——如果他不能参加巴黎和会，取得协约国的支持，海军上将恐怕必败无疑。

"可你们究竟算战胜国还是战败国？"

"来巴黎的路上，经过君士坦丁堡金角湾的岬角，我眺望圣索菲亚的煌煌圆顶。博斯普鲁斯海峡泊着英法军舰，中国被称为'东亚病夫'，土耳其是'欧亚病夫'。在刚结束的大战中，你们是战胜国，而他们是战败国。至于战败的代价，就是国土被肢解，民族要灭亡。"

秦北洋摸不着头脑："那你的答案是……"

"俄罗斯败了！败得彻彻底底！"

"中国是战胜国吗？要是日本得到青岛，恐怕我们也是败得彻彻底底。"

男爵掏出随身的钱包，翻开一张照片："这是我的妻子和孩子，她叫卡佳，孩子叫康斯坦丁，他们没能跟我一起逃出彼得格勒，现在下落不明。"

照片里的女人很漂亮，虽是黑白，但从颜色深浅看得出金发。她抱着个三四岁的男孩，穿着小小的水手服，一看就是贵族之家。

"男爵先生，我相信他们还活着。"

中午，秦北洋看到了工厂里的两尊镇墓兽。

一尊是四翼天使，昨天刚从卢浮宫被秦北洋俘获归来。尽管油箱被击中发生殉爆，但主体结构完好。只要镇墓兽的心脏还在，无论形体如何改变，就会永远存活在世上——《秦氏墓匠鉴》的金科玉律。

另一尊是十角七头，它所遭受的损毁更为严重。卡尔·霍尔施泰因已完成改造图纸。秦北洋匆匆扫了一眼，三百六十度无死角的立体线条，一个全新的十角七头镇墓兽，犹如复活的安禄山，爬出地宫的野兽，跃然于心中。

还有第三尊镇墓兽——九色。

秦北洋非常担心它，早上起，九色就有些无精打采。午后，它已变得目光黯淡，脚步蹒跚，动作呆滞，走路有气无力，宛如二十岁的老狗——谁人知道它已经一千两百岁了呢？

九色病恹恹地趴在主人的大腿上，体内就像发高烧似的滚烫。秦北洋感到不可理喻，它不是镇墓兽吗？所谓"灵魂机械体"，钢筋铁骨构成的机器，又怎能像人或动物那样生病呢？

秦海关与霍尔施泰因也聚拢过来，老爹说："人会生病，机器也会生病的。"

博士点头道："有了病，就要看病。"

"看病？世上还有镇墓兽医生吗？如何给镇墓兽望闻问切地号脉呢？"

"那是中医，西医讲究科学诊断。"

"难道说——要打开九色的身体来检查吗？"秦北洋连连摇头，"不可以。"

小镇墓兽九色能听懂他们的说话，同样瞪大了眼珠子，警觉地发抖起来。

"嗯，我一个方法，不用打开镇墓兽的身体，也能准确诊断其病症。"

博士卖了个关子，带着秦氏父子俩走进一个封闭的房间，迎面一台巨大的机器。

秦北洋诧异地问道："这是什么东西？"

"伦琴射线。"

"德国物理学家伦琴？"

"又称X射线。"博士用字正腔圆的德语回答，"X射线由伦琴首先发现，可以透过许多物质，包括人体、木材甚至钢铁，还能使照相底片感光。"

"你想通过X射线观测九色的内部结构？"秦北洋搂着小镇墓兽的赤色鬃毛，"我听说，X射线对人体有危害，除非有确实的疾病，否则不宜多照。"

"据说在卢浮宫博物馆，考古学家给古埃及的木乃伊拍摄X光片，了解文物的内部结构。镇墓兽并非生命体，X射线不会造成任何伤害。"

秦北洋明白了："这就是你说的镇墓兽医生？不用打开九色的身体，也能诊断其病症？"

他看着九色的双眼——打开这尊幼麒麟镇墓兽的秘密，也能打开唐朝小皇子的秘密。

"君莫怕，你我生死与共。"

这头幼兽瞪着双眼，无法拒绝主人的命令。

它将是史上第一尊接受X光透射的镇墓兽。

第五十一章

解剖镇墓兽

九色战战兢兢来到X光机前。

所有人必须退出放射室。霍尔施泰因博士接通电流，房间发出怪响，秦北洋感觉心脏被揪了一下。博士连续给九色拍了九张片子，从各种角度与各种局部，不漏过任何细节。

煎熬结束了。秦北洋将九色带出来，仔细查看它有没有不适。除了略微紧张，看来一切如常。霍尔施泰因将X光片挂到九个灯箱上，如同医生查看病人的脏器。秦北洋与父亲把脑袋凑过来，甚至九色也想看看自己身体内部长啥样。

"上帝啊！"

并不信仰上帝的霍尔施泰因博士，忍不住叫喊了神的名讳。X光片影像中的九色内部，并没有镇墓兽常见的各种齿轮与机关，而像个真正的动物，拥有数十节肋骨、一对肺叶、一个胃囊、弯弯曲曲的肠道，还有长长的脊椎骨……

这不是工匠制造出来的，而是天然的生命体。

"九色的内部存在活体组织！"霍尔施泰因博士先是惊恐，然后眉飞色舞，"它是一只存活在青铜外壳内部的神秘动物——绝对是个惊人的发现。"

X光片里还有性器官，尚未发育成熟，证明它是一头幼兽，相当于十一二岁的男孩。

"对，它是个公的。"秦北洋的嘴唇发抖，"九色是活生生的兽？"

他指着最后一张X光片——这头镇墓兽拥有两颗心脏！

从没见过这样的生物，一颗心脏大，一颗心脏小，并排在胸腔位置。

秦海关却看出来："大的那个心脏，从表面褶皱的形状来看，就是镇墓兽的灵石。"

"所以说，九色既是一个活着的动物，也是一尊镇墓兽。既有生命体的心脏，也有提供千年动力的灵石。"

"它也种有墓主人的魂魄，还有镇墓兽的人造外壳，以及一部分人工器官。"

明白了，为何九色与其他所有镇墓兽都不同？它确实属于镇墓兽中独一档的存在。

X光片在九色的咽喉位置，照出一个点火装置——杀人于无形的琉璃火球，就是从这里喷射出来的。

"还有它的鹿角，平时藏在脑袋里面，多半也是真正的生命体，才能收放自如，战斗时变得比整个镇墓兽都大。"博士回头看着九色，啧啧惊叹，"这是一个奇迹。"

"等一等，你们看，这里是什么？"

还是秦北洋眼尖，发现在第七张X光片里，自上而下俯拍九色的后背，发现在脊椎骨的两侧，靠近脖颈的位置，生出两片层层折叠的阴影。

"这是……"

"翅膀！"

老秦给出了世袭皇家工匠的权威答案。

"九色也像四翼天使？"

"《秦氏墓匠鉴》上说，神兽麒麟分为很多种，其中一种是火麒麟。"

秦北洋连连点头："没错，九色会喷射琉璃火球，从不畏惧火焰，还能在火场中保护我。"

"火麒麟又名'翼麒麟'，就是带有翅膀的。至于它会不会飞，谁知道呢？"

"真有这种动物的话，在当今地球早已灭绝了。"卡尔·霍尔施泰因不敢再去触碰九色，"但在一千两百年前？难说。"

"如果它真是生命体，可我从没见过它饮水和进食。"

博士盯着九张X光片："你看到过微生物饮水和进食吗？生命存在方式有很多种。你们注意，九色的胃囊很小，基本已经退化，肠道也可忽略不计。它的消化系统不同寻常。"

"它曾经是个生命体，成为幼麒麟镇墓兽后，能量就依靠灵石提供了。"老秦指了指X光片，九色的第二颗心脏，"跟其他镇墓兽一样，它的能量一次性充满，上千年而不枯竭。"

"九色到底是活的还是死的？"

无须博士回答，九色把两条前腿搭在秦北洋身上，双眼巴瞪巴瞪。

"还有这个……"霍尔施泰因又从X光片的肠道位置，发现两块类似肿瘤的东西，"我想需要兽医来看看了。"

"这也是灵石。"秦北洋认出这两块"肿瘤"的形状，"东海达摩山和恶龙镇墓兽的灵石。我杀死了恶龙，九色吞食了灵石，这是它的第三颗心脏。金蟾镇墓兽的灵石也被它吃了，这是第四颗心脏。还有在日本吉野古坟、徐福地宫的童男童女镇墓兽，两千多年前的灵石，九色吃掉的第五颗心脏。"

但他不能泄露一个秘密——为徐福守墓的童男童女，同样也是生命体镇墓兽，是服用长生不老仙丹的两个孩子。

先不论长生不老是否科学，但九色并非世上唯一的生命体镇墓兽。

"九色同时具有上古神兽、幼麒麟镇墓兽、东海恶龙镇墓兽、金蟾镇墓兽、童男童女镇墓兽的五重力量？"秦海关感觉九色散发着让人烧成灰烬的热度，"这是秦氏墓匠族两千年来前所未见的最强大的镇墓兽。"

"分别来自上古、盛唐武则天、明初建文帝、中华民国，还有秦始皇五个时代，上下跨越数千年，而我何德何能竟是它的新主人？"

秦北洋抓着九色的鬃毛，就像洞房花烛夜的新郎官头一回摸到了新娘子的手。

父亲冷静地回答："因为十九年前，你就生在白鹿原大墓的地宫之中，这头小镇墓兽是看着你出生的。"

"从出生的那一刻起，我就沾上了九色的墓主人——唐朝小皇子的魂魄？"

"你们在说些什么？"

霍尔施泰因博士用半生不熟的汉语问。秦氏父子俩用快速的汉语交流，瑞士人听得一头雾水。老秦向儿子使了个眼色，不要泄露自己的秘密——否则在博士眼里，秦北洋这个大活人，将是比九色更重要的无价之宝。

"我们在分析九色的特性。"秦北洋索性扯得更远，用德语向博士解释，"您知道中国的阴阳五行学说吧？"

"Metall, Holz, Wasser, Feuer, Erde."

霍尔施泰因说出"金、木、水、火、土"五个德语单词。

"完美！九色既是幼麒麟，也是火麒麟，还是翼麒麟，五行属火。"秦北洋不管瞎扯淡还是歪打正着，"木生火、火生土、土生金、金生水、水生木，此为五行相生；木克土、土克水、水克火、火克金、金克木，此为五行相克。"

"你是说，九色喜火怕水？"

"火麒麟，乃是纯阳至刚之物。但作为镇墓兽，毕竟是坟墓里的明器，又是天然的至阴之物，见不得太阳。凡在光天化日之下，就会丧失能力。"

博士全然相信了秦北洋的推断："嗯，必须经过机械化改造，增加阴阳五行以外新的动力因素，才能让镇墓兽成为全天候的'灵魂机械体'。"

"九色也一样。它只能在黑夜或在地下变身为幼麒麟镇墓兽。白天的室外，它要么是一尊青铜雕塑的陪葬品，要么化身为赤色鬃毛白色身体的大狗，不具备任何战斗能力。"

"一看X光片的牙齿就明白了，隐藏在青铜外壳里的生命体，绝对不是犬科动物，它更像食草类动物。"

"还有，九色不能进水，它无法胜任在海洋或河流环境中的任务。"

秦北洋故意突出九色的弱点。他并未提及九色吞食了恶龙镇墓兽的心脏后，已克服了怕水的问题。即便是青铜外壳，也未必遇水即沉，就像现在所有军舰都是铁壳的，潜艇也是一个钢铁罐头。

"等一等，我们说了半天，还没弄明白九色生了什么病呢！"

"心病。"

老秦冷峻地回答了两个字。

"爹，什么意思？"

"灵石就是镇墓兽的心脏，如果一个人长了五颗心，要么病入膏肓，要么早就死了。"

"九色原本就有一颗心脏与一枚唐朝的灵石，如今又增加了三枚不同年代的灵石。"秦北洋回忆九色跟自己一路冒险，吞噬过的那些镇墓兽的灵石，"这就是病根儿。"

"四枚灵石的力量相加，远远超出镇墓兽本应有的承受力，就好像顶尖的武学家体内，同时有几股不同的真力冲撞，也足以走火入魔，心脉自断……"

秦北洋摸着九色说："如何才能治好它的病呢？"

卡尔·霍尔施泰因着迷地凝视小镇墓兽："不管怎么说，九色是当今地球上所发现的最高级的'灵魂机械体'，它是打开另一个世界的钥匙。"

这一晚，秦氏父子还是抵足而眠。病中的九色躺在床底下，热量散发犹如生了一床暖炕。

秦北洋低声说："爹，我回到北京骆驼村，看完了《秦氏墓匠鉴》，果然是本奇书。不过，我看书里缺了许多页，还有明显的手抄错误和遗漏，是不是还有一份正本？"

"我们家世代保留的确实是副本，但这副本也是独一份。南宋末年，天下大乱之时，秦氏宗家定居在襄阳城外，诸葛亮的古隆中——那可是战略要地，蒙古人几番入侵，在襄阳爆发决定中国命运的大战。为免《秦氏墓匠鉴》毁于战乱，秦氏祖先决定手抄一份副本。当时，秦氏有两兄弟，兄长叫秦晋，弟弟叫秦楚。"

"名字有意思，哥哥是秦晋之好，弟弟是朝秦暮楚，正好是两个春秋战国的成语。"

"听我说，兄长秦晋保留正本，留在襄阳看守祖坟。弟弟秦楚携带副本，连夜从汉江顺流而下，逃亡江南——我们就是这位秦楚的直系后裔，我是他的第二十三代孙。"

秦北洋有了寻根的兴奋："而我就是第二十四代。"

"我们的祖先秦楚前脚刚走，蒙古大军即杀到襄阳，洗劫了古隆中，兄长秦晋被俘，生死不明。《秦氏墓匠鉴》的正本就此消失。"

"这么说来，关于镇墓兽的许多秘密，也随着正本的遗失成了永久的谜？"

"数百年来，许多代秦氏祖先都想找到《秦氏墓匠鉴》正本，填补副本中的诸多遗漏与错误，可惜从未有过结果。"

"太遗憾了。"秦北洋脑子转得飞快，想起另一件事儿，"爹，你说武则天的乾陵里，真有镇墓天子吗？"

老爹沉吟许久，黑暗中翻了个身，又放了个屁，才答了一个字："是。"

"传说打开乾陵的钥匙，就在白鹿原唐朝大墓的小皇子，高宗李治与女皇武则天的孙子，睿宗李旦的第六子，终南郡王李隆麒身上。"

"不错。"

"这位一千两百年前早夭的少年，在棺椁中的尸身至今未腐，并与我的相貌酷似。"

秦北洋说出这个重要事实，父亲思量许久："十九年前，你生在白鹿原大墓唐朝小皇子的棺椁上。这绝非偶然，可说是小皇子的幽灵，主动把我们吸引进去的。不过，听爹爹一席话，千万别蹚这浑水。我们秦氏墓匠家族，只负责建造镇墓兽。如果老天爷要灭亡某个朝代，挖掘某个帝王的陵墓，那是谁都无法阻挡的。"

"既然镇墓兽是为了保护陵墓，我们为什么不能做同样的事？"

"北洋，这不是你的命，放下吧。"

"不，我出生在白鹿原唐朝大墓地宫，小皇子终南郡王李隆麒的棺椁上，这就是我无法逃脱的命。"

父子对话，不欢而散。九色钻到床上，凑在秦北洋的胸口。

秦海关最后扔下一句："儿子，离这头小镇墓兽远一点，它会要了你的命！"

"我明白，它不同于一般的兽，它的灵石不简单。何况，它还吃了另外三尊镇墓兽的灵石，至少拥有其他兽的三倍威力，对人的损害也是三倍以上。"

"北洋，你还年轻，没有娶媳妇生娃呢。老秦家的三千年香火，不能在你这里断绝了。"

"绕了半天，还是娶媳妇生娃啊。"秦北洋坦然无畏道，"爹爹，我恐怕才是个短命鬼。"

秦北洋又在凡尔赛机场住了三天。

一架架飞机在跑道降落，运来稀奇古怪的机器和原材料。老秦和沃尔夫男爵跟着博士在工厂修复四翼天使镇墓兽，至今已基本完工，但不敢轻易唤醒它，以免再出么蛾子。

秦北洋知道安娜还在等他。但电话机已被撤走，只能通过电报或信使与外联络。但他还不想离开这儿，除非能把九色的病治好。该怎么办呢？能否像中医那样给它熬制草药，抑或简单粗暴地做外科手术？秦北洋左思右想，不得其解。

给九色做X光透视的那天，霍尔施泰因博士剪下九色身上几根白毛，送到巴黎兽医大学的实验室做化验分析，结果让人震惊——

这些毛属于哺乳动物纲，真兽亚纲，偶蹄目，反刍亚目……

具有胃的反刍功能的物种，分为鹿科、长颈鹿科、鼷鹿科、麝科、叉角羚科以及洞角科，最后一种，俗称为牛。

化验结果确认，九色并非鹿属的马鹿或梅花鹿，也不是麋鹿属的四不像，更非硕大的驼鹿属，它不属于任何一种已知的物种。

或者说——早已经在地球上灭绝的物种。

考虑到它仍是一头幼兽，如果长到性成熟，恐怕要比现在的体形庞大数倍，也许是长颈鹿这般巨无霸的动物？

这天的午餐颇为丰盛，秦氏父子以及沃尔夫大快朵颐了牛排。

秦北洋刚想夸奖厨师，却看到霍尔施泰因一张阴沉的脸，嘴角挂着难以捉摸的笑。

他感到双手虚脱无力，仿佛被人点穴。胸口的暖血玉坠子发热，双腿绵软，地心引力强了十倍，将他拉扯到地面。他还想提醒父亲一句，却连震动声带的力气都没了。老秦先于儿子倒下，接着是白俄人沃尔夫。

秦北洋闭上双眼，失去意识前的刹那，他才明白——牛排里被人下了药……

看到主人骤然摔倒，九色用嘴去拱秦北洋的脸。一个铁丝网兜从头顶撒下，整个将它捆绑起来。小镇墓兽剧烈挣扎，正欲变身为幼麒麟，工厂四角亮起四盏炫目的灯……

"砰"的一声，同时烫死几只苍蝇。若有人正脸对着大灯，恐怕会被刺瞎双眼。

博士戴着护目镜，在大灯背后操纵光束，犹如舞台上的追光，战场上的探照灯，直勾勾对准九色，升起一颗微型太阳。

这是九色的命门。

霍尔施泰因明白，要对九色进行机械化改造，秦北洋绝不会同意。幼麒麟镇墓兽一旦变身，任何人都无法控制，除非使用重型武器，但可能会毁灭这尊镇墓兽中的瑰宝。博士不动声色地给秦氏父子的午餐下药。他再准备一套铁丝网兜，四盏俗称"人造小太阳"的碘钨灯，关键时刻对准九色照射，仿佛还在白昼，让它无法轻易变身。

终于，大狗状态的九色被铁丝网兜高高挂起，琉璃色眼睛盯着博士，似乎要把他撕成碎片。不省人事的秦氏父子与沃尔夫，师徒三人，则被送入地下室囚禁起来。

九色感到了恐惧。

在唐朝大墓地宫下的一千两百年，从没像现在这样恐惧过。

卡尔·霍尔施泰因博士，双眼布满血丝，像一头真正的兽。他穿上石棉材质的防火服，戴着附有玻璃面罩的头盔，如同深海潜水员，以防被琉璃火球烧死。

已近黄昏，他吃力地举起一把电锯，发出撒旦般的转动噪声，接近被悬吊在半空的九色。

博士尖厉地笑着说："亲爱的，你生病了，我来为你治病，我才是镇墓兽医生。"

他知道，自己疯了。

霍尔施泰因出生在瑞士的巴塞尔，在维也纳读中学，在皇家柏林工业高等学院攻读武器与机械设计专业。博士论文是上古时代外星人殖民地球，西奈半岛的"神"是复数的外星飞船，摩西十诫来自外星文明，等等。这篇论文引起基督教会强烈谴责，新教天主教都把他列入黑名单，终身禁止踏入教堂。这要是在中世纪，会被绑上火刑柱烧死。

他被迫去了英国阿姆斯特朗公司，参照达·芬奇的卷镰战车图纸，造出一台前端有旋转镰刀的装甲汽车，配有阿姆斯特朗巨型炮塔，将冷兵器、热兵器以及现代动力完美结合。他的第一次试验就砸了，在索尔兹伯里原野失控，经过史前文明的巨石阵，旋转镰刀切去数百名士兵人头，到处是英国人的鲜血与尸块，以至于有人指责霍尔施泰因是德国间谍。博士被赶出欧洲，尝试去美国求职，美国人听说他是基督教的敌人，立刻拒之门外。

霍尔施泰因在中国流浪的十年间，始终想要证明自己，证明所有的离经叛道才是对的，十九世纪注定要被埋葬，二十世纪是势不可当的钢铁洪流。

今夜，他要把这头小镇墓兽开膛破肚，打开真正的"灵魂机械体"。他将是全世界第一个触摸这一秘密之人，下一届诺贝尔奖已近在眼前。

电动锯齿，九色的肚子，最后10厘米……

第五十二章

天 降 安 娜

这天午后，穿着男装的欧阳安娜，英姿飒爽地骑着自行车，自来卷的长发从鸭舌帽下漏出，一路让法国男人们回头无数。

西郊的布洛涅森林，既是巴黎的肺叶，也是藏污纳垢的所在，矗立着巴黎工业大学。

航空系大楼旁边有条飞机跑道，几架教练机正在降落，机翼在阳光下闪闪发光。

"安娜。"

背后响起中国话，她回头看到瘦小的钱科，脸上的油污还没擦干净呢。

她捶了捶钱科的肩膀："喂，我要找的就是你。"

"我刚到巴黎工业大学航空系，同时在大学附属的飞机工厂勤工俭学。"

"北洋出事了，那个浑蛋，就是你的老熟人——卡尔·霍尔施泰因博士。"

安娜简明述说经过，秦北洋在电话里答应她会很快回来。但她等了足足三天。海盗与青帮老大的女儿是个急性子，实在等不下去，便径直找到凡尔赛机场门口。

卫兵禁止任何人入内，哪怕欧阳安娜散开头发用法语发嗲也没用。她气冲冲地回到中国代表团，拜托顾维钧公使帮忙。顾维钧很够义气，亲自打电话到法国外交部，却被告知——凡尔赛机场内没有中国人。

安娜不相信，秦北洋的电话不会有错。当她站在机场的围墙外，似能感受到小镇墓兽九色的气息。

法国人为何要说谎？因为秦北洋与九色正是他们觊觎的猎物，就像皮埃尔·高更护送的四翼天使镇墓兽。她断定秦北洋已失去自由，但是机场守卫森严，如何才能闯进去？正在这时，一架双翼飞机呼啸着降落在机场跑道。

对啊，既然是飞机场，坐着飞机进去可不是天经地义吗？

欧阳安娜想起了正在巴黎学习飞机设计的钱科。

巴黎工业大学航空系，又一架五颜六色的双翼飞机降落在跑道。机腹却印着绿白红三色旗，而不是法国的蓝白红三色旗。周围响起学员们热烈的掌声，迎接爬出机舱的小胡子飞行员。

"他是谁？"

"朱塞佩·卡普罗尼。"钱科射出两道敬仰的目光，"意大利最年轻的飞机设计师，也是最伟大的飞行员，世界大战的空战英雄，曾在阿尔卑斯山上击落过八十一架德国与奥地利飞机。他现在巴黎工业大学教授飞行器设计，我将要跟随他制造飞机。"

"钱！"

卡普罗尼推开学员们，径直向钱科走来。他很英俊，三十来岁，有着意大利人的黑头发与灰眼睛，浓浓的两撇黑胡子，每次从空中掠过田野，会惊来村妇们的尖叫。

当然，意大利风流种的目标，并非钱科，而是穿着背带工装裤、头戴鸭舌帽，迎风而立的中国少女。

空中王子单膝下跪在安娜面前，抓起她的纤纤玉手，用法语说："美丽的女孩，我的太阳，请允许您的仆人，向您致以纯洁的问候。"

就当卡普罗尼要按照欧洲礼节，亲吻欧阳安娜的手背时，一记马鞭狠狠抽在了他的脑门上。

朱塞佩·卡普罗尼的额头多了一记鲜血淋漓的伤痕。

钱科目瞪口呆，仿佛这一鞭子抽在自己身上，谁敢这么对待阿尔卑斯山的飞行英雄？欧阳安娜收起马鞭，用流利的法语说："卡普罗尼先生，请不要对女孩子随意施行轻薄。"

原以为意大利人会勃然大怒，没想到他擦干净血迹，对着中国少女微微一笑：

"伤痕是男人的勋章，飞行员可以征服天空，但未必能征服美少女，因为您比天空更迷人。"

原来卡普罗尼是sadomasochism的爱好者，鞭子反而激起更大兴致。他盛情邀请安娜与钱科坐在飞机跑道边上喝咖啡，观赏飞行学员们驾机冲上云霄。

"我只是个爱好冒险的飞行员，碰巧跟着我哥学会了设计飞行器。对了，我哥乔瓦尼·巴蒂斯塔·卡普罗尼才是一位伟大人物，当今世界最著名的飞机设计师，他在米兰有欧洲最大的飞机工厂。"

朱塞佩的法语不甚流利，却有强烈的表达欲，炫耀自己的冒险经历：大战前就在非洲连续飞行，穿越撒哈拉沙漠，降落到与世隔绝的绿洲，享受阿拉伯公主的香吻。

"卡普罗尼先生，你能驾驶飞机去世界上的任何地方？"

"只要我想去。"意大利人阅女无数，深谙与女孩子的说话之道，"安娜小姐，我愿意为您效劳。"

"你发誓？"

"发誓！以圣母马利亚与我妈妈的名义。"

看到卡普罗尼已骑虎难下，安娜浅浅一笑："我要去的地方不远，就在巴黎，凡尔赛。"

半小时后，一架大型双翼飞机准备好了。卡普罗尼率先坐进驾驶舱，指挥学员清理跑道，点火发动引擎，螺旋桨转动，震耳欲聋，狂风吹乱欧阳安娜的头发，像一面黑色的丝绸旗帜。

钱科穿上飞行服，爬进副驾驶的机舱前，贴着安娜的耳朵说："你确定要去冒险吗？"

"生死由命，但我必须去拯救秦北洋。"

"北洋有恩于我家，我也愿意救他。"钱科坐进机舱，喃喃自语，"若能救出四翼天使，那就更好了。"

安娜感觉头皮要被螺旋桨的狂风掀掉了，她爬入机头的乘客舱，如果是军用飞机，这是机关枪所在的位置。

朱塞佩·卡普罗尼做了个V字形手势，副驾驶钱科跟着竖起大拇指，欧阳安娜也依样画葫芦。发动机和螺旋桨的噪声太大，又没有全封闭机舱，脑袋暴露在空中，彼此只能打手势。这架意大利卡普罗尼CA30轰炸机的民用版，双层机翼双尾梁单平尾三垂尾，相当于三个机身，拥有三副螺旋桨、三台菲亚特A10型6缸直列水冷发动机、单台功率100马力。

飞机离开地面，安娜尖叫起来，感觉心脏正悬在机翼上。回头看着巴黎工业大学与布洛涅森林，塞纳河畔的煌煌大厦，最醒目的是连接霄汉的埃菲尔铁塔。

卡普罗尼操纵升降舵，上翻拉高，下翻降低，通过垂直尾翼来控制方向，左翻右转，右翻左转。他经常带姑娘上飞机，就像在床上体验飞翔的快感。

几分钟后，来到凡尔赛的上空，残阳如血。

机翼下划过路易十四的宫殿，各国代表团驻地的旅馆，卡普罗尼冲向森林中的飞机场。

卡普罗尼再次打出手势，机头对准飞行跑道降落，却听到一声轰然巨响。

爆炸了。

飞机跑道正前方，工厂升起一团蘑菇云似的火焰。

无数钢铁与木屑炸到天上，迎面而来灼热的冲击波，让卡普罗尼轰炸机的双翼剧烈摇摆。坐在机头的欧阳安娜，头发差点被烧着。

正前方烈焰冲天，会把他们烧成灰烬。但他是朱塞佩·卡普罗尼，世界上最伟大的飞行员，没什么是朱塞佩做不到的。他并不后悔自己草率的承诺，沉着地调整机头，准备强行降落。钱科发出疯狂的叫喊，以为死神就在眼前，要么摔死，要么烧死。

起落架离地面还剩最后十米。

在安娜闭上眼睛之前，跑道尽头的火海里冲出几个人影——

第一个是高大的黑发少年，背后插着三尺唐刀，衣服被烧得全是窟窿，身边有条赤色鬃毛的大狗，撒开四条腿狂奔。

第五十三章

飞越凡尔赛

半小时前。

九色被铁丝网兜高高吊起，四面亮着"人造小太阳"的碘钨灯，让它失去反抗能力。博士抓起一把电锯，想要切开九色。当电锯接近小镇墓兽的胸腹，九色发出惊心动魄的吼声。

镇墓兽的尖叫。

呦呦鹿鸣，食野之苹。霍尔施泰因小时候在瑞士乡间，听到过公鹿的叫声，雄浑粗犷甚至刺耳。眼前这头幼兽，却是刺耳的尖叫，尚未性成熟的小公鹿，绵延不绝的叫声……

博士感到耳膜剧痛，两行鲜血从耳孔奔流而出。他扔下电锯，倒地抱头翻滚。九色的尖叫越来越高亢，极高频率的音波向四周传递，整个工厂颤抖，所有灯泡爆炸，直到四面"人造小太阳"碎裂熄灭。

没有"太阳"了。

九色还被吊在铁丝网兜中，头顶却长出雪白鹿角，白毛变作青铜鳞甲，琉璃色眼球发出暗绿色光芒。

它吐出了致命的火球。

琉璃火球在工厂飘荡，烧掉了铁丝网兜与电锯，大肆破坏机器设备。

霍尔施泰因溜得比猴子还快，侥幸捡回一条性命，逃出工厂的大门同时，琉璃火球击穿厚厚的墙壁，冲入隔壁的燃油库……

油库爆炸了。

秦海关、秦北洋父子，以及沃尔夫男爵刚从地下密室惊醒，迷药的功效迅速消退，头顶盖板已被九色的鹿角破坏。

正要冲出熊熊火海，秦海关却对儿子说："北洋，你们走吧，我留下来。"

"爹，我们分别了那么久，我不想再让你颠沛流离了。"

"只要有我老秦在，博士就不会杀你。"秦海关又看了一眼九色，"保护好你的主人。我不能抛下十角七头，我要继续完成对它的修复。"

"这是借口。你不走，我也不走。"

"快走。"老秦固执地转过脸，用俄语对沃尔夫说，"我们一路从西伯利亚走到这里，你也不要留下来送死，别忘了你的老婆孩子。"

沃尔夫向秦海关告别，拽着秦北洋冲出工厂。九色变回大狗，在他们身边奔跑。油库已烈焰冲天，整个工厂都被点着了。

凡尔赛的夕阳下，飞机跑道上冲来一架卡普罗尼大型双翼飞机……

"秦北洋！"

安娜几乎从机头站起，狂喊这别离了三天四夜的名字。爆炸声与飞机降落的轰鸣，彻底掩盖了她的声音。

白俄贵族沃尔夫男爵在跑道上又摔了一跤。秦北洋抓起他的胳膊，用德语让他振作起来，无论如何都要逃出这座监狱。

几秒钟间，飞机起落架已经落地，在跑道上高速滑行。秦北洋跑得几近断气，身后响起枪声一片，子弹擦着头顶飞过，守卫机场的士兵开火了。飞机滑行减慢，秦北洋看清了安娜的脸。九色第一个跳上机头，弹跳力远远超出人类。秦北洋脑中又闪过那个梦境，仿佛变成一只乌鸦，展翅腾跃到飞机座舱上。

沃尔夫男爵就困难了，当他被秦北洋拽住胳膊，一颗子弹射入了他的后背心。

卡普罗尼与钱科正在掉转飞机方向，再往前滑行就要冲入火海了。无数发子弹打上机身，幸好是由轰炸机改装而来，具备一定防弹能力，保护了发动机等要害部位。

飞机完成掉头，正副驾驶协调一致，重新操纵飞机，沿着跑道滑行。起落架离开地面，机头高高抬起，冲向凡尔赛的落日。秦北洋仍然抓住沃尔夫的右臂，白俄男爵的身体垂在机头下沿，仿佛挂在半空的吊死鬼。

"放开我。"沃尔夫垂死地看着秦北洋，"如果你见到我的妻子，请代我说一声——卡佳，我爱你。"

最后一句是德语"Ich liebe dich"。

趴在呼啸的飞机头，底下是飞速掠过的跑道，烈焰熊熊的工厂，横飞的弹雨火舌。秦北洋坚毅地摇头，绝不撒手。沃尔夫微微一笑，外套仍在秦北洋手中，他却已坠下大地，粉身碎骨。

永别了，弗兰茨·冯·沃尔夫男爵，秦海关的关门徒弟，刺杀拉斯普京的英雄。

朱塞佩·卡普罗尼飞上高空，向地面吐了口唾沫："讨厌死这些法国人了。他们欺骗意大利人走上战场，制造了数不清的寡妇。现在战争胜利了，他们大块地吃肉，却连一块骨头都不给我们，逼得意大利差点退出和会。"

飞机座舱狭窄，安娜与秦北洋被迫挤成一团，加上鬃毛被吹得参起的九色，再无半点空间。他们只能脸贴着脸，耳鬓厮磨，呼吸彼此的气息。

秦北洋还抓着男爵的外套，口袋里有个钱包，藏着一张照片——沃尔夫漂亮的妻子与幼子。他将照片塞入怀里，发誓要找到这个女人，帮助沃尔夫完成心愿。

欧阳安娜的眼角余光，瞄到空中飞来一个黑乎乎的东西，像硕大无朋的蝙蝠，竟然扑着四扇翅膀。

"四翼天使！"

安娜狂呼着它的名字，趁着机场的爆炸与混乱，这头唐朝景教镇墓兽，同样逃出生天。

操纵飞机的朱塞佩·卡普罗尼目瞪口呆地看着侧方向，与飞机并驾齐驱的四翼天使。副驾驶座舱的钱科，兴奋地对镇墓兽挥手。四翼天使认出了这个中国少年，同样点了点兽头。

一架双翼飞机，一尊四翼天使，载着一个意大利男人，三个中国的少男少女，还有一头幼麒麟镇墓兽，正欲冲向自由的天空。

突然，地面飞来一枚高射炮弹，重重撞入卡普罗尼CA30的机头。欧阳安娜尖叫的同时，飞机开始往下滑翔。

秦北洋一回头，惊觉九色的眼球开始暗淡，它的腹部被炸开一道口子，至少有碗口大小。流弹穿透小镇墓兽的身体，又从后背飞了出去，某种黏稠的液体，如同血浆滚滚而出……

"九色！"

狭窄座舱里，秦北洋前所未有地恐惧，徒劳地用双手捂住九色的伤口，却根本不能阻止流"血"。高射炮不同于机关枪，口径超过20毫米，可以轻易击穿普通装甲，更别说一千两百年前的镇墓兽。

伴同高飞的四翼天使，凑近不断下降的卡普罗尼双翼飞机，伸出兽头查看九色伤情，眼里露出镇墓兽的同病相怜。

卡普罗尼在驾驶舱做出手势，告诉大家飞机已严重损毁，必须就近迫降。

眼前是片荒野，但是天色昏暗，附近还有建筑。安娜仔细观望，才发现那是中国代表团所在的吕特蒂旅馆。

意大利人别无选择，他用尽全力和钱科一同操纵飞机，降落在野草疯长的荒野。起落架撞击地面的同时爆胎，机身倾斜导致右侧机翼粉碎，断裂的螺旋桨叶如同锋利刀片从头顶飞过。蜷缩在机头的欧阳安娜眼看要撞到地上，心中默念《圣经》，紧紧抓着秦北洋的手，等待最后的归宿。

终于，卡普罗尼让机头抬起，机尾接触地面，机身断成两截。

一次完美的迫降，尽管飞机解体，却无一人伤亡。

秦北洋抱着受伤的九色跳下来，钱科和欧阳安娜过来帮忙，卡普罗尼高喊："快点跑！油箱起火，飞机要爆炸了！"

所有人狂奔出去几十米，飞机在荒野中爆炸，巨大的冲击波将他们推入乱草丛中。

凡尔赛的天空彻底黑暗，升起一轮硕大的月亮，转眼又被飞机燃烧的烈焰撕破。

四翼天使镇墓兽，却已不知所终。黑夜会让它如虎添翼。

一千米外的凡尔赛机场，油库与工厂爆炸后的滚滚黑烟，依然冲向月光。秦北洋跪在烧焦的草丛中，抱着慢慢变冷的九色，泪如雨下，心如刀绞……

安娜拉拽他的胳膊，中国代表团已近在眼前。

抓狂的秦北洋合力与钱科抱起九色，四周亮起探照灯，照得人睁不开眼。

荒野中影影绰绰的士兵举起枪口。法国军官命令所有人放下武器，立即投降。

士兵们首先抓走了卡普罗尼，这位世界大战的空战英雄呼喊："意大利万岁！朱塞佩·加里波第万岁！"

秦北洋抽出唐刀，决心要为九色死战。虽然已是月夜，但严重受伤的镇墓兽再也无力变身，只是一条奄奄垂死的大狗。

上百支枪口与刺刀，对准秦北洋的胸膛。安娜咬着他的耳朵："把刀放下，否则你会被打成筛子的。"

低头再看九色，这头镇墓兽的肚肠已被打穿，不能再经受子弹了。

突然，他看到一堆手持火把的人群，那是从吕特蒂旅馆出来的中国外交官。

"顾公使！救我们！"

欧阳安娜见到了救星，为首的男人正是顾维钧——中国驻美公使，走到法国军官跟前，用熟练的法语说道："少校，我是中国政府派遣来参加巴黎和会的全权代表，现在请你们立即释放失窃的中国文物——镇墓兽。"

年轻的中国驻美公使顾维钧，在跟军官交涉同时向安娜使出眼色，让她少安毋躁。他是高级外交官，拥有说话的特权，法国总理也敬他三分。

法国军官跟同伴商量片刻，让人继续围困看守秦北洋与九色，接通临时电话线。不知跟谁通过电话，军官面色阴冷地摇头："对不起，顾先生，陆军部长的命令，必须带走他们，至少要带走这个……"他还说不清楚"镇墓兽"的法语单词。

"少校先生，我很遗憾。我会代表中国政府提出严正抗议。"

毕竟在别人的土地，又是巴黎和会的心脏地带，顾维钧不敢造次，命令安娜回来。

秦北洋仍没放下唐刀，决心同归于尽。

忽然，云端出现一个怪物，向下俯冲而来。它有两对翅膀，犹如放大无数倍的夜鹰，羽翼剪碎月光。

四翼天使镇墓兽。

巴黎圣母院

第五十四章

巴黎，凡尔赛的荒野，坠毁的卡普罗尼飞机残骸尚在燃烧，硕大的月亮爬上中天。

四翼天使，它干吗又回来了？

法国军队纷纷退却，训练有素地保持队形，准备乱枪把他们全部击毙。

从北京房山景教徒大墓地宫开始，秦北洋与这头镇墓兽交手过多次，两度用《大秦景教流行中国碑》的文字感化征服过它。今天逃出火海中的凡尔赛机场，四翼天使有自己的灵魂和思想，它能分清是非善恶，知道是谁舍生忘死地拯救镇墓兽，又是谁把它们开膛剖肚改造成杀人怪物。

四翼天使是来报恩的。

它降落到秦北洋面前，用翅膀将重伤的九色卷到自己背上，钢铁缝隙中长出几道锁链捆绑，以免在飞行中坠落。秦北洋翻身跳上四翼天使的脖颈，对兽头耳语："君乃天使，今晚恩德，北洋永世难忘。"

法国士兵们开枪了，安娜被钱科拽到地上，躲过头顶横飞的弹雨。四翼天使镇墓兽腾空飞起，两对翅膀剧烈扑扇，几颗子弹打在加装过钢板的下腹部，不过打出个把凹陷和印痕。

安娜眼睁睁看着四翼天使带着秦北洋与九色飞出视野。

凡尔赛的夜空。

风从四面八方而来，秦北洋抓紧四翼天使的脖子，注视被牢牢捆绑的九色，高声吆喝让小镇墓兽挺住。

为了拯救同类，四翼天使镇墓兽也发出热量，既用一千多年前的灵石，也用被改造后的柴油发动机，让九色的身体不至于冷却。

"我们该去哪儿？"

四翼天使在巴黎的高空盘旋一圈，径直飞向建筑密集的市中心。二十世纪的巴黎，梦幻般的不夜城，如同灯光的海洋。镇墓兽御风而行，轻巧避开高耸的埃菲尔铁塔，沿着塞纳河逆流而上，滑翔过一座又一座桥。

飞过巴黎新桥，虽叫"新桥"，却是巴黎最古老的桥，连接西堤岛与塞纳河两岸。过了巴黎古监狱，西堤岛东端，迎面矗立着巍峨的哥特式建筑。两座高耸的正方形塔楼，背后有直冲云霄的尖顶，尖屋顶构成十字架形状的平面。

秦北洋叫出一个响亮的名字——巴黎圣母院。

四翼天使是唐朝景教徒的镇墓兽，景教是东方基督教，因此对巴黎圣母院心向往之吗？

镇墓兽载着秦北洋与九色，降落在巴黎圣母院的西北塔楼。这座伟大的中世纪建筑，始建于1163年，历时两百年才竣工，原名Notre-Dame，法语意为"我们的女士"。

秦北洋趴在塔楼边缘，探望六十米下的塞纳河。在昏天黑地的中世纪，造起这样的石头建筑也是奇迹。圣母院底层有三个桃形门洞，上方为众王廊，有旧约时代二十八位君王雕像。再往上是两个硕大的石雕棂窗，中间的圆形彩色玻璃，俗称"玫瑰窗"。

第三层的外墙，雕着许多魔鬼怪物，七百年来临窗俯瞰巴黎芸芸众生。秦北洋点起一根火柴，雕像们乍看酷似兽头，面目诡异，神情冷峻。有几个带着翅膀的小怪兽，做出托腮思考状，隐隐吐出舌头，简直是四翼天使的孪生兄弟，怪不得要飞到这里来呢。

塔楼内，悬挂一口古老大钟。敲响这口钟，要么是重大宗教节日，要么是伟人的丧钟。中庭上方，矗立九十米高的尖塔。十字架下，据说封存着耶稣受难时的十字架与冠冕。

他搂了搂四翼天使的兽头说："伙计，你是来朝圣的吧。"

九色已不再流"血"，秦北洋找到几块木板，像医生给病人缠上绷带一样，给九色简易包扎伤口。

秦北洋决定在巴黎圣母院的塔楼过夜。发现有扇紧闭的铁门，他用唐刀砍断铜锁，抱着九色钻入密室。封闭了几百年的腐烂味扑面而来。他点燃破布做火把，在暗角上照亮一行奇怪的字母——

ʹANAΓKH

希腊字母？被人雕刻上去的，工匠秦北洋对此分外敏感。

密室中躺着两具骨骸，一具女人，骨骼娇小，颅骨有两个深深的眼窝。还有一具男人，脊椎歪斜，骷髅头陷入肩胛，两条腿骨长短不一，佝偻的畸形人。

在京都第三高等学校图书馆，秦北洋读过日文版《巴黎圣母院》，这不是畸形的钟楼怪人卡西莫多吗？而他至死拥抱的少女，必是美丽的艾斯美兰达。他们还停留在五百年前的状态，轻轻触摸两具骸骨，立刻化作尘土，灰飞烟灭，香消玉殒……

密室深处有一道铁门，里面有一口石棺。许多欧洲教堂紧挨墓地，帝王将相的棺材多在大教堂中。

不过嘛，这口棺材的形状却有中国风格——并非标准正方形，而是呈现木船般的梯形。

铁门下有块石碑，布满密密麻麻的文字。吹去不知几百年的尘埃，秦北洋用唾沫擦了擦，竟然看懂了这些字——汉字！

不可思议，巴黎圣母院的塔楼，钟楼怪人卡西莫多与艾斯美兰达的骨骸旁，出现一块汉文石碑？

火光依稀照出开头，遒劲有力的颜体字——

工匠联盟大尊者秦晋墓志

工匠联盟？大尊者？秦晋？

秦北洋的右手开始发抖，仿佛触摸到了某个活人……

父亲不是说过——南宋末年，秦氏祖先定居在襄阳古隆中，有两兄弟保管《秦氏墓匠鉴》——兄长秦晋，弟弟秦楚。

秦晋之好、朝秦暮楚，这两个名字太让人印象深刻了。

记载有镇墓兽秘密的《秦氏墓匠鉴》正本，就在祖先秦晋的身上。

他焦虑地辨认石碑上的每一个字，可惜许多漫漶不清，只能看出大致意思——

秦晋，南宋人士，宝庆元年，生于京西南路襄阳府。秦氏乃工匠世家，自幼随父学习"墓匠之道"，善制"镇墓神兽"。蒙古南侵大宋，秦晋在襄阳被俘，因身负工匠绝技，被掳至万里之外的漠北，蒙古帝国汗庭——哈拉和林。

蒙古第三次西征，成吉思汗的孙子，拖雷的第六子，蒙哥与忽必烈大汗的弟弟——旭烈兀出征西域。秦晋不幸被编入蒙古汉军，在汉人大将郭侃帐下效命。大军越过中亚河中地带，入侵波斯木剌夷王国——赫赫有名的阿萨辛刺客教团。郭侃消灭阿萨辛五万大军，攻克一百余座城池，直到万仞高山之上的天国花园。此山为天险也，一夫当关，万夫莫开，火炮轰击也无济于事。蒙古大军善于骑兵奔袭，并不善于山地作战，战局陷入僵局。

旭烈兀命令汉人部队建造工程机械，任务自然落到秦晋身上。他在短短一个月内，建造了十二种不同的工程机械，大部分来自春秋战国时期的《墨经》，比如攻城战车、攻城弩机、巨型投石机，等等。秦晋又制造了一百余架木鸢，便是原始的木制飞行器，可以利用风力驱动滑翔，犹如二十世纪的滑翔机，每架木鸢可载十余名士兵。郭侃征集了两千名善于登山格斗的汉族士兵，驾着木鸢飞上高山之巅，乘风突袭阿萨辛的天国花园。两百年来，任何人从地面都无法攻克这座高山城堡，终于被秦晋制作的木鸢"空降部队"攻克，并将充满奇技淫巧的"天国花园"付之一炬，彻底铲除为废墟。

"山中老人"阿萨辛刺客教团覆灭，秦晋立下汗马功劳。

次年，郭侃的汉人部队进抵两河流域，攻克"报达城"——今日的巴格达，灭亡了曾与唐朝并列、盛极一时的黑衣大食帝国。郭侃又奉命进攻地中海东岸的十字军国家，石碑上写作"富浪"，估计是"法兰克"音译，重创耶路撒冷王国、安条克王国、的黎波里伯国，最后人困马乏，强弩之末，惜败于埃及的马穆鲁克人。

秦晋跟随蒙古大军，参加了以上全部战役，他的工匠技术发挥了重要作用。

此时，东方传来消息，蒙哥大汗南征宋朝，在钓鱼城下陷入困境，急需蒙古西征部队支援。郭侃奉命东归，秦晋身为宋人，不忍见自己的工匠机械侵略祖国，便选择做了个逃兵。

秦晋逃亡到拜占庭帝国的君士坦丁堡，又乘坐威尼斯人的帆船，渡过地中海来到意大利。他游历了欧洲各地，正值黑死病来袭前的盛世，又是蒙昧的中世纪，到处都在大兴土木修建教堂。秦晋得以施展手艺，成为欧洲最伟大的工匠，并传给了十二位门徒——"镇墓神兽"的技艺除外。

公元1279年，全欧洲的工匠在巴黎圣母院的塔楼召开大会，建立工匠联盟。

秦晋成为第一代大尊者，他的十二门徒成为十二位"守门人"。

墓志上镌刻了工匠联盟的三大宗旨——

兼爱、非攻、救守

公元1919年，巴黎圣母院的塔楼密室，秦北洋凝视这六个汉字——不是春秋战国时代墨子的主张吗？

工匠联盟遍布于欧洲，成为文明的中流砥柱。大尊者秦晋派遣一位威尼斯人，马可·波罗，作为特使出使元朝，希望与中国的秦氏家族取得联系。只可惜，这位在后世大名鼎鼎的马可·波罗，尚未返还欧洲，秦晋就已去世了。

碑文最后记载了工匠联盟第一代大尊者之死。

公元1290年，为了给阿萨辛刺客教派复仇，重新组建的刺客联盟派遣人马来到巴黎刺杀大尊者。"守门人"用宝剑和十字弓当场击杀了刺客。秦晋身负重伤，临死前为自己写下这篇墓志，吩咐门徒将这些汉字依样画葫芦刻在石碑上。

墓志里嘱托不要举行葬礼，直接将石棺放置在巴黎圣母院塔楼密室，门徒不要留下关于第一代大尊者的任何传记，希望自己悄无声息地隐匿在墓志之中——工匠的常态就是不留姓名，只要留下伟大的作品即可。

正如秦晋为工匠联盟定下的格言——工匠会死，但作品永存。

看罢整篇墓志，秦北洋面对石棺，秦氏墓匠族的祖先，肃然起敬，再次跪拜。

这就是工匠联盟第一代大尊者波澜壮阔却鲜为人知的一生。

巴黎圣母院，必是工匠联盟的第一大圣殿与朝圣地。

工匠联盟的第一代大尊者，竟然死于刺客联盟的复仇？怪不得，人类历史上的这两大秘密组织，作为世仇与宿敌缠斗了六百多年。

秦北洋又想起在纽约曼哈顿哈莱姆区的地下圣殿，工匠联盟世界大会，当他一说出自己的姓氏以及墓匠族，在场所有人为之骚动——他的姓氏对于工匠联盟具有重要意义。

那一晚，守门人施密特查看过他的后背，看到鹿角形赤色胎记，脸色就不同寻常。显而易见，工匠联盟的第一代大尊者，作为秦氏墓匠族的一员，也具有相同的胎记。而这秘密已在工匠联盟的高层中传递了六百多年，也是确认秦北洋身份的重要证据。

作为墓匠族的一员，大尊者秦晋为何享有六十五岁的寿命？因他年轻时被掳到蒙古，后来远渡欧洲，定居在巴黎圣母院，并未再制造镇墓兽，也没再接触损耗生命的灵石，故而逃脱了墓匠族短命的魔咒，活到知天命之年后才被刺杀。

想到短命长命的问题，秦北洋自然想起了小镇墓兽九色。

他抱着受伤的九色进来，抚摸这头镇墓兽的赤色鬃毛，相拥而眠在钟楼密室，工匠联盟第一代大尊者的坟墓前。四翼天使蹲坐在外守护他俩。

躺在卡西莫多与吉卜赛少女的骨灰上，秦北洋陷入迷醉般的沉睡……

绝命毒食

　　我又看见一个兽从海中上来，有十角七头，在十角上戴着十个冠冕，七头上有亵渎的名号。

　　我所看见的兽，形状像豹，脚像熊的脚，口像狮子的口；那龙将自己的能力、座位和大权柄都给了它。

　　兽的七头中，有一头似乎被杀至死，但那死伤却医好了。全地的人都希奇，就跟从那兽，又拜那龙，因为它将权柄给了兽；也拜兽说，谁能比这兽？谁能与它争战？

　　一个月后，凡尔赛的晨曦。

　　亨利·菲利普·贝当元帅用拉丁语念出《启示录》第十三章。

　　大爆炸后的飞机场，满目疮痍。跑道不堪再用，工厂也已报废。但在陆军部长的命令下，工兵们迅速搭建起一座简易工厂，运来地球上最先进的机器与金属切削机床，夜以继日地工作，工厂重新喷射出滚滚黑烟。铁门徐徐拉开，轰隆隆的响声仿佛巨兽进食后的肠胃蠕动……

　　卡尔·霍尔施泰因博士，被烧伤的头部缠着绷带，蹲在一座碉堡里，通过瞭望孔观察。某个硕大无朋的怪物，在旭日下拖着奇形怪状的暗影。

　　"上帝啊，请让我下地狱吧！我做了撒旦的同盟者。"

　　贝当元帅如是说，这位经历过凡尔赛的绞肉机与索姆河的坦克战的老英雄，目瞪口呆地面对瞭望孔对面的怪物。身后还有一群陆军部的官员与工程师。鉴于上次的事故，他们必须躲藏在碉堡中，以免镇墓兽再度失去控制。

怪物有七个脖子，长着七个各不相同的兽头。它还有十个犄角，各自戴着古老冠冕，七个兽头之上，各自刻着无法解读的文字符号。它是利维坦，它是潘神，它是米诺斯牛头怪，它是所有怪物的总和。它有四条虎豹般粗壮的兽腿疾驰，从七个兽头里打开加特林机关枪，同时向七个标靶齐射。全部十环命中，靶子被打得稀烂，几乎可以摧毁普通的装甲。

十角七头镇墓兽。

一个月前，它从西伯利亚被长途运送到巴黎，还是一堆重伤后的废铜烂铁。此刻，它有了天翻地覆的新模样。镇墓兽后背多了个凸起部分，焊接着炮塔般的装甲，中间有狭窄的瞭望孔。

"这是四条腿的坦克。"霍尔施泰因博士向元帅讲解，"坦克常被困在壕沟与山地，难以灵活地转动身体。而这头镇墓兽可以跨越任何障碍，同时向七个方向射击，全程无死角……"

"要是在凡尔登，我们有这样的武器，德国人早就被打败了，世界大战根本不用打四年，上百万的法国人将幸存下来。"

四年的大战，早已破灭了欧洲的贵族传统，中世纪以来的骑士精神、拿破仑的马刀冲锋，在机关枪和堑壕战前灰飞烟灭。这是人类有史以来死亡最多的一场战争。胜负双方的士兵，都只是杀人游戏中的一个小数点而已。战争不再是一门艺术，而是一套杀人的流水线……

元帅在胸前画着十字说："博士，现在是谁在驾驶操控这头巨兽？"

"他叫秦，是个聪明的中国工匠，也是他和我一起从一千两百年前的古墓里挖出了这头镇墓兽。"

他叫秦。

十角七头镇墓兽的体内，秦海关蜷缩在这狭窄的乌龟壳里，就像一副移动的棺椁。他的四面都是新焊接上的装甲，脚下是灼热的柴油内燃机，耳边充满机器的噪声。面前有两个操纵杆，可以控制镇墓兽的前后左右与弹跳腾跃。开枪射击等应激反应，无须人工操作，全靠镇墓兽自己的感官系统。但人在镇墓兽内部，实现"人兽合体"显然更为便利。对于霍尔施泰因博士来说，这是又一大进展。

一个月前，安娜与钱科乘坐卡普罗尼的飞机从天而降，救走了秦北洋、九色以及四翼天使，只留下沃尔夫的尸体。

　　秦海关自愿留下来，只有一个目的——修复十角七头镇墓兽。这头来自唐朝大墓里的镇墓兽，虽然丑陋怪异就是恶的本身，却已与他朝夕相处了一年半。他两度亲手将它修复，重新赋予生命，纵然杀人如麻，却也懂得报恩，将老秦视为再生父母。

　　许多个暗夜，秦海关感到十角七头在呼喊他，难以被人类耳膜所察觉的音波，直接渗透入颅骨，对他说"爸爸！爸爸！"与儿子分别日久的老秦，竟与这头巨兽产生了父子般的情愫。秦北洋是他的长子，十角七头就是他的小儿子。

　　从某个角度来说，老秦已经代替安禄山，成为十角七头镇墓兽的新主人。

　　在西伯利亚的日子里，也有过别人妄想控制这头巨兽，却反而激起了它的毁灭欲。不知道有多少人，因为好奇心而被十角七头撕成碎片。

　　秦海关反复关照过他人，包括海军上将高尔察克：绝不能让它逃出牢笼，否则将消灭整个俄罗斯民族。它将带着安禄山的残暴灵魂，对文明世界进行难以想象的破坏，成千上万的人类会被它杀死，更有许多恶人将成为它的仆从。

　　十角七头的恶，是对全人类的恨，是对一切美好事物的仇恨，是黑暗对光明的仇恨，是虚空对存在的仇恨。

　　它不是恶的化身，也不是恶的代表，它本身就是恶。

　　不过，秦海关并非行尸走肉，而是另有打算。他想趁着这次机会，改造完十角七头镇墓兽，就将机场毁灭，杀死霍尔施泰因博士——此人已走火入魔，更多的镇墓兽将落入他们手中，将引来更大灾祸。然后，他再带着十角七头逃之夭夭，管它能去什么地方，最好从哪里来，就回哪里去。跨越山海回到中国，回到古墓之下。

　　在霍尔施泰因面前，秦海关故意显得浑浑噩噩疯疯癫癫，两耳不闻窗外事，一心托付镇墓兽，才能获得法国人的信任。无论改造还是操控镇墓兽，霍尔施泰因也都离不开老秦。谁都可以死，唯独秦海关不可以。

　　还有一个操纵原则——所有的镇墓兽，只能接受汉语指令，最好是古汉语文言文。就像英国人的狗只听得懂英语、德国人的狗只明白德语一样。镇墓兽全部出土于中国古墓，它们并无任何外语能力，即便有也是某种古代语言，比如四翼天使可能听得懂古叙利亚语。如果不谙汉语的外国人，是无法准确操纵镇墓兽的。

　　十角七头镇墓兽，已在贝当元帅面前摧毁了无数标靶与建筑物，翻越数层障碍。忽然，秦海关感到发动机的声音不对，镇墓兽的动力明显不足，行动越发缓慢，机关枪也无法打开射击。

老秦并不意外，镇墓兽的天性属阴，如果未经机械化改造，完全依靠古老灵石的动力，只能在黑夜或地下活动，来到阳光下便是废铁一堆。无论十角七头还是四翼天使，到了光天化日之下，必须依赖改造后的机械化动力。唯独化身为大狗的九色是个例外——因为它是真正的生命体，即便如此，也无法在阳光下变回幼麒麟镇墓兽。

秦海关正要回去补充燃油，镇墓兽却执拗地一瘸一拐向前走去。他本可以强行迫使十角七头掉转方向，但又担心会不会突然失控，只能暂时由着它自由行动。

碉堡里传来震耳欲聋的喇叭声，霍尔施泰因隔着瞭望孔，用简单的汉语呼喊："秦！立即回到工厂！立即回到工厂！"

然而，秦海关已无法遏制住十角七头，这尊镇墓兽用油箱里最后的燃料，向着机场尽头的垃圾场狂奔。

霍尔施泰因博士的神色凄惶，贝当元帅也拉下一张面孔："必须阻止它，不能再因为镇墓兽流一滴法国人的鲜血了。"

转瞬间，整个机场拉起警报，士兵们全副武装，火炮瞄准奔跑中的镇墓兽，要把十角七头连同秦海关轰击成碎片。

秦海关也已大汗淋漓，无论用操纵杆还是文言文甚至心灵感应，都无法让这头巨兽停下。就在贝当元帅下令开火之际，霍尔施泰因却哀求着说："请再给我十秒钟。"

十角七头镇墓兽在垃圾场停下了。

它的七个兽头埋入肮脏腐臭的垃圾深处，竟然大快朵颐起来。

它在吃垃圾……

并非普通的垃圾，而是工厂排放的化学垃圾，含有大量重金属毒素。程度最轻的是蓄电池，最严重的则是提炼贵重金属的氰化物残留——如果全部倒入塞纳河，半数巴黎的市民都会被毒死。

对于镇墓兽来说，这些致命的毒物却是美味佳肴，甚至灵丹妙药。

仿佛老饕掉进法国大餐，十角七头吃得津津有味，专拣毒性最强的化学废弃物，风卷残云一般。

藏身于镇墓兽体内的秦海关，起了一身鸡皮疙瘩，他能清晰地感受到十角七头被有毒物质充盈起来——就像人活着时被注入水银，变成千年不腐的尸身。不知是真的受到毒物影响，还是某种心理作用，老秦开始头痛欲裂，一对肺叶也灼热燃烧起来。

碉堡里的贝当元帅与霍尔施泰因博士也怔住了。

吃完有毒垃圾，十角七头镇墓兽重新生龙活虎，精神抖擞地转身回去。秦海关再次牢牢掌控这只巨兽，面朝贝当元帅所在的碉堡瞭望孔，竟然做了个欧洲宫廷贵族单膝跪地的礼节性动作。

它就像个王子，只是长着恶魔的面孔。

贝当元帅开始鼓掌，接着是霍尔施泰因博士，然后是陆军部所有官员。

博士欢欣鼓舞地对工程师们说："'灵魂机械体'的重大发现，经过机械化改造的镇墓兽，可以通过进食有毒化学废弃物而补充能量。"

突然，碉堡的电话铃响起，秘书把电话转给贝当元帅，说是克列孟梭总理来电。

老元帅皱起眉头，电话里响起"老虎"的咆哮声："亲爱的元帅，听说你们还在改造那头来自中国的怪物？"

"总理阁下，容我向您禀报，今天的实验非常成功，十角七头镇墓兽——愿上帝饶恕我们，已被改造为一件强大的武器。"

"几周前，我跟威尔逊总统、劳合·乔治首相，目睹了那个什么天使在巴黎上空杀死了我们许多飞行员，也让巴黎市民遭受惨重损失，它是残暴的恶魔，违反了基督徒最基本的信仰，应该受到永恒的诅咒而不是被你们军人奉为上宾。"

"总理阁下，我们与德国的下一场战争——将不会再有信仰的容身之地。"

"够了，你们给我添了无数的麻烦。今天，中国代表团的顾维钧公使面见了我，他是巴黎和会的外交明星。他向我提出强烈抗议，拿出许多照片，包括考古现场的记录，证明你们正在改造的怪物，是一件极其珍贵的出土文物，价值可与米洛斯岛的维纳斯相提并论。"

"您答应他要把镇墓兽送还给中国吗？我们可没这个义务。否则，我们还要为在六十年前攻占北京烧毁圆明园而道歉。欧洲的许多博物馆里的中国文物还要还给他们不成？"

"是，我们没有归还文物的义务。但你要考虑到政治是复杂的。我们把德国在山东的权益转让给了日本，中国人威胁拒绝在《凡尔赛条约》上签字——我不希望出现这种情况，对德国的审判席上不能缺少中国。所以，我们还要哄着中国人，必须做出一定的让步，显示出法国对四万万中国人的友好。"

"好吧，总理阁下，我尊重您的决定。"

"我已答应了中国人，将你们的大怪物暂时存放在卢浮宫博物馆。至于是否归还中国，待到巴黎和会之后再讨论。"

"明白了，您是想拖延到中国人在《凡尔赛条约》签字之后，再拒绝他们的要求。"

克列孟梭总理在电话那头沾沾自喜："这就是政治。"

"为了《凡尔赛条约》，我立即执行您的命令。"

元帅挂掉电话，心中暗说：肮脏的政治！

正在镇墓兽体内的秦海关，接到大喇叭的命令，说贝当元帅要亲自接见他。老秦关闭十角七头的能量。他像坦克乘员那样爬出装甲舱，来到碉堡之中。

贝当元帅看着白发苍苍的中国老工匠，又盯着乱发如草的霍尔施泰因博士，摇头说："你们不懂什么是政治，为了法兰西的长久利益，一定的妥协都是必要的。"

秦海关听不懂，博士已大惊失色，再看瞭望孔外——原地待命的十角七头镇墓兽，中断了动力系统，已被大吊车装入大木箱子，运上一辆平板卡车，开出机场的大门，前往卢浮宫博物馆。

老秦这才意识到自己受骗了，他刚要奋力冲出碉堡，已被法国人制伏并压倒在地……

卢浮宫

第五十六章

卢浮宫。

1204年,这座伟大宫殿由菲利普·奥古斯特二世始建。太阳王路易十四在这里登基,修建正方形庭院,收集整个欧洲的艺术品。法国大革命,在卢浮宫庭院造起第一个断头台,成为面对公众的博物馆,至今已承载七百年的无尽荣耀……

秦北洋来到卢浮宫大门口。一个月前,他就是在这里制伏了四翼天使镇墓兽,又与欧阳安娜分别,跟着霍尔施泰因博士去了凡尔赛机场。为了避免被人认出,他粘上小胡子、戴着礼帽,从洗衣店偷了件旧西装,仿佛一夜间老了十岁。

他看到一辆马车停下,鄂尔多斯多罗小郡王率先下车,绅士般地扶着一位姑娘下车。

欧阳安娜,尽管眼前尽是熙熙攘攘的游客,她却第一眼就认出了秦北洋。

十九岁的少女,提着裙子飞奔而去,在回廊的阴影下与他相拥。

小郡王走到他俩身后,学洋人耸耸肩膀,艳羡地说:"我不在你们之间插蜡烛了。"

说罢他转身离去,前往塞纳河边的艳阳下,拈花惹草,搭讪法国妹子去了。

秦北洋已在巴黎圣母院的塔楼上隐居了一个月。

每夜有数十个石头精灵小怪兽，以及两只镇墓兽陪伴他。秦北洋心急如焚，用了各种方法修补九色的伤口，找来铝板、生铁，甚至不锈钢，但只能让它不再流"血"。

九色正在慢慢变冷，它真的会"死"吗？

这一日，中国代表团得到法国政府的通知，根据克列孟梭总理的命令，十角七头镇墓兽已被送入卢浮宫博物馆保存。顾维钧派遣欧阳安娜代表中国政府去卢浮宫，即便不能带回十角七头，至少要验明正身，确认此物是镇墓兽，而非张冠李戴的冒牌货。

恰好卢浮宫与巴黎圣母院近在咫尺，安娜与秦北洋约定在此相会。

"你没事吧？"

"安娜，我很好。"

其实，秦北洋早已虚弱不堪，只是强撑着伪装出一副身强体健的样子。

两人手挽着手进入卢浮宫，就像一对新婚夫妇。穿过一道道楼梯，一扇扇宫门，一个个拐角，就像打开一页页历史，一幅幅油画，一尊尊雕像……

他们先看到古埃及文物，从木乃伊到神庙中的雕塑。然后是"汉谟拉比法典"，这块刻在石柱上的楔形文字法典。接着是古希腊与罗马艺术，米洛斯的维纳斯，酥胸半裸，春衫滑落，残缺了双臂。秦北洋又瞥了眼安娜，竟不好意思地红了脸颊。欧阳安娜用拳头捶他胸口："非礼勿视！"

接着是胜利女神雕像，仿佛从天而降于爱琴海的船头，衣袂飘飘，纹路清晰。这尊无头雕像，同样丢失胳膊，背后却有一对雄健的翅膀羽翼——秦北洋自然联想起四翼天使镇墓兽。

进入文艺复兴长廊，见到卢浮宫的灵魂，达·芬奇的《蒙娜丽莎》。欧阳安娜在上海读书时，就听说过这幅旷世杰作，看到真迹才发现那么小，高不过七十厘米，油画中的女士仿佛躲在画框里看着她。蒙娜丽莎是谁？某位优雅的意大利贵妇人？卑微的灰姑娘侍女？抑或画家恋爱着的某个男人？安娜恳请上帝的饶恕。画像中的女人恬静端坐，晕黄的光线洒在皮肤上，像被涂抹一层油脂，似乎多看一眼都是种亵渎……

"我想到唐朝壁画里的女子。"秦北洋凑近安娜耳边，"神似的眼神。"

欧阳安娜转身看着他，瞪大琉璃色的眼眸："像我吗？"

说罢，她咯咯笑起来，拽着秦北洋穿过意大利文艺复兴长廊，一路看过达·芬奇的《岩间圣母》、拉斐尔的《花园中的圣母》、米开朗琪罗的《奴隶》……

最后，他俩来到卢浮宫的库房门口，被两名保安拦截。安娜出示了中国驻法国公使馆的公函，请求面见大汉学家伯希和。

走入仓库，法国大汉学家一见到安娜，就要热烈拥抱，却被她羞涩地闪身躲过。

一个月前，伯希和刚从法国驻华公使馆武官次官的任上回国，退出陆军军官现役，当选为法国金石铭文与文艺学院院士。

青春美丽又熟谙法语的中国少女，焉能不让他殷勤相待？安娜能到外交部做翻译实习生，也得益于伯希和所写的推荐信。

秦北洋挡在安娜面前，却看到伯希和身后的中国青年，短暂恍惚过后，念出一个名字："李隆盛？"

"你好，秦北洋。"

英俊潇洒的剑桥博士，不到三十岁的年纪，穿着白色西装，打着绯色领带，身材高挑修长，艺术品般的面孔，风姿绰约。这位剑桥大学物理系博士，首届世界智力大赛冠军，数周前与第二批中国外交代表团同船抵达法国。

李隆盛的眼睛甚为毒辣，一眼辨认出贴着小胡子的秦北洋，便礼貌地伸出手来。秦北洋下意识地握手，又自惭形秽地抽回手来，低声说："你也来看镇墓兽啊。"

他们转向仓库的另一边，注视卢浮宫的新藏品，一尊撒旦般的怪物。

"十角七头镇墓兽。"

伯希和，西方世界最伟大的汉学家，敦煌遗书的发现者与盗窃者，无法用任何语言来赞美这件文物。

可惜的是，它已被人为破坏，遭到所谓的机械化改造，变得不伦不类，丑陋不堪……

李隆盛也赞叹道："十角七头，多么伟大的唐代杰作。"

这尊镇墓兽已完成第二轮机械化改造，后背多了一块装甲凸起，像个王八壳子，可以容纳一人藏身其中——正如骑士之于战马，飞行员之于战斗机。这必是霍尔施泰因博士的杰作，还有老父秦海关的一臂之力。

去年在北京房山大墓，伯希和匆匆见过秦北洋一面，当然认不出化装后的他。安娜谎称他也是中国代表团的同僚。

这间仓库异常高大，分成许多块不同区域，分别摆放着古埃及、古希腊、古罗马、中世纪以及近代的文物与艺术品，而这一块主要是来自东亚的文物。秦北洋发现了不少唐三彩、宋钧窑、明青花，还有清朝的珐琅彩，更有古老的商周青铜器、汉画像石、南北朝佛像……

忽然，秦北洋发现了一个铜羊头。

制造镇墓兽免不了接触各种金属，秦北洋对铜器也如数家珍。再看这红铜色泽深沉，内蕴精光，又恐怕含有合金，因而毫无锈蚀之痕迹，工艺颇为精细写实，褶皱与绒毛都清晰可辨，突出的羊角与羊耳朵惟妙惟肖。

"这……不是圆明园的十二生肖铜兽首吗？"

此言一出，安娜与李隆盛也围过来，反问他："你怎么看出来的？"

"我在圆明园废墟住过。海晏堂前的水池两边，原有十二生肖兽首铜像——子鼠、寅虎、辰龙、午马、申猴、戌狗、丑牛、卯兔、巳蛇、未羊、酉鸡、亥猪……如今只剩十二个无头铜像，原本的兽首都已不翼而飞。英法联军烧了圆明园，切下十二生肖铜兽首，分赃掠夺到欧洲，至今下落不明。"秦北洋围绕着铜羊首走了一圈，"原来未羊就藏在卢浮宫博物馆啊。"

剑桥博士李隆盛补充一句："十二生肖铜兽首，我也有所耳闻，据说是乾隆皇帝命令郎世宁设计。原本要设计成欧洲式样的裸女喷泉，但被乾隆认定违背了中国伦理道德，于是变成了十二生肖。"

"我倒是觉得十二个裸女更好，最好对应十二星座。比如这些天是双子座，就应该由一对双胞胎裸女铜像喷水。"

安娜说了一句离经叛道的话，她可是星座塔罗算命的达人。

"别瞎扯了。"秦北洋捡起铜羊首边上的一把清朝腰刀，"我猜这一大堆文物宝贝，都是英法联军从圆明园抢劫来的赃物。"

欧阳安娜拍拍脑门："对啊，我应该请陆总长提出抗议，要求法国政府将圆明园流失文物归还中国。"

"谈何容易！我在欧洲多年，大英博物馆里有不少这种宝贝。在这弱肉强食的世界，这些都属于战利品。要是可以还给中国的话，香港、澳门，还有台湾早就还回去了。"

李隆盛打破了他们的幻想。

大汉学家伯希和冷眼旁观，不想搅和进去。他循着梯子走到顶层，可以透过玻璃俯瞰整个卢浮宫的藏品。

他指着古埃及与美索不达米亚藏馆，用流利的北京话说："人类公认最古老的文明，起源于尼罗河与两河流域，影响了克里特岛的米诺斯文明、希腊半岛的迈锡尼文明，然后是荷马史诗的年代，欧洲迎来了古希腊与古罗马，但文明从何处起源？如何起源？至今仍然是一个谜。"

秦北洋俯瞰古巴比伦的"汉谟拉比法典"："伯希和先生，您认为研究镇墓兽就可以解开人类起源之谜吗？"

"包括上古神话时代的一系列谜团。有的考古学家会把镇墓兽与古埃及木乃伊联系在一起研究。"法国人走到李隆盛跟前，"李博士，请介绍一下剑桥大学最新发明的检测年代的技术吧。"

原来，李隆盛是伯希和邀请来卢浮宫博物馆的。

他理了理头发，转头看着安娜说："同位素，具有相同原子序数的同一化学元素的两种或多种原子之一，在元素周期表上占有同一位置，化学行为几乎相同，但原子量或质量数不同，其质谱行为、放射性转变和物理性质也不同。"

安娜瞪了他一眼："别看我，对我来说这就是天书。"

秦北洋勉强听懂了，在京都的第三高等学校读书时，他常在图书馆借阅物理书。

李隆盛接着说："碳14透过宇宙射线撞击空气中的氮14原子得出，半衰期长达5730年。生命体死后停止呼吸，碳14开始减少，检测古物中的碳14含量，就能估算大概的年代。"

"但只能检测曾经的生命体吗？比如古埃及木乃伊？"

"木乃伊最适合使用碳14来检测。这项技术刚发明，还要慢慢完善。我们剑桥大学理论物理学的实验室，正在研究把考古学与物理学结合起来。伯希和先生，您若需要，我可以用物理学的方法，帮您修复这尊镇墓兽。或者说，把它恢复到刚出土时的状态。"

大汉学家伯希和两眼放光："非常欢迎。"

秦北洋突然插嘴："你们能检测镇墓兽的灵魂吗？"

"镇墓兽的灵魂？"

卢浮宫博物馆的尘埃里，伯希和看着化装后的秦北洋。

他怯生生地退到安娜身后："对不起，我听说所有'灵魂机械体'都有灵魂。"

"你是谁？"

"伯希和先生，他只是个中国代表团的小外交官。"

欧阳安娜替秦北洋掩饰，李隆盛也不戳穿他们的把戏，反而帮衬说："伯希和先生，今日我有事告辞，过几日再来拜访，帮助您让十角七头镇墓兽恢复原貌。"

三人走出卢浮宫博物馆，秦北洋突然说："李先生，你真能用物理学的方法检测与修复文物？"

"那要看文物的损毁程度。"

"你还对'灵魂机械体'有研究？"

"略知一二。"

秦北洋退入塞纳河边的桥洞下，单腿跪在李隆盛面前："我有一尊镇墓兽，它已身受重伤，危若累卵，请你救救它！"

"北洋，男儿膝下有黄金，你干吗？！"

欧阳安娜训斥他，秦北洋却把另一个膝盖也跪下了，泪水在眼眶打转："我已用尽所有方法，都不能减轻九色的伤势，更不可能找霍尔施泰因博士自投罗网。只有你能帮助我了。"

"九色？它真是镇墓兽？"

"墓主人是唐高宗李治与女皇武则天的孙子，唐睿宗李旦第六子，终南郡王李隆麒。"

"我知道这位小皇子，唐玄宗李隆基的同父异母弟弟，而我是李隆基的直系后裔。"李隆盛踱了几步，搀扶起秦北洋，"带我去看看。"

第五十七章

九色之殇

三人通过新桥，上了西堤岛，没几步就到了巴黎圣母院。

欧阳安娜仰望中间高耸的门洞，名曰"最后的审判"。她吃力地仰着脖子，无数人物雕塑繁花似锦般堆积。天使拿着一杆秤，每个人的灵魂都会掂出分量——高尚者向左进天堂，卑劣者向右下地狱。

步入圣母院宽阔的大厅，光座席就有1500个。安娜走到最前面，跪在圣母哀子像前，在胸口画着十字，祈祷每一个中国人不再遭受苦难。

秦北洋带着他们走上楼梯。没人去年久失修的塔楼，只有一道形同虚设的铁门。拾级而上，进入卡西莫多的世界。安娜眺望塔楼四方的小怪兽石雕，俯瞰底下的塞纳河，以及正对着的埃菲尔铁塔。

四翼天使躲藏在密室中保护九色，两尊镇墓兽同病相怜，似已成为好友。李隆盛惊讶地看着它们，就像坠入中世纪的博物馆，或一座唐朝的古墓地宫。

秦北洋撕掉嘴上的小胡子，紧紧抱着九色，琉璃色眼球越发暗淡。打开它的腹部与背部伤口，还有零星的液体渗出，当场让主人泪水掉落……

"一发高射炮弹穿透了它的身体，同时破坏了生命体脏器与青铜外壳。"

"它是生命体？"

"嗯，九色是唯一活着的镇墓兽。"

李隆盛将信将疑，打开手电筒、马灯、蜡烛等一切照明工具，仔细查看九色的受损状况。他问为何不能在外面的阳光下，反正塔楼上没其他人。秦北洋说镇墓兽害怕阳光，还是在密室更好，能够还原地宫的环境。

半晌之后，李隆盛的衣服与脸上都沾满油污甚至"血"污，他取出几块金属碎片，面色凝重地说："如果它是一个动物，早已死了。如果它是一个机器，也已报废无法使用。如果它是一个'灵魂机械体'，或许我还有百分之一的可能性救活它。"

"只要能救活九色，大恩大德，永世难忘！"

"这里显然不行，除非把它运过英吉利海峡，到剑桥大学的实验室。"李隆基摸了摸九色的赤色鬃毛，"它经不起这样的折腾！"

安娜想起一件事儿："前几天，朱塞佩·卡普罗尼被法国军方释放了，他在巴黎郊外找了块废弃农场，跟钱科一起研发飞行器，那里非常隐蔽，有许多机器设备，也许对九色有用。"

"你怎么知道的？"

"卡普罗尼骑摩托车带我去看过。"安娜没说那天拒绝了意大利人求爱的一节，"我只是想看看钱科有没有能够帮到你的地方。"

"朱塞佩·卡普罗尼？意大利卡普罗尼飞机公司的空战英雄？"李隆盛也听说过这个名字，"可以去试试。不过，还是个老问题，你怎么把九色运过去？"

秦北洋拍了拍枕戈待旦的四翼天使镇墓兽："它有两对翅膀呢。"

李隆盛呈现出不可思议的表情，仿佛眼前全是一群蒸汽朋克的狂人。

他刚一回头，灯光照出密室墙角的一行文字——

'ANAΓKH

"这是……希腊文？"

"李博士，这好像是几百年前就刻在墙上的，能认出什么意思吗？"

巴黎圣母院的塔楼密室之中，李隆盛拧起眉毛，轻轻吐出两个字——

"命运！如果我没记错，维克多·雨果在这座塔楼中看到了这两个希腊文字——'命运'，才写出了伟大的《巴黎圣母院》。"

"这也是镇墓兽的命运之地。"

秦北洋若有所思地摸着九色，望向塔楼密室深处的铁门，埋葬着工匠联盟第一代大尊者——中国人秦晋的石棺。

他们兵分两路，李隆盛与欧阳安娜乘坐马车，前往郊外森林找意大利人卡普罗尼。

秦北洋必须等到天黑以后。

在镇墓兽苏醒之前，巴黎圣母院塔楼上的石雕们先行动了。那只托腮思考的怪兽石雕，欢快地扑扇翅膀，飞翔在巴黎的夜空，还转头瞪了秦北洋一眼。

石头怪兽都活了。每个夜晚，它们都会飞出塔楼肆意翱翔——凡是塑造成人或者动物形状的古物，都会产生类似的灵魂，在无人的深夜蠢蠢欲动。正是这些具有灵力的小怪兽，而不是卡西莫多与吉卜赛少女的故事，吸引着四翼天使飞临巴黎圣母院避难。

秦北洋伸出胳膊，一只飞翔的小怪兽竟停在他的肘上，就像猎人与猎鹰。当巴黎的日出升起，所有妖魔精灵回到圣母院塔楼，重新变成凝固数百年的石像……

然后，他和九色骑上四翼天使镇墓兽，躲藏在四扇羽翼之间。

月黑风高，没有星星。四翼天使具有蝙蝠般的导航能力，黑夜不会使它迷失方向。秦北洋背着唐刀，不断用言语下达命令，同时轻抚命悬一线的九色……

从空中飞越巴黎，贡比涅森林深处，亮起三个品字形的光点，这是安娜在为他们导航呢。四翼天使镇墓兽俯冲而去，果然有一片空地，它徐徐降落在废弃的农庄。

秦北洋翻身跳下，小心翼翼地将九色抱下来。意大利人卡普罗尼、钱科还有李隆盛都来帮忙。

"九色！"

忽然间，秦北洋高声呼喊，用力拍打小镇墓兽的脑袋，琉璃色的眼球彻底暗淡了，仿佛油尽灯枯。他把头贴在九色胸口，再也感受不到热量，千年灵石都冷却了。赤色鬃毛开始枯萎，白色背毛垂落，腹中流出更多液体——镇墓兽的生命之水。

秦北洋已失魂落魄，眼泪、鼻涕都下来了，抱着九色不知所措。李隆盛再度查看镇墓兽的伤势，甚至给它测量温度，但九色已失去所谓的生命体征，对外界刺激没反应了。

安娜也跪在九色面前抽泣，想起第一次见到它，上海虹口的海上达摩山，她家的私人博物馆——白鹿原唐朝大墓的出土文物，威风凛凛，头顶鹿角，身披鳞甲，价值连城的幼麒麟镇墓兽。若它还是一千两百年不变的青铜雕像，镇守地宫的明器，也不会有如今的"死亡"。它将跳脱出人与动物的六道轮回，与天地与山川同归于寂，直到末日审判。

可惜，它是个活物，活生生的镇墓兽，来自另一个年代的生命体，早已灭绝的上古神兽。有生必有死。神龟虽寿，犹有竟时！一千两百年的祥瑞之兽，终究要死了。

"对不起，我们还是迟了一步。如果能让它死而复生，恐怕不是物理学，而要依靠灵学的力量吧。"

李隆盛蹲在秦北洋的耳边说，就差加一句"节哀顺变"。

巴黎郊外的森林深处，安娜抹着眼泪仰头，望见月亮逃出浓云的枷锁，如同朵云轩扇面上的一抹黄晕，轻轻游荡着灵魂们的气味。

九色死了……

还魂夜

第五十八章

秦北洋欲哭无泪。

月光下，抱着九色冰冷的尸身，这团包裹着神兽生命体的青铜与毛发，他几乎能听到自己心脏碎裂成两半的声音，这是失去至亲至爱的悲伤，再也无法挽回的深入骨髓之痛。兔死狐悲，四翼天使镇墓兽，也耷拉下四扇翅膀，蹲在九色身边哀号。

他有些后悔，如果留在巴黎圣母院的塔楼上，与工匠联盟第一代大尊者秦晋、敲钟人卡西莫多与吉卜赛女郎艾斯美兰达的灵魂相伴，九色是不是能多活几天？而在四翼天使的背上飞越巴黎，反而耗尽了它的最后一点元气？就像秋风五丈原，莽撞的魏延闯入大帐，让风吹灭了诸葛孔明续命的油灯？

"北洋，别太难过，放开九色吧。"欧阳安娜自己也哭成泪人，还在安慰他，"保重身体！"

"九色既死，我也时日无多。"

"放屁！秦北洋，你必须好好活下去！难道在你的心里，镇墓兽比我还重要？"

他目光呆滞地回答："安娜，如果没有九色，我俩也不会相遇。"

欧阳安娜竟无法反驳——两年前，她要找工匠修复幼麒麟镇墓兽，才与秦北洋见面相识。九色就是他俩之间的红娘，彻底改变了两个人的命运。

"人死不能复生，镇墓兽也是如此，北洋，你快醒醒啊。"

"你不明白，它可不是你小时候养的小猫小狗……我出生在白鹿原唐朝大墓的地宫下。九色是小皇子李隆麒的镇墓兽，它亲眼看着我出生，保护我来到纷纷扰扰的人世间。它也是我的保护神，是我命中注定的一部分。"

李隆盛偷听到了所有谈话，惊讶于秦北洋竟有如此诡异身世，他也劝说起来："既是镇墓兽，终将要回归墓穴，从哪里来，回哪里去。"

"从哪里来，回哪里去？"这句话提醒了秦北洋，抚摸怀中死去的小镇墓兽，"我们回中国吧！九色应归葬于故乡，终南山下，白鹿原上，唐朝大墓，小皇子地宫之中。"

安娜连连摇头："北洋，你已悲伤过度昏了头，我们哪里做得到啊？"

"青山处处埋忠骨，何须马革裹尸还？"

钱科也来插了一句，用了龚自珍的《己亥杂诗》之一。

"你是说，把九色埋葬在巴黎？"

秦北洋抓住钱科的胳膊，几乎捏断他的骨头，钱科一阵惨叫："哎哟！放开我。"

"好，我们就给九色在这里造个墓吧。"欧阳安娜只能答应这个疯狂的念头，"愿它安息在异国他乡。"

当晚，秦北洋抓起铲子挖墓。他看了看四周地形，背后有座小山丘，坐北朝南，前头有条小溪，暗合龙脉风水之地。他在农庄边缘的荒野上点穴，掘出一小块金井。朱塞佩·卡普罗尼弄来几块木板，给九色做了一副简易棺材。秦北洋甚至提出，要按照唐朝的方式，再造一座富丽堂皇的地宫。欧阳安娜抽了他两个耳光，希望将他从失心疯中救出来。

一夜未眠，次日清晨，秦北洋已掘出一个大坑，又用中国石匠的祖传技艺，做成一块石头墓碑，镌刻一行楷书——

大唐终南郡王府录事参军九色之墓

落款为"同袍秦北洋泣立"。

欧阳安娜好歹是北大历史系的，知道这个录事参军是唐朝亲王府内的官职，也算是给九色的追赠了。落款用"同袍"二字，代表秦北洋将九色视为亲密战友，而非主仆关系。

暮春暖风吹来，秦北洋脸上尽是泪痕。一夜之间，脸上爬满胡须，不再是少年模样。而他掐指一算，今日竟是宜安葬的黄道吉日！

　　"天意如此！"

　　仰天长叹，秦北洋亲手为九色清洗擦拭遗体，就像人死后沐浴更衣。他取下胸口的和田暖血玉坠子，这是自己出生在白鹿原大墓地宫之时，九色赠送的见面礼。如今也还给这头小镇墓兽吧。他将玉坠子塞在九色的嘴里，就像古代达官贵人入殓时嘴里含一颗夜明珠。

　　欧阳安娜、李隆盛、钱科以及意大利人卡普罗尼，看得目瞪口呆，甚至脊骨冰凉。

　　最后，秦北洋用上等白布包裹九色，轻轻放入薄木板的棺材。他亲吻九色死去的嘴唇，就像丈夫送别亡妻，未亡人送别亡夫。他再用钉子合上棺材板，盖棺论定。

　　秦北洋拒绝别人的帮助，挺着虚弱的身体，将九色的棺材埋入墓穴，三尺黄土之下。

　　安娜面对墓碑画了个十字："亲爱的九色，尘归尘，土归土，愿你在天堂安息。"

　　她给九色献上一束野雏菊，这是早上从森林里采来的。安娜亲吻左手中指上的玉指环，虽是秦北洋的定情之物，却来自九色身上，她发誓会一辈子戴下去。

　　九色已入土为安，秦北洋枯坐在墓碑前，心头阵阵绞痛，肺叶灼热燃烧。往事历历在目，十九年前的庚子年，自己出生在白鹿原唐朝大墓，到两年前的上海滩重逢，又乘坐"赛先生"号飞艇降临达摩山，再去北京闯荡历险，东渡日本学习与流浪，又逃上法国轮船横跨太平洋，渡过大西洋直到巴黎，竟葬身于这异国他乡。他们共同经历了多少磨难？九色无数次拯救了他，他才得以活到今日。除了养父母和生父老秦，他和九色在一起的日子，远远超过与任何一个人相处的时光。

　　"北洋，九色已经结束了，你看你的样子！"安娜摸着他滚烫的额头，"我送你去医院，现在就去。"

　　秦北洋粗暴地推开她，痴痴地说："按照中国的老规矩，办丧事必须做七，还要请和尚道士来超度亡魂，让它早点渡过忘川水和奈何桥，前往六道轮回转世投胎。对了，它下辈子别做人，尤其不要做苦难的中国人！最好回到荒野，做一头自由自在的小鹿。等满了七七四十九天，我就要杀到凡尔赛，破坏要塞，手刃霍尔施泰因博士，为九色复仇。"

"你疯了！"

安娜果断地抽了他一个耳光，希望他恢复理智。

秦北洋根本无所谓，他抽出背后唐刀，利索地斩断一根木棍："若有戏言，犹如此木！"

九色的墓碑前，他从清晨枯坐到日暮，直到虚弱地倒下，才被卡普罗尼与钱科抬回农庄的小木屋。

李隆盛也没离去，留下来对欧阳安娜说："秦北洋有情有义，有血有肉，对待九色尚且如此，对待朋友也不会差，我很想跟他成为好朋友。"

在安娜的软磨硬泡下，秦北洋终于吃了几口面包，喝下一大碗燕麦粥，便昏昏沉沉地睡去。安娜不断摸着他的额头，时不时给他补充一点热水与牛奶。她担心秦北洋也会跟九色一样，渐渐燃烧殆尽生命……

后半夜，森林此起彼伏着猫头鹰的尖叫，偶尔还有野狼的嚎叫。四年的世界大战，在法国造成许多无人区。行将灭绝的狼群，啃食战死者的尸体，重新占据了这片森林。

忽然，小木屋外响起奇怪的脚步声。

还是安娜率先警醒，担心会不会是军队又来了。四翼天使镇墓兽正蹲伏在房顶上休眠，它是法国军方的重点搜捕对象。

但那脚步声颇为杂乱，不像是人类的声音。

朱塞佩·卡普罗尼、钱科、李隆盛也相继醒来，都把脑袋凑到门后。卡普罗尼甚至掏出了一把手枪。

砰……有东西在撞击房门！整个小木屋在颤抖，屋顶上也有了动静，必是四翼天使受惊起飞了。

秦北洋醒了，他翻身跳起，推开安娜与钱科的阻拦，径直打开房门。

他看到一个黑乎乎的影子，闪着绿色目光，四条腿，一条尾巴，它是狼？不，还有一对雪白的鹿角，这片森林里也有欧洲马鹿出没。

李隆盛打开马灯，却照出一片金光灿灿的鳞甲，脖子上的赤色鬃毛，还有头顶的鹿角，跟欧阳安娜相同的琉璃色眼睛——

九色！

不再是大狗状的九色，而是真正的幼麒麟镇墓兽，也是火麒麟和翼麒麟。

秦北洋以及他背后的所有人目瞪口呆。

九色在看着他，它认得他的脸，伸出青铜鼻子，顶了顶秦北洋的肚脐眼。半夜三更，它跑到小木屋来敲门，就是来寻找自己主人的啊。

"九色回来了！"

一秒钟，秦北洋已破涕为笑，搂着九色的脖子与脑袋，差点被它的鹿角划破了脸。

它张开嘴巴，露出和田暖血玉坠子，表明自己的复活。他悲喜交集地接过血玉，重新挂在自己胸口，难道它真有起死回生的妙用？

除他以外，没有人敢接近这头来自坟墓的兽。

卡普罗尼提着马灯冲出去，看到今早安葬的九色墓地，果然已被刨开一个大坑，棺材碎裂，泥土被挖得乱七八糟，冒出一股呛人的刺鼻气味。

到底是来了掘墓人，还是像中世纪的传说，刚下葬的尸体变成吸血鬼，自己打开棺材爬出来了？

安娜的嘴唇在颤抖，她抓着钱科的胳膊说："九色……为什么……变身了？"

九色是以大狗之身而死的，死前已失去了变身能力，为何葬入坟墓却变回了幼麒麟镇墓兽？

欧阳安娜注意到，九色的肚子和后背，依然暴露着破碎的伤口，几乎能看到体内的零部件，滴答着某种液体，秦北洋的双手全都沾上了，散发出腐尸般的恶臭。如果是个人，就像刚从法医的解剖台上逃出来，浑身流淌尸液。

秦北洋却对这一切视而不见，他与死而复生的九色亲密无间，仿佛回到过去的美好时光。

提着马灯的朱塞佩·卡普罗尼，看着头顶飞过的猫头鹰和凄清月光，用哆哆嗦嗦的法语颤声说："你们听说过宠物公墓吗？"

第五十九章

毒墓

"宠物公墓？"

欧阳安娜喷出一个漂亮的小舌颤音。

巴黎北部的森林深处，荒芜的农场凌晨，化身为幼麒麟镇墓兽的九色，仿佛重伤死亡后复活的僵尸，蹒跚着回到亲人面前。

"欧洲和北美都有过这样的传说。主人心爱的动物死后，把它们埋葬入由巫术控制的公墓。半夜以后，动物就会复活，自动跑回你的家门口。不过，那已不是真正的宠物了，而是带有邪魔的灵魂，会给主人带来无穷无尽的灾祸。"

朱塞佩·卡普罗尼在她耳边讲述这样的鬼故事，安娜当场反手抽了他一耳光："你这是用来吓唬女孩子趁机揩油的段子。"

意大利的空战英雄茫然地捂着腮部，喃喃自语："可怕的中国姑娘！"

钱科拽了拽安娜的衣角："卡普罗尼说得有道理，你看九色的目光，跟以前很不一样，就像一头狼。"

"还吸血鬼德古拉呢！"

欧阳安娜又喷了一句。

这时候，僵尸九色却带着秦北洋向森林深处而去，深一脚，浅一脚，那腔调跟过去截然不同。石头墓碑上仍然写着"大唐终南郡王府录事参军九色之墓"。它把脑袋伸入墓穴，雪白的鹿角变成铁铲，挖掘更深的泥土，呈现诡异的深蓝色，散发的气味让人几乎晕倒。

九色大口吞食墓穴下的泥土，就像饥饿了几天的野兽，饥肠辘辘地大快朵颐。短短一两分钟，它变成一头麒麟外形的饕餮怪物，大量泥土被吃入肚子，墓穴变深了几尺，充满恶臭的地下水都能看到了。

"它从不饮水与进食的！"安娜看着九色狼吞虎咽的样子，自己都感到饿了，捂着鼻子说，"我好像看到了一个假的九色？"

原本停在屋顶上的四翼天使镇墓兽，暗夜里扑扇两对翅膀，呼啸着掠过头顶，挤到九色身边，一同吞噬墓穴深处的泥土。

四翼天使受到九色的传染，这些腐臭气味的墓穴土竟成了镇墓兽的美味佳肴。就像两条狗在争夺生肉，九色与四翼天使彼此厮打起来，为了挤占同一块污水坑。

强烈头晕的秦北洋，骤然察觉到了问题所在："泥土！这块地以前是做什么的？"

"森林外边有座大型化工厂，生产有毒化学产品。战争期间，还生产过芥子毒气等生化武器。"朱塞佩·卡普罗尼拍了拍脑袋，"化工厂在这里填埋废弃物，导致整片农场受到污染，再也无法种植庄稼，才成了不毛之地。"

"这不是风水宝地，而是毒地！"秦北洋发现了真相，"九色正好埋葬在这片有毒的土地中，以毒攻毒让它复活了？"

"没那么简单！"李隆盛给每个人发了口罩，大家都像防范瘟疫一样，"我们要相信科学，九色很可能没有死，它既然不是普通的生命体，能在唐朝古墓里存活一千两百年，那么它的生存和死亡的定义也是特别的。"

"假死？"安娜豁然开朗，想起最初与九色的相遇，"很有可能，就像它变成一尊镇墓兽的雕像，跟僵尸木乃伊同样是凝固的，不过有着金属外壳。"

李隆盛大胆地靠近九色和四翼天使，注视这两头大口吞吃有毒化学物质的镇墓兽，低声说："热力学第一定律：能量守恒定律，energy conservation law.无论宇宙万物，在一个封闭孤立的系统内，总能量保持不变。"

"一个系统的总能量的改变，只能等于传入或者传出该系统的能量的多少。总能量为系统的机械能、热能及除热能以外的任何内能形式的总和。"秦北洋想起在京都第三高等学校的所学，"孤立系统的总能量保持不变！"

"能量既不会凭空产生，也不会凭空消失，只会从一种形式转化为另一种形式，或从一个物体转移到另一个物体，总能量保持不变。能量守恒定律，乃是自然界普遍的基本定律。"

对于剑桥大学物理学博士，这就是ABC的常识。钱科与卡普罗尼也完全理解，只有安娜听起来略微头疼，她用自己的方式理解："人要吃饭才能活下来，吃饱喝足才能活蹦乱跳，这就是能量守恒定律。九色不吃饭、不喝水，我们不能指望它吸收天地之灵气，那么它的能源又从何而来？"

秦北洋做出解答："镇墓兽的心脏——灵石。"

"镇墓兽为守护古墓地宫而生。九色以外的其他镇墓兽，比如四翼天使，必须经过机械化改造，增加一套能源系统，内燃机或柴油发电机……但这些能源迟早也会枯竭，依赖人们给它不断输送燃料，不会平白无故产生。"李隆盛顺着安娜的话说下去，"大胆假设——埋在坟墓中假死的九色，受到有毒化学物质的渗透。而你们所说的灵石，变成一个化学反应器皿，就像人类肝脏处理新陈代谢与排毒。镇墓兽却把毒素转化为源源不断的能量。足以杀死成千上万人的有毒物质，激活了已经休眠的灵石，让镇墓兽仿佛回到黑夜或地宫。"

钱科好奇地问："可灵石到底是什么物质？"

"不知道，除非我们摘出某个镇墓兽的心脏，让我带回剑桥大学物理系的实验室。"

"绝不可以！"秦北洋斩钉截铁地阻止了李隆盛，"想都不准想。"

"够了，九色已经回来了，不管它会不会沾上另一种灵魂，不能再让它吃这些有毒物质了。"有时候，女人比男人更理性，欧阳安娜扯着秦北洋说，"凡事都要讲究一个度，看来这些化学毒物对于镇墓兽来说，就是难以抗拒的美食，就像瘾君子面对鸦片烟那样。"

秦北洋大声训斥九色和四翼天使，用了唐朝的长安音，类似敦煌经变的中古口语。虽然这两尊镇墓兽还是贪恋美食，就像捧着冰激凌的小孩子，却还是在家长的斥责中退回来了。

九色回到小木屋前，嘴里喷着臭气，肚子鼓鼓囊囊，简直像一座移动的剧毒化工厂。秦北洋打开手电筒，弯腰凝视镇墓兽腹部的伤口，却没发现黑臭物质，只有九色原本的体液与"鲜血"。它开始放屁，从肛门位置喷出恶臭，并且淋漓着"尿液"。

戴着口罩的李隆盛猜测："也许，九色的身体就是一座化学反应的设备，能将有毒物质转化为能量、空气与水。"

秦北洋并不忌讳九色有毒，搂着它的赤色鬃毛说："无论它还是不是真正的九色，但现在，我们必须修复它了。"

"把它送进车间，我们现在就开始吧。"

朱塞佩·卡普罗尼卷起袖子，打开一间硕大的仓库。这里停着一架小型飞机，还有两台大功率的柴油发电机、一台高压蒸汽轮机。原材料也不少，有适合做飞机的钢铁、铝材，还有航空木板。齿轮之类的小零部件，则装了满满几箱子。

李隆盛点头说："这些很好，但还不够，明天一早，我去购买一批实验室和外科手术的器具，要对这里做大的改造，还要一台X光仪。"

"你有多少修复成功的把握？"

"原本，我想是百分之一，现在有百分之二。"

次日一早，这里被改造成了实验室与手术室。每个人都换了衣服，全身沐浴消毒，以免感染到宝贵的千年生命体。

不再是对表面的弹孔修修补补了，而是要像外科手术那样，打开九色的身体。秦北洋先让它保持安静，依然是头长鹿角身披鳞甲的原始状态，暂时进入休眠，就像做了全身麻醉。他亲自动手卸下几块外壳，白昼般的无影灯下，看到了令人难以置信的情景……

九色的体内藏着一头奇形怪状的兽——乍看更像是一个人形物体。

它有四条纤细的腿、毛茸茸的粗壮身体，最后有一根尾巴，仿佛一头刚出生的小鹿。皮毛呈现复杂的颜色，身上有旋涡状的星星点点，就像凡·高的油画《星空》，煞是好看。

这头古怪的神兽小鹿，还有一张酷似人类婴儿的脸！

这张面孔在对秦北洋微笑……

第六十章

脱 胎 换 骨

九色的外科手术。

在这头幼麒麟镇墓兽的体内，还藏着一千两百岁的生命体。这才是九色的真身，小鹿的面孔酷似畸形儿的怪胎，仿佛还泡在医学博物馆的酒精瓶子里。

怪胎在看着秦北洋，似曾相识，久别重逢。

最初的震惊过后，秦北洋给了这张脸一个微笑。他不忌讳昨晚九色吃下大量化学毒物，心想自己反正也活不了多久，便俯下来亲吻了这头小怪兽。

是的，九色认得他，一千两百年前就认得他。

秦北洋在它的耳边说了几句悄悄话，周围所有人都没听清楚。这头小怪兽也变得无比安静，任由手术工具在它的体内游走。

他们发现了九色的翅膀。

藏在小鹿背后靠近肩膀的位置，这双翅膀其实不小，只是折叠收缩起来了，如果把翼展完全打开，将会超出整个神兽的身长，就像四翼天使。动物翅膀通常分为三种，一是昆虫的轻薄翅面，二是鸟类的坚硬羽毛，三是蝙蝠的骨架翼膜。

九色的翅膀介于这三者之间，竟然同时具有翅脉、羽毛以及翼膜的特征，让人叹为观止。

李隆盛看到了灵石，靠近腹部的位置，一大块坑坑洼洼的黑色石头。

"这是达摩山东海恶龙镇墓兽的灵石。"秦北洋指着镇墓兽的心脏位置，"这才是九色的灵石。"

借助一小盏灯，他们看到另一块灵石——不同于其他灵石的粗糙表面，这块灵石仿佛经过天然的打磨，竟然呈现鹅卵石般的光滑，几乎有一种金属的光泽，还能放射出耀眼的光。

"我的妈呀！"剑桥博士李隆盛不禁惊叹，"这是地球上的物质吗？"

"我也从未见过这种镇墓兽灵石！"

秦北洋心想，这块石头究竟从何而来？就像乾陵底下藏着的天子级镇墓兽，会不会是天子级灵石？虽然，镇墓兽的灵石会缩短人类的寿命，让自己命在旦夕，却不会伤害到九色。因为它是特殊的生命体，"跳出三界外，不在五行中"，就像它能吞吃剧毒的化学物质，而普通人尝一点点就会送命。

朱塞佩·卡普罗尼发现了九色损伤的核心——几根连接灵石与器官的管线断裂了。

原来在九色真身小怪兽的表面，还插着好多根细长的管子，难以判断是什么材料。霍尔施泰因博士给九色拍的X光片，并没发现这些管子，也许是跟其他脏器混淆了。这些材料极度坚固，历经一千两百年而不坏。就像一个垂死的病人，借助外力苟延残喘。

逃出凡尔赛机场时，一发炮弹击穿九色的身体，打断了这些管线——就像电线被剪短，电器就会熄灭。当灵石难以提供能量，镇墓兽的生命力将越发衰弱，最后近乎死亡。只有源源不断的有毒化学物质才能重新激活灵石。

李隆盛与秦北洋商量了修复方案，用现代材料代替唐朝的管线，将灵石与小怪兽生命体重新连接。他们还要更换一些零部件，彻底修补被打穿的外壳。鉴于九色的特殊性，绝对禁止进行机械化改造，除了原本的灵石，不会提供人造能源，比如内燃机与发电机，确保它的原始性质不变。

以上工作持续三天三夜，大伙吃住都在仓库，秦北洋熬了三个通宵。只有安娜每晚要回到凡尔赛的中国代表团，但对镇墓兽三缄其口。

对李隆盛来说，这些天的所见所闻，已远远超出在剑桥大学所得的知识，恐怕任何一个科学家见到九色，都会像宝贝一样供起来，放在实验室仔细研究，甚至可以得到诺贝尔奖的提名。

"镇墓兽的传说古已有之，六十年前英法联军火烧圆明园，西方人就已听说镇墓兽的存在，只是谁都无法一睹真容，就像欧洲有恶龙的传说……"李隆盛也是一脸油污，"有的学者研究认为，随着全球气温升高，以后会出现越来越多的关于龙的目击记录。"

"也许吧！"

秦北洋想起在日本见到的妖怪博物馆。

"剑桥大学图书馆，藏有传教士根据盗墓贼的描述绘制的镇墓兽画像，多半是恶魔与野兽的合体，文字解说这些怪物身上有撒旦的力量。"

"根据盗墓贼的描绘？如果盗墓贼真的看到了镇墓兽，大概生命也走到头了，又哪来的机会向传教士描述呢？除非是现在用机关枪和炸药盗墓的军阀们。"

李隆盛一本正经地说："科学正处于大爆发前夜，昨天认为是神话，或是科幻小说，今天已成为现实。理论物理学与机械动力学，要摒弃一切成见。关于世界本质，宇宙起源，需要大胆地提出假说，再用科学方法小心求证。"

"比如'灵魂机械体'？"

秦北洋回头看着修复中的小镇墓兽九色，还有休眠状态的四翼天使。

"是，这两年我在剑桥大学研究理论物理学的同时，也在研究中国传统哲学里的一个概念——气。"

"这可是风水学的说法。"秦北洋想起了《秦氏墓匠鉴》，"气聚而生，气散而死。世界从无到有，取决于气，才能分化为阴阳两仪与金木水火土五行。我们营造墓穴，首先寻觅龙脉，找到聚集气的位置，所谓点穴。而帝王的万年吉壤，必须开凿金井，连接天地之气。"

"东汉的无神论者王充说过——天地合气，万物自生。而现代物理学的概念认为，气的本质就是超微粒子及气场。"

"超微粒子？"

这已超出了秦北洋的知识范畴，李隆盛充满优越感地说："这些都是最新科技，还有暗物质、暗能量等假说。科学虽然严谨，但也需要大胆的想象。上个星期，我刚在柏林见到了我的偶像——阿尔伯特·爱因斯坦先生。"

两人聊到此处，秦北洋辄然无语，心底五味杂陈。眼前这个年轻英俊的男子，不就是自己在天津的德国学校读书时，日夜梦想所要成为的那种人吗？他的心头一阵绞痛，命不久矣，还在念叨童年时的梦想干吗？

314

终于，幼麒麟镇墓兽的修复完成。

大家聚拢在仓库，九色焕然一新，青铜外壳都漂亮了好多，但它依然像被催眠那样，站在工作台上一动不动。

欧阳安娜忧虑地说："就像我在两年前，第一眼看到它的样子，会不会又回到了当时的状态？"

秦北洋走到九色身边，竟然扑通一声给它跪下。

他看着九色的双眼，仿佛回到白鹿原大墓地宫深处，十九年前自己出生时的瞬间。刚爬出母亲子宫的小婴儿，在唐朝小皇子的棺椁上，初见这世上的第一双眼睛，就是这尊镇墓兽的眸子。地宫四面的壁画，一时鲜明，唐朝的侍女、武士、文臣、小厮、乐师、舞女们各自有了神情与灵魂，或翩翩起舞，或举杯宴饮，或吟诗作对，或辞别故乡从征劳役，或千里从军埋骨他乡……壁画中的每个人，无论贵贱出身，都有悲欢离合，也不可避免死亡的终点。

于是乎，壁画又黯淡下来，陷入一千两百年的沉寂。

他看到了棺椁中的唐朝小皇子的脸——终南郡王李隆麒，在万古寂静的罗衾之下，轻启红唇，念出一长串唐朝长安音……

> 驱车上东门，遥望郭北墓。
> 白杨何萧萧，松柏夹广路。
> 下有陈死人，杳杳即长暮。
> 潜寐黄泉下，千载永不寤。
> 浩浩阴阳移，年命如朝露。
> 人生忽如寄，寿无金石固。
> 万岁更相迭，圣贤莫能度。
> 服食求神仙，多为药所误。
> 不如饮美酒，被服纨与素。

混混沌沌的幽暗地底，唐朝小皇子念完这段诗句，秦北洋也在巴黎北郊的森林，面对他俩共同的伙伴——小镇墓兽九色念了一遍。两人相差一千两百年，却异口同声地朗诵《古诗十九首》中的《驱车上东门》。

人之死，如坠长夜，上穷碧落下黄泉。人生如朝露，太阳下转瞬即逝，一夜间的匆匆过客。此为道家所言的"人生如寄"，不如人生得意须尽欢。武则天定都洛阳，终南郡王是她的孙子，想必也曾驱车上东门，遥望郭北墓，发出过相似嗟叹？

天下万物，谁能长生不老？唯有镇墓兽九色。

倏忽间，九色眨了眨眼睛，它被这首汉诗唤醒了。

安娜应声鼓掌，朱塞佩·卡普罗尼、李隆盛、钱科纷纷展开愁眉。

这尊小镇墓兽晃动头顶鹿角，脖子微微倾斜，凝视跪在面前的中国少年。它认得这张脸，便从嘴里伸出舌头，舔了舔秦北洋的鼻子。

滚烫的泪水从眼角滑落，秦北洋紧紧抱住被唤醒的九色，把头埋入它的赤色鬃毛，摸着每一片鳞甲的缝隙，感受镇墓兽体内的温度。

镇墓兽的心脏灵石正在发热，热得犹如沸腾的蒸锅。

突然，秦北洋晕倒在九色脚下，口吐白沫，不省人事……

钱科冲上去摸着他的口鼻，竟已没了呼吸！

绝症

　　六月巴黎，北郊的化工毒气森林，暗夜里一辆马车疾驰而过。

　　镇墓兽九色活了，它的主人却要死了。

　　秦北洋看到一条旋转的隧道，在白鹿原大墓地底蜿蜒曲折。壁画都是活的，开始是绚烂鲜艳的唐朝人，然后变成清淡素雅的宋朝人，再是草原南来的蒙古人，接着变成如坐针毡的明朝人，接踵而至的是剃光头发留着金钱鼠尾的清朝人，最后是天崩地裂的庚子年……

　　欧阳安娜在他身边呼号，拼命做人工呼吸，嘴对嘴，挖心挖肺，几乎要把自己的生命传递给他。马车狂奔入巴黎市区的医院，秦北洋正在穿过鬼门关，踏上黄泉路，渡过忘川水，走上奈何桥。有位老婆婆坐在桥头，就像日本京都妖怪博物馆的老婆婆，老得不知道有几百几千岁了，递给他一碗浓稠的热汤，散发着前生今世所能嗅到的所有气味……

　　当他快要喝下这碗汤，忘记这辈子的一切，忘记九色，忘记安娜，忘记唐朝小皇子时，医生给他打入了一剂强心针。

　　肾上腺素注入秦北洋的体内，让他几乎停滞的心脏恢复兴奋。医生说他没救了，但在安娜的强烈请求下，抢救持续了一整夜。

　　天色大明，胸口的暖血玉坠子开始发烫，秦北洋睁开了眼睛。

　　安娜埋在他的身上哭泣，搂着他的脑袋说："乖，你要乖啊，好好地活着！活着！"

　　我只剩下活着了吗？死里逃生的秦北洋，默默问着自己。

尚未脱离危险，医生给他做了全面检查，拍摄X光片，结果让人绝望——他的肺部长了恶性肿瘤，已不具备手术条件。即便通过积极的治疗，寿命最多维持两个月。

　　结果无法隐瞒，秦北洋全知道了，他在病床上淡然一笑："比我想象中好一点。"

　　欧阳安娜伏在他的胸口，又怕压到他的肺，起身贴着他的脸颊："北洋，无论结果如何，我会陪你走下去。"

　　"谢谢你我相识一场。"秦北洋握着她的手掌心说，"不要管我，安娜，你的前程似锦，而我快进坟墓了。"

　　"放屁！我会一直管你下去的，你就算是只孙猴子，也逃不出我的手掌心。"

　　"你以为你是如来佛祖？可孙悟空可以在五行山下被压五百年，而我只剩下六十天。"

　　安娜噙着眼泪，手指堵住他的嘴："别说了！"

　　"我要出院。"秦北洋拔掉手上的输液管，"医生说了，住院也无济于事，只要每天吃药就行了，可以帮助我减轻痛苦。"

　　"你要去哪里？"

　　"回森林里去找九色。"

　　"不，你的癌症就是因为太靠近九色了！李隆盛说了，他认为镇墓兽心脏的灵石具有对人体有害的天然放射性，九色的灵石尤其强大，你能活到今天已经是奇迹了。"

　　"李隆盛？"秦北洋语气酸酸地说，"对，他是剑桥大学物理系的博士，天才少年，他说的当然有道理了。"

　　"你不准再接近九色！我会代替你照顾好它。请记住，两年前，如果不是因为我要找个工匠来修补镇墓兽，你也不可能认识九色。"

　　秦北洋痴痴地说："那你什么时候把它还给我？"

　　"直到你痊愈的一天。"

　　"那就是下辈子了。"

　　他从床上爬起来，摇摇晃晃就往外走，安娜搀扶着他说："如果你真要出院，那我可以给你找个住处。"

　　第二天，欧阳安娜叫了一辆马车，带着秦北洋离开医院。带不走小镇墓兽九色，但他带上了父亲送给他的安禄山唐刀。

来到巴黎的拉丁区，走上一处位置绝佳的公寓楼。三层的楼梯拐角，鄂尔多斯多罗小郡王孛儿只斤·帖木儿正在恭候他俩。

小郡王在巴黎的日子，认识了一个法国姑娘，在医学院读书的护士生。他过惯了锦衣玉食的好日子，忍受不了中国代表团的狭窄客房。反正口袋里有的是法郎与英镑，他在拉丁区租了一套公寓，与法国姑娘共筑爱巢。安娜对小郡王从不客气，三言两语就说服了他，让出一间富余的客房，并让法国小护士照顾秦北洋。

房间收拾得干干净净，备好药物与输液器材，窗外正对绿树成荫的卢森堡公园，真是个养病休息的好环境。安娜是中国代表团的法语翻译，必须住在凡尔赛，她说每天都会来看望他的。

"北洋，你可别乱跑了，这样的房子啊，我也给你买一栋吧？"

"你哪来的钱？"

"达摩山藏宝窟里的白银，全被我存在达摩山伯爵基金里了，我在上海买下几十处房产。比如说，一套在公共租界卡德路上的公寓，被我出租给外国富商；一套是法租界的花园洋房，我重新装修分割成楼上楼下八个单元，委托中介分别出租。这两套房子光租金，每年就能收回上万大洋。我还买了一套南京路上的房子，确实原封不动，因为隔壁在造百货公司与电影院，我料定房价会有大涨，坐等一年，自有回报。"

安娜压低声音说完这些，扬扬自得，秦北洋却摇头说："这是你的，与我何干？"

"不，北洋，你才是达摩山伯爵，你是这些资产的主人。"

"骸骨半死，血气中绝，四支萎堕，五官歆缺……"秦北洋照着一面大镜子，竟已不认得自己，"神若存而若亡，心不生而不灭。"

"你在说什么？"

"'初唐四杰'之一卢照邻的《五悲文》，形容自己贫病交加，正好可以用到我身上。"

"胡说八道！你命那么硬，不晓得被你克死了多少条命。等到全世界都死绝了，你还活着呢。我必须走了，小郡王会像照顾亲爹一样照顾你的。"

安娜丢下这句话，吻了他的脸颊告别。

她去了趟巴黎北郊的毒物森林，牵出化身为大狗的九色。四翼天使镇墓兽留在原地，意大利人卡普罗尼与钱科，对凡是会飞的东西都感兴趣。

欧阳安娜带着九色回到凡尔赛，为免引起注意，他们一起住在地下室。九色分外想念秦北洋，每每发出奇怪声音，直接传递到她的脑袋里。

晚上睡觉，九色自觉远离安娜。它把自己当作一个灾祸、一个诅咒，蜷缩在地下室的角落，宁愿自生自灭。但当她半夜惊醒，看到九色的琉璃色眼球，九色已变得像头凶残的野兽……

天亮时分，安娜听到一阵喧哗，镇墓兽也翻身而起。她穿衣来到门厅，只见一群风尘仆仆的中国人，多是北洋政府的高官。

队伍最后，冒出一张熟悉的面孔——三十多岁的男人，绸缎长衫，镶黑边白礼帽，浓黑眉毛深入鬓角，唇上两撇浓密的小胡子，京城小报竞相采访的名侦探范儿，他是叶克难。

叶探长身边还有个男子，不到二十岁，身材高大挺拔，双眼炯炯有神，举手投足像个少年军人。他的腰间鼓鼓囊囊的，怕是藏着手枪，警觉地扫视每张面孔。

"齐远山。"

安娜冲到他跟前，用拳头捶了捶久别重逢的老友，感觉他的胸膛比过去更结实了，必是在日本锻炼的结果。

"一年不见，你又变漂亮了。"

齐远山惹女孩子开心的本领突飞猛进，安娜却想起濒临死亡的秦北洋，板下面孔："少睁眼说瞎话了，我这些天来啊，食不能寝，夜不能寐，都变丑八怪了。"

说话之间，叶克难干咳两下："安娜小姐，别来无恙？"

"叶探长，我也时时刻刻想着你呢。"

"嗯，你可别忘了另一个人呢。"

叶克难是在提醒她别忘了秦北洋。自从走进凡尔赛宫，面对世界上最有权势的男人们，各国外交官纷纷向她搭讪，其中不乏高大英俊的美男子，邀她去拉丁区共进晚餐，或上酒吧喝一杯云云，但都被婉言谢绝。

"您说的那个人，此时此刻，就在巴黎。这里人多，晚上再说。"安娜愁容惨淡地说，"你们怎么来了？"

"北京闹得不可开交，上海的工人都罢工了。我们这些警察天天都要上街维持秩序。大总统与国务总理，里外不是人，焦头烂额。不过，对这些官老爷来说，就是一次出国旅行的机会。"叶克难掸了掸长衫上的灰尘，坐在旅馆一楼的沙发上，仿佛名侦探现场办案，"我奉内务总长之命，保护中国代表团安全，上个月这里不是有人被匕首割喉而亡吗？"

"您是来抓刺客的吗？"

"如果中国代表团平安无事地离开巴黎，就算烧高香了。"

叶克难说完，楼上传来命令："诸位同人，代表团全体开会，请上二楼会议室。"

五位全权代表——外交总长陆徵祥、驻美公使顾维钧、驻英公使施肇基、驻比公使魏宸组、南方军政府代表王正廷，坐在最重要的位置。正对面是万里迢迢而来的大总统特使。安娜做会议记录，齐远山在窗边警戒，名侦探叶克难守在门口，如临大敌。

清点与会人数，唯独缺席一位——国会议员鄂尔多斯多罗小郡王。

"纨绔子弟，不堪大用！"

陆徵祥的面色难看，他不知小郡王正在拉丁区的温柔乡里逍遥快活呢。

大总统特使抢先开腔："总长阁下，本人带来一个坏消息——大总统罢免了曹汝霖、章宗祥、陆宗舆三位大人。"

"什么坏消息？分明是天大的好消息！"顾维钧公使击节叫好，"此三人，是勾结外国出卖民族利益的国贼，新交通系也该寿终正寝了。"

"少川，适可而止。"

陆徵祥是官场老手，提醒年轻气盛的顾维钧注意分寸，不要在会上添油加火。

特使一本正经地说："陆总长，大总统已决议，必须在《凡尔赛条约》上签字，这将极大提高中国的国际地位，乃是民国外交的一大胜利。"

"山东怎么办？"

外交总长看似轻描淡写的一句，会议室沉默了半分钟。

"我们先签字，山东问题、青岛归属，留待日后谈判解决——这是大总统的意见。"

"日后再议？"陆徵祥捻了捻唇上两撇拿破仑三世式的胡子，让安娜想起死去的父亲，"这句话，在我三十年的外交官生涯中，听到过无数遍。所谓的日后，便是没有日后，或是等到九十九年以后。就像香港新界，那个日后是1997年，二十世纪都快过去了。现在才哪一年？1919年。"

老成持重的外交总长，终于说了一番有血性的话，守门的叶克难差点鼓起掌来。

大总统特使擦拭冷汗："总长阁下，我理解您的心情。但是国内也有很多压力，我们可得考虑全局，切不可意气用事。"

"特使大人，我做过几天国务总理，明白大局的重要。四年前，日本人提出灭亡中国的'二十一条'。袁世凯派我负责谈判，我用一个拖字诀，给日本人上茶点烟磨时间，他们来了最后通牒，要我在48小时内签字。老袁服软了。我跟夫人长谈。你们知道，我的夫人是比利时人，她骂我没骨气，说中国那么大，碰到日本竟像老鼠见了猫。我说，夫人啊，就算我不签，下一任外交总长也会签。夫人又骂我像太监般无能，真是嫁错夫君！第二天，我代表中国在'二十一条'上签字。以后每逢此日，我和夫人就要抱头痛哭……"

陆徵祥竟然当着众人掉下眼泪，没人胆敢靠近，唯独安娜递上一方手帕。

"多谢安娜小姐。"外交总长狼狈地擦去眼泪鼻涕，"抱歉，我失态了。谁愿被后人做成铜像跪在岳王庙？弱国无外交，我等尊奉上意行事，而这卖国贼的骂名，只能由外交官承担。"

鸦雀无声许久，顾维钧拍着桌子起身："6月28日，巴黎和会闭幕，将签署《凡尔赛条约》。只剩最后两天，我会继续跟三巨头交涉，争取一个折中的办法。不到最后一刻，少川不会放弃努力，也许会有奇迹。"

三国志

巴黎，拉丁区，卢森堡公园绿草如茵，孩子们在草坪上嬉戏，碧蓝的天空上飞着风筝。这是残酷的世界大战后的长久和平，还是下一场大战来临前的短暂安宁？

C'est la vie.

秦北洋站在窗口，他刚睡了一整天，吃了三种不同的药片，小小年纪竟成了药罐头。小郡王和他的小护士女朋友在照顾他，给他做病号餐，各种营养丰富的食补。他的精气神竟有了起色，不再是前几天奄奄一息的样子。小郡王严格遵守安娜的指令，禁止秦北洋出门，生怕他出去伤风感冒甚至自寻短见。中午，帖木儿和法国女友去丽兹饭店喝鸡尾酒去了，秦北洋独自在房间里无聊得发闷，只想着自己还能活几天的问题……

有人敲门。

秦北洋开门，没看清来人长相，就被紧紧抱住。不是安娜，对方是个男的，有着坚硬的胸膛、宽阔的肩膀，还有沉重的呼吸声。秦北洋想要拼死反抗，可是体力不济，这些天体重轻了十几斤，只能被乖乖地抱起，甚至脸贴脸般地亲昵。

他闻到一股熟悉的气味，瞬间闪过无数面孔，最后定格在一个名字上："齐远山？"

"嘿嘿！是我啊。"

果然是齐远山，他穿着白衬衫，背带裤，头戴鸭舌帽，在巴黎也是鹤立鸡群的少年。

再次相拥，虚弱的秦北洋重心不稳，两人一齐摔倒，面对天花板喘息着大笑。

数月前，齐远山在神户码头送别秦北洋。他回到东京振武学校，再次考取第一名，刷新了蔡锷、蒋百里以来最好成绩，收到日本陆军士官学校的录取通知书，这已是破格，只等新学期报到。齐远山在暑假乘船回国，到了北京的陆军部，先被升为中尉军衔，再措手不及地接到去巴黎的命令——协同北京警察厅的叶克难，追捕来自中国的刺客。

临行前，他拜访了下野的"北洋之龙"王士珍，前国务总理兼陆军总长老谋深算："北洋政府派遣一名在日留学的高才生，这是向日本军部示好。侄儿，你要把握前程良机！"

齐远山意气风发地登上轮船。第三批代表团取道印度洋与苏伊士运河，以最快速度抵达马赛港，再乘火车到巴黎。

六月的拉丁区高级公寓，齐远山搂着秦北洋说："我本以为，这辈子再也见不着你了。"

"我也这么想过。"秦北洋爬起来，咳嗽一声，幽怨地说，"可我快要死了。"

"安娜告诉我了，我俩在太行山上发过誓——不愿同年同月同日生，只愿同年同月同日死！北洋，你若死，我也死。"

两人坐在窗口，晒着暖洋洋的太阳。看小郡王迟迟未归，齐远山说要陪他出去走走。闷了两天，秦北洋也是心痒，出门到街上，跟兄弟勾肩搭背。

巴黎艳阳下，一路心情大好，逛到塞纳河左岸，巴黎圣母院的对面，看到新开张的莎士比亚书店，主要卖英文书。书店对面有家旅馆，竟然飘扬德国国旗，原来是德国代表团驻地。各国代表团多驻在凡尔赛，唯独德国是战败国，因此被赶到拉丁区，也是因祸得福。

一辆汽车停在德国代表团门口，有个德国官员下车的同时，侧后方穿出来一个风衣男子，举枪射出几发子弹，瞬间打爆德国人的脑袋，血溅五步，横尸当场……

枪声回荡在塞纳河边，行人一片混乱。齐远山保护着秦北洋，退回到莎士比亚书店。街道两边都有警察站岗，刺客只能冲进书店。

秦北洋顺手抓起一本厚厚的词典，直接砸向刺客的脑袋，把他砸得晕头转向摔倒在地。刺客是个皮肤苍白的欧洲人，刚要举枪射击，旁边横出一个书店顾客，猛然踩中他的手腕，手枪应声掉落。警察们冲进书店，当场擒获刺客。

德国代表团里出来个年轻人，跟秦北洋差不多年纪，身材高大修长，满头金发，标准的日耳曼长相。他代表德国政府，向协助警方捕获刺客的两名市民道谢。然而这两人都不是法国人，一个是来自中国的秦北洋，一个是英国财政部首席代表约翰·梅纳德·凯恩斯，正是他猛踩刺客的手腕，救了秦北洋一命。

更让德国外交官惊讶的是，莎士比亚书店里的中国青年，竟能说一口流利的德语。

"请问您是在哪里学德语的？"

"天津，德租界，德国学校。"

"威廉二世小学？"德国青年双眼发光，上下打量秦北洋，"我也是那所小学毕业的，我叫赫尔曼，你叫什么名字？"

"赫尔曼？我是马蒂亚斯！"秦北洋不会忘记自己的德语名字，"我记得你！我们是同班同学，经常一起下国际象棋。"

"天哪，你就是马蒂亚斯！我记得你总是赢我的棋。"

赫尔曼热烈拥抱了秦北洋，十年不见，当年流鼻涕的小男孩，都已长成玉树临风的翩翩少年。

整条街都已被封锁，巴黎警察局的沙维尔警长赶到。有十九世纪遗风的老警长，面色冷酷地走近被擒获的刺客。十分钟前，这名刺客开枪射杀了一名德国高级外交官。警察从他的身上，搜出一块五芒星形状的金属牌，上面刻着一行字母："Assassins"。

"又是Assassins！"沙维尔警长怒不可遏地抽了刺客一耳光，"告诉我，你们大会的地点？"

刺客嘴角流出鲜血，颤抖着用法语说："波兰没有灭亡！"

然后，这刺客已浑身抽搐，无论警察如何抢救，还是面色青紫地死了。

他可不是被沙维尔警长的耳光抽死的。警长用刀子撬开刺客的嘴巴，从牙齿缝里发现一片胶囊的残迹。

"氰化物。"

无须化验，沙维尔警长已得出结论——刺客是咬破藏在牙齿中的毒药自杀而亡的。

莎士比亚书店里的秦北洋看得真切，他低声问赫尔曼："刺客是波兰人？"

"新近独立的波兰，索要更多的德国土地。波兰国歌就叫《波兰没有灭亡》，因为这个国家总是被强邻所灭亡。"赫尔曼说话的语气轻蔑，"早就有人威胁要刺杀我们了，这次来到巴黎，每个德国外交官都做好了必死的准备。"

赫尔曼邀请秦北洋、齐远山还有英国人凯恩斯，一起去隔壁的小酒馆喝一杯。凯恩斯欣然受邀，齐远山担心秦北洋的身体，他笑着说："人生得意须尽欢，莫使金樽空对月。死则死矣，有什么可怕的？"

赫尔曼·穆勒在天津出生。十六岁那年，北洋政府对德国宣战，穆勒目睹了中国军队占领了德租界。德国战败，他随全家回到柏林，加入外交部。他本无资格参加巴黎和会，但许多外交官临阵脱逃，害怕签订丧权辱国的《凡尔赛条约》，回到德国会被民众打死，赫尔曼才搭上了去巴黎的末班车。

齐远山率先说："昨晚，叶克难探长跟我说，最近活跃在巴黎的刺客与暗杀团，正在筹备刺客联盟大会。"

"刺客联盟大会？"

"嗯，今天警察从波兰刺客的身上，搜出来的那块有着'Assassins'字样的五芒星铁牌，就是参加刺客联盟大会的信物。而他刺杀德国外交官，恐怕是参加大会的投名状。"

秦北洋把齐远山所说翻译成德语，剑桥大学的经济学院士凯恩斯基本听懂，英国人接上话茬儿，用结结巴巴的德语说："5月4日，我在英国代表团驻地，跟殖民地事务部的乔纳森爵士下国际象棋，突然他的脑袋掉了。一个阿拉伯刺客，用大马士革弯刀砍下了他的头。刺客还在墙上刻出一行字——Assassins。"

"什么意思？"

"中世纪的刺客教派，如今的刺客之王。"凯恩斯非但是经济学家，也对历史颇有研究，"能活下来，就是件走运的事儿！我不再是英国代表团的成员了。我已向劳合·乔治首相提出辞呈，今天来新开张的莎士比亚书店逛逛。我无法接受英法的复仇主义，这是损人不利己的短视行为。"

赫尔曼竖起大拇指："凯恩斯先生，如果英国人都有您的头脑，说不定这场世界大战都不会爆发了。"

"不，战争是不可避免的，欧洲的人口在不断增加，而财富的积累却很缓慢。在我看来，大战起源于匮乏，但不应终结于掠夺。我们应在废墟上建立一个新欧洲，而不是弱肉强食，巧取豪夺。有人说，我们将从德国获得赔偿，像压榨柠檬一样，直到柠檬籽发出吱吱声——真是贪婪、卑鄙而且愚蠢！"

"是啊，协约国开出了折合四百亿美元的战争赔偿，这是德国战前国民收入的三倍。在割让了十分之一的土地和人口、阵亡两百万男子后，德国根本无力偿还。"

赫尔曼·穆勒大口饮酒，几乎要拍桌子了。凯恩斯点头说："我是协约国的金融代表团团长，劳合·乔治首相私下也赞同我的观点，还把我的报告递交给美国总统威尔逊，可这些政治家都无法抗拒贪婪。我还是回到心爱的剑桥去吧。"

"罪魁祸首还是法国人！他们一门心思要肢解德国，想让德国永无翻身之日，好让法国称霸欧洲大陆，但这并不符合英国的平衡战略。当年法国惨败于普法战争，威廉一世在凡尔赛宫加冕为德意志帝国皇帝，此番选择在同一地点召开大会，只为羞辱德国，显示法国复仇成功。"

"英国的兴趣在于削弱德国海军，昨天从斯卡帕湾传来消息，被俘的德国公海舰队，全部自沉于海底，包括十艘战列舰与五艘战列巡洋舰。"

赫尔曼已让酒杯见底了："这是德意志光荣而悲壮的一刻。"

拉丁区的小酒馆，秦北洋举起酒杯："诸位，我们来讨论一下中国吧！明天，《凡尔赛条约》就要签订，三巨头要把德国在山东省的权益转让给日本，你们怎么看？"

"你们可以选择不签字！"赫尔曼狡黠地与秦北洋干杯，"马蒂亚斯，你们可以事后跟德国单独签订和约，就能名正言顺地拿回山东。当初这些权益包括胶州湾租借地，都是德国从清朝政府手里夺来的，现在让德国亲手还给中国，为何还要经过列强和日本的允许呢？"

巴黎地下墓穴

第六十三章

　　天黑以后，秦北洋走出莎士比亚书店隔壁的小酒馆，按照男人与男人间的西方礼仪，他跟赫尔曼、凯恩斯相拥告别。

　　齐远山送他回到卢森堡公园对面的公寓楼下，秦北洋提醒一句："别让小郡王这小子看到你，要是让安娜知道你带我出去走动，她肯定会骂你的。"

　　"是，我已经领教她的厉害了。"齐远山后退两步，"不过，她真的喜欢你。"

　　"远山，如果我死了，拜托你替我照顾好安娜，我是真心诚意这么想的！再见。"

　　秦北洋嘴角微笑着，一脸无畏。送走了齐远山，他独自走上楼梯，只见房门口有个小女孩，穿着鲜艳的红裙子。

　　这一带常有妓女活动，四年的战争杀死无数丈夫和儿子，也让女人们丧失了尊严和贞操，没什么是不能出卖的，就像芳汀。她们不在乎恩客的人种，也许亚洲人更容易对付。也有姑娘看中秦北洋的高大英俊，只要一条法棍就能上床，吓得他面红耳赤地逃走。

　　眼前的姑娘不过十三四岁，刚刚发育的模样，而且有着一张亚洲人的面孔。白皙的面孔，瘦长脸形，细细的眉眼与鼻梁，更像京城的旗人女孩。

　　"北洋哥！"

328

出人意料，女孩竟叫出他的名字。纯正的中国话，一口京片子。

"你是……"

秦北洋摸着灼烧而虚弱的胸口，打开门廊的电灯，仔细端详对方的面孔。

她不是阿幽，看起来年纪更小，仿佛微缩般的阿幽，眼神也不似阿幽那般咄咄逼人。

"您真是贵人多忘事啊。"

女孩把面孔凑近了他，秦北洋上看下看，似乎有几分眼熟，还是某种心理暗示？对，好像在哪儿见过她……在哪儿呢？

"我好像在梦里见过你？"

"哎哟，北洋哥。"

小姑娘伸手捶打他的胸口，对身患癌症的秦北洋来说，就像遭到了重击，双腿不稳地摔倒在地。

"对不起。"她赶紧把秦北洋搀扶起来，"我是芳子啊！"

"芳子？"

刹那间，秦北洋想起了这个名字——那个梦。

一年多前，北京的冬天，国会议员曲靖和的灭门夜，他从陆军部隔壁的胡同坠落，就此昏迷了漫长的三个多月，整整一百天。醒来后，所有的记忆都丧失了，只剩下一个无比奇幻的噩梦。

梦中有云海苍茫的高山之巅，有孟婆汤，有天国花园，还有西王母的七仙女，跟他说过最多话的，则是一个穿着唐朝衣服、世外仙子般的小女孩——她叫芳子。

此时此刻，万里之外的巴黎，拉丁区的高级公寓，芳子从他的梦里逃脱，活生生地站在秦北洋的面前。

他狠狠抽了自己一耳光，脸上留下五道手印子："这是我病入膏肓的幻觉吗？连梦里的人都跑出来了。"

"北洋哥，那不是梦。"

"不，你不存在……你不存在……"

"我存在。"芳子抓住他虚弱的手，摸着她的鼻子与下巴，"你摸摸看，这是假的吗？"

"西王母的七仙女，她们也都是假的！你也是！"

秦北洋的手指头却停下来了，芳子的脸颊是热的，嘴唇还是湿湿的，惊得他把手抽回来。

"去年除夕，你确实到达了天国，成为我的同窗，我们一起学习了三个月，你以第一名的成绩毕业，然后下山……这不是梦，只是被你遗忘了。"

"真的不是梦？芳子是真的？"

"嗯，我一直想着你、念着你呢。"

秦北洋打开房门，按照西洋人的习惯，给神秘客人芳子泡了一杯咖啡："到底是怎么回事？天国究竟在哪里？是不是昆仑山？还是太行山、长白山？"

"北洋哥，以后你会慢慢知道的。今天，我来邀请你去一个地方。"

"哪里？"

芳子从怀中掏出个五芒星形状的铁牌子，上面刻着一行拉丁字母——Assassins。

"这……"

刹那间，秦北洋想起今天行刺德国外交官的波兰刺客，不也藏着一块同样的牌子吗？

"你应该知道，这些天在巴黎，这块牌子可是最珍贵的。"

"刺客联盟大会？"

"正解。"

"你也是刺客的同伙儿？"

"北洋哥，我是你的同伙儿。"芳子将这块Assassins的铁牌放到秦北洋的手中，"有了这块牌子，就能参加刺客联盟大会，就在今晚。"

"你邀请我参加刺客联盟大会？"

芳子幽幽一笑："因为，你在天国学堂毕业，早已是第一流的刺客。"

"不，刺客是我毕生的仇敌！"

"你若不参加，我也不勉强。"

小姑娘转身就要离去，秦北洋却抓着她说："等一等，我……"

"去吗？"

秦北洋捂着自己胸口，反正身患绝症，命不久矣，就算深入龙潭虎穴，葬送了这条小命又如何？想起两个月前，他还在纽约曼哈顿，误闯过工匠联盟世界大会，不也化险为夷了吗？何况现在孤身一人，也无须九色陪伴，不会危害到小镇墓兽。他倒是想要看看，刺客联盟究竟是何方神圣，这伙人又意欲何为。

"我去！"

秦北洋背上唐刀，跟着芳子走出公寓。

没想到，对面的路灯下，齐远山正忧郁地抽着烟呢。他并未离开，而是守在楼下保护秦北洋。

"这位姑娘是……"

齐远山也看到了芳子，至少证明她不是秦北洋脑中的幻觉。

"我是芳子，你好，齐远山。"

"嗯？你认得我？"

"我认得你们所有人。"

芳子嫣然一笑，齐远山顿时警觉："你们要去哪里？"

"巴黎地下墓穴。"

小女孩说出一个令人毛骨悚然的地名。

秦北洋皱着眉头说："远山，你快点回到凡尔赛，保护好安娜和九色。"

"不，北洋，我们兄弟已失散太久，这一回，你去哪儿，我也去哪儿！"

实在拗不过他，秦北洋只能带上他同行，好歹自己身体虚弱，也算是有个身强体壮的同伴照应，何况齐远山身上还有枪。

他们坐上一辆马车，由芳子带路，前往巴黎南部的十四区。

一路上，巴黎气氛紧张，到处都能见到警察和士兵，路灯也变得鬼火幢幢。

十四区，又名"天文台区"。到了丹费尔-罗什洛广场，便是巴黎地下墓穴的入口。下了马车，转入一间幽暗的大门。秦北洋提着马灯，齐远山掏出手枪，三人拾级而下，两边都是古老的石灰岩条石。

秦北洋闻到某种熟悉的气味，仿佛是墓穴？骨骸？还是……

没走多远，看到一扇石拱门，门楣上刻着一行法语字，意为"这里是死亡帝国"。

想不到，在这巴黎的闹市地下，竟还有这种地方，秦北洋仿佛回到中国，深入地宫墓道。转过一个拐角，齐远山吓得大叫，原来墙壁缝隙里头，密密麻麻塞满了死人骷髅头。

早已腐烂了的头颅的骨骸，不知来自多少年前，布满墙壁、地下，还有天花板，多到不计其数。有的地方没有头颅骨，全是大腿骨和手臂骨，虽密集却不混乱，显然是被人为整理过的。

看着一个个死人头深陷的眼窝，秦北洋不为所动："巴黎地下墓穴，到底是什么地方？"

芳子解释道："这里原本是地下采石场。法国大革命前夕，巴黎爆发瘟疫，以至于墓地都不够用了。人们将市区所有公墓里的尸骨，全部转移到地下。据说啊，这里总共有六百万具尸骨，地道的总长度超过三百千米。"

"三百千米？"齐远山啧啧惊叹，"足够围绕巴黎全城两圈了。"

"六百万尸骨，就是六百万个活生生的人。不必害怕，他们都是跟我们一样的人，谁都逃不了这个结局——而我就更快了。"

最后一句，秦北洋摸着自己被癌细胞侵蚀的胸部，不言自明。

三人继续前行，几乎从尸骨堆里钻过去，许多大骨头都戳到脸上了，才见下一道石拱门。

齐远山往墓道深处看了一眼，抓住秦北洋的手："我们还要进去吗？你的身体……"

"没关系，坟墓里一股特殊的气场，反而能让我神清气爽，生龙活虎，你别忘了，我就是出生在白鹿原的唐朝地宫里的！"

秦北洋没说错，他的体力竟然在慢慢恢复，不像在拉丁区的公寓里那般难受。

芳子带着他们继续往里走，两边还是堆满了死人骨头，不断发出经年累月的腐臭之气，偶尔还有硕大的老鼠和蟑螂爬过。

终于，三人钻入一间宽阔的大厅，从墙壁到地板甚至天花板，全都装饰着死人骷髅头，犹如被数万个亡魂包围着。

许多个颅骨的眼窝里，亮着仿佛被尸油点燃的灯火，照亮一尊奇形怪状的东西——

它有老鹰的脑袋、脖子，还有硕大翅膀，又有着雄狮的身体和尾巴，一双前腿是鹰爪，一双后腿是狮爪。大小就跟真正的狮子相仿，浑身发出金属的反光。它蹲坐在大厅中心，背后躺着一具石头棺材。

秦北洋与齐远山都目瞪口呆——巴黎地下墓穴的深处，竟然藏着一尊镇墓兽？！

木乃伊之夜

第六十四章

秦北洋深入巴黎地下墓穴之时，他的父亲秦海关恰好来到卢浮宫的小广场前。

月光照在塞纳河上，也照在不远的巴黎圣母院的塔楼尖顶，无数小怪兽正在夜空翱翔。霍尔施泰因博士陪在老秦身边，博士打开卡车货厢，里面藏着一台柴油发电机，还有一套古怪的设备，乍看像教堂里的管风琴，仿佛随时会演奏出唱诗班的天堂之音。

霍尔施泰因发现镇墓兽有特殊的听觉系统，可以听到人类正常频率的声波，也能接收和发出超出人类耳朵的音波频率——20千赫~1吉赫是超声波，比如蝙蝠、海豚、鲸鱼、食虫目动物，甚至一些老鼠和有袋类都能发出超声波。

博士也是个古典音乐狂人，就像他的德意志同胞一样，最崇拜巴赫。管风琴已有两千年历史，音域极为宽广，气势雄伟，音色优美庄重，能模仿管弦乐器的效果，还能演奏丰富的和声，通达天堂，直逼灵魂。

镇墓兽乃是"灵魂机械体"，既然有灵魂，就适合管风琴这样的乐器。

灵魂机械体，无法完全依靠机械的力量，必须借助灵魂——霍尔施泰因博士如是说。

他做过几十次实验，道具有两种，一是海军的声呐系统，二是从教堂搬来的管风琴。十角七头对这两种声音都有反应，尤其当管风琴演奏巴赫的《d小调托卡塔与赋格》时，这尊藏有安禄山灵魂的镇墓兽竟如圣徒一般顺从，伴随这段语言华丽、气魄宏伟、节奏饱满的音乐摆动身体，摇晃那七颗野兽的脑袋。

卡尔·霍尔施泰因邀请了意大利管风琴工匠大师——也是工匠联盟的高阶成员，帮助他改造了一副硕大的教堂管风琴，可以用巴赫的《d小调托卡塔与赋格》同时发出两种频率：人耳可闻声与不可闻的超声波。

他确信，这种神圣的乐器，对于镇墓兽具有不可抵抗的诱惑力。

数日之前，十角七头镇墓兽被法国总理克列孟梭一个电话，就从凡尔赛机场送去了卢浮宫。尽管贝当元帅已做保证，这件宝贝不会轻易还给中国人。但霍尔施泰因不相信法国人，在卑鄙的政治家面前，科学研究与文物古迹就是个屁。他已失去了四翼天使镇墓兽，九色也不翼而飞，十角七头是最后的希望，难道再回中国去挖掘古墓不成？袁世凯的金蟾镇墓兽的残骸，据说已被北洋政府扔到钢铁厂的炉子里熔成铁水了……

霍尔施泰因博士决定抢回他的十角七头，但这事儿一个人干不了，必须有镇墓兽的操控者帮忙，这个人就是秦海关。

老秦对十角七头镇墓兽，也是情同父子的关系，两个人一拍即合。博士弄了一辆陆军的卡车，载着超声波管风琴与发电机，趁夜开出了凡尔赛。

一路畅通无阻，来到卢浮宫前。霍尔施泰因启动发电机，在管风琴键盘上弹奏巴赫的《d小调托卡塔与赋格》……

这首创作于两百年前的管风琴音乐，悠扬神圣地回荡在巴黎的心脏，塞纳河边，香榭丽舍，每一座桥孔之中。卡车顶上有一排超大喇叭，却没有一个人能听到这个音乐。因为这是超声波，频率高达2万千赫！只有黑夜里的蝙蝠，从巴黎各个楼顶与洞穴飞出，成千上万地聚集到卢浮宫上空，犹如黑压压的浓云盖在头顶。

巴赫的管风琴超声波，静谧又洪亮地穿透古老墙壁，渗透进卢浮宫的回廊、转角还有密室。米洛斯的断臂维纳斯睁开眼睛，萨摩特拉斯的胜利女神扬起翅膀，达·芬奇的蒙娜丽莎女士不再微笑，流下两行百年孤寂的泪水。巴赫蜿蜒前进，拂过三千年前的《汉谟拉比法典》，进入古埃及藏馆，金碧辉煌的棺材，层层叠叠的木乃伊裹尸布里，千年万载不朽的尸骸……

据说古物在黑夜里，能够说话、行动、思考，甚至嬉笑打闹。凡是任何物体，一旦成为人或动物的形状，就会被赋予或多或少的灵魂——这也是"灵魂机械体"的原理。

这些令人毛骨悚然的灵异故事，已在卢浮宫的管理员中口耳相传了一个世纪——四千年前的木乃伊，尽管内脏已经被取出，但灵魂依然附着在残存的骨骸之中。巴赫《d小调托卡塔与赋格》与其说是与神对话，不如说是一首招魂曲。

木乃伊冲破两层金棺，摘下脸上的金面罩，从古王国时期来到公元二十世纪。他（她）困惑地看着这个世界，为何没有茫茫大漠，没有绿色的尼罗河谷，也没有高耸入云的金字塔与狮身人面像？但他（她）看到了无数同伴，渐渐从数千年沉睡中苏醒，打破所有束缚和枷锁。在黑暗的坟墓深处，他（她）们无时无刻不渴望着自由，而将肉身制作成木乃伊，就是等待复活这一天。

不仅是人，还有那些猫和狗的木乃伊，也纷纷被唤醒而行动。某种程度而言，这些动物木乃伊，就是古埃及人的镇墓兽，用来保护墓主人，祛除邪灵的入侵。

最后，是长着狗头人身的怪物——阿努比斯神。

值班的保安巡逻路过，看到木乃伊站在面前，揉了揉眼睛以为是噩梦。保安的耳朵里，整个卢浮宫坟墓般寂静无声。对木乃伊们来说，却有一场交响音乐会。一尊高大魁梧的木乃伊，用拳头砸碎橱窗玻璃，取出一支古埃及的青铜剑，砍下了保安的人头。

所有木乃伊在巴赫的管风琴声中复活。他们各自夺取武器，杀死所能见到的每一个活人。

卢浮宫博物馆的值班员们鬼哭狼嚎地奔逃，许多人躲入仓库。大汉学家伯希和正在熬夜研究十角七头镇墓兽。他已卸掉七个兽头里的弹药，想把武器和油箱拆掉，让它恢复成刚刚出土的原始面貌。

镇墓兽睁开了眼睛。

赤色的目光，像两支硕大的手电筒，照亮仓库大门。十角七头听到了，来自卢浮宫墙外的超声波，也是它最爱的约翰·塞巴斯蒂安·巴赫。

它被唤醒了，突然发现生命的意义，不止于杀戮杀戮再杀戮……

除了兽的本性，还有巴赫。

十角七头接受召唤，向着超声波而去，迈动四条粗壮的兽腿，踩碎无数来自圆明园的中国文物——也是赃物。

七个兽头将伯希和甩到一边，狂奔着打开仓库大门。

被堵在门外的木乃伊们冲进来了。

工作人员疯狂地逃命，唯独大汉学家伯希和不慌不忙，大概在敦煌探险中也有过类似遭遇，他从仓库取出一把汉朝的古剑，勇敢地与古埃及木乃伊对抗。

埃及剑与汉朝剑，相隔两千年的决斗，伯希和看不到对方的眼睛，因为对方浑身都被白布包裹纠缠，他顺手拿起一面古罗马的盾，在决斗中有了一点点优势。格挡住对方的一击之后，伯希和刺中了木乃伊的胸膛。

木乃伊是死人，死人还会再死一遍吗？不，古埃及木乃伊没有心脏，他们所有器官在死亡后被取出了。

大汉学家面如灰土……

十角七头在卢浮宫中飞奔自如，七个头好奇地观望《蒙娜丽莎》《岩间圣母》《拿破仑一世在巴黎圣母院加冕》，它看到达·芬奇笔下的女士们面露惊恐，仿佛高声齐呼要把这渎神的怪物赶出去。

它的面前，又有一堆木乃伊来阻拦，用古埃及的刀剑和长矛攻击它的青铜外壳。镇墓兽不客气了，它伸出七个兽头，轻而易举地把木乃伊咬成两段，再用兽腿踩成齑粉。

一百年来，卢浮宫博物馆坚持认为，这个灵异传说，纯属无稽之谈。事后博物馆检查木乃伊，并未有任何遗失，当晚也没有员工死亡或受伤。

唯独一件事无法否认，1919年6月27日夜，十角七头镇墓兽逃出了卢浮宫！

循着巴赫的召唤，这头野兽冲出博物馆的牢笼，来到播放超声波喇叭的卡车前。

巴黎的月光下，它见到了秦海关，就像宠物见到主人，儿子见到爸爸，竟然撒娇地拿头去蹭老秦，仿佛还是刚出生的小兽。

老秦高兴地抚摸十角七头，失而复得的小儿子啊，他心甘情愿被七个兽头举起，将他放到后背的装甲堡垒上。

他熟练地钻进舱室，通过瞭望孔观察形势，再用操纵杆指挥十角七头。虽然油箱里没有油，无法使用改装后的机械系统。但在黑夜，灵石可以提供能量，镇墓兽的心脏变得滚烫，穿过协和广场前进。

秦海关的面前出现了霍尔施泰因博士："秦！你忘了吗？我们说好的，一起把镇墓兽带走。"

老秦冷笑着摇头，坐在装甲舱里说："霍尔施泰因，你已经疯了，而我也活不了多久，我们都没有明天。"

然后，秦海关向十角七头镇墓兽下达指令："杀了他。"

巴赫响彻巴黎。

第六十五章

小王子之心

此时此刻，巴黎的地面有一头镇墓兽在狂奔，巴黎的地下墓穴也蹲伏着一头镇墓兽。

秦北洋、齐远山、芳子，在无数颗头颅骨的包围之下，三双眼睛盯着这尊西洋镇墓兽。

为何说它是西洋镇墓兽？因为，秦北洋认出了这种神兽——狮鹫——Griffin。

上半身是老鹰，下半身是狮子，早在古巴比伦与亚述的神话中就出现过，接着又是古希腊神话，它为宙斯、太阳神阿波罗、复仇女神涅梅西斯拉车。它的胸前全是老鹰的羽毛，一只锋利的鹰嘴，随时会啄去人们的眼球。据说狮鹫是出色的狩猎动物，而它最爱的食物竟是马。狮鹫勇敢无畏，残暴无情而嗜血，但绝对忠诚于主人。

狮鹫乖乖地蹲在那里，两片翅膀竖在背后，丝毫都没有动的迹象。

秦北洋抽出唐刀，小心翼翼地靠近这头镇墓兽，仔细端详它的外壳与关节。他想起去年在北京香山碧云寺，发现的九千岁魏忠贤的坟墓，其中就有僭越的伪镇墓兽。

对，这所谓的狮鹫镇墓兽，又是一个"伪镇墓兽"。

西方人根本没有镇墓兽的概念，它只是坟墓里的装饰品，就像古希腊古罗马汗牛充栋的雕像。

这头"镇墓兽"胸前刻着一行法文句子，芳子居然翻译了出来："当铃声响起时，死者会重生。"

想象一下，地下墓穴的六百万具尸骨，一夜之间，集体复活，占领了整个巴黎。

不过嘛，如果中国历史上的几百个皇帝，从秦始皇到袁世凯集体复活，分别从陵墓中爬出来，那才更可怕呢！所谓历史，总是在不断重复之中。

然后，秦北洋发现了国王的棺材。

狮鹫"镇墓兽"的背后，躺着两口石棺。大理石棺盖上，雕刻着睡眠的人物形象。

一男一女，男的头戴王冠，身披王袍，貌似是一位国王的石像。

旁边躺着美艳的妇人，仪态庄重，珠光宝气，自然就是王后了。

从棺材的规格与形制来看，乃是国王与王后级别。但西欧君王通常葬在教堂，不会像中国帝王那样营造大型陵墓，又怎会在巴黎地下墓穴？

秦北洋看到石棺侧面刻满了法文，又把芳子拉过来翻译——

"过往的朋友你们好，我是路易十六，请不要为我悲伤，如果我还活着，那在里面的将是你们！"

"路易十六？被法国大革命送上断头台的国王？"

秦北洋回味着这句话，总觉得是某种怨恨与诅咒。

"嗯，还有他的王后，玛丽·安托瓦内特。1793年1月20日，路易十六和他的王后玛丽·安托瓦内特被国民公会投票判处死刑，押送到断头台前。而这种精巧的机械装置，就是路易十六国王本人发明的。国王被砍下脑袋，巴黎市民疯狂地用国王的血洗手，甚至用舌头舔一口。"

秦北洋嗟叹一声："就跟我们的凌迟处死一样，看热闹的人们争抢死者的鲜血和肢体，有死者甚至会被刽子手卖个高价钱。谁能想到，这种事至今还在中国发生。欧洲人说我们是野蛮人，他们未必比我们文明多少，彼此彼此。"

"王后玛丽·安托瓦内特也走上了断头台。保王党担心国王与王后的墓地会被共和派破坏，又不敢葬入停放历代法国国王灵柩的圣丹尼教堂，就将遗骸送入巴黎地下墓穴。保王党用骷髅头建造了一座地宫，按照君王规格做了两具大理石棺。最后做了一尊狮鹫雕像，期望千秋万代保护国王。"

芳子似乎无所不知，秦北洋却发现在两具大理石棺之间还藏着一个小玻璃盒子，里头有个奇怪的东西，似乎浸泡在酒精之中。

他蹲下去仔细看着，惊觉原来是颗心脏！

但这心脏很小，也许是小孩子的？芳子在玻璃盒子前发现一行文字："这是路易十六与王后的幼子——路易十七的心脏。"

"小王子的心脏？"

说起小王子，秦北洋自然想起自己的出生地，白鹿原唐朝大墓，一千两百年前的小皇子。

"过去欧洲王族死后，要经过复杂的保存程序，类似古埃及木乃伊。他们要被取出内脏、挤出体内的血、用香油仔细涂抹之后，再包上裹尸布，穿戴衣物放入密封的铅棺，再放进橡木棺材，可以保证尸体在一二百年内不腐。"

"你是说，如果我们打开这两具棺材，路易十六和他的王后，仍然栩栩如生？"

"他们死在断头台上，没有那么好的待遇。"芳子再看一眼小王子的心脏，"王族的心脏呢，则被泡在酒精瓶里，再加入肉桂、没药、安息香，装在密封的铅盒里。法国大革命后，国王的棺材都被打开了，心脏流落民间，许多到了画家手中。"

"画家为什么要国王的心脏？"

"尸体和内脏溶解后的清油，抹在画布上能产生某种奇异的光泽。犹太人有给尸体抹香油的习惯，有些人专门盗掘犹太人的墓，把尸油卖给画家。"

秦北洋忍不住道："老天呢，中国的盗墓贼是为了金银财宝，西洋人居然是为了尸油这鬼东西，比我们还要恶心变态。"

"据说啊，路易十四的心脏就被画家用掉了一部分，还有许多国王的心脏抹到了画布上，至今还陈列在凡尔赛宫里呢。"

说到这儿，墓穴里响起电话铃声……

秦北洋瞪了一眼齐远山，齐远山又瞪了一眼芳子，芳子瞪了一眼棺材上的路易十六大理石卧像。

巴黎地下墓穴深处，被成千上万的骷髅头包围的路易十六墓室，电话铃声响个不停。

齐远山用力拍了拍耳朵："我有了幻觉？"

"不，我也听到了！"秦北洋回答。

可这电话铃声是从哪里来的？墓穴里会有电话线吗？难道是通往另一个世界的信号？他们到处寻找铃声来源，秦北洋摸到狮鹫"镇墓兽"跟前，才发现那一行法文："当铃声响起时，死者会重生。"

当铃声响起时……

铃声正在响彻这间地下墓穴，秦北洋望着四周与头顶无数的骨骸，如果六百万死者重生？

终于，齐远山在角落找到了一台电话机，他拖着电话线来到墓穴中央，放在王后玛丽·安托瓦内特的棺材盖上。

秦北洋面临一个棘手的问题——接，还是不接？

电话铃继续响，他闭上眼睛，心一横，抓起电话听筒。

耳边响起一个年轻女孩的声音，只说了一句法语单词："Ne bouge pas!"

秦北洋正好知道这句法语的意思："别动！"

他放下电话，乖乖守在小王子路易十七的心脏前。

几分钟后，齐远山听到急促的脚步声，他惊恐地端着手枪，却看到一群欧洲人闯入墓地。

这些人并非警察，而是穿着便装，胸前佩戴着五芒星铁牌，又是Assassins的标志。

芳子压下他的胳膊说："他们是来参加刺客联盟大会的。"

接着朝鲜人来了，他们的刺杀目标是日本。然后是南斯拉夫人、波兰人、匈牙利人、英属印度人、荷属东印度人、土耳其人……

刺客们陆陆续续赶来，带着五芒星铁牌为依据，进入这间地下墓穴。每个国家的刺客，有两到三个名额，几乎跟巴黎和会的代表国一样。不同在于，这些刺客大多来自弱小国家，或者无权参加和会的殖民地，比如越南和朝鲜。也有来自英、法、美、德等国的刺客。几个月前，法国同志刚干过一票大的，差点成功刺杀了他们的总理克列孟梭。

秦北洋与齐远山混在他们中间，贴上小胡子竖起衣领掩盖自己。刺客们大多习惯于化装，或故意戴着风帽，不想被人看清自己的脸。

诡异的电话铃声又响了，这下没人再敢去接，墓穴里多了五个人。

所有灯光亮起，照得如同白昼，五个人站在最醒目的位置，面前就是路易十六与王后的棺材。

第一个是阿幽，刺客们的主人，她还是穿着中国小姑娘的衣服，十六岁的乌黑大辫子。

第二个是"老爹"，他才是刺客们的真正主人——秦北洋如此猜测，也是他的杀父仇人。

第三个是阿海，右脸上的刀疤永世难忘，秦北洋的杀母仇人。

第四个是脱欢，强壮得如同一堵高墙，让周围人退避三舍。

第五个……怎么还有第五个？年轻人的体形，穿着一身黑衣，脸上戴着一副鬼面具。

刺客联盟大会

第六十六章

六月就快过去，巴黎地下墓穴，却如深秋般寒冷。

秦北洋看着身边芳子的脸，又盯着那张鬼面具的脸，才想起在那场"天国"的噩梦里，曾经看到过这张面孔，就在孟婆的身边。

梦里出现的人都是真的……

刺客联盟大会。

曾与秦北洋打过照面的阿拉伯人，衣袂飘飘地走到路易十六的墓前。旁边是个身材瘦小的法国青年，穿西装戴领带不像是刺客。面对来自世界各地的上百名刺客，法国人举起五芒星的铁牌，先行高声说："各位，我代表Assassins宣布，刺客联盟大会，正式开始！"

底下一片鼓噪，就差掏出枪来开火。秦北洋、齐远山与芳子缩在布满骷髅头的墙角，尽量不被人认出。

秦北洋暗自思量——刺客联盟与工匠联盟，这是一对相爱相杀了六百年的欢喜冤家。哪怕彼此宗旨截然相反，行为方式却如出一辙，都是中世纪式的秘密会社。

"我是一名无政府主义者，信奉全人类都是兄弟姐妹，国王们让我们自相残杀，用机关枪、铁丝网、毒气弹杀死上千万年轻的生命。民族主义是什么？是二十世纪的毒瘤！"

主持刺客大会的法国无政府主义者，让台下许多人心生疑虑，很快听到叫喊："印度独立万岁！"

"大韩独立万岁！"

"亚美尼亚独立万岁！"

这些来自弱小殖民地国家的刺客，用喊口号表达了对民族主义的维护。

法国青年并不慌张，摆摆手说："我们尊重弱小民族维护自决权的主张，也反对种族歧视，各个大小民族一律平等。今晚，选择在巴黎地下墓穴，路易十六的墓前开会，因为他是唯一死在断头台上的国王。"

芳子将法语轻声翻译成中文。秦北洋心中思量，英国革命时的查理二世也是被议会处死，但那时断头台还没发明，刽子手采用传统的砍头方式。

"巴黎和会，不是和平的大会，而是战胜者的分赃大会。弱小民族要联合起来，反对列强为所欲为——乳臭未干的小办事员们，在地图上随意画几条国境线，便决定了上百万人的命运，也埋下了第二场世界大战的种子。"法国人越说越激烈，走回到阿拉伯人身边，"他们生造出一个叫伊拉克的国家，塞进了什叶派、逊尼派、库尔德人、基督教徒、亚述人还有犹太人，成为英国的殖民地。然后是叙利亚，同样五花八门的民族和教派，成为法国的殖民地。"

"凡尔赛三巨头——法国总理克列孟梭、英国首相劳合·乔治、美国总统威尔逊，他们才是全世界的敌人！"

突如其来，站在阿幽身边戴着鬼面具的刺客，用娴熟的法语说了一句。

阿幽抬起胳膊，所有人鸦雀无声。她在刺客们中间享有极高地位。她嘤嘤地说出一句中国话："我们当中有内奸！"

鬼面具将之翻译成法语、英语、德语、日语以及阿拉伯语。

内奸？叛徒？

一百多名刺客交头接耳，互相观望，看看身边的内奸是谁。

身为工匠联盟的初阶会员，混入刺客联盟大会，秦北洋是名副其实的"内奸"。他握紧环首唐刀，齐远山也把手放在枪上，准备拼个鱼死网破。

而在他们身后，隔着十来个人头，隐藏着一双刚毅的灰色眼球。卷曲的络腮胡子，几乎覆盖半张脸，戴着一顶猎狐帽，像个冷酷的刺客。

但他不是刺客，他是巴黎警察局的沙维尔警长，也是阿幽所说的"内奸"，那把乌黑的大胡子是化装的。

沙维尔身边有个亚洲人，头戴黑色礼帽，一身西装，竟还裹着围脖，掩盖下半张脸——北京警察厅名侦探叶克难，标志性的浓眉下，一双锐利的目光，已探察到秦北洋与齐远山的后脑勺。

数小时前,叶克难登门拜访巴黎警察局,了解到刺客联盟大会。而在这批来到巴黎的刺客当中,除了Assassins的阿拉伯传人,据说地位最高的,是一伙来自中国的刺客。这也是沙维尔警长邀请叶克难参与办案的原因,否则他不会多瞧中国人一眼。不久,位于拉丁区的德国代表团遇刺,一名波兰刺客被抓获后咬破氰化物自杀身亡,沙维尔从他身上搜出了一块五芒星的Assassins铁牌。

顺着这个线索,终于查出刺客联盟大会的举办地——巴黎地下墓穴。

沙维尔惊叹于刺客们的思维缜密,地下墓穴犹如巨大的迷宫,从没人完整走遍。警方无法进行包围,因为出口连接巴黎各地。他决定先打入其内部,调查清楚这些刺客的底细,知道他们的行动计划,才能有机会一网打尽。

整个巴黎的警察们,无人敢跟沙维尔一起执行这项任务,人人都晓得刺客凶残,一旦暴露,必死无葬身之地——错了,巴黎地下墓穴,省得买墓地了!

唯独中国探长叶克难自告奋勇,请求与法国同行并肩作战。

他们简单化装,每人携带两把手枪,还有匕首等防身武器。提前进入地下墓穴,叶克难与沙维尔警长轻松干掉看门人,查获地道路线图,按图索骥来到路易十六的秘密墓地,混入刺客联盟大会。

听到阿幽的"内奸"两字,叶克难又用围脖往鼻子上拉了拉,像个蒙面人——这也是刺客们的标配,场内有十来个蒙面的,还有几个独眼龙。

他盯着台上众人瞩目的阿幽——这个东海达摩山上的十四岁小女孩,北京房山雷音洞里的十五岁大姑娘,如今也不过十六岁,究竟什么来历?成为刺客们的主人?

"为了天下公义,我们不但要杀了三巨头,还要砍下皇帝的头呢。"

阿幽又说话了,照旧是鬼面具刺客替她翻译。

底下的秦北洋暗中思忖——她怎么对皇帝有如此刻骨仇恨?总想着要砍皇帝的头?

十年前,光绪帝崇陵地宫密室,只有六岁的小姑娘阿幽,差点被老太监给皇帝殉葬——而她的双胞胎哥哥,已被水银永远凝固在地下,这就是她的仇恨源头?

鬼面具说下去:"过去四年的世界大战,工匠联盟暗中支持协约国,如果让三巨头瓜分了世界……过去六百多年来,刺客联盟与工匠联盟的战争,我们就将彻底失败。"

法国无政府主义者说："各位，我公布刺客联盟的行动计划——明天是《凡尔赛条约》签订日，为了受压迫的弱小民族，为了全世界的永久和平。凌晨一点，我们从此出发，前往凡尔赛宫，刺杀克列孟梭、劳合·乔治、威尔逊三巨头。"

话音未落，底下一片欢呼雀跃。

"参加刺客联盟大会有一百余人，但凡尔赛宫戒备森严，我们只有一条路径可以潜入。为了避免被警卫发现，只有十三名顶尖刺客，才能参加今晚的行动。"

"十三个名额，寓意为耶稣和他的十二门徒？"

下面有人提问，法国人点头说："不错，暗合此意。"

秦北洋粗粗一算，这意味着今晚，在这里90%的刺客，都要遭到淘汰。

果然，法国无政府主义者说："各位，只有幸存下来的强者，才可以获得行动的名额。其中的佼佼者，所获得的奖励将是——Assassins的金匕首！"

一个高大的男子走到台上，中国刺客们的主人阿幽也恭敬地向他鞠躬行礼。

这人全身裹着黑袍，头缠白布，拖到脸颊的大胡子，鹰隼般的双眼，高挺细直的鼻梁，还有两边薄薄的嘴唇，年约六十岁的阿拉伯人。

他就是如今Assassins的传人。

阿拉伯老英雄举起右手，一把金光闪闪的匕首包裹在镶嵌数枚印度宝石的摩洛哥皮鞘中。他拔出新月形匕首，尖端的钩子夺人眼球，在空中划过寒光闪闪的轨迹，犹如流星坠落。路易十六的石棺表面，国王雕像的鼻尖上，被切出一道深深的印痕。如果是真人，不但鼻子保不住，说不定嘴唇也没了。

"刺客们都知道，这把Assassins的金匕首，乃是祖师爷霍山所传，刺杀过多位中世纪的欧洲君主，以及十字军的骑士团长。"

底下喧哗与骚动，人们交头接耳，跃跃欲试。金匕首并非阿拉伯人专属，奥斯曼帝国攻占君士坦丁堡以来，就曾归属其他民族，比如土耳其人、波斯人、印度人甚至阿尔巴尼亚人。谁得到这把匕首，便是刺客界的最高荣誉，直接荣登为刺客联盟的大领袖。

"各位，刺客考验即将开始——失败者可能死亡！失败者可能死亡！失败者可能死亡！"法国人连说三遍以警示，"给大家三分钟的考虑时间，畏惧者可立即退出……"

大家面面相觑，果然有胆怯者陆续退出。三分钟后，地下墓穴里还剩大约一半的刺客，粗略清点人头为六十名。

秦北洋、齐远山、芳子都留下了。他们身后数尺开外，沙维尔警长、叶克难探长也岿然不动。

刺客联盟的大领袖——阿拉伯老刺客点头："开始！"

无政府主义者掏出一把铁锤，猛力砸向路易十六的石棺，将国王的大理石雕像砸得粉碎……在场所有人惊讶而疑惑，难道刺客考验之前，先要盗墓不成？

秦北洋胸口的暖血玉坠子开始滚烫了。

老秦的逆袭

"不疯魔，不成活！"

七百年的卢浮宫前，大喇叭播放巴赫的管风琴《d小调托卡塔与赋格》，已不再是超声波，而变成人耳可闻的洪亮之声，惊醒了睡梦中的巴黎人，仿佛听到教堂唱诗班的礼赞。

十角七头镇墓兽，刚从卢浮宫的仓库中苏醒并逃脱。四条兽腿狂奔，七颗脑袋狼奔豕突。它已接收主人的命令，务必杀死卡尔·霍尔施泰因博士。

当这怪兽张开大嘴，即将吞没霍尔施泰因时，坐在镇墓兽的装甲舱里的秦海关，仿佛已看到博士的半个身体，仍然血淋淋地留在地面，两条腿恐惧地跑来跑去，才发现上半身正在十角七头的某一个头里。

博士本能地往后一退，意外坠入塞纳河，让镇墓兽的这一击落空了。

老秦重新推动操纵杆，咒骂卢浮宫卸掉了十角七头的子弹与炮弹，无法用机关枪消灭霍尔施泰因。但他没时间了，不能继续在巴黎的心脏为所欲为，因为大批警察和军队正在赶来。

"博士，永别了！"

秦海关指挥十角七头镇墓兽掉头，大踏步穿过协和广场，沿着香榭丽舍大街，冲向拿破仑建立的凯旋门。

巴赫庄严激越的管风琴声中，巴黎的黑夜正在热血沸腾，身后的卢浮宫已被木乃伊们占领，眼前的香榭丽舍大道无比宽广。

坐在镇墓兽里的人，已到最后时刻。秦海关咳着血，肺叶正在燃烧，生命是灯芯的最后一截，他想起自己出生的那一年——咸丰帝坐镇帝都统御满汉蒙回藏等诸多民族，曾国藩的湘军忠诚地保护他的帝国。江南半壁江山仍在太平天国手中，天王洪秀全稳坐天京荣光大殿。南北两位君主都想彻底铲除对方的紫禁城或天王府。大沽口海面上出现一支蒸汽风帆舰队。科尔沁郡王僧格林沁的蒙古铁骑集结骚子营，人马皆是盔明甲亮威风赫赫，真个是胡笳连天鼓角声声，却在北京郊外八里桥全军覆灭。

英法联军打进北京城，火烧圆明园，烧死三百名太监、宫女、工匠……

维克多·雨果在笔耕《悲惨世界》之余写道："有一天，两个强盗闯进了圆明园，一个大肆抢劫，另一个纵火焚烧……在历史面前，这两个强盗：一个叫法兰西，另一个叫英吉利。"

那一夜，有户姓秦的御用石匠，逃出大火中的园子，拖家带口，越过燕山，奔往咸丰帝避难的承德避暑山。他的怀孕的媳妇，在古北口长城的烽火台里生下个男孩，起名秦海关。

老秦家从此有了在野地生孩子的传统。

咸丰帝驾崩后，秦海关的父亲参与了咸丰帝陵的修建，完工后搬到皇城根下的工匠村。太平天国、捻军、回乱纷纷平定，李鸿章、左宗棠洋务运动日见成效，同治帝却在十九岁死于花柳病，皇后阿鲁特氏吞金自杀。秦海关刚满十五岁，随父应征修建同治帝与皇后的惠陵，开始另一个漫长的故事。不久，他从山东威海迎娶了媳妇。

甲午年，北洋水师灰飞烟灭。戊戌年，百日维新，六君子死难……住在皇城根下的老秦，对此一无所知，他只关心媳妇的肚子。

庚子年来了，白鹿原来了，儿子秦北洋来了，这是二十世纪。

坐在十角七头镇墓兽里，秦海关想起自己参与建造过同治帝的惠陵，主持建造过慈禧太后的定东陵、光绪帝的崇陵、袁世凯的秘密陵墓、末代沙皇尼古拉二世全家的陵墓，还差点造了妖僧拉斯普京的陵墓。完工的镇墓兽有五个之多，他自己也堪称"造墓狂魔"。照道理，他早应短命而亡，却成了家族最长寿的一个，难道八字太硬？

时光如吃月亮的天狗，眨眼间，六十年一甲子。濒死体验般的回忆，秦海关想起碌碌无为的一生，决定在临死前，干一件轰轰烈烈的大事儿。

今夜，他控制十角七头镇墓兽，在法兰西的心脏大闹卢浮宫。他要为中国而复仇，以其人之道还治其人之身，烧掉法国人的圆明园——凡尔赛宫。

穿过凯旋门，无人可以阻挡十角七头，秦海关冲向巴黎西区。

这一带没有路灯，常有大片森林，即便镇墓兽这样的庞然大物，也如水滴汇入大海。

他闯入了巴黎发电厂。

十角七头需要新的能量，镇墓兽撞破发电厂围墙，进入排泄有毒废弃物的厂房。七个脑袋埋入致命的重金属液体中，狼吞虎咽，大快朵颐，仿佛饿死鬼投胎。老秦感觉浑身都被毒物包围着，呛鼻的气味让他的眼泪鼻涕直流，每一寸皮肤都在发麻。但对机械化改造后的镇墓兽来说，却相当于快速充电。

镇墓兽吃饱喝足，带着浑身毒气，变成真正的撒旦。秦海关操控它冲向正南，悄无声息地渡过塞纳河。十角七头并不畏水，可以轻松在水底行走，装甲舱犹如潜水艇的潜望镜。摆脱了所有追赶，它将脚步声放轻，无声无息地接近凡尔赛机场。

十角七头越过壕沟与围墙，就像战场上的安禄山，用兽腿与七个兽头，杀死沉睡中的士兵。秦海关操纵镇墓兽钻入弹药库，利用兽头灵活的嘴巴，为它安装弹药，使它重新成为一辆移动的坦克。

末日审判的时候到了，是对老秦自己，也是对凡尔赛宫。深呼吸，趁着自己还活着。他悄悄地转移，操纵镇墓兽陷入暗夜，如同隐身的刺客，慢慢接近凡尔赛宫。

老秦并不知道，决定世界命运的三巨头——法国总理克列孟梭、英国首相劳合·乔治、美国总统威尔逊，正在这座欧洲的万园之园彻夜开会，讨论明天《凡尔赛条约》的签字仪式。

当他路过吕特蒂旅馆，黑夜飘扬着五色旗。秦海关想起了儿子，不知道他在哪里，甚至不敢肯定儿子是否还活着。

忽然，十角七头静止了，它的七个脑袋高高昂起，似乎星空中有天使飞过。

秦海关打开装甲舱，看到凡尔赛的夜空，缓缓飘来一艘纺锤形飞艇，距离地面不过一百多米。雪白的艇身上涂着绿白红三色的意大利国旗，底下吊舱转动着螺旋桨。

还有一个天使，长着四个翅膀，陪伴飞艇并肩翱翔。

四翼天使镇墓兽。

地上的魔鬼，空中的天使，彼此对视一眼，它们都在执行各自主人的任务。

目标——凡尔赛宫。

断头王后

《凡尔赛条约》签订前夜，巴黎地下墓穴，刺客联盟世界大会。

无数骷髅头环绕下，狮鹫镇墓兽眼皮底下，法国无政府主义者撬开了断头国王路易十六的石棺。

不出所料，石棺里是一口铅棺。但是未被焊死，只有一把精巧的大锁。国王生前酷爱锁具，足以加入工匠联盟，这种爱好也延续到了断头台。

大锁被粗暴地砸开，铅棺内冲出一阵烟尘。刺客们掩住口鼻，再用灯光往里照，就跟盗墓贼一样娴熟。

很可惜，他们只看到一堆朽烂的骨头，零散分布在铅棺中，没有传说中的防腐措施。石雕上的王冠都没有，也找不到随葬品。唯一能证明墓主人身份的是——没有头骨。

因为国王死在断头台上。

丈夫被发现了，妻子还会远吗？

刺客们打开王后的棺材，先是石棺，再是铅棺。听到棺材盖崩开的刹那，秦北洋莫名心疼。棺材里升起一团白烟，喧闹的人们立时安静。

玛丽·安托瓦内特——王后正在沉睡，肌肤胜雪，容颜依旧，栩栩如生，竟无任何腐烂的迹象！唯有满头白发三千丈，缘愁似个长。

三十多岁的贵妇人，体貌具有日耳曼人特征。她是神圣罗马帝国皇帝之女，七岁时遇到六岁的莫扎特。小天才一本正经地说："我将来要娶你为妻！"后来小公主成为法国王后，凡尔赛宫举行盛大婚礼，全欧洲的女人羡慕她是风华绝代的时尚引领者。有人编段子——当法国人民吃不上面包，王后天真地说：那他们干吗不吃蛋糕？这些段子让她走上断头台。她踩到刽子手的脚，竟还说"对不起，您知道，我不是故意的"，然后从容赴死。

断头王后。

尚未腐烂的尸身，脖子与身体之间，挂着一道黑色项链，点缀着线条状的珍珠宝石……

秦北洋再定睛一看，哪是什么项链啊，而是伤口被缝合的针线。这在中国也很常见，被砍头的犯人家属，都要请匠人将头颅与身体重新缝合再下葬，这叫落得全尸，以便下一世投胎。

砍下的皇帝的头呢！

不知怎的，耳边又萦绕起这句话。他们为何打开棺材，暴露国王与王后的尸身？仅仅为欣赏断头王后的不腐之身？

答案就在两具石棺跟前，响起咯咯咯的齿轮转动声……

刺客们面面相觑，一个惨叫声惊起——有人胸口血肉模糊，露出空空的胸腔，心脏去哪里了？

心脏在狮鹫的鹰嘴中。

狮鹫镇墓兽，睁开一双鹰眼，钢铁鹰嘴滴着血，撕开一名刺客的胸膛。它的两扇翅膀挥舞着，鹰爪和狮腿奔跑起来，攻击墓穴里的每个活人。

它不是一尊雕像，而是具有杀人能力的机器。当刺客们撬开墓主人的棺材，亵渎了国王与王后的遗体，等于触发了镇墓兽的机关。在它眼中，闯入这里的所有人都是盗墓贼。

秦北洋想到一种可能性——工匠联盟第一代大尊者秦晋在欧洲传下了手艺？

有人掏出武器反抗，但在狮鹫面前徒劳无功，鹰爪、鹰嘴，甚至两片翅膀，都是杀人利器。接二连三的惨叫声，鲜血在墓室中横飞，棺材旁倒下一大片尸体。秦北洋抽出环首唐刀，齐远山也掏出手枪。

狮鹫镇墓兽把刺客们逼到墙壁边缘，有些人身轻如燕闪转腾挪，甚至跳到布满骷髅头的天花板上。当秦北洋也背靠一堆骨骸，忽然有根棍子勒住他的咽喉。他开始猛烈地挣扎，接着越来越多的棍子纠缠上来，还有几双枯瘦的手指头。低头一看，全是死人骨头。

对面的骷髅头张开嘴巴，咬住刺客们的脖子。幸好齐远山帮忙，打断了好几根骨头，才将秦北洋从墙边拉出来。

巴黎地下墓穴一片大乱，堆砌成墙壁的不计其数的死人骨骸，都是为国王与王后守墓的保王党人，也许都死于大革命时期的断头台，被一同葬在他们效忠的君主身边，在地下世界再造一个波旁王朝。

镇墓兽在杀人，保王党的骨骸在杀人，整座地下墓穴都在杀人……

全世界的刺客们血流成河，这就是所谓的"刺客考验"？

秦北洋与齐远山东躲西藏，还要保护小女孩芳子。他感觉这是一场阴谋，针对绝大多数刺客的阴谋，或者说是一次刺客内部的大清洗。要么排除异己，要么淘汰弱者，要么是对墓主人的活人献祭！

阿幽、阿海、老爹、脱欢，还有戴着鬼面具的这五名中国刺客，似乎早有准备，在棺材开启时躲得很远，避开了狮鹫镇墓兽的第一波攻击，又躲过了保王党骨骸的第二波攻击，至今毫发无损。

巴黎警察局的沙维尔警长，混入刺客联盟大会的"内奸"，已被镇墓兽击伤，胳膊血流不止。慌乱之中，他的鸭舌帽与假胡子掉落，正好被法国无政府主义者认出了面孔。

"内奸！"

周围人齐刷刷看着他，沙维尔警长忍着伤痛，举枪打死眼前的刺客。当他背靠到骷髅墙壁，两只白骨胳膊钩住了他，魁梧的警长无法逃脱。刺客阿海悄然靠近，潇洒地挥过匕首。

沙维尔的咽喉被割开，气管暴露在空气中，双眼绝望地瞪大，凝视阿海脸上的刀疤。

警长殉职的同时，秦北洋感觉机会到了。在刺客与镇墓兽及骨骸大乱斗的一锅粥里，他就能趁乱亲手杀死阿海，为十年前的天津德租界灭门案复仇！

他把唐刀藏在身后，悄然从侧面靠近阿海，靠近他有刀疤的那一边脸颊。当他出刀指向阿海的后颈，刀锋距离颈动脉只剩半尺之遥时，迎面飞来一只锋利的鹰爪。

如果秦北洋砍死阿海，与此同时，狮鹫的鹰爪也会抓碎他的脖子。

一瞬间，他改变了主意，将唐刀反手抽回，格挡住了镇墓兽的这一击。

狮鹫挥舞翅膀，竟在墓穴飞了起来。虽然天花板不够高，但它也能凌空腾跃，居高临下摘取刺客的人头。

但是秦北洋有一种感觉，狮鹫并未看到他，纯粹只是做着重复性的机械动作，并不像其他镇墓兽那样随机应变。果然，这尊路易十六的镇墓兽再度飞起，向着地面俯冲而来，似乎要毁灭所有活人。

白天还在奄奄一息，如今的秦北洋却生龙活虎，仿佛从墓穴里得到无穷力量。一年多前的噩梦越发清晰，脑中闪过某个圆形废墟，老虎、雄鹿、猴子、乌鸦、狗熊再次跑到心里……

转瞬间，他模仿出这五种动物的动作，迎着狮鹫镇墓兽高高跃起，挥舞三尺唐刀，英勇无畏地人兽对决。

"哥哥！"

刺客们的主人，十六岁的阿幽，认出了秦北洋的脸。

断头王后玛丽·安托瓦内特的嘴角奇异地微笑，秦北洋飞身越过她的棺材，环首唐刀滚滚发烫，自带千钧力道，躲过狮鹫的鹰爪，正好劈中镇墓兽的面门。

巴黎地下墓穴，响彻金属碰撞之声……

火星四溅到秦北洋和断头王后脸上，雷霆般的冲击波，所有刺客应声倒地，如同火山从地底喷发，彗星撞击月亮。

仿佛全身被魔鬼包围，坠入烈焰翻腾的地狱，秦北洋先感到手上猛然一颤，接着是势如破竹的兴奋，肾上腺素与热血都喷涌头顶。

狮鹫镇墓兽一分为二，一道红光从它的体内炸开，接着粉身碎骨地坠落在地。

秦北洋目瞪口呆地摔倒，这把安禄山用过的唐刀，力拔山兮气盖世地劈开了一尊镇墓兽。

墓穴安静了，骷髅与骨骸们，要么退回到墙壁复归原位，要么坠地朽烂。

破碎的狮鹫，断头国王与王后的镇墓兽，五脏六腑已暴露，只有齿轮、传送带、发条带、擒纵器，等等，就像父亲在清宫里见过的大型瑞士钟表，同一个机械原理。那些钟表也配有十八世纪的人物和山水，全都会按时运动，被中国人称为"奇技淫巧"。

但他没有发现灵石。

镇墓兽的灵石，非但外观极为独特，对秦北洋来说，只要靠近就有一种灼烧般的感应。

狮鹫镇墓兽却没有，归根结底，它还是一尊"伪镇墓兽"。它并不具备中国陵墓里镇墓兽的威力，因为没有墓主人的灵魂，纯粹依靠钟表般精致的机械技术。

这种"伪镇墓兽"就是机械体，而不是"灵魂机械体"。

所有人直勾勾地凝视秦北洋。阿幽将阿海与老爹等人拦住，不让他们靠近秦北洋。

秦北洋剧烈咳嗽，将安禄山的唐刀插还到背后，回到两具棺材跟前。他对国王与王后说了一声"Je suis désolé."，这是法语中的正式道歉。

然后，他将铅棺重新盖上。无法焊接，便用狮鹫镇墓兽的破碎零件，权作一根根钉子，依次打进棺盖。

合上断头王后的棺盖时，秦北洋有一种错觉——玛丽·安托瓦内特睁开了眼睛。

只有盖上棺材，让国王与王后重新安睡，保王党骷髅才不会再攻击他们。

最后，他抱起路易十七小王子心脏的酒精瓶子，放在唇边轻轻一吻。

秦北洋想起了唐朝小皇子，棺椁不知流落何方的终南郡王李隆麒。

刺客之王

巴黎地下墓穴，刺客考验结束了。

路易十六国王与王后的墓前，堆满新鲜出炉的尸体。刺客联盟大会的主持人，法国无政府主义者也已一命呜呼。死里逃生的刺客，不到三十人，包括阿幽等五名中国人，阿拉伯的Assassins传人，还有齐远山、芳子，以及从死人堆里爬起来的叶克难。

秦北洋认出了名侦探，谢天谢地，没像沙维尔警长那样殉职。但他不动声色，不想暴露叶探长作为"内奸"的存在。

"叶探长？"

阿幽却认出了这张面孔，围脖早已褪下，名侦探孤立无援，已被五名刺客团团围困。

"阿幽妹妹，请不要动他。"秦北洋跳到他们面前，"我愿用自己来换取叶探长的性命。"

"哥哥，你不应该来这里的。"阿幽微微转头，"还有齐远山，你也不要躲藏了。"

秦北洋明白了，当他们一进墓穴，那通来自地狱的电话，法语的"别动"，就是阿幽打给他的——提醒他不要对国王与王后的棺材轻举妄动，免得触发了镇墓兽。

这群刺客擅长利用电话，就像他们在北京石经山的洞窟里用过的伎俩。

秦北洋心生绝望，感叹自己这伙人，连同叶探长要被一网打尽……

阿拉伯老英雄走到他面前，敬畏地打量秦北洋，突然举起Assassins的金匕首，似乎下一秒就要割断他喉咙。

然而，老刺客却倒握刀柄，将匕首送到秦北洋手中——不知所措地抓着新月弯刀，金碧辉煌的皮鞘感觉烫手。

阿拉伯人高高举起秦北洋的右手呼喊："Assassins!"

突如其来地，在场所有刺客大为惊骇——刺客联盟大会的最终胜出者，Assassins荣誉的继承者，竟是一个"内奸"！

秦北洋摊开双手，没想到竟是自己？他从九岁起就发誓要杀死刺客，与天底下的刺客不共戴天。

"哥哥，你是今晚的英雄，你杀死了镇墓兽，保全了所有人性命，理应得到这个荣誉。一年前，你在'天国学堂'修行'刺客道'与'地宫道'，全是第一名的成绩，当数天下刺客的楷模！"

阿幽大方地上来抓住他的右手，再次高高举起。

他的手指头在颤抖："阿幽妹妹，你说什么？天国学堂？刺客道与地宫道又是什么？真的不是一场梦？"

"不是梦，你说眼前的芳子是梦吗？"

芳子同学凑到秦北洋面前，双手作揖，嘻嘻笑道："恭喜北洋哥！"

再也无人胆敢有异议，一齐高呼口号："Assassins! Assassins! Assassins!"

秦北洋彻底蒙了，真想大声告诉所有人——我已命在旦夕，你们还得尽快再选出下一任。

刺客考验的最终胜出者，参与凡尔赛刺杀行动的十三人名单出来了——

为首的就是秦北洋，接着是阿拉伯老刺客，然后是阿幽、老爹、阿海、脱欢、鬼面具，还有一个波兰人、一个南斯拉夫人、一个土耳其人、一个印度人、一个非洲人、一个朝鲜人——最后这个，秦北洋在蒙马特高地见过。

剩下的，还有十来个受伤的刺客，包括年纪太小、道行不够的芳子。

被判定为内奸的叶克难、齐远山，照规矩将被立即处死——刺客联盟在这一点上，跟工匠联盟是同一个规矩。

不过，作为新一任刺客领袖，秦北洋有权给予特赦。

"只要你们不伤害这两个人，我愿意跟你们去凡尔赛宫行刺三巨头，否则我就自杀！"秦北洋紧握金匕首，对准自己的咽喉，"让他们在两小时后离开地下墓穴，此时已完成刺杀，也来不及通风报信。"

阿幽皱起眉毛，老爹在旁边想要劝说，但她决绝地摆手："好，我答应你。"

鬼面具凑到秦北洋耳边说："北洋，按照数百年来的老规矩，每一位新当选的Assassins继承人，必须在刺客联盟大会上发表讲话。"

"让我讲话？"秦北洋面露难色，"我只是个工匠，口拙心更拙！"

"别谦虚了，我还不了解你吗？想想'天国图书馆'。"

天国图书馆？又是什么地方？难道也在梦里的"天国"？自己失踪的一百天里？

搜肠刮肚，秦北洋还是想不起来，反倒想起巴黎圣母院的塔楼密室——工匠联盟第一代大尊者秦晋的墓志铭，其中三句来自春秋战国的至理名言：兼爱、非攻、救守。

重新举起Assassins的金匕首，他对着刺客联盟的幸存者们高呼："诸位！本人行不改姓，坐不改名——中国秦北洋！"

"China ch'in pei yang！"

鬼面具将"中国秦北洋"变成英文，彼时尚未发明汉语拼音，用的是威妥玛式拼音法。

"今日之天下，列强横行霸道，弱肉强食，道义沦丧。东方诸古老文明，皆被西方视为未开化之劣等民族，真乃乾坤颠倒矣。两千三百年前，中国人孟子曰：春秋无义战。瓜分世界之大战，阡陌纵横水井处，一朝尽化废墟，白骨累累，妻离子散，白发人送黑发人，实为不仁不义不忠不孝之战！"

十九岁的秦北洋，从未如此伶牙俐齿，竟如火山爆发："无论白人、黑人、印度人、阿拉伯人还是中国人；无论国王、富豪、工人还是农夫；无论老人、小孩抑或妇女；也无论健康、疾病抑或残疾；更无论是否兄弟姐妹亲朋好友，天下之内，皆兄弟也。"

鬼面具熟练地用英文和法文翻译，力求每个人都大致理解。

"刺客的最高荣誉在何时？不是复仇与刺杀，而是自我牺牲，如同彗星袭月、白虹贯日、苍鹰击于殿上！《史记·刺客列传》：自曹沫至荆轲五人，此其义或成或不成，然其立意较然，不欺其志，名垂后世，岂妄也哉！"

仿佛司马迁的文字自动蹦到脑子里，身为Assassins的继承人，秦北洋已暗暗否定了八百年前Assassins的精神，否定了"阿萨辛的天国花园"的洗脑传统。

他将刺客联盟的精神，巧妙替换为两千多年前，专诸、聂政、要离以及荆轲——中国春秋战国的刺客，不朽的司马迁所歌颂的"士"的精神。

阿幽与芳子听到他的这番话，同时露出浅浅笑颜。当鬼面具艰难地翻译完毕，底下响起疯狂的掌声，用各自的母语称颂秦北洋。

刺客们准备出发，再次检查武器与弹药。被淘汰的若干人留下，看管叶克难与齐远山。秦北洋再次警告，如果谁敢伤害他们两人，必用金匕首手刃之。

"北洋，小心些。"

叶克难低声提醒，他又看了眼刺客阿海与老爹。十年前，他就是从这两个刺客手里救下九岁的仇小庚，然后让他成为秦北洋。

"保重。"

秦北洋也向名侦探抱拳，自己十九年的人生里，叶克难曾经五度救过他的性命。他这辈子都还不清了。何况，他这辈子也剩不下几天。

"远山，你也保重。"

再次挥手告别，十三岁的芳子答应，她会负责叶克难与齐远山的安全。

秦北洋跟随刺客大部队，离开断头国王与王后的葬身之所，前往今夜的目标——凡尔赛宫。

刺客对地形颇为了解，穿梭在迷宫般的地道，稍有迷路就会被困死。片刻之后，进入巴黎下水道。

维克多·雨果说过——人类的历史，反映在下水道的历史中。

"在这个死灰色的地方，有着它的黑暗处，但秘密已不存在。每件东西都显出了原形，或至少显出它最终的形状……巴比伦的消化道，是洞，是坑，是道路四通八达的深渊，是巨大的鼹鼠洞，人们在那过去是荣华富贵的垃圾堆上，仿佛看见了那只瞎眼的大鼹鼠在黑暗中徘徊，这鼹鼠就是往昔。"

十九世纪，巴黎下水道经过全面修缮，已变得高大堂皇而干净。只有一小部分残留中世纪的模样，任何警察都不敢涉足，其中不仅藏污纳垢，混迹着亡命之徒，还有数百年积累的有毒气体……

这是利维坦的肚肠。

原来，这条通往凡尔赛的下水道，是刺客们的天堂，也是行动与逃生的秘密通道。

一路无语，犹如古代军队衔枚疾进。突然，阿幽到秦北洋身边问："哥哥，你可是真心要去刺杀三巨头？"

"法国总理克列孟梭、英国首相劳合·乔治、美国总统威尔逊，他们背信弃义，欺骗中国参加世界大战，却将我们这个战胜国的国土转手赠送给日本。人们说这场大战是公理战胜了强权，我看应该反过来写。只有将这三个人类的败类去除，才能挽狂澜于既倒，让该死的《凡尔赛条约》签不成。"

以上，并非秦北洋的真心话，因他认定刺杀无用，只会将历史推入更糟糕的轨道，比如萨拉热窝事件。但他决定跟随刺客见机行事，阻止刺杀计划。他唯一担心的是自己的身体是否半道能支撑住？

秦北洋注意到一个细节，阿幽等五人都携带象牙柄匕首，螺钿图案却不相同。脱欢还是"彗星袭月"，刺客阿海、鬼面具以及老爹，却是太阳环绕一圈光晕，这不是"白虹贯日"吗？至于阿幽的匕首，始终捏在手心，看不清象牙柄上的螺钿。

"风萧萧兮易水寒，壮士一去兮不复还。"

秦北洋的杀父仇人——刺客老爹，竟在前头慷慨悲歌，真如荆轲刺秦王一般。

这气氛也感染到了秦北洋："嗟乎！士为知己者死，女为悦己者容。司马迁在《史记》中为刺客立传，为游侠立传，你们将Assassins的金匕首给了我，正是我的知己者。"

"可你要杀了阿海与老爹复仇的誓言没有变。"

十六岁的刺客的主人，在新任Assassins刺客之王的耳边，吹气如兰。

"先报国仇，再复家恨，过完今夜再说！"

"哥哥，一言为定。"

秦北洋故意躲开她："阿幽妹妹，我越来越搞不明白了，你们究竟为谁效命？"

"他们都为我效命。"

阿幽的回答不动声色，霸气十足。

"你为谁效命？"

"我能说，我为你效命吗？"

她还像十年前初见的小姑娘那样，一双乌幽幽的大眼睛，依然是在地底深处，只不过巴黎与光绪帝陵相隔了一万千米。

"我……"秦北洋摸了摸自己胸口，肺叶里藏着正在分裂的癌细胞，"跟唐高宗李治与女皇武则天的孙子，唐朝小皇子终南郡王李隆麒有关吗？"

"我若说无关，你会信吗？"

"唐朝小皇子在哪儿？"

阿幽低声说："哥哥，所有的秘密，终有揭开的一天。唐朝小皇子的棺椁，它在一个绝对安全的所在。"

"还在中国境内吗？"

"是，我保证。"

"记着！绝对不可让终南郡王李隆麒的遗体流落到国外，否则，我将……"

秦北洋不知还能说出什么威胁性的话，这些亡命之徒，根本无惧死亡。他下意识地扼住自己脖子，做了个类似割喉的动作。

"不要……"

阿幽扣住他的手腕。

秦北洋找到了刺客们的命门——他们惧怕他的死亡。

说来说去，还不是因为武则天的乾陵？传说中的镇墓天子，唐朝小皇子是打开乾陵的钥匙，而秦北洋则是打开唐朝小皇子的钥匙。

自己是钥匙中的钥匙。

终于，这把钥匙来到凡尔赛的下水道出口。秦北洋感到肺部剧痛，似乎只要离开坟墓的环境，癌细胞就会重新燃烧。

刺客们趴下，拨开郁葱葱的野草，眺望凡尔赛的宫墙。月光却照亮一尊奇形怪状的东西。秦北洋眯起双眼，认出那个怪物——十角七头镇墓兽。

是谁在操纵这头巨兽？

它在静默，但没有沉睡。十角七头正在散发热气，那是灵石的热量。这头镇墓兽臭气熏天，往外渗透有毒的液体，底下的草木全都枯萎，让秦北洋想起吞食有毒化学泥土的九色。

"必须尽快进入凡尔赛宫！"刺客阿海有意识地远离秦北洋，在另一边对大家说，"这头怪物会打乱我们的计划。"

阿幽点头，他们缩回到下水道，打开一扇隐蔽的铁门，原来还有一条地道。十三个刺客拾级而下，穿过滴着水的通道，犹如再次深入墓穴，仿佛即将打开三口棺材，墓主人分别是这个地球上最有权势的三个男人。

片刻后，秦北洋感觉已来到凡尔赛宫的地下，头顶就是那座堪比圆明园的伟大宫殿。

走到尽头，刺客"老爹"打开一扇小门，便是一道简易楼梯，想必是凡尔赛宫的内部通道。秦北洋惊叹于刺客们的厉害，竟还有这种途径？

鬼面具刺客低声说："这是国王路易十五为了方便与情妇偷情而开凿的秘道，只是后世被人遗忘了。"

"天国里的孟婆还好吗？"

秦北洋还记得梦中的那个老妇人。

"刺杀当如彗星袭月，白虹贯日，切忌分心！一心一意，方得始终！"

大伙儿爬上楼梯，到了天花板的夹层。阿幽示意不要发出声音，她轻轻掀开一块木板，露出底下的宫殿。

秦北洋看到了镜子，不计其数的镜子，装饰着整个宫殿的墙壁，洛可可的金碧辉煌，折射出一个无穷无尽的世界……

大殿的地板上，铺着一面硕大无朋的世界地图，两个半球，四个大洋，七个大洲，上百个国家与殖民地，二十亿人类……

三个男人坐在这张地图上，一个白胡子的光头法国老人、一个银发飘逸的英国绅士，还有一个姿容潇洒的美国长者。

Assassins的金匕首在刀鞘内跃跃欲试，决定二十亿人命运的三巨头，就在秦北洋的眼皮子底下。

最后决议

第七十章

民国八年，1919年6月27日，巴黎和会闭幕前夜。

新月如钩，飞艇如梭，天使如龙。

朱塞佩·卡普罗尼把头探出吊舱，依稀可辨巍峨的凡尔赛宫。飞艇缓缓下降，狂风吹乱他的卷发。这艘飞艇名叫"尤里乌斯·恺撒"号，以古罗马恺撒大帝命名，彰显意大利的千年荣耀。

而在他们右侧，四翼天使镇墓兽正在巡航，兽头上的双眼发出赤色光芒，正在调整到跟飞艇同样慢的速度，犹如巨鲸身边伴游的大鱼。

"老师，我们会不会被法国人的战斗机击落？"

钱科站在卡普罗尼身后，操纵飞艇已是熟门熟路，甚至夜航也不会迷路。他们从巴黎北郊的"毒地森林"升空，缓缓飞行到凡尔赛上空。

"上个月，凡尔赛的飞机跑道被爆炸破坏了。这是我们的大好时机。"卡普罗尼回头看着吊舱里堆满的传单，"必须让三巨头知道，意大利对于亚得里亚海的正义诉求。"

"对啊，如果有飞机过来，四翼天使镇墓兽还可以保护我们。"

"就像轰炸机去执行任务，必须有战斗机护航！"卡普罗尼是世界大战的空中英雄，他已用镇墓兽为飞艇护航，"但我缺少不了你，亲爱的钱！只有你的语言才能操控镇墓兽。"

"是，尽管四翼天使在空中听不到我的声音，但在起航前我已对它发布指令，它会忠实地执行下去的，永不背叛。"

卡普罗尼继续俯瞰吊舱下面的形势："你看那栋房子是什么？周围

有许多火把。"

"好像飘着五色旗？是我们中国代表团驻地。"钱科皱起眉头，"怎么回事？有人要把他们都烧死？"

飞艇与四翼天使镇墓兽的百米之下，凡尔赛的地面，中国代表团所在的吕特蒂旅馆，已被数百支火把团团包围。这些人都是黑头发、黑眼睛，激动地说着中国话："外争国权！内惩国贼！拒绝签字！还我青岛！"

愤怒的声音此起彼伏，直冲云霄，不但天上的卡普罗尼与钱科听到了，也渗透进旅馆的窗户玻璃，让中国代表团的外交官们瑟瑟发抖。

欧阳安娜还蹲在地下室，面对作为大狗的小镇墓兽，高声训斥："九色，你可不要乱动，不要伤害外面的人，否则我让秦北洋来收拾你。"

她让九色乖乖守在地下，自己跑到门口看看形势。小郡王失魂落魄地冲进大门，头发上沾着臭鸡蛋，这是他穿过抗议人群所受到的"礼遇"。

他的身后还跟着一个满头乱发、浑身湿漉漉的西洋人——卡尔·霍尔施泰因。

"你怎么回来了？"安娜用毛巾给小郡王清理臭鸡蛋，"秦北洋还好吗？"

"我……"帖木儿颓丧地坐在楼梯台阶上，"对不起，他不见了。"

鄂尔多斯多罗小郡王，跟法国女朋友在外头疯玩了大半天，回到公寓楼已经天黑，却再也不见秦北洋的踪影。这下他可急了，跟法国妞找遍了拉丁区的每一条街，甚至跑到塞纳河边寻觅，秦北洋没见着，倒是发现了秦北洋他爹——秦海关！

不可思议地，在巴赫的管风琴声中，十角七头镇墓兽也冲出了卢浮宫。更离谱的是，老秦居然钻到镇墓兽的肚子里，十角七头攻击了霍尔施泰因，迫使博士跳入塞纳河逃命。两年前，可是小郡王、秦海关、博士三人打开了安禄山大墓的地宫，挖出了这头凶残的镇墓兽。

小郡王从水中救起霍尔施泰因，紧急叫了一辆出租车，赶到凡尔赛的中国代表团，向欧阳安娜通报消息。

"只要秦北洋还活着，我们就有办法控制住十角七头。"博士终于说话了，他还处于某种癫狂状态，"老秦已经疯了！他正在操控镇墓兽，我猜他已经到了凡尔赛。"

欧阳安娜二话不说，当场抽了他一巴掌。

她还对霍尔施泰因背信弃义将秦北洋囚禁在机场耿耿于怀，更想要为九色被炮弹击中而报仇。

"对不起，我错了，我只是对镇墓兽念念不忘。我连夜跑过来，是要提醒你们，务必注意安全。如果不阻止老秦，今晚将不可收拾！"

小郡王念在旧谊说了一句："博士也是为了我们好。"

"放屁！"安娜丝毫不把小郡王放在眼里，"不是让你寸步不离地照顾秦北洋吗？就知道跟你的小护士出去鬼混！"

仿佛还在北大历史系，她劈头盖脸一顿臭骂，就差抽人耳刮子了。小郡王是堂堂的国会议员，成吉思汗直系后裔，鄂尔多斯草原的世袭诸侯，执掌十几万臣民生杀大权，却也自知理亏，乖乖地被一个小姑娘训成了孙子。

楼上传来消息，代表团全体成员开会，欧阳安娜才愤愤地走上楼梯。

二楼会议室，唯独齐远山和叶克难不见了。这俩号称是来保护中国代表团的，却在这生死存亡的一夜缺席了。小郡王狼狈地坐在最后，听到外头抗议声浪不断，今晚是多事之秋，没有人能睡个好觉。

外交总长陆徵祥率先发言："诸位，你们都听到了，爱国青年们把这里包围了。梁启超也在外面瞎起哄。有十五个留法勤工俭学的青年，自称中国敢死军，说只要明天我们在《凡尔赛条约》上签字，就把我们都杀了！"

"这……哪里还有王法？"

大总统特使坐不住了，担心明天性命不保，中国驻美公使顾维钧接了一句："把山东和青岛让给日本，又算是哪门子王法？"

"不要吵了。"陆徵祥一脸病容，"自从5月4日，因为这个巴黎和会，国内形势越发复杂。有人说这叫'五四运动'，必会改变所有中国人的命运。北京的朝野闹开了锅，国会坚决反对在《凡尔赛条约》上签字，大总统又密电要求我们签字！到底该签还是不签呢？"

"总长阁下！根据中华民国的权力结构，我们内阁官员受国务总理节制，但内阁总理又是由大总统任命。"在大总统特使眼里，中华民国的国会只是个摆设，"请总长阁下遵从大总统指令，在《凡尔赛条约》上签字，我等只是执行命令罢了。"

"将在外，君命有所不受！"顾维钧起身说，"今日，我已向法国外长毕勋声明，中国即便在《凡尔赛条约》上签字，也不会承认山东条款，我们会把这条声明记录在案。"

"少川，你做得对，签字可以，但我们不承认山东的权益归日本。"

"可惜，我的要求被毕勋外长断然拒绝，列强丝毫不给中国留任何余地。"

此话一出，会议室如地宫般寂静，只剩窗外一浪接一浪的抗议声。

"中国无路可走，只有断然拒签，必是我人生当中最漫长的一夜！我又生气又沮丧，寻求妥协的种种方法均告失败，外交途径已走到了死胡同。"

顾维钧脸上多了两道泪痕，中国最杰出的人物，纷纷泪洒巴黎，安娜忍不住哭道："真恨不得插翅飞入凡尔赛宫，开枪射杀三巨头，这样《凡尔赛条约》谁都签不了！"

她的情绪失控，露出达摩山海盗之女的本色，也是为秦北洋着急的缘故。

"暗杀不能解决问题，只会激化矛盾，适得其反。"

顾维钧抓住安娜的手，让她反省不该在这么重要的会上乱说话。

外交总长在无数双眼睛下喃喃地说："今日之事，让我想起十二年前，在荷兰海牙的第二届万国和平会议，本人代表中国政府与会。当时海牙出现三名朝鲜密使，持有朝鲜皇帝亲笔信，呼吁列强干预日本在朝鲜之殖民统治。但列强决定牺牲弱小的朝鲜，竟把三人驱逐出海牙大会，其中一名密使愤而自杀殉国。中国已为朝鲜丢失了北洋舰队与台湾省，本人无力帮助我们曾经的藩属。朝鲜的昨日就是中国的明日。没想到，这个明日正是明日啊！"

安娜懂了，陆总长的"明日"一语双关——明日就要在《凡尔赛条约》上签字了。

听到陆徵祥的这番表态，顾维钧当即掏出一纸公文："总长阁下，这是我们草拟的拒绝在《凡尔赛条约》上签字的声明，请您批准。"

大总统特使急眼了："诸位，切勿违背大总统的电令啊！"

陆徵祥没看他一眼，便在拒绝签约的声明上签字，重重地放下笔说："拒绝签约！我等才不会成为历史罪人，散会。"

与会代表纷纷鼓掌之时，窗外响起爆炸声……凡尔赛宫方向，燃起熊熊火焰，照亮夜空中的一艘纺锤形飞艇。依稀还有只硕大无朋的老鹰，仿佛长着四扇翅膀。

时钟已过零点，6月28日到了，再过十个钟头，就是《凡尔赛条约》签字的时间。

三巨头

第七十一章

民国八年，1919年6月28日，刚过子夜零点。

凡尔赛宫镜厅，这座宫殿最奢华辉煌的部分，全长76米、宽10米、高达13米。墙上镶有17面大镜子483块镜片，反射富丽堂皇的穹顶壁画，面对17扇落地大窗。镜厅是法国的瑰宝，也是路易十四、路易十五、路易十六接见外国使节的大殿，断头王后玛丽·安托瓦内特是它最后的主人。

镜厅的地板上，铺着一幅地毯般的世界地图。三个老头坐在地图上，正在用三支2B铅笔，任意勾画未来各个民族国家的版图。

"尊敬的劳合·乔治首相、威尔逊总统，再过十个小时，在这座伟大的镜厅之内，即将举行《凡尔赛条约》的签字仪式，这将是一次正义的审判！"

法国总理克列孟梭说了一串英语。他已连续多天没有合眼，疲倦已极地躺倒在地图上，仰望硕大的水晶吊灯。穹顶壁画深处，正有几双乌黑的眼睛偷窥着他。

虽然，克列孟梭绰号"老虎"，但也有人觉得他像幽灵。他少言寡语，常在别人讨论时闭眼，紧握戴着灰手套的手，刻薄地说几句英语短句，犬儒般的狡猾或一锤定音的固执。这是凯恩斯的观察——他对法国抱有幻想，对人类却失去了一切幻想。这个老人所有的记忆和想象都留在过去而不是将来。

"请不要对德国仁慈，必须拆分其领土，摧毁其资源。强迫德国人接受条件，远好过跟他们讨价还价！"克列孟梭仍在两个"盟友"面前长篇大论，"法国为战争付出了惨重代价，五百万军民伤亡！西线战场绝大部分在法国，我们必须得到足够的赔偿。为惩罚战争的发动者，已经退位的德国皇帝，甚至应被当众处死！"

又有人想要"杀下皇帝的头"。英国首相劳合·乔治听不下去了："总理阁下，您要考虑到大不列颠及爱尔兰联合王国毕竟是君主国，我们的国王乔治五世与德国皇帝威廉二世是表兄弟关系，国王不希望再重演另一位表兄弟——末代沙皇尼古拉二世的悲剧。"

"首相阁下，我向您道歉。"

"请理解英国的传统国策——欧洲大陆的平衡战略，我们不希望打破欧陆局势，对德国不能太过分。"

克列孟梭沉默半晌，捋着白胡子说："我们做个大胆假想，如果未来欧洲大陆联合为统一的国家，英国会不会加入？"

"除非大英帝国衰弱到了某种可怕的地步，但愿这一天永不来到。"

"一旦加入欧洲大陆的联盟国家，你们会不会再因某种原因退出？我没说世界末日。"

"除非英国本土的种族纯粹性受到威胁，但愿这一天永不来到。"

"反正我们三个人都看不到。但你们终将走回老路，保持光荣独立，脱离欧洲大家庭。"克列孟梭又觉得自己在痴人说梦，"大概是二十一世纪吧，除非把该死的德国开除出欧洲。"

"总理阁下，不开玩笑了，英法两国都有庞大的海外殖民地，我们都不赞同民族自决。"

听到这句话，克列孟梭红光满面，就差举杯了："是，有色人种无法管理好自己，必须由智力和道德水平都更胜一筹的欧洲人来治理。"

"所以，我们一度反对成立国际联盟。"劳合·乔治转头面朝一直沉默的美国总统威尔逊说，"很抱歉，总统阁下。"

"但我还是得感谢总理阁下与首相阁下，国际联盟还是成立了。这是我提出的十四点主张的核心，也是美国参加大战的基础。我一直在克服美国盛行的孤立主义，希望将美国卷入世界大潮，但也要得到英国与法国朋友的支持。巴黎和会的谈判过程，我们三个人争吵过无数遍，有时甚至想要不欢而散。"

托马斯·伍德罗·威尔逊，两任美国总统，仪表堂堂，意志坚定，公认的理想主义者。他确实为中国和殖民地人民说过话："我们不能让世界得出这样一个印象：各大国首先瓜分了世界上无力自卫的地区，然后才建立国际联盟。"

"感谢上帝，让我们三个人站在一起，让三个伟大的国家站在一起！"

劳合·乔治同时握住克列孟梭与威尔逊的手。这位英国首相本是律师出身，深谙合纵连横之术，忽而联美制法，忽而联法制美，为大英帝国获利良多。

"两位阁下，所有参加巴黎和会的国家，都已同意签字——唯独中国除外，他们还想争取在条约上增加对山东问题的声明。那么在明天的签字仪式上，中国人会不会来？"

亏得威尔逊总统还想到了中国，劳合·乔治却踩着世界地图上的"Republic of China"，轻描淡写地说："我敢打赌！以我对中国人的了解，他们一定会来的！他们渴望以战胜国的身份而签字，因为从1840年的中英战争开始，中国就从未做过战胜国！"

"有道理！"

克列孟梭与劳合·乔治相视一笑，他俩还真开了瓶红酒，饶有兴致地碰杯庆祝，仿佛一个甲子前火烧圆明园的英法联军，十九年前打进北京城的八国联军。

"等一等！"威尔逊总统皱起眉毛，指了指头顶，"好像有人在说话？似乎还是德语？"

躲在穹顶壁画后的秦北洋，听到克列孟梭与劳合·乔治对中国的侮辱，忍不住爆了一句德语粗口："Arschloch！"

喝过红酒的克列孟梭笑着说："我怎么没听到？总统阁下，您是担心有刺客吗？放心吧，现在是和会闭幕的前夜，凡尔赛宫绝对安全。"

美国总统威尔逊拒绝了红酒："我听说，最近巴黎刺客横行，今天下午，一名德国高级外交官遇刺身亡，刺客是波兰民族主义者。"

"什么波兰人？南斯拉夫人？阿拉伯人？朝鲜人？中国人？"克列孟梭依次在地图上圈出以上国家，"其实，全是德国人派来的，这些恶棍只为阻挠正义的审判。"

"他们开枪打死自己的外交官？"

"苦肉计。"

克列孟梭总理端起酒杯，全然忘了几个月前，向他射出八发子弹的刺客就是法国人自己。其中一颗子弹，将嵌在他的心脏附近陪伴其终生。

此时此刻，有一颗手枪子弹从镜厅的穹顶壁画之中射出，旋转着冲向法国总理的额头。

就在枪响同时，窗外传来震耳欲聋的爆炸声，整个凡尔赛宫剧烈颤抖，子弹恰好擦着克列孟梭的头皮飞过。

子弹来自刺客。

躲在镜厅天花板夹层里的十三名刺客，已经瞄了许久，就在等待一个最佳的狙击角度。枪法最好的南斯拉夫人，扣下扳机的同时，没想到凡尔赛宫外的剧烈爆炸，导致宫殿发生摇晃，子弹差之毫厘。

"有刺客！"

威尔逊总统第一个高声惊呼，第一反应想起了遇刺身亡的林肯总统。三巨头都已警觉到刺客的存在，纷纷寻找桌椅、门板、壁炉等隐蔽物。

阿幽一声令下，十三名刺客冲破描绘《圣经》故事的穹顶壁画，循着绳索下滑，如同画里的天使与魔鬼，坠落到镜厅的地板上。

最新一任Assassins继承人，秦北洋却是最后一个下来。金匕首始终藏在刀鞘，他更习惯用安禄山的三尺唐刀。门外冲进来一群警卫，举枪向刺客们射击。双方子弹飕飕从头顶飞过。他不知该如何是好，是帮助刺客们去杀三巨头，还是去保护被自己所厌恶的三巨头？说实话，他很想亲手毙掉那三个人。

朝鲜刺客的手枪掉落，大喊一声"阿西吧"，奋不顾身地手持利刃，向着克列孟梭飞奔而来。

法国总理不是吃素的，他抽出墙上一把重剑——相对花剑与佩剑而言，乃是欧洲贵族决斗的主要武器，许多大人物都死于重剑之下。克列孟梭是个击剑高手，秉承中世纪以来的家学渊源，据说跟三剑客与达达尼昂有关。他摆出个漂亮的姿势，挥舞缭乱的剑花，正大光明地与朝鲜刺客对决。

如果没有勇敢无畏的精神，"老虎"也不可能带领法国打赢世界大战。才两回合，克列孟梭就一剑刺中朝鲜人的胸膛。对方意图效法荆轲刺秦王，将手中利刃投向克列孟梭。法国总理机警地闪避，抽出手里的重剑。心脏碎裂的刺客喃喃着"大韩独立万岁"，气壮山河地死去——恰好倒在世界地图上，鲜血染红朝鲜半岛的位置。

英国首相劳合·乔治躲藏在镜子底下，胆战心惊地说："这场世界大战，以五年前萨拉热窝的刺杀开始，又以五年后的凡尔赛刺杀告终……"

说话间，镜厅的十七扇落地大窗之外，凡尔赛宫的后花园，响起猛烈的爆炸声、机关枪扫射声，一头巨兽咆哮着冲来——不是一头，而是七头，七个头上有十个角，十个角上顶着十个王冠。

秦北洋趴在玻璃窗边，借着熊熊火光，看清这头兽的模样——十角七头镇墓兽。

就在他两米外的廊柱下，威尔逊总统在胸口画着十字，念出《启示录》的篇章——

"谁能比这兽？谁能与它争战？"

第七十二章

仓鹰击于殿上

夫专诸之刺王僚也，彗星袭月；聂政之刺韩傀也，白虹贯日；要离之刺庆忌也，仓鹰击于殿上。此三子者，皆布衣之士也，怀怒未发，休祲降于天，与臣而将四矣。若士必怒，伏尸二人，流血五步，天下缟素，今日是也。

今夜，凡尔赛宫镜厅，十三个布衣之士，怒火冲天。若杀死三巨头，虽只伏尸数人，血流五步，却足以使天下缟素，版图变色！

秦北洋观察刺客阿海与老爹的位置，心中纠结要不要从背后偷袭他俩，用唐刀或Assassins的金匕首将他俩杀了，为养父母报仇雪恨？可又觉得这样胜之不武，手段太过卑鄙，至少现在名义上是同一战壕的。哎呀，不是说兵不厌诈吗？《孙子兵法》第一篇就有"兵者，诡道也"。

内心翻来覆去，他望向落地窗外。刚才剧烈的爆炸声，就是十角七头镇墓兽制造的。它的十颗脑袋不断射出机关枪子弹，速射炮毁灭了凡尔赛的宫墙。

刺客与警卫的枪战搏杀仍在继续，镜厅门口堆满尸体。三巨头被困动弹不得，始终无法与警卫们会合。

镜厅之外，凡尔赛宫花园。

上百名法国骑兵，穿着拿破仑时代的盔甲，挥舞马刀扑向镇墓兽……他们是明天的巴黎和会闭幕式的仪仗队，却如一甲子前北京城外八里桥的蒙古骑兵那样发起冷兵器冲锋。面前的对手不是英法联军，而是十角七头镇墓兽，本身就拥有冷兵器时代的大霸王安禄山的灵魂，经过机械化改造，浑身长满现代热兵器。它的十张兽嘴里发出暴风雨般的子弹，射人先射马，短短一两分钟，拿破仑时代的胸甲骑兵全军覆没，世界最好的纯血战马在月光下哀鸣，欧洲最勇敢的战士化作齑粉——多年以后，历史书上会记载，这是第二次世界大战的波兰战役之前，最后一场骑兵对装甲的冲锋。

骑兵覆灭之后，装甲就来了。

秦北洋听到轰隆隆的发动机与履带碾轧声，凡尔赛宫的后花园，开进十几辆坦克。想必是为保护明天的闭幕式准备的。早就听闻这种新式武器，在世界大战中起到攻破堑壕的关键作用。雷诺FT-17型是首次装有360度旋转炮塔的坦克，动力舱后置，前设驾驶席，奠定了现代坦克的雏形。

十几辆轻型坦克包围了十角七头，大有三英战吕布、诸葛亮舌战群儒的架势。坦克与镇墓兽，英雄相惜，唯有奋死一搏。可惜坦克没有灵魂，全靠乘员们控制，人类面对十角七头这样的怪物，天然会产生恐惧。坦克的机关枪向十角七头开火，打在经过改造的外壳上，如同蚊子叮咬。十角七头的子弹也倾泻到坦克身上，打得装甲上全是凹陷。有些子弹穿过薄弱的装甲，击中驾驶员或机枪手，就让坦克当场停顿或哑火。

是谁在操控这尊残暴的镇墓兽？

是自己的父亲，还是该死的卡尔·霍尔施泰因博士？

阿幽冒着横飞的弹片，冲到秦北洋身边："哥哥，你没事吧？"

他顺势咳嗽几下，也不是装的，确实肺里难过："阿幽，刺杀讲究一击必中，你们现在陷入重围，需要快点撤退了。"

"哥哥，你是Assassins的继承人，新一代的刺客之王，要走你先走吧。"

秦北洋抓住她的胳膊："我们一起走。"

"我还有事没做完。"

说罢，阿幽的右手多了一支勃朗宁枪，瞄准手握重剑的法国总理克列孟梭。

所有人的注意力，都在刺客阿海等人与警卫的枪战上。镜厅里有无数面镜子，仿佛放射出无数个刺客与警卫，俨然一场千军万马的混战。

唯独秦北洋藏身的位置，拥有绝佳的射击角度。十六岁的小姑娘，枪口对准法国总理的眉心，从她冷峻孤傲的气场来看，也是百发百中的神枪手。

三点一线，呼之欲出。

巴黎和会的东道主，"老虎"克列孟梭的生命，开始读秒的倒计时，十、九、八、七、六、五、四、三、二……

数到一，秦北洋闪电般抬手打落了她的枪，子弹冲出枪膛，射入镜厅的地板。

克列孟梭被惊了一跳，三巨头改变藏身之所，拉了个大沙发做掩护，脱离了射击视角。

"哥哥！"

阿幽面色煞白地看着秦北洋，他不想再装下去了："阿幽妹妹，刺杀无用。"

同一时刻，镜厅的窗外又响起一阵冲击波。为准备明天的签字仪式，保护各国领袖与代表预防刺客的狙击暗杀，所有窗户更换了防弹玻璃，否则早就碎裂一地了。

花园里的镇墓兽与坦克的大战，刚好分出胜负，十角七头以最简单粗暴的方法，用兽头控制住坦克炮塔，再用牙齿打开舱盖，直接抓出里面的乘员咬死。不消片刻，十几辆坦克全被消灭，在凡尔赛宫下熊熊燃烧，很快变成了铁壳子。

再无任何人可以保护镜厅。十角七头镇墓兽的七个脑袋，分别凑到七扇落地窗外，用十个角，十四只眼睛，注视蜷缩在角落中的三巨头。它也看到了刺客与警卫们的殊死搏斗，并且从镜子里看到自己的无数个头和角。

正当这尊镇墓兽要撞破窗玻璃，彻底毁灭伟大的凡尔赛宫时，一连串大口径子弹打中它的后背。

十角七头猛然抬起七个兽头，望向凡尔赛的夜空。另一头镇墓兽正在御风盘旋，展开四扇天使般的翅膀，接连不断地喷射出火舌。

冒险冲到镜厅窗边的秦北洋，看到暗夜里滑翔俯冲的四翼天使，帅爆了。

四翼天使镇墓兽上方，还有一艘硕大的纺锤形的飞艇，月光下涂装意大利的绿白红三色旗，宛如一颗驾临地球上空的小行星，甚至某种不明飞行物的飞碟，居高临下俯瞰芸芸众生。而凡尔赛宫里的三巨头，不过沧海一粟罢了。

十角七头镇墓兽暂停了对镜厅的攻击，它仰天咆哮，七个兽头面朝四翼天使，射出愤怒的子弹。

这是龙与狮的对决，猎鹰与猛虎的对决。一个是天空的主人，一个在地面称霸。十角七头的子弹覆盖了半个夜空，四翼天使轻巧地上下翻飞，尽量闪避子弹，同时向凡尔赛宫的后花园倾泻火力。

镜厅里，人与人的血战还在继续；镜厅外，兽与兽的决战才刚开始。

十角七头镇墓兽，刚吃过几百千克的发电厂废弃物，浑身每个毛孔都渗透毒素，它的武器威力也成倍增长。夜空上的四翼天使，已被打中多枚子弹，虽没伤到要害，但也影响到了灵活性与飞行效率。秦北洋发觉地面上的十角七头占据了上风，异教徒安禄山的邪恶，远远超出了景教徒伊斯的力量。

眼看天使就要坠落，凡尔赛宫外的火海之中，再次响起爆裂之声。隔着镜厅的玻璃，秦北洋看到一团火红的影子，就像撞击地球的流星。它的四条腿在狂奔，头顶长着雪白鹿角，浑身是金光闪闪的鳞甲。

它是火麒麟，它是幼麒麟，它是翼麒麟。

"九色！"

秦北洋大声呼喊，虽然相别只有数日，却仿佛久别重逢。躺在医院病床时，躲在拉丁区的公寓里，他从未停止对九色的思念。

九色也在想着他。

它的五行属火，穿越火海而毫发无损。它是来寻找主人的，还是来与十角七头决斗的？

眼前的玻璃已被子弹打得布满蛛网般的裂缝，秦北洋推开阿幽的阻拦，大胆后退几步，将Assassins的金匕首衔在嘴里，安禄山的三尺唐刀护在面前，拼尽全力冲向镜厅的玻璃。

肺里的癌细胞还在燃烧，他跑出了叹为观止的速度，奋不顾身地撞上去。像是碰到一堵墙，然后那堵墙塌了，耳边响起玻璃的尖叫。碎玻璃在眼前飞，划破了胳膊、大腿、还有头皮，幸好有唐刀保护头部，金匕首保护咽喉，只是脸颊多了几道血口子。

秦北洋冲出凡尔赛宫的镜厅，飞身坠落到布满坦克残骸、战马与骑兵死尸的花园里。

幼麒麟镇墓兽九色看到了主人。

第七十三章

三头野兽

民国八年，1919年6月28日，凌晨两点。

路易十四的凡尔赛宫，笼罩在一片火海中。欧阳安娜发现到处是弹坑、燃烧的草坪、法国士兵的尸体。十角七头镇墓兽被火光投射在镜厅外墙的剪影，犹如七个脑袋的魔鬼。

夜空之上，卡普罗尼与钱科的"尤里乌斯·恺撒"号飞艇下，盘旋着四翼天使镇墓兽，正与十角七头殊死决战。

这一晚，在凡尔赛的各国代表团都被震动到了，担心明天的签字仪式能否如期举行。

两小时前，中国代表团驻地吕特蒂旅馆的二楼会议室，外交总长陆徵祥做出拒绝在《凡尔赛条约》上签字的决定。安娜看到凡尔赛宫烈焰冲天，听说有一尊镇墓兽正在攻击三巨头。

她和小郡王来到底楼，找到霍尔施泰因博士，答案是：如果镇墓兽在袭击凡尔赛宫，操控者必是疯狂的秦海关。

安娜思前想后，法国人不蠢，事后必定会查明的，这笔账会算到中国人头上——破坏巴黎和会，刺杀三巨头，犹如庚子年的慈禧太后向世界万国宣战。

"必须阻止秦北洋的爸爸！"

"十角七头太厉害了，它的能力比过去又有增加，这个魔鬼将会毁灭凡尔赛宫。"

霍尔施泰因博士面露惧色，今晚他差点被这头镇墓兽杀了。

"谁能比这兽？谁能与它争战？"

欧阳安娜跪在十字架前默念《启示录》，突然想起地下室。

唯有九色。

她对这头小镇墓兽说："九色啊九色，纵使你的主人不在，但你能听我的话吗？你能把我当作女主人吗？"

没想到，九色竟然摇头，此生除了唐朝小皇子，它只忠于秦北洋一人。

安娜发怒了，摆出青帮老大之女的霸气，捶打九色的脑袋："孽畜！还不跟我出去！"

九色没见过这么凶的女孩，一下子泄了气，乖乖跟她走出旅馆大门。它知道秦北洋喜欢这个欧阳安娜，说她是女主人也不为过。

"嘿嘿！好九色，你知道的，我的命令，等于秦北洋的命令，他也不敢忤逆我的意思呢。"

欧阳安娜带着九色向凡尔赛宫冲去，鄂尔多斯多罗小郡王、霍尔施泰因博士跟在身后保护，穿过包围旅馆的中国留学生们，再次遭到臭鸡蛋袭击。

凡尔赛的荒野，熊熊燃烧的宫殿。围墙外的防线已被突破，到处是残垣断壁。九色预感到危险，它长出雪白鹿角，变身为幼麒麟镇墓兽。眼前出现一道火墙，任何人都无法跨越。安娜知道九色是火麒麟，它有避火的功能，便将手按在九色背上，跟着它一同穿越火海。

明明看到烈焰灼烧到脸上了，欧阳安娜却感觉不到酷热，火的温度就像一杯温开水，甚至如同和煦的春风拂面。毕生难忘的奇异经历，她跟着九色冲入镜厅前的花园，踩在无数坦克与骑兵的残骸上。

十角七头镇墓兽，已分出两个头来盯着他们了。

突然，她看到镜厅的一面落地玻璃碎裂，有个人影冲了出来，手中挥舞刀剑，嘴里呼喊"九色"之名。

圣母玛利亚啊，他是秦北洋！

九色向着主人狂奔而去，它第一个冲入秦北洋的怀中。要不是躲避及时，鹿角几乎要捅破他的肚子。他搂着幼麒麟镇墓兽，将Assassins的金匕首藏入腰间，没命地亲吻它的兽脸。

当安娜也要扑倒在秦北洋的身边时，十角七头却向九色射出了子弹。

秦北洋机敏地翻滚躲开，藏入一辆坦克残骸背后。九色却愤怒地射出两道目光，将鹿角生长成一株参天大树，几乎有镜厅的落地玻璃这么高，完全覆盖住了秦北洋的身体。

幼麒麟镇墓兽吐出琉璃火球，如曳光弹般射向十角七头。火球在空中飞舞翻转，准确击中了它的身体。这是它们的第二次交手，上回还是1917年12月，上海吴淞口的宝山县城，直皖两军的战场上。九色上一回击败了十角七头，这一回依然让这头恶魔巨兽感到战栗。

不过，十角七头的力量也在增强，何况它又吞吃了发电厂的有毒废弃物。当它刚要向九色开火，四翼天使镇墓兽卷土重来，从头顶俯冲射下一连串子弹，打在十角七头的尾部。

三头镇墓兽的决战。

地面上的九色与十角七头、空中的四翼天使，亘古以来难见的场景，仿佛刚刚结束的世界大战的再现。上次的吴淞口之战，袁世凯的金蟾镇墓兽的级别与它们相比竟沦于三流。

十角七头哑火了，兽头再也无法射出子弹。奇袭凡尔赛宫至今，它已消灭无数军队，不知不觉间，刚刚补充完的弹药消耗殆尽。

但安禄山的镇墓兽不会束手就擒，否则安史之乱也不会绵延八年之久。它回到了一千两百年前的冷兵器模式，直接冲向九色，用七个兽头攻击鹿角。

兽头与鹿角的交锋，正如蛮族狼牙棒与大唐陌刀的对决，竟在半空中舞出各种花样，火星四溅，铿锵刺耳。

秦北洋躲藏在坦克残骸中，不断指挥九色移动腾挪。从块头体积与重量来说，十角七头至少是九色的十倍，单纯依靠力量决斗，谁都不可能是十角七头的对手。

这时有人搭住他的胳膊，秦北洋还以为阿幽爬过来了，他忍着胸口剧痛，粗暴地吼一声："别管我！"

"北洋，是我啊。"

安娜的声音在耳边响起，接着扇了他个耳光，才让他从疯狂中清醒回来。秦北洋瞪大眼睛，看着被烈火照亮的她的脸，还有被硝烟擦上的污迹，唯独琉璃色眼球分外明亮。

仅仅与安娜拥抱了一瞬，用力呼吸她的气味，秦北洋才把目光放到九色与十角七头的战斗上。

幼麒麟镇墓兽的鹿角再厉害，也并非密不透风，七个兽头更加难以防范，百密一疏，也有被击破的危险。

十角七头的兽腿踢中了九色，这头幼兽应声飞出去老远，鹿角在地上碰撞，竟然折断了两小截，秦北洋看在眼里分外心疼。

眼看九色在对决中落了下风，天上盘旋的四翼天使镇墓兽，也已耗尽弹药，只能不断俯冲下来，用锋利的铁翼骚扰十角七头，减缓它的进攻速度。甚至飞艇上的意大利人卡普罗尼，也从吊舱中探出手枪，徒劳地向十角七头开火。

秦北洋心急如焚，骤然想起手中的唐刀——安禄山的唐刀，也是从十角七头埋葬的墓穴里挖出来的。

以彼之矛，攻彼之盾！

暂时忘却胸腹中的疼痛，反正也活不了几日，他让安娜躲在坦克残骸里，飞身高高跃起，挥舞三尺唐刀，将自己想象成一千两百年前的战士。环首刀柄传来电流般的灼热，两只手臂似乎已被安禄山的灵魂附体，带来无穷无尽的力道，竟让他跳跃到七个兽头之上。

十角七头在看着他，地上的九色在看着他，天上的四翼天使在看着他，接近月亮的"尤里乌斯·恺撒"号飞艇也在看着他。

镜厅的十七扇落地窗户内，刺客与警卫们的战斗已近尾声。三巨头已被潮水般涌入的士兵们保护起来，刺客们却已死伤累累，正在阿幽的率领下且战且退。就连上一任Assassins的传人、阿拉伯沙漠王子、刺杀过无数大人物的老刺客，也已死于乱枪之中。

三巨头遥望窗外的秦北洋，美国总统威尔逊轻轻叹息："上帝啊，我亲眼看到了圣乔治屠龙！"

十角七头镇墓兽，装甲舱内的老秦，骤然惊醒，睁开灼烧的双眼，看到秦北洋在月光下的脸。

过去的半个钟头，病入膏肓的秦海关早已陷入半昏迷，失去了对十角七头的控制。这尊镇墓兽依照安禄山的灵魂行事，极尽破坏杀戮之能事。老秦这才意识到，指挥九色跟十角七头决战的不是别人，正是自己唯一的儿子。

十九岁的秦北洋，双手紧握三尺唐刀，高高跃在半空中，燃烧肺叶里的癌细胞，御风飞行。

回到一年前的梦境，圆形大斗兽场般的天上地宫渐渐清晰，面对老虎、雄鹿、乌鸦、猿猴、狗熊五种禽兽……

安禄山的唐刀劈向安禄山的镇墓兽。

父亲用尽生命中最后的力气，猛然拉下操纵杆，命令十角七头停止抵抗，绝不能伤害眼前的少年。

一秒钟后，他赠送给儿子的环首唐刀，劈中了十角七头中最大的那个头。

以彼之矛，攻彼之盾。

大地猛烈晃动，凡尔赛宫微微倾斜，镇墓兽沸腾着噼啪作响。秦北洋的唐刀与被砍中的兽头之间，发出耀眼夺目的白光，如夜空划过的流星。这道光不仅裂开了兽头，还裂开天上的月亮，发出让人耳膜爆裂心脏破碎的巨响。

一千两百年后，安禄山的唐刀，劈开了安禄山的兽头，哪怕只是七分之一。

这是郭子仪、李光弼、仆固怀恩……大唐中兴名将都未曾完成之任务，却被一个将死之少年完成了。

兽头断裂坠地的同时，整个十角七头镇墓兽，也随着秦海关的命令而轰然倒塌，仿佛真正的巨兽那样抽搐，在凡尔赛宫镜厅外的花园，无数死尸与瓦砾之上，陷入休眠状态。

秦北洋杀死了十角七头。

凡尔赛的黎明

第七十四章

凌晨三点，凡尔赛宫，镜厅的后花园，已成为人、马与钢铁的墓地。

秦北洋震颤着坠落地面，单膝跪地，唐刀倒插在废墟上，大口喘息，好似一场梦幻。裹着层层叠叠的明光铠甲，头顶狮面飞翅的乌黑筋兜，最后的唐骑兵。

刚才那一瞬间，秦北洋变得力大无穷，必是借用了安禄山的力量。如今是病来如山倒，浑身虚弱，只能用唐刀作为拐杖，支撑绵软的身体。顶着鹿角的九色过来，保护在主人身边。

刀劈十角七头的少年，跟九色一起登上被自己击败的镇墓兽。他闻到一股发电厂废弃物的恶臭，就是这些重金属有毒物质，帮助十角七头战斗至今，九色看起来竟很喜欢这种气味。

秦北洋发现装甲舱很牢，用唐刀也无法打开，便想起Assassins的金匕首，从腰间拔出刀鞘，仿佛天上新月坠落到手里，发出弯弯的寒光。

果然是留传八百年的刺客之王，夺取过无数欧洲君主生命的利刃，金匕首轻松砍断装甲舱的锁闭装置。

打开舱门，秦北洋看到了父亲的脸。

"爹！"

泪水在眼眶里打转，儿子抱起形销骨立的父亲。原本高大强壮的汉子，已瘦成一根麻秆，满头银发，络腮的白胡子，体重不到九十斤，陷入深度昏迷。

秦北洋估计老爹跟自己一样也在癌症晚期。刚才的战斗太过剧烈，老秦在十角七头的装甲舱内，又没戴坦克头盔，多次遭到脑震荡，还有镇墓兽吃下的有毒化学物质，也会进入他的呼吸道，这相当于黄泉路上再送一程。

终于，老秦睁开眼睛，先是看到凡尔赛的新月，接着是儿子的脸。

他伸出虚弱的布满老茧的大手，摸了摸秦北洋的脸庞，就像十九年前的白鹿原唐朝大墓，这孩子刚在小皇子棺椁上诞生之时。

秦海关的嘴角露出一股原始的笑容，这是本能的父爱，还是弥留之际无法控制脸部肌肉？未能摧毁凡尔赛宫，是他人生最后的遗憾，但见到独生儿子秦北洋，那么所有遗憾也都不值一提了。

老爹发黑的嘴唇发抖，似乎有话要说，但他连震动声带的力气都没了。秦北洋只能把耳朵贴在父亲耳边，听到断断续续的气声——

"儿子……活下去……活下去……活下去……"

"嗯！"秦北洋噙着泪水点头，"爹爹，我一定会活下去的，我还会长命百岁。"

他不能告诉父亲，自己只剩下两个月的寿命了。

老爹拼着一口气，还有话要说："娶媳妇……买房子……生娃……"

可怜天下父母心，老秦至死还在唠叨这三件大事儿。

秦海关的第二句接踵而来——

"不疯魔，不成活！"

这才是他的临终遗言，不仅是对儿子的告诫，也是自己一生的总结，三千年来镇墓兽工匠家族的精神。

然后，父亲咽下最后一口气，死在儿子怀中，在异国他乡的凡尔赛，至死还在"不疯魔，不成活！"死在自己亲手修复的镇墓兽上。

秦北洋紧紧抱着父亲，把头埋在他的下巴与胸口间，就像十年前在光绪帝的地宫，完璧归秦，父子相认。再也听不到他的心跳了。四翼天使镇墓兽，继续在头顶盘旋，似乎要带走秦海关的灵魂，带回遥远的中国故土。

凡尔赛宫的镜厅里，秦北洋撞破的那面落地窗中，依次逃出五个身影——刺客阿海、老爹、脱欢、鬼面具，以及他们的主人阿幽。

刺杀三巨头的行动失败。法国总理克列孟梭、英国首相劳合·乔治、美国总统威尔逊已被警卫们掩护撤出镜厅，退入从前法国国王的卧室。

十三名风萧萧兮易水寒的刺客，除了秦北洋，只剩这五个幸存者，恰好全都来自中国。阿海与老爹身上都已挂彩，踏上堆满尸体的后花园，路过休眠的十角七头镇墓兽。

突然，欧阳安娜从废墟里跳出来，抓起一把近卫骑兵的马刀，骤然刺中阿海的后背。

这一击令人毫无防备，本已受伤的阿海，背后鲜血淋漓。脱欢举起手枪对准安娜的面门。

"住手！"

十角七头镇墓兽上，秦北洋放下父亲的遗体，强打精神暴喝一声。幼麒麟镇墓兽九色，顶着雪白鹿角，对这一行人虎视眈眈。

欧阳安娜挥舞马刀，盯着阿幽黑洞洞的双眼。狼狈逃窜的阿海与脱欢，就是她的杀父仇人，这是最好的复仇良机。

"放下枪，我们走。"

阿幽低声命令脱欢，阿海自己捂住伤口，被同伴背着离去。安娜没有穷追不舍，再要上去攻击刺客，只可能同归于尽。

十九岁的秦北洋，拔出Assassins的金匕首。五个刺客做出决一死战的动作，以为他也要来复仇。但他将金匕首高高扔向阿幽。

十六岁的刺客们的主人，抬手牢牢接住金匕首，这是天下刺客眼中的至宝。

"受之有愧！"秦北洋对阿幽和她的刺客们双手抱拳，"后会有期！"

他没有复仇的真正原因却是——黎明前的黑暗正在过去，东方泛起了鱼肚白，曙光正照射到九色的身上。幼麒麟镇墓兽的鹿角正在自动收缩折叠，它不再具有战斗能力，重新变回一条"大狗"。肺叶中充满癌细胞的秦北洋，更不可能一人消灭五名顶尖刺客。

阿幽将Assassins的金匕首插入腰间，带着刺客们隐入巴黎下水道口。

"哥哥，不管你是否承认，你已是Assassins的继承人，新一任的刺客之王。后会有期！"

秦北洋将唐刀插在背上，抱起父亲的遗体，跳下十角七头镇墓兽。胸口再度灼烧疼痛，他心想此生再无机会见到阿幽，恐怕也再无机会亲手给养父母报仇了。

欧阳安娜扔掉马刀，知道秦北洋身体虚弱，帮他一起搬运老秦的遗体。四翼天使继续盘旋在头顶保护，连同卡普罗尼与钱科的巨型飞艇。

秦北洋、安娜还有九色，越过围墙和壕沟，回到凡尔赛的荒野。四翼天使镇墓兽降落在身边，兽头凌近秦北洋，向这位刀劈十角七头的少年英雄表示敬仰和臣服。接着是整艘飞艇，在一株大树顶上降锚系泊。

鄂尔多斯多罗小郡王也从中国代表团赶来，卡普罗尼与钱科从飞艇吊舱跳下，所有人聚集在这片土地，回头望着差点被毁灭的凡尔赛宫。火焰已经熄灭，乌泱泱的军队赶来保护现场，天上出现了法国战斗机。

但在十分钟前，改造镇墓兽的始作俑者，卡尔·霍尔施泰因开溜了。博士不蠢，他知道自己一旦落入秦北洋或九色手中，必死无疑。

"秦叔咋办？"

跟老秦共事过的小郡王，对着秦海关的遗体下跪磕了个头。

虽说，中国人的习俗是叶落归根，但不可能再把他的棺材运回中国。事不宜迟，法国军方正在搜捕刺客，很快会找到这里。他们没时间给老秦准备棺材和葬礼了。秦北洋仰天长叹，当年妈妈生下自己就死了，也是被父亲埋葬在白鹿原唐朝大墓的坟冢上。

秦北洋发现凡尔赛也是风水宝地，他在安娜搀扶下走了数百步，勉强找到一块背后有小丘陵、面前有河道的吉壤。九色帮他掘了一个墓穴，将父亲的遗体埋葬进去。他又找到一块石板，用唐刀刻下"先父 大清内务府墓匠大作 秦海关 之墓"，落款是"子 秦北洋 泣立"。

大清内务府代表皇家工匠，而这个"墓匠大作"并非清朝官职，而是秦北洋擅自盗用了南北朝时代的封号，算是给父亲镀了层金。许多官员死后会请求朝廷追封一个虚衔，以便树碑立传，名列二十四史。

"爹，你做了一辈子工匠，孩儿立志继承你的手艺，也做个工匠，如果还能活下来的话。"

秦北洋在父亲墓前磕了三个响头，通人性的九色也弯曲两条前腿下跪，甚至四翼天使镇墓兽也跪下了，第四个跪下磕头的是欧阳安娜，就像没过门的儿媳妇。

四翼天使与"尤里乌斯·恺撒"号飞艇再次升空，凡尔赛的太阳正冉冉升起。

第七十五章

凡尔赛的太阳

民国八年，1919年6月28日，清晨七点。

五年前的今天，奥匈帝国皇储斐迪南大公夫妇在萨拉热窝被刺杀身亡。杀死大公夫妇只用了两颗子弹，却在第一次世界大战中杀死了三千万人。五年后的今天，这场战争要做一个了结，或者准备下一场战争。

欧阳安娜与小郡王轮流搀扶秦北洋，变身为大狗的九色开道，回到中国代表团驻地。他们在旅馆外撞见两个男人，赫然是名侦探叶克难和陆军中尉齐远山。

又见面了，三个男人相拥难以尽述。昨天深夜，巴黎地下墓穴，秦北洋意外成为新一任Assassins的继承人。叶克难与齐远山被扣留在地下墓穴，后半夜才送回地面。他俩找不到马车和出租车，只能步行两个钟头，筋疲力尽地回到凡尔赛。

叶克难观察一路上的军队，眺望凡尔赛宫方向，颇为遗憾地说："远山，我俩好像错过了一场大戏！"

中国留学生和旅法华侨还在围困中国代表团。为首者正是大名鼎鼎的梁启超，这位戊戌变法的英雄，中华民国的名士，正以民间身份观摩巴黎和会。是他秘密传回国内的电报激发了5月4日的惊变。

秦北洋已虚弱到说不出话，小郡王走到梁启超面前说："梁先生！我是国会议员帖木儿，我向您保证——今天，中国代表团不会在《凡尔赛条约》上签字。"

"好。"梁启超握紧这个十九岁少年的手，"您是鄂尔多斯多罗小郡王？"

憋了半天的齐远山贴上来说："梁先生，我是一名军人，但我也支持五四爱国运动。"

梁启超握着他俩的手说："少年强则国强，两位年轻人让我看到了中国的希望。"

就让他们出风头去吧，秦北洋默默远离熙熙攘攘的人群，一只手搂着九色，一只手牵着安娜，走在凡尔赛的太阳下。

回到吕特蒂旅馆的地下室，秦北洋服了药片躺下，气息奄奄："安娜，你可别错过了历史，去看看《凡尔赛条约》的签订吧！"

"我不想离开你。"

他猛然咳嗽几下，抬头对齐远山说："远山，你照顾好安娜。"

秦北洋亲了亲安娜左手中指上的玉指环："去吧，全世界的人都等着这一天呢。看看被我们保护下来的凡尔赛宫，你回来要告诉我哦。还有，我不会那么快死的。"

欧阳安娜不忍离去，她为北洋端来早餐，特地让厨师熬了鸡汤。

上午九点，秦北洋已沉沉睡去，陪伴他的是九色与叶克难。

齐远山、小郡王、欧阳安娜，三个少男少女，一齐奔出旅馆。他们不再是军人、国会议员、翻译实习生，他们只代表自己。

凡尔赛的太阳下，仿佛一场盛大宴会。大道上排列着拿破仑时代的胸甲骑兵，头盔插着马鬃和羽毛。成千上万的人头攒动，观看各国代表进场，仿佛瞻仰太阳王再度加冕。

不可思议地，丝毫看不出昨晚激战的迹象。十角七头镇墓兽是从宫殿背面攻进来的，受到严重破坏的是后面的围墙和附属建筑，三头镇墓兽大战的地点也是镜厅的后花园。凡尔赛宫的正面，包括宫殿建筑的主体，几乎毫发无损。

欧阳安娜被仪仗队阻拦在警戒线外。人山人海之中，她看到了三巨头，昨晚险些被刺杀的他们，谈笑风生地步入凡尔赛宫，频频回头对人群脱帽挥手。

法国总理克列孟梭、英国首相劳合·乔治、美国总统威尔逊，三人并肩走入镜厅。法国人用了整整五个小时，清理昨晚的刺杀现场，运出几十具尸体，重新安装被打坏的镜子和玻璃，弹孔也被粉刷修复。这座大厅有三个网球场连起来这么大。花园里再也不见坦克与骑兵的尸骸，焚烧的焦黑痕迹，则用上千个花盆掩饰。

十角七头镇墓兽被法国军方俘获，虽然一个兽头被砍下，可它一旦从休眠中醒来，依然具有惊人的破坏力。克列孟梭总理下令，这头镇墓兽不能送给中国，因为弱小国家无力保护这样的宝物，必然会被日本或其他列强掠夺。军用专列载着十角七头驶往阿尔卑斯山，将要把它封存在白雪皑皑的洞窟里。

集体刺杀、镇墓兽的突袭，镇墓兽与镇墓兽之间的决战……半个字都不会被记载入历史书。但三巨头永远不会忘记，是一个天神下凡般的中国少年，用唐刀劈开十角七头镇墓兽，拯救了凡尔赛宫与镜厅以及他们的生命。

上午十点，各国代表均已入场，唯独中国代表的椅子空着。法国总理苦笑道："他们终究还是没来！首相阁下，您的赌打输了。"

英国首相皱了皱眉头："我认输，总理阁下。"

美国总统如是说："二十七个独立国家与会，加上英国自治领印度、加拿大、澳大利亚、新西兰、南非……中国是唯一参加巴黎和会，却没能在和约上签字的国家，四万万中国人的缺席，是《凡尔赛条约》的一大遗憾。"

签字仪式，法国人在鸦雀无声的现场拍摄纪录电影。德国代表坐上断头台一样的桌子。

克列孟梭总理严厉地说："你们曾经要求和平，现在我把和平还给你们！"

德国人像饮弹自尽那样在《凡尔赛条约》上签了字。

然后，三巨头签字，日本代表西园寺公望、意大利首相奥兰多签字，各国代表各自签署，除了中国。

强盗流氓们完成了分赃，法国福煦元帅准确地预言道："这不是和平，这是二十年休战！"

两年后，中国政府与德国单独签订《中德协约》，中国获得8400万银圆赔款，免去原本属于德国的那一份庚子赔款，废除德国在华领事裁判权。这是中国外交史上第一个平等新约，亦是西方列强第一次向中国赔款。

又隔一年，中国正式收回青岛。

《凡尔赛条约》签订当天，晴空万里的太阳下压过一片阴云。安娜看到一只黑色巨鸟，扑扇着上下两对翅膀——四翼天使镇墓兽，正飞越凡尔赛宫上空。

这头飞行兽要去哪里？

第七十六章

追击四翼天使

民国八年，1919年6月28日，黄昏。

凡尔赛的落日，像个金色大饼摊在西方的天空，涂满索姆河与凡尔登似的鲜血，这是欧洲的落日。

"事无两样人心别。问渠侬：神州毕竟，几番离合？汗血盐车无人顾，千里空收骏骨。正目断关河路绝。我最怜君中宵舞，道'男儿到死心如铁'。看试手，补天裂！"

欧阳安娜像男子汉那样背诵了《贺新郎》，辛弃疾在鹅湖与陈亮唱和的千古名篇。

中国代表团收拾行装，准备打道回府。钱科、剑桥博士李隆盛、朱塞佩·卡普罗尼登门造访。秦北洋已在地下室苏醒，九色守护在身边。

"今天中午，我看到四翼天使镇墓兽飞走了。"

欧阳安娜憋不住话，钱科狼狈地点头："不晓得什么原因，它突然失控了。"

意大利人撒着小胡子说："刚接到一个飞行员报告，他在英吉利海峡上空，看到飞过一个魔鬼，长着四个翅膀。这个魔鬼攻击了一家化工厂，吞吃了大量有毒化工原料。"

"四翼天使镇墓兽。"听完安娜的翻译，秦北洋翻身而起，"吃下有毒化工物质，等于补充燃料和能源，可以飞得更远。"

"现在四翼天使非常危险。"

李隆盛蹲下来注视九色，这头小镇墓兽体内是否还残留着有毒泥土呢？

秦北洋吃过好几种药，安睡了一整天，精神已恢复三分："镇墓兽一旦发狂失控，会对无辜百姓造成巨大伤害，务必阻止这头飞行兽！"

"怎么阻止？"

"你们不是有一艘飞艇吗？能不能追上四翼天使？"

钱科一脸茫然："天空那么大，到哪里去找它？"

"九色！它能感应到所有的镇墓兽，我们飞到英吉利海峡上空，它会像猎犬那样嗅到四翼天使的气味。但只有我能控制九色，我必须跟它一起上飞艇。现在就出发，否则四翼天使就飞远了，或者已经闯下弥天大祸。"

"秦北洋！"安娜毫不留情，当众将他推倒在床上，"请你好好养病，我不准你瞎折腾。"

"但我不想一两个月后病死在床上，镇墓兽却屠杀了几千几万的欧洲百姓。"秦北洋重新起身，搂着九色的赤色鬃毛，"若我难逃一死，请让我因镇墓兽而死，这也是我们墓匠族秦氏的宿命。"

泪水在欧阳安娜的眼眶打转，秦北洋就是这么一副固执脾气，谁都无法阻拦。

"北洋，若你一定要走，我陪你一起走。"安娜咬着他的耳根子，"我们说过的——同生共死。"

"谢谢你，安娜。"

秦北洋以三尺唐刀做拐杖走出旅馆。

夕阳西下，一艘巨大的纺锤形飞艇，涂着绿白红三色旗的"尤里乌斯·恺撒"号准备升空。卡普罗尼、钱科率先进入吊舱。安娜和九色也爬上去了。李隆盛说他既是物理学博士，也精通地理学和气象学，他的知识可以帮助到大伙儿，而且他酷爱冒险，因而一同爬上飞艇。

秦北洋是最后一个，他向送行的人们挥手道别。

名侦探叶克难在他耳边说："北洋，务必活着回来，我不会放弃让你活下去的希望。"

"探长，我如果死了，请你为我的养父母报仇，将那伙刺客绳之以法。"

叶克难摘下礼帽："明天我将起程回国，我记住了他们每一个人的脸，除了那个戴鬼面具的。我正在一点点接近刺客们的真相。"

"别忘了唐朝小皇子的棺椁。"

秦北洋跟叶克难紧紧相拥，仿佛自己还是九岁的小男孩。

正要登上飞艇吊舱，齐远山抓住他的胳膊："北洋，让我一块儿走！"

"远山，你不是明天就要回国了吗？"

"忘了吗？不愿同年同月同日生，只愿同年同月同日死。你的身体有恙，钱科又是个书生，我怎么放心得了你和安娜？我是军人，身上有枪，可以保护你们。两年前，我俩在上海一起乘坐钱科的飞艇，叫什么来着？"

"'赛先生'号！"

齐远山已爬上吊舱："对，那是我们头一回坐飞艇，我还想陪你再坐一次。"

叶克难与小郡王向他们挥手送别，帖木儿的眼皮一跳，低声说："我怎么有种不祥的预感，他们将冲天一去不复返？"

于是乎，秦北洋、齐远山、欧阳安娜、钱科、李隆盛、卡普罗尼，加上小镇墓兽九色，坐上"尤里乌斯·恺撒"号飞艇吊舱，迎着凡尔赛的夕阳升空。

这些小伙子与姑娘飞向无垠的世界，下一场冒险，已然徐徐展开……

（未完待续，敬请期待第三卷）

蔡骏

2017年4月10日星期一初稿

2017年4月25日星期二二稿

2017年5月4日星期四三稿

2017年5月8日星期一四稿

2017年6月1日星期四五稿

2017年6月13日星期二六稿

2017年8月27日星期日七稿

2017年9月1日星期五八稿

2017年9月22日星期五九稿

2017年10月1日星期日十稿

2017年10月26日星期四十一稿

2017年11月9日星期四十二稿

图书在版编目（CIP）数据

镇墓兽.2,金匕首/蔡骏著.—成都：四川文艺
出版社，2018.4
ISBN 978-7-5411-4964-1

Ⅰ.①镇… Ⅱ.①蔡… Ⅲ.①长篇小说—中国—当代
Ⅳ.① I247.5

中国版本图书馆 CIP 数据核字（2018）第 065874 号

ZHEN MU SHOU 2 JIN BI SHOU

镇墓兽Ⅱ金匕首

蔡骏 著

策划出品　磨铁图书
责任编辑　金炀淏　彭　炜
责任校对　汪　平

出版发行　四川文艺出版社（成都市槐树街 2 号）
网　　址　www.scwys.com
电　　话　028-86259287（发行部）　028-86259303（编辑部）
传　　真　028-86259306

邮购地址　成都市槐树街 2 号四川文艺出版社邮购部　610031
印　　刷　三河市冀华印务有限公司
成品尺寸　166mm×235mm　1/16
印　　张　25　　　　　　　　　字　　数　430 千
版　　次　2018 年 5 月第一版　　印　　次　2018 年 5 月第一次印刷
书　　号　ISBN 978-7-5411-4964-1
定　　价　42.00 元

HUAN QIU TAN XIAN SHOU CE

秦北洋

环球探险手册

绝密

徐福墓

徐福东渡的目的地在何处？如今尚无定论。

自司马迁《史记》记载以后，东汉班固的《汉书》、晋陈寿的《三国志》、南宋范晔的《后汉书》都记载有徐福出海求仙的事迹，且都不出《史记》内容的窠臼，所说徐福到过的祖州、瀛洲、夷洲、澶洲、蓬莱、方丈等地，均是虚无缥缈的。

但是从隋唐时期开始，关于徐福到底去了哪里，有了一个确切的地点，因为人们发现日本的文物制度类似中国，颇存上古遗风，于是逐渐将徐福东渡之地锁定为日本。而且日本很早就有关于徐福的传说。

所以许多人推测：徐福当年可能就是到达了日本，所以在他死后，他的后人将他埋在了日本。

巴黎地下墓场

　　巴黎地下墓场（又称骷髅墓）是法国巴黎一处著名的藏骨堂，位于今天巴黎十四区的丹费尔－罗什洛广场。原为地下石灰石采石场。

　　1786年，巴黎爆发瘟疫，为了解决墓地不足和公众卫生危机的问题，人们将埋在市区所有公墓中的尸骨转移至此。此后作为一个公墓一直使用到1814年。

　　现已开辟为博物馆，有一小部分墓穴供公众参观。每日只接待参观者200名。据说地下墓穴中有超过600万具尸骨，总长近300公里。目前开放参观的仅2公里，有兴趣的朋友在这个骷髅世界里留意下那些石碑上的文字。

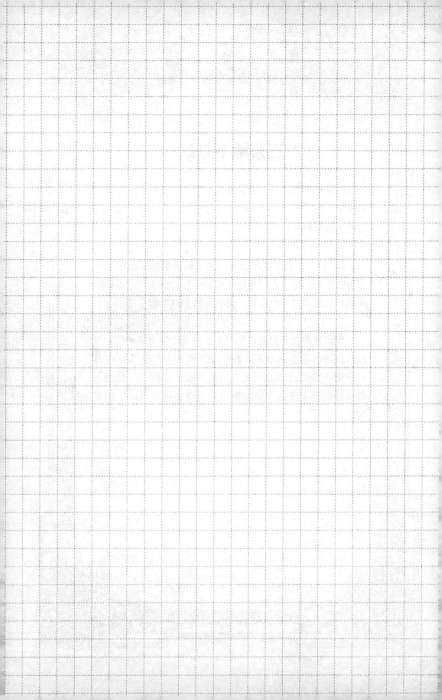

自由女神像

　　自由女神像全名为"自由女神铜像国家纪念碑"，正式名称是"自由照耀世界（Liberty Enlightening the World）"，位于美国纽约海港内自由岛的哈德逊河口附近。

　　这座雕像是法国于 1876 年为纪念美国独立战争胜利一百周年而建造的，1886 年 10 月 28 日铜像落成。

　　自由女神穿着古希腊风格服装，头戴光芒四射冠冕，七道尖芒象征七大洲。右手高举象征自由的火炬，左手捧着《独立宣言》；脚下是打碎的手铐、脚镣和锁链，象征着挣脱暴政的约束和获得宝贵的自由。

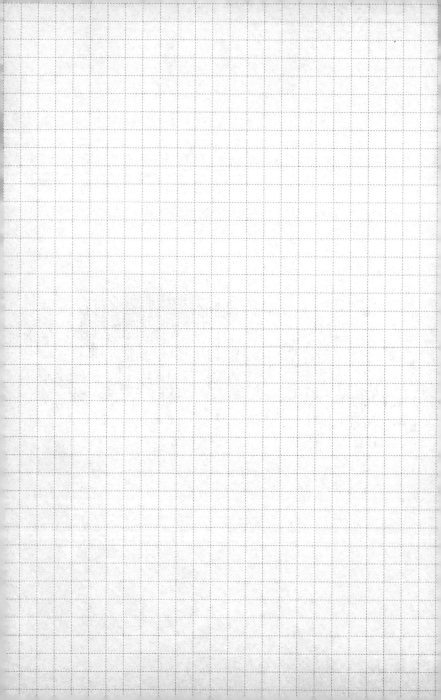

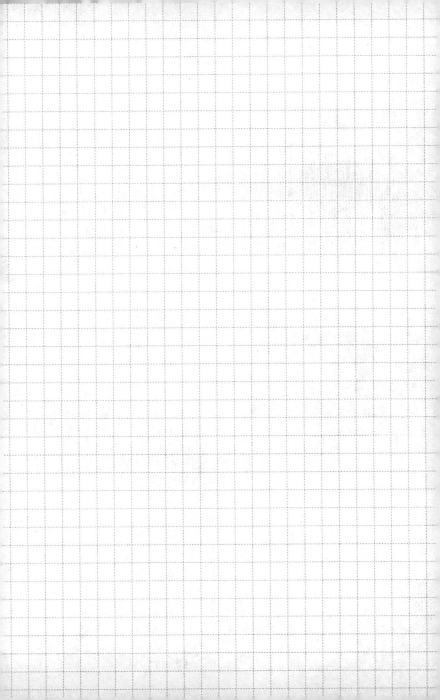

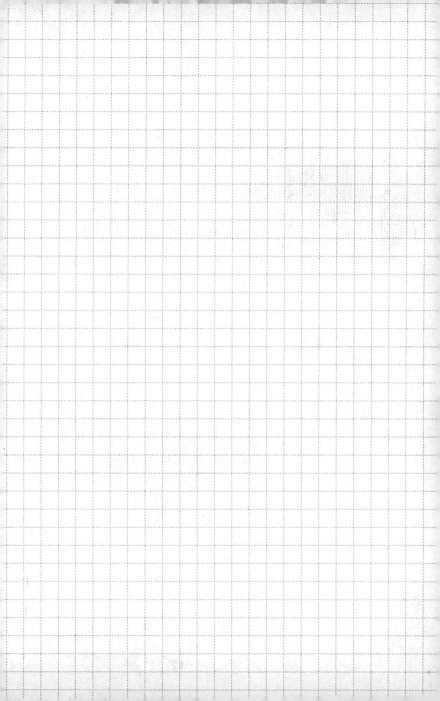

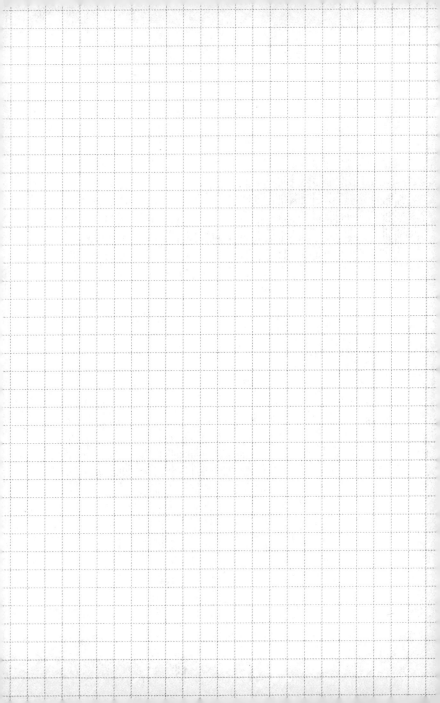

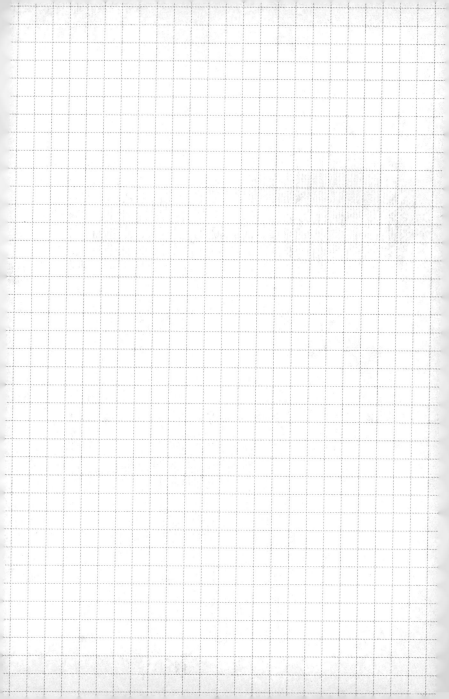

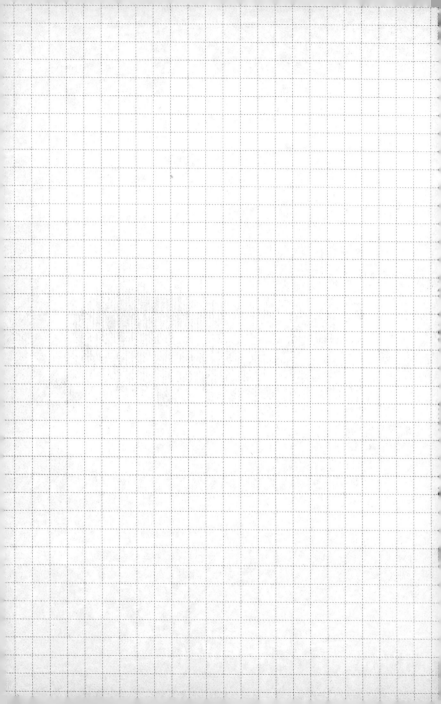

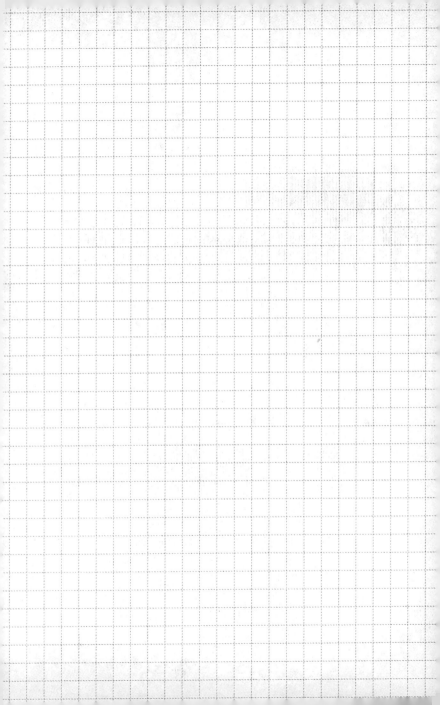

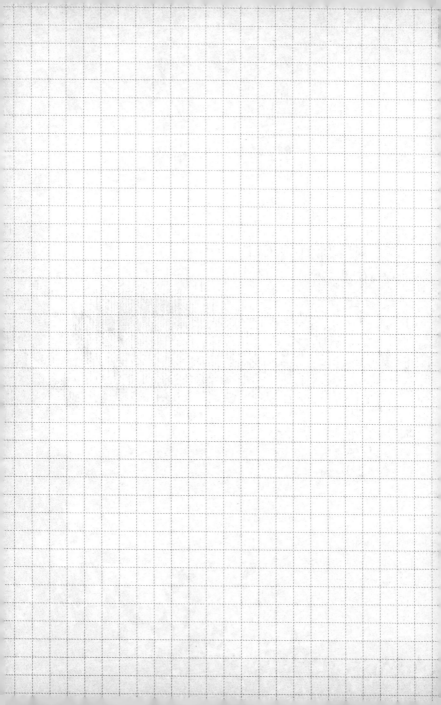